春上明月山 Chun Shang Mingyue Shan

时代出版传媒股份有限公司
安徽文艺出版社

徐坤，1965年3月出生。《人民文学》杂志副主编，北京作家协会副主席，中国社会科学院文学博士，中国作家协会全国委员会委员，北京市政协委员，享受国务院特殊津贴专家。

1993年开始发表小说，已出版小说、散文、评论作品500多万字，获得国家及省部级奖项及各期刊大奖30余项（次）。代表作有小说《白话》《先锋》《厨房》《狗日的足球》《午夜广场最后的探戈》《八月狂想曲》《春天的二十二个夜晚》等。话剧《青狐》改编自王蒙同名长篇小说，话剧《性情男女》2006年由北京人民艺术剧院上演。长篇小说《八月狂想曲》获中宣部“五个一工程”优秀图书奖，短篇小说《厨房》获第二届鲁迅文学奖。长篇小说《野草根》被香港《亚洲周刊》评为“2007年中文十大好书”。部分作品被翻译成英、德、法、俄、西班牙、日语等出版。

徐坤文集

Xu Kun Wenji

春上明月山

Chun Shang Mingyue Shan

徐坤 / 著

APGTIME 时代出版

时代出版传媒股份有限公司

安徽文艺出版社

图书在版编目（CIP）数据

春上明月山/徐坤著. —合肥：安徽文艺出版社，2015.1(2021.10 重印)
（徐坤文集）
ISBN 978-7-5396-5231-3

Ⅰ. ①春… Ⅱ. ①徐… Ⅲ. ①散文集—中国—当代
Ⅳ. ①I267

中国版本图书馆 CIP 数据核字(2014)第 281352 号

出 版 人：姚 巍　　　丛书统筹：朱寒冬　刘姗姗
责任编辑：姜婧婧　　　装帧设计：丁 明

出版发行：时代出版传媒股份有限公司　www.press-mart.com
　　　　　安徽文艺出版社　www.awpub.com
地　　址：合肥市翡翠路 1118 号　邮政编码：230071
营 销 部：(0551)63533889
印　　制：安徽新华印刷股份有限公司　(0551)65859551

开本：880×1230　1/32　印张：12.625　字数：340 千字
版次：2015 年 1 月第 1 版　2021 年 10 月第 3 次印刷
定价：60.00 元(精装)

徐坤在嘉峪关前留影

2000年8月，以王蒙为团长的中国作家代表团出访爱尔兰，在都柏林外交部合影。

徐坤与迟子建(左)在都柏林古堡合影

2001年9月11日北京，中国社科院，参加中日女作家交流会的中方代表合影（从右至左依次为迟子建、徐坤、方方、张抗抗、林白、残雪、陈染以及翻译小姐）。

2001年，在北京中日女作家研讨会上与迟子建合影。

首届中西文学论坛开幕式——2010 年 11 月 2 日首届“中西文学论坛”在西班牙首都马德里塞万提斯学院开幕。图为中国驻西班牙大使朱邦造，作家阿来、莫言、徐坤、李洱以及北大西班牙语教授王军在共同聆听铁凝主席致开幕词。

在塞万提斯学院的地下文学宝库前留影。塞万提斯学院买下银行的地下保险箱，专门用来免费为艺术家们储存珍贵个人资料。这在全世界也是独一无二的。

徐坤(左三)参加首届中西文化论坛

徐坤(中)在论坛发表演讲

2010年12月22日，与鲁迅文学院高研班同学兴安(中)、孙惠芬(右)重返母校,参加庆祝鲁院六十周年座谈会。

2013年10月2日，在韩国首尔参加“亚洲城市与作家”会议,图为台湾作家李昂和韩国翻译家金泰成。

2012年4月15日，参加英国伦敦书展的中国作家在市中心的阿伯特广场小憩(从左到右依次为李洱、刘震云、莫言、李敬泽、迟子建、毕飞宇、盛可以。抓拍摄影：徐坤)。

距离这张照片拍摄时间半年过后，莫言获得了2012年诺贝尔文学奖。(抓拍摄影：徐坤)

2012年4月，参加伦敦书展。

2012年9月1日参加第19届北京国际图书博览会韩国主宾国活动，与韩国翻译家朴宰雨，作家金英夏、郑梨贤对谈。

2013年8月28日第20届北京国际图书博览会上，安徽文艺出版社举行作家赵德发长篇小说《双手合十》新书首发暨海外推介会。图为作者与安徽文艺出版社社长朱寒冬、作家张炜共同掀起赵德发新书的红盖头。

上发言。

2014年10月22日，在青岛海洋大学“王蒙最新双长篇小说研讨会”上与王蒙先生及夫人单三娅合影。

自序

向现在，向未来

“《八月狂想曲》，徐坤写得意气风发，写得波澜壮阔；她有澎湃的叙事激情，滔滔五十万字，她纵情歌唱——站在空旷的、华丽如天上宫阙的体育场，向着即将到来的日子、向着那时的欢腾万众。”

这是批评家李敬泽2008年6月评论我的新著《八月狂想曲》的文章开头。我觉得他的标题“向现在，向未来”极好！到现在，六年时间过去，当一个新的实现中国梦的历史时间段到来时，这样的题目，仍然显得美好，令人振奋，并有无限希望催生。故而我借用这个标题来作为今天我的文集自序的题目。

从1993年发表第一部中篇小说《白话》至今，已经有二十多年时间过去。不知不觉，就从青年写到了中年。二十世纪九十年代初，我刚毕业进入中国社会科学院工作，一身学生气，带着年轻人成长过程中普遍存在的叛逆和冲撞精神。八十年代的结束和九十年代的开始，对于中国的改革开放进程来说，是一段非常特殊的历史时期。刚参加工作不久，我就随社科院的八十几位博士、硕士一起到河北农村下放锻炼一年。远离城市，客居乡间，忧思无限，前程渺茫。在乡下的日子里，我们这群共同承继着八十年代文化精神资源的二十来岁的青年学子，经历浅，想法多，闲暇时喜欢聚在一起喝酒清谈，读费孝通的《乡土中国》，看昆德拉的《生命中不能承受之轻》，播放从中关村淘回来的各种国外艺术片。在高粱玉米深夜拔节声中，在骤雨初歇乡村小道咕吱咕吱的泥泞声里，凌虚蹈空探讨国家前途和知识分子命运，虽难有结论却兴味盎然。回城以后，这个小团体就自动解散。然而，在乡下探讨的问题以及与底层乡村民众打交道时的种种冲突和遭际却一直萦绕我心，挥之不去。终有一天，对世道的焦虑以及对前程的思索，催使我拿起笔来，做起了小说——相比起“板凳要坐十年冷”的做学问方式，激情与义愤喷发的小说更能迅捷地表达作者的情绪。

在1993—1994两年间，我以《白话》《先锋》《热狗》《斯人》《呓语》《鸟粪》《梵歌》等一系列描写知识分子的小说登上文坛，文化批判的锋芒毕现，引起了读者和批评家的广泛关注。我的第一部小说集《热狗》由王蒙先生亲自作序，王蒙文中称“（徐坤）虽为女流，堪称大‘侃’；虽然年轻，实为老辣；虽为学人，直把学问玩弄于股掌之上；虽为新秀，写起来满不论（读吝），抡起来云山雾罩、天昏地暗，如入无人之境”。

年轻时的写作，十分峻急，仿佛有无数力量催迫，有青春热情鼓荡，所有的明天都是光荣和梦想。仿佛可以乘着文字飞翔，向着歌德《浮士德》中“灵的境界”疾驰。几年以后，做够了知识分子的题目，我又开始尝试女性主义议题。《厨房》《狗日的足球》《遭遇爱情》《女娲》《小青是一条鱼》等等都是这一时期的作品。它们借助于互联网的兴起迅速被盗版疯传。看到网上有评论说，到今天为止，足球小说写得最好的仍然是我在1996年写的以女性为主角的《狗日的足球》。

十几年后，我从社科院出来到北京作家协会当了专业作家，这一干，又是一个十年。作为一名职业作家，对自己的要求与从前自然有所不同，写作的战车开始提速。这期间，有《春天的二十二个夜晚》《爱你两周半》《野草根》《八月狂想曲》几部长篇问世，还写了三部话剧《性情男女》《青狐》（根据王蒙同名长篇小说改编）《金融街》，并有多部中短篇小说集以及散文集出版。短篇小说《厨房》在2002年获得第二届鲁迅文学奖，话剧《性情男女》2006年1月由北京人民艺术剧院上演，由副院长任鸣亲自导演，谷智鑫等几个年轻人主演，在北京和上海演过五十多场，深得年轻观众喜爱。长篇小说《野草根》被香港《亚洲周刊》评为“2007年十大中文小说”，长篇小说《八月狂想曲》2009年获得中宣部“五个一工程”优秀图书奖。

“文章合为时而著，歌诗合为事而作”，这是千古文人必须承担的道义和使命。写到此，不能不回到开头，说说收录到文集里的第一卷《八月狂想曲》。这是我到北京作协当专业作家后的一次奉命之作，写出了全国唯一一部表现中国举办奥运的长篇小说。应该说交上了合格答卷。六年过后，今天再看，仍然可读，本世纪开初那几年、一个时代中国人的集体记忆和情绪，字里行间仍历历可见。这是我写得最艰苦的一部作品，经过四年多的跟踪采访和写作，终于在奥运会开幕前将五十万字的小说完成。

在采访中，给我留下印象最深的是奥运建筑设计和施工团队，从总设计师到工程助理，主力几乎清一色由年轻人组成，基本上是出生于六十、七十年代的一群人。他们有着良好的教育背景，专业技术上过得硬，有吃苦耐劳精神，有跟世界平等交流对话的良好心态和技术资本。他们是如此自信、坚定、昂扬、勇往直前、无所畏惧，遇到困难绝不会绕道走，阐述自己的理想绝不闪烁其词。正是在这一代年轻人的手中，经过几年时间的艰苦打造，一座座奥运场馆拔地而起，老北京的新地标正威严地耸立！

从这些同龄人身上，我感受到了青春，感受到了力量，感受到了蓬勃的朝气，感受到了百多年前，梁启超等仁人志士所憧憬、筹划的少年中国的伟大梦想——“红日初开，其道大光；河出伏流，一泻汪洋；潜龙腾渊，鳞爪飞扬；乳虎啸谷，百兽震惶；鹰隼试翼，风尘翕张”——那些令人心潮澎湃、血脉贲张的伟大想象，如今正在这一代年轻人的手里一一变为现实。

于是，我找到了“青春中国”这个突破口，以建筑设计鸟巢、水立方的60后、70后年轻建筑设计团队为主角展开故事，真实记录当下中国社会的芸芸众生。在《八月狂想曲》一书的卷首语里我这样写道：谨以此书，献给一个时代，献给青春中国。书里有为民请命的年轻有抱负的新一代决策者，也有意志脆弱的受贿下马官员；

有年轻建筑师壮志凌云欲打造出世界顶尖级建筑场馆的豪情，也有民工的辛苦劳作牺牲奉献。有兄弟情谊的砥砺，有爱人的背叛误解，有利益的巨大诱惑，有美色的无端沉迷，有沉痛，有欢笑，有泪水，有无奈……更多的是中华大地上的人民被这一历史机遇给迸发出来的无限激情。

青春中国是令人振奋的。六年以后，2014 年 11 月的北京 APEC 会议上，洋红色的“鸟巢”和宝蓝色的“水立方”又被装点一新重新亮相，梦幻般的色彩重又照亮了北京这座城市的夜空。作为曾经亲历这两座建筑从无到有，曾看着它们的每一根钢筋落地、每一个气泡贴膜的人，此时该是多么感慨！夜风习习，秋叶飒飒。站在这些已被叫作“奥运文化遗产”的巨大建筑前，才能深刻感受到，一个实现中国梦的历史时间段又灼灼闪亮了！

在将《八月狂想曲》收入文集时，我也将当年北京十月文艺出版社出版团队的照片，以及它后续获得的各种荣誉的照片一并收录进来，为我们曾经共同的努力立此存照。也为中国百年不遇的举办奥运会的壮举立此存照。

光阴荏苒，人到中年，便会将脚步贴近大地，内敛与凝重，不断思量文学对社会的担当，思考文字如何才能得以不朽。同时亦想驻足，对着毕生所从事的事业，对大地山川、天空和海洋如浮士德般深情呼唤：“你真美啊，请停留一下！”

最后，我要感谢安徽文艺出版社，几年来他们以磅礴的气势、高端的战略、诚恳的用心，将诸多名家的作品文集收入旗下，其精美的装帧与精益的质量，都十分令人称道。忝列出版名单之中，令我深感荣幸！我还要感谢社长朱寒冬先生，没有他的极富激情和责任心的邀约和敦促，便不能使我除却慵懒与怠惰尽快编成此书。同时我要感谢责任编辑刘姗姗和姜婧婧两位小友，她们为这套文集的付梓做出了很大努力，付出许多辛劳。我感谢她们。

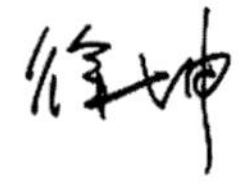

2014 年 11 月 28 日于北京以北

目录

谈球论艺

笔底河山

杂感杂谈

几次演讲

谈球论艺

张梅:你那酒汪汪的玫瑰色女狐狸眼睛

跟广州女作家张梅第一次见面,是在1998年世界杯足球赛开赛前夕。她们一行人出访欧洲,集结于京城。饯行的酒席宴上,我叨陪末座。正是薄暮时分,喝酒的好气氛。别人喝啤酒,我们俩要了一瓶北京醇。酒一喝上,就有了感觉。张梅说:“我就喜欢像你这样见面烟酒不分家的。”我呢,也是酒逢对手千杯少的喜悦。但因时间紧迫,她要出行,我要看球,不敢畅饮,只能用一瓶酒垫垫底,相约等她回来时再喝。

从欧洲转来时,她却因旅途劳顿,在首都机场直接转飞了广州。

又一年夏天,不知什么名目,大闲人和大忙人张梅竟能在京有一段闲散的滞留。于是免不了一干酒友每日觥筹交错,再续前缘。却说那日,艳阳高照,两人被好友李师东拉去京郊某部队养鱼场钓鱼,中午免不了一场军民相见欢似的酒宴交战。喝的是京酒,度数低,不太适应。小战士好不容易遇到两个女酒鬼,姐一声妹一声紧逼着相劝得急。我俩也是从小就对解放军叔叔有崇拜之感情的,也未拿捏,痛快应战。几个人很快喝掉三瓶。当即小兄弟们或去呕吐或倒头去睡,我们则继续去池边钓鱼。晚上回来,又一个朋友宴请,酒却无论如何喝不动了,头痛欲裂。方知是中午的酒劲泛上来,暑热,喝了快酒,外加逞能,犯了喝酒的大忌。于是散了歇息。说改天重喝,一定要把感觉喝回来。

两天以后,终于又有了机会,名目是给她饯行。长城饭店酒家,聚了一干好友。李敬泽兄拎来了家藏多年的两瓶茅台,兴安兄端来一瓶窖藏的上好葡萄酒。茅台毕竟是茅台,况且又是深藏多年、世风不曾日下时的醇厚,先一入口,就是绵软,渐而甘洌,渐而强劲,渐而暴戾,渐而深长,渐而缠绵,渐而欲仙欲死,渐而不知今夕何夕、今年何年……迷离醉眼里,恍见眼前张梅,活脱脱一张旧上海三十年代的洇黄月份牌:兰花指,酡红脸,二郎腿,水蛇腰,摩尔烟,一双酒汪汪的玫瑰色女狐狸眼睛,电光闪闪。谁跟她对眼儿谁倒下。唯我还勉力维持与她推杯换盏。

几瓶白的红的下肚,仍不尽兴,给喝得挂了起来,是喝酒进程里最不爽的阶段。于是又喝掉一瓶小糊涂仙。意犹未尽,众人打车到三里屯酒吧,落座,吩咐酒保将泛着泡沫的新鲜啤酒斟上。一小口一小口地呷着麦芽冰啤酒,有一搭无一搭地说着体己话,塌着长长的懒腰,迷蒙倒伏于桌上,醉猫和醉狐狸一般,缓缓转动手中酒杯,开始谈文学,谈魏晋风度及文章与药及酒之关系。隔壁女孩子用咿咿呀呀的唱段陪伴:莫道年少,今朝秋来早……蓦地明白,不知不觉,喝的,却已是中年的酒了呵!少不更事时,总看别人醉。觥筹交错之中,是别人的高潮,满世界的热闹,也都是别人的,吾辈只有当看客的份,往往还要赔出一副侍酒小女子的谄媚假笑。端的是惨淡人生!

这酒,却只有到中年时,才让女人家品出了一点点分量和意趣。第一口酒吻过,那热辣的、滚烫的、粗壮的、艰涩的、刀锋一般的快感,飞快在唇上抹过,刹那间鲜血淋漓,割出无数道热血梅花飞溅！呵,杯酒酬唱,醽醁人生！一剑封喉之际,饮者的心灵有多么的宽阔！

那就挥手作别吧！带着朝闻道夕死足矣的酣态,各自登程,冲进城市夜色深处茫茫的繁华与荒凉。今朝有酒,莫问前程;今夜有酒,无论路上发生什么,也便都无所畏惧了啊……

2000 年 1 月 4 日

(《青年文学》2000 年封二,《清气乾坤》专栏)

李敬泽:一个青年艺术家的画像

你对你那永恒的热情岂不感到厌倦?*
笔走龙蛇在时尚的卷首中扭结盘桓。
啊,不要再提那令人陶醉的华年。*
你呜咽倒伏的卷发激起青年们心中的火焰,
他们蝴蝶的尖叫焦虑了整个世纪的文坛。
你对你那永恒的热情岂不感到厌倦?*
你点燃你左右逢源滴水不露的小烟儿,
将空心儿的赞美一圈圈喷吐向蓝天。
啊,不要再提那令人陶醉的华年。*
你很有意义的小废话和慢条斯理的发言,
呻吟出庄严弥撒仪式上的悦耳歌篇。
你对你那永恒的热情岂不感到厌倦?*

(合唱:)
把那酒杯斟上,把那网络连线我们就开盘,
你把那枯燥僵涩的批评揉摸得滑润性感。
你对你那永恒的热情岂不感到厌倦?*

---

* 乔伊斯:《一个青年艺术家的画像》

啊,不要再提那令人陶醉的华年。*

2000 年 8 月 17 日

(《青年文学》2000 年封二,《清气乾坤》专栏)

毕飞宇:哺乳期的父亲

飞宇瘦了,瘦得满脸只剩下两排齐展展的牙。那会儿他刚刚“坐完月子”,抽空来天津蓟县参加《小说月报》百花奖的发奖会。时值隆冬,寒风呼啸,出门活动不大方便,众人便躲在暖烘烘的屋子里聊大天。飞宇带着极其罕见的叙事热情,嘴不停闲,只要一有人在场,他就会本能地跟人把话题扯到新出生的孩子身上,嘴里吐出来的关键词儿全是:尿布、奶瓶、婴儿黄、小孩儿大便的颜色、孩子的眼珠儿会追随大人的说话声音转……座下跟他连声应和的,是“坐完月子”已满一年的兴安。兴安跟他交换看法说:带孩子弄一身的奶臭,自己闻不出,等到出门后再进屋,嚯,真闻不得!所以月子科里,每逢出门他就使劲往身上洒香水。

坐在去清东陵参观的车里,飞宇又忧心忡忡,自言自语地念叨:我小孩喝奶,边喝边玩,总是喝到一半就凉了,只好放下,重新去热,热好,他又没了兴趣吃,真愁人。旁边有过来人父亲说:你就同时预备两个奶瓶,轮换着给他喝。飞宇若有所思点头,连声说:哦,对,对。短暂的几天里,他每天必打一个电话回家,问孩子情况。散会后过天津时本可以留下玩一玩,但飞宇须臾不敢耽搁,匆匆往南京走,说是想孩子,要自己回去带。别人带,不放心。

其时,他的获奖作品正是《哺乳期的女人》。后来这篇文章还得了鲁迅文学奖。

今年春上在南京又见到他,脸上多了一点肉,一笑两个酒坑。一见面,说:我儿子会骂妈妈叉了。去扬州的车里,一路又听他在说儿子:小家伙已经开始讨人嫌,大人正写字,小孩蹑手蹑脚过来,伸出一根小指头“噗”地在键盘上按一下,就把他一天的工夫全弄没了。说是气,然而哺乳期父亲的脸上分明洋溢着旁人无法懂得的幸福。

当了父亲的毕飞宇写作风格跟以前有了明显不同。我更喜欢和推崇他前期那些有强烈美学旨皈的、超验的、满怀着对历史的释疑和沉迷的作品。后来,他文章里渐渐就充满了烟火气,以及对人性体贴入微的柔情。常能见这样的句子:六一节领儿子去买玩具,我儿子在柜台前高兴得像个贼……

哺乳期完全改变了父亲们的思维和内分泌。父亲们显得既幸福,又迷茫,兢兢业业恪守着一份袋鼠式的哺乳事业,且行径都有些大同小异。在去郊区旅游的车里,父亲李师东眉飞色舞,向众人传授哺育胖墩儿子的经验:要到赛特买一种进口原装的意大利通心粉,然后要到燕莎去买专门与面相配的三十四块钱一瓶的进口肉酱,而后煮的过程不要超过三分钟;给小孩做鱼要选择刺少的黑鱼鱼肉,削成薄薄片,快速滑熘……父亲李师东最经典的拒约口头禅是:嗳,嗳,我今晚去不成,待会得到学校接小孩儿……另一个哺乳期父亲名叫李洁非(化名荒水)的,电话拒约时则永远是低沉着一副沙哑嗓音说:不行啊,去不了,我得在家带孩子……

可是再听听那些身为人母的又怎么说呢?

徐小斌说:好的,我肯定按时到。孩子有他爸带着呢。

赵凝说:行。待会儿我打个车去。孩子送他奶奶家去了。

……

再后来的情形,就是满北京,能看见女人跟女人一起扎堆聚会的多了。她们泡酒吧、下饭馆、编杂志、做节目、飙车、钓鱼、划船、登山……玩得不亦乐乎。任何一个公共场合,都能发现女人和女人在一起工作游玩的身影。而那些哺乳期的父亲们,家庭负担太重,别人也不太好意思再带他们玩。他们也就只能越发专心地在家哺乳。

这世道,说变就变了呢……

1999 年 11 月 29 日

(《青年文学》2000 年封二,《清气乾坤》专栏)

李洁非：天涯·明月·刀

这个人，横跨僧俗两界；

这个人，走过八九十年代的中心与边缘；

这个人，不说话。

说话的人并不可怕，总会留下话语的缝隙可钻；

不说话的人，将浑身的破绽都封死了，无法找到进入他的穴道。

也将奉命写他印象记的人逼到“画说”的绝路上。

二十岁就闯江湖的，三十岁时就必然老掉；

更难以忍受的，是行走时的孤独。

没有对手，便左手对右手。

左手剑，右手刀。

剑，晃出剑花，修身养性，是玩；散淡，轻慢，似一个玩世不恭的坏小子。

刀，刀刀见血，直逼七寸，是活着；出手时极快，超出了速度和时间的极限，一刀也就将人定位。

无数看客，心怀叵测，欲看一个“以子之盾，攻子之矛”的热闹，窃盼他的刀和剑厮杀起来。

然而诸种幸灾乐祸，却一直没有得到实现。

因为,刀和剑都已成了他身体的一部分。

一个人,左手和右手是轻易打不起来的。

……一条顺流而下的江船上,“猎艳队”的高手纷纷举止狂放。唯这人心怀不乱,眼波不撩,只挟一盘棋,袖手清谈,昼夜与人对弈。末了,告别酒宴上,这人只超拔一唱:我坐在城楼观山景,眼见得城下乱纷纷……

一曲出口,立即惹得芳心倾情。别人的努力顷刻之间都成了铺垫。

……

天涯·明月·刀

荒水·洁非·剑

……

君知天地干戈满,

不见江湖行路难。

出手如梦?

一握成拳!

1998年12月27日

(《青年文学》2000年封二,《清气乾坤》专栏)

叶舟:在地为马,在天如鹰

一、相见

1. 在叶舟的诗集《大敦煌》的第137页,夹着一张十年前我顺手搁放的暂充书签的便条,就是宾馆床头柜上搁置的那种常见便笺。那上边的抬头是“敦煌市悬泉宾馆”。便笺底下,压着的是叶舟的诗《青海湖》——“心灵的继承者!/这野花沸腾的水面多么宁静”;便笺上边,有我涂抹的零星句子:“刀子中的刀子/你是/男人中的男人/王中之王”。

用铅笔,也是宾馆床头柜上跟便笺配套的短铅笔。

2. 十年后,为了写这篇叶舟评记,我重新翻阅《大敦煌》,于是乎便与这张古老的便笺不期而遇。纸笺已经发黄,而铅笔字迹仍然清晰。

3. 一折小小的便笺,见证了岁月,也见证了当年,一个文学女青年为一个诗人迷狂的过程。

4. 还是要从这首《青海湖》说起。

5. “心灵的继承者!/这野花沸腾的水面多么宁静”。

——《青海湖》开篇的诗句,轰然作响!它构成了我跟诗人叶舟的第一次相遇。

6. 1998 年秋季,我跟随西南军区的队伍进了一次西藏。有过进藏经历的人都知道,人在高原时,顶礼膜拜,奋力向上,同时又头疼缺氧,生不如死;一旦回到平地,事后的回忆咀嚼里,全是圣洁的唱诵与光荣,很容易犯上“西藏控”。那种高原情结会持续一两年高烧不退。更有甚者,像当年同去西藏的刘醒龙兄,“高原控”一直延续了十几年,一提西藏就大脑缺氧、眼泪汪汪!醒龙兄终于在今年秋天又上去了,上去之后果然激动,含泪发短信,写诗,诉说被高原提升的海拔高度。

7. 在地球的高地,无人处,理想主义者和浪漫主义情怀的人群纷纷萍聚撞击。站得越高,脑袋越大。世界在太阳穴里嗡嗡作响。

8. 我的西藏情结也持续了大概一年之久。回来后疯狂阅读有关西藏的书籍。某一天,在一家小书店的不起眼角落里,发现两本《西藏旅游》杂志,彩色铜版纸印刷,精美漂亮。我立刻如获至宝,站在架前翻阅。蓦地,《青海湖》,那些带着海拔、带着高原寒气与凛冽的诗句,咚咚咚撞击我心扉:

> 心灵的继承者!
> 这野花沸腾的水面多么宁静。
> 野蜂凄艳
> 蝴蝶呼喊
> 一阵阵高入天堂的狂雪引人入胜。

9. 站在原地,逐字逐句读着,水汽潋滟的诗句,写的仿佛不是青海湖，是西藏纳木错，我到过的那个有着海拔4700米高度的高原神湖。

10. 像十万散失的马群——
披挂了精神的经幡。
哦，我内心的气象和海拔
将毁于一旦
——《青海湖》

11. 被这样的句子迎面击毁，痴痴的，呆呆的，一时竟不知今夕何夕、今年何年。高原上的峥嵘岁月扑面而来。将这两本杂志买下，回到家中，之后做了件更加痴迷的事情：将《青海湖》一字一句抄写，用那种湖蓝色的西湖水印信笺，然后寄给同去西藏的女作家川妮。当时她还在成都军区服役。沉浸在“西藏控”里的我俩，回来后还时不时互相写个信，回忆一下高原什么的。

12. 川妮很快回信，由衷赞叹：诗人真他娘的伟大！

13. 那个年代、那个岁数的文学女青年的为诗癫狂为人笑，由此可见一斑。

14. 从那时起，就记住了一个叫“叶舟”的诗人。同期杂志还刊了他的另外一首诗《打铁打铁》。这么刚硬又翩翩的诗，作者一定是那种外表粗糙、内心细腻的西部大汉吧？或如我们在高原上见到的红脸膛藏族男子？

15. 有机会一定要见一见这个名叫叶舟的诗人。

16. 隔年，机会来了。又有一次跟随北京作家队伍去敦煌的旅行。先到兰州,要有一个程式化的两地作家对谈。看到预先发来的与会者名单上有“叶舟”两个字,不禁眼前一亮:就要见到写诗者本人了!等到两边人马安定下来坐好,我偷偷打听哪位是叶舟。有人指向对方人群。顺手指的方向一看,跟想象中的形象相反,却是一个安静的白脸青年。不像西部汉子,却像古代南方遗留下来的白面书生。

17. 看他瘦削的身材和面庞,我暗想:他哪里来的那么大力气,锻造出那么有力量的诗句,胸腔里能藏得下雷霆万钧?

18. 轮到要说话时,我说:来到甘肃,与作家都不太认识,就是想见见叶舟,很喜欢他的诗,还曾经抄录下来与朋友共赏。现在终于见上了!我非常高兴……

19. 叶舟接话说:我们在北京见过。

20. 底下人群“轰”的一声笑起来。北京这边小怪话就起来了:瞧瞧,瞧瞧,献媚没献好吧?见过人还装作不认识。

21. 我的脑袋也“嗡”的一声大了,无地自容,赶紧自我解嘲说:是吗?可能是当时人太多,不记得了。人记不住,却能清醒地记住你的诗。

22. 同时,心里却在愤愤:不插话,给人留点面子,会死吗你?!

23. 下会以后,才去握手寒暄,问他:我们什么时候见过?叶舟说:去年,在民族大学旁边,张颐武兄组织的饭局上。

24. 他这样提示,我仍记不得曾经的相见。颐武兄的气场,那叫一个大啊!雄震万里,笼盖八方。有他在场的场合,哪还有别人什么事儿哟!统统成了蹭饭的蹭会的蹭镜头的,摆设。别人互相记不住,也是应该的。

25. 好在,现实生活当中,叶舟是个随和柔软的人,对朋友很尽心。不一会儿,酒宴上一喝起来,就把前嫌忘了。

26. 一场指认的笑话,还是让"北京方面军"取笑揶揄了我一路。

27. 我们的队伍还要继续往西部腹地深处走。临别,叶舟赠我诗集一册,《大敦煌》。

28. 今日我再翻这部诗集时,发现,除了有我自己的数处眉批,整个扉页都是空白。竟然连个"请惠存""请指正"的字样都没有。

29. 足见,当年,那个写诗的小子,那个白脸青年,内心何等狂傲、狷介、不羁、怠慢!

30. "那正是他的黄金时代,是他的'十步杀一人,千里不留行'的大胆狂徒、醉鬼和侠客时代。"——十几年后,李敬泽在《叶舟小说集·序:鸡鸣前大海边》里这样说。

二、《大敦煌》

31.《大敦煌》就这样碰巧伴随了我的敦煌一路行。既是行游指南,更是精神指北。漫长的路途,翻到哪页读哪页。有时临睡前的小憩时刻,我和同屋的女作家轮换着朗诵他的诗,《敦煌的月光》《敦煌十四行》,献给常书鸿的《敦煌小夜曲》,献给张承志的《致敬》……

32. "大雪封山,只剩下我和敦煌/于最后一片草原,占山为王。/诗歌的王,女儿敦煌。"——《大敦煌·卷一·歌墟·西北偏北》

33.“哦，当日光渐近/ 屋梁或玫瑰的传唱：日光渐近——/这悄然的引领，只为青年知道/这神示之上的预支，只为美德听取。”——《致敬》

34.这些淬火的诗句，撞得人眼睛生疼。简直是要吐血的写法，一口，两口，喷涌，飞溅，喷薄而出，一直抵达命定的高度。

35.写完这部诗集的人，我想，应该气绝身亡。

36.有评论为证——颜俊：《叶舟诗歌中的速度》，见《大敦煌·附录》

37.有关“叶舟”的词条：“七印封严的书卷。/这白脸青年抱紧的药箱：在地为马/在天如鹰”——《大敦煌·卷一·歌墟》

38.果然，在诗人的举念、青春的盛会、祝颂和祷词都已供奉和捐献之后，在新世纪的黎明和曙光里，小说家叶舟开始呈现。俱形。

三、羊群入城

39.对于诗人叶舟来说，假如，诗是一种攀登、永无止境的上行，那么，小说的下坡路，就是直接通往死亡的。珠峰登顶的人，往往死在下山的途中。

40.叶舟用写诗的句子，来策划小说，语言仍然凛冽、倨傲，充满内在的紧张和爆发力。他用起承转合的情节，用故事的戏剧性逃脱了注定下山乏力的命运。

41.《羊群入城》《目击》《两个人的车站》……仍是一片诗歌的阵仗，处处燃烧有《大敦煌》余烬的火光。像一个蓦然闯入的孩子，以自己顽强的逻辑，不肯与生活和解。

42. 到了2006年，他摸到了下山营地，节奏舒缓，平心静气，宣布登顶后的撤离已然成功。评论家雷达这样评介叶舟20余万字的长篇情感悬疑小说《案底刺绣》："叶舟是著名诗人，他一旦着迷起小说，这个诗人的主体和小说便出现了一种奇妙的化学反应，并产生了一种奇特的文本。因为，诗人小说家的想象力比一般人的想象力飞翔得更远。诗人的敏感洞烛了小说，对人性的挖掘会产生幽深的影响，诗人灼热的目光面对女性，使女性更加美丽。《案底刺绣》一书，就是小说跨上了诗人想象力的产物。"

43. 作为小说家的叶舟，里里外外，完全是一副入世的样子了。在小说的会议上，也常见到他。在《十月》杂志那次笔会上，一见面就看他愁眉苦脸、心事重重，问是怎么回事，说是儿子在学校打架，被老师找上门来。我们一群写小说的不可救药世俗主义者齐声拱火，说：这有什么！男孩子，就该打架！大不了，你去代表家长承认错误，给人家赔偿赔礼道歉不就完了嘛！叶舟想了想，好像觉得也对，这才是生活的逻辑。于是眉头舒展，高高兴兴跟我们喝酒去了。

44. 2010年，叶舟的中篇小说《姓黄的河流》，写出了类同《大敦煌》的雄厚气象。在杂志上读过之后，我立即给他发去短信，赞这是一部中国版的《朗读者》。当然，也许他自己并不愿意这样被比附。

45.《姓黄的河流》是他十年下山、十年磨砺，励精图治、肝胆相照之作。他已经技巧圆熟，指挥调动有力，想象力丰沛，对母语遣词造句有讲究，自如地将跨文化情境、悬疑色彩、诡异情节……这些好小说里该有的元素都运用起来，构建了属于他自己的一个“文化论”的王国。

46. 在地为马，在天如鹰的诗人！

这一地鸡毛、醉生梦死的小说时刻，
可还记得，
那野花沸腾的水面，
曾经多么的宁静？

2010 年 10 月 24 日

阿来:依本多情

话说1997年年底京城的严冬,一个叫阿来的一脸沉静的藏族青年,端坐在朝阳区东土城路25号作协10楼的会议室,听一群学者、诗人宣判《尘埃落定》——一本奇书的命运。他面如重枣,色如佛陀,眉间一颗醒目吉祥痣,表情亦僧亦俗,深棕色的衣袍,鞋子上蒙着尘土,仿佛已经走过很远的路,磕无数等身长头千山万水跋涉到此。

尘埃落定。嘉绒草原初霁的雪地和啁啾啼叫的画眉,一下就把在座汉人们的心擒住。谁也不知道这个格萨尔王的后代、年轻的游吟诗人是从哪里来的,他吟唱的一段近代藏民边贸史也仿佛熟悉又陌生。精致、绵长的汉语纪事,不仅有甲骨和雕版的硬度,更有丝绸和羊皮卷的柔软,还加上了酥油青稞酒的香醇。人们都被这部说唱史诗迷住了。

谁能想到,这却是一次半民间性质的青春聚会,到会的拥趸,几乎都是初出茅庐不知天高地厚的年轻人。人们更无法想象,彼时,在1997年底开这个会时,《尘埃落定》的书还压在人民文学出版社的印厂没出来。人们看到的,还仅是《小说选刊·长篇增刊》上选摘的20万字书稿。

当然,就连阿来自己也没想到,不出几年,这部陌生藏族青年的陌生作品，就成为文学史上负有盛名的经典。

那次会，应该是可以载入当代文学史的一次聚会。在2010年的今天，在哪里还可以找到不花钱，完全出于热爱而给一个陌生作者和陌生的书开个研讨会的事情吗？没有了。而在那个时代，都说是商品经济大潮铜臭滚滚的时代，竟然还有那样一群年轻人，有信仰，有决心，尊重和崇拜文学，将写作当成神明，每每看到一部好书，读到一篇好文，就由衷喜悦奔走相告。他们将读书当成这一群人心有戚戚站在时代高地的接头暗号。

《尘埃落定》这部从1994年完成之后就在各出版社之间艰难游历的书，直到1997年才由《当代》编辑周昌义、洪清波将“疲惫的书稿”带回北京，人民文学出版社副总编辑高贤均看后称赞是部好小说，决定出版。出版社将订数定在很冒险的一万册。

当此际，中间出现一个人，对阿来这部经典的问世和后来的举世闻名起了巨大的助推作用。他就是当时《小说选刊》的编辑关正文。当时他常为他们的《长篇增刊》到各出版社抓书稿，高贤均向他力荐《尘埃落定》，他看过后决定先选20万字发。刊物出来后，又是这个关正文张罗要开个《尘埃落定》研讨会，并且决定“不要老面孔，不要老生常谈，刊物送到新派评论家手中，还送了一句话：有谈的再来，没谈的不必勉强来。效果是奇异的，研讨会本定在40个人左右，结果来了60多人，很多人是知道了《尘埃落定》这部书来研讨会旁听的，很快报纸上陆续出现关于评价《尘埃落定》的文字…… 这下该出版社坐下来商量对策了”（见责编脚印的回忆录：《阿来和〈尘埃落定〉》，2003年12月29日央视国际网）。

脚印女士大概还不知道，刊有《尘埃落定》的杂志还是由关正文自己开着车子挨家挨户送的，那情景相当感人！那次会，除了人文社的几个年轻编辑外，记得李敬泽、戴锦华、崔艾真、徐小斌等都去了，都发了言。我那篇发言文章题目叫《小说，作为一门叙事的艺术——读〈尘埃落定〉》，首先高度表扬阿来作为一个藏族作家，比汉族作家还要纯熟的汉语思维和表达；然后分析他的整个知识结构，就是受到《史记》以降的汉民族文学文化传统，以及欧美从马尔克斯的魔幻现实主义到米兰·昆德拉的性政治解构主义风格的影响；最后提到，以傻子为主角的故事，稍有一点文学史常识的人读起来都不陌生，比方说辛格的《傻瓜吉姆佩尔》，比方说君特格拉斯的《铁皮鼓》，比方说历史书记官的舌头两次被割比之于司马迁受阉刑……

阿来的写作可以说是继承了先锋派的叙述手法，同时又避免把自己对语言的纯熟敏锐把握当成杂耍技巧炫耀，而是采取更为平实贴近的态度，把所有的机锋、所有的才情，都在看似朴拙实则精道的叙事中加以掩藏。他运用他从前写诗的经验，将小说中的对话和描述处理成诗一般的有韵律的形式，但是比诗更自由；在隐喻的处理上更加明朗和豪放，段落结局处一些对历史的叩问和反诘时时呈现有华彩的调式；其对历史颠覆和反讽的面目在抒情式挽歌的豪华盛宴里总是欲盖弥彰。其间并无任何哗众取宠的噱头或添加某种媚俗的商业发酵剂，而是将小说真正当成一门语言的叙事艺术来做。从这一点上说，阿来也为今后的小说创作提供了一个方向，为那些业已瓦解的宏大叙事的恢复提供了一点信心，也同时辟出了一道可能险胜的蹊径。

我之所以要大段摘引1997年12月写下的对阿来的评价，目的无非是为了借阿来大师出点小名，也顺便佩服一下那个年代“我们村儿里的年轻人”先！人在年轻的时候，都是那么纯净、纯粹、心无旁骛，连喜欢也是由衷而纯洁的。如今，已过不惑之年的我们，再也无法激情燃烧的阅读某部书，然后抱着虔诚之心第一时间写出有硬度的评论。一如年届知天命之年的阿来，再也不会写出饱含青春气息的、抒情华美的《尘埃落定》，而是写出有如摩挲转经筒、参禅入道般的《空山》，写出大众欢乐文化辞典《格萨尔王》。

那次会议之后跟阿来也没有什么来往。无意中在一篇冉云飞与阿来的谈话录里见阿来说过这样的话：“在不少评价《尘埃落定》的评语中，我个人比较看中女作家徐坤所认为的我所做的努力，是在探讨一种取胜的险道。当然这种取胜并不完全是像竞技体育那种夺冠后的胜利感。”

这是发表在1999年第5期《西南民族学院学报》上的文章，他这样的谈话，让我不禁有了点小得意，也让我跟阿来心有戚戚焉。此时的《尘埃落定》还没获茅盾文学奖呢，所以阿来还可以提及一下晚辈女作家的文章。等到获奖以后，评的人多了，俺就挤不上咧，哪还能入阿来的法眼哦。

有关我的这篇书评，还有个后续的小故事，后来在刘庆邦的文章里又见提及。庆邦2005年发表在《山花》杂志《有关徐坤的几个片段》里说：“她有一篇评介《尘埃落定》的文章，我是偶尔读到的。看徐坤文章里流露出的那股子高兴劲，仿佛《尘埃落定》不是阿来写的，而是她徐坤写的。近年来，我很少看长篇小说，一是长篇小说太多了，看不过来。二是有点时间我还想着炮制自己的小说呢。出于对徐坤的信任，我把《尘埃落定》找来看了，一看就放不下。谁不想承认也不行，这部长篇真的很棒。”

当然，摘引这段文字，还是为了满足一把自己的小虚荣心，顺便也是到阿来那里请请功，让他知道俺是最早替《尘埃落定》鼓与呼做广而告之的人儿呀！连刘庆邦这种老实人都说好，那还能不好吗？2000年，《尘埃落定》摘得第五届茅盾文学奖桂冠。从此，书的命运和人的命运都要发生深刻转变。必须的！

鲜花、掌声、哗哗的版税、大师的桂冠，各种荣誉及官场头衔……纷至沓来。

然而，阿来这个藏回混血的汉子，有着巨大的定力，他的自在修为，已然进入很深的境界。往后的日子，我跟阿来在一些采风开会的场合频频相见，就体会到俗世之中一个肉身的阿来：含蓄的，多情的，叼着粗大古巴雪茄的，总背着巨大单反炮筒对准花花草草拍照的，已经像将军一样挺着小肚肚的，开会坐主席台时不如老干部那样能坐得住，而是每小时至少要借故离席跑两次厕所去外廊抽烟的……形形色色的阿来，品貌簇新。

然而，另一个“金胎”的阿来，却永远于文字中呈现：宽阔、厚重、内敛、精进、深沉、笃定……他能时时重起梵烟，却也世世依本多情。别忘了，他也是仓央嘉措的传人啊！

阿来就是这么一个有宗教情怀的作家，一个歌者，他以汉语诗的方式在大地上吟唱,以美妙动人的回藏舞步在异质文化中穿行。

2010年9月1日

邱华栋的猎户星

很难想象邱华栋会有这么细致长久的耐心，给我们展现出一部如此灿烂的表现历史与异质文化的小说。他的新长篇《戴安娜的猎户星》（《十月·2003年长篇小说增刊》刊载），文中呈现的绵密细致的肌理、优雅超然的风度，读后不禁令人生疑：这个持重沉稳的邱华栋，还是不是我们所熟悉的那个少年才子邱华栋？！

从这部他精心打造的小说里，我们可以品味出，岁月的淘洗，已经凿平了华栋身上许多的锋芒和躁动，使得我们的朋友邱华栋，更加老道、随缘、线条圆润、流畅，也比以前更加温和了。这是多么的令人慨叹！时间倏忽而过，韶华将逝，华栋已然不是那个整日在酒吧里书写城市欲望的毛头小伙儿，而是成为有着深厚艺术功底和扎实文化素养的青年老作家。多数像他这样很小就开始写作成名的童星，大都走不出"16岁的才子，20岁的明星，30岁的老不死"这一条古训，总是频频地一拨又一拨新秀涌起，而后又都是亮了一下相之后，写着写着人就没了。在一条道路上成名太早，厌倦也就来得快。在这一点上，少年才子邱华栋完全是个另类和异数。他已经将文学创作视作自己的不归路，先是做了刻苦的艺术训练和准备，然后带着宏大的理想和抱负，一头钻研进来，并孜孜以求，在成长过程中又在不断努力地学习，直至最后修成正果。在这部新长篇里，我们看到了华栋超越自己的努力，并跟他一起欣赏到了成功的风景。

在完成了一系列的城市欲望化生活的书写之后，邱华栋给自己设计的一个“中国屏风”系列，试图找到更高的坐标系，在全球化语境中，展示文明和文化间的冲突。这是极其旷远和廓大的文学策略和目标，在旁观者看来，几乎是这个物欲时代人力所不能及的。而华栋却已然悄悄开始上路了。他的这种长途跋涉的起点，就是这部《戴安娜的猎户星》，十分平静地将目光从当下热气腾腾的现实生活，转向了清寂的历史，转向了异质文化。从二十世纪中叶出版的一个英国外交官夫人在中国新疆生活的传记出发，以历史上存在的真实人物和事件为原型，展开了他多方位的关于历史和文化差别的想象。整个写作的缘起，用他自己的话说，是因为戴安娜的传记中有关新疆的那部分描写，激起了他对自己幼年和少年时代在新疆生活的回忆。“新疆阳光的气味、空气的感觉、大地的风貌都重新涌现，”他说，“对于我的出生地的回忆和探询，这促使我开始寻找这本回忆录文字背后的东西，最终，我写出了这本小说。”（邱华栋：《戴安娜的猎户星・后记》）。

的确，这是别有用心的取材，也是对自己既定成果的挑战。在写作里，他又一次回到了新疆中亚腹地，回到了他的出生地。以前我们只知道他擅长城市的书写，擅长塑造名利场上光怪陆离的景致和那些被欲望纠缠的各色人等。而新疆——这块他一直深埋心底的宝藏，从来秘不宣人，不肯轻易拿出来。如今，却借由一部他者的回忆，宏大地在我们面前展开，有着雪山起舞戈壁奔腾一般的既轰鸣又阒寂的交响效果。

在小说所构筑的两个世界——戴安娜的内心世界与外部世界里，相比于女性内心世界的微小细腻而言，外部世界的绚丽更引人入胜、蔚为壮观。首先是他对史料的搜集和运用，是十分严谨细致而有节制的。诸如二十世纪中叶西方与东方的关系的考证，包括印度从英国统治下的独立以及苏俄与中国新疆的关系；同时还有新疆与内地的关系，包括国共两党对新疆的态度以及二者的对立；另外还有英国与苏俄的关系、印度与中国（新疆）的关系；等等。一系列的历史线索都被疏密有致地整理运用，有效地写进戴安娜的生活背景以及内心思考中。年轻一代作家中，很少有人有能力有兴趣站在这样一个历史与文化的高度来回溯和反思历史。

而对外部世界自然景观的描述，则更是这部书中最出神入化的部分。对新疆家乡出生地的回忆、眷顾、热爱、留恋，致使华栋对古老山川大地风貌反复咏沓、吟颂，读后令我眼前长时间是一片炫目的洁白，几近于雪盲的效果。那是由冰川、冰谷、雪山、冰岩构成的世界。还有新疆中亚地带独有的炽热的阳光，肥美的草甸，枯黄的戈壁，怡人的绿洲，大地上的气味、颜色和声音……他对景物如此迷恋，不放过任何一处可能的铺陈、渲染，不放过任何一处细小的描绘，而且，最重要的是，他的内心里带着对万物至高无上的顶礼膜拜！

在叙述一个外籍女人的心理活动时，写作者选取了独特的视点。因为出场人物少，人物关系相对简单，故事情节也相对单纯，无非是戴安娜跟其丈夫的登山活动以及领事馆里简单的日常生活，戴安娜跟年轻的柯尔克孜族向导塞麦台“发乎情，止乎礼”的爱情关系，等等。因此，作者采取了电影的写法，用景物的丰富来映照人物的内心活动。

在描写人物活动时，作家就像一个导演又如同一个摄影师，不断调度着镜头。外景不断推移，场景从她儿时生活的印度（这里有毗湿奴教派的扎格纳特游车节，教徒恒河沐浴场面，丛林狩猎场景），延伸到她的家乡英国宁静的小镇，然后镜头推摇，依次摇过大坂，摇过南亚次大陆，摇过中亚腹地，来到喀什葛尔，来到新疆，来到作者描绘最拿手的地方。这些视觉画面的刺激，使得人物的内心世界变化，如同这里的景深一样显得富有层次、更加立体。同时，对人物的往世前生的书写，给小说增加了神秘感和宗教氛围。作者让戴安娜的前生是一个新疆王朝的公主，而塞麦台的前生恰是公主的恋人，让现实人物的虚拟之爱在前生得到肉体上的欢娱和满足。最后塞麦台为救戴安娜，被雪崩埋在冰缝里而死的情节，更是书中最有华彩、最动人的篇章。

在发表这部长篇小说同时，同期的《山花》（2003 年第 8 期）上，还看到邱华栋的两个短篇《收藏家》和《靠近你》，实在也是妙不可言，体现了一个真正成熟的小说家的写作。小说故事仍旧是写城市的，然而对人物内心气质抓得十分准确，故事跌宕，文笔摇曳。掩卷之后，感觉已经从中认不出从前那个握笔急驰的邱华栋了。这是一个沉静、内敛的，另外的邱华栋，也许是由于他正在遥远的城外诗意地栖居，远离了城市中心地带那翻卷的巨大的欲望旋涡，因而才能真正看清了生活的本质。

从《戴安娜的猎户星》开始，从前那个天才无畏的青年，结束了自己一段内心飘摇的历史，更加深沉、淡定、自然而又超然地走向了人生以及创作的新阶段。

2003年10月1日

好人刘庆邦

如今在中国文坛提起刘庆邦的名字，简直可以说无人不知，无人不晓。尤其是他的短篇，早已自成境界，多数作品像《鞋》《梅妞放羊》《响器》等等已成名篇。这些都是批评家们该发的言论，无须我们这些写印象记的人赘言。

印象当中，庆邦是个讷于言、敏于行的人。平常他的话不多，一般在人多的场合，无论是集体出游还是聚会饮宴，总听不到他的声音，仿佛他这人并不在场。但每逢开口，必有妙语警句或噎人之语。就像他的小说，总是不声不响，却总是那么地道，透着股厚重底蕴和顽强坚韧性，还有眯缝起眼睛笑得那么一股聪明、狡黠的劲儿。

庆邦的祖籍是河南。关于河南人，北京当地多有恶评，最著名的要数董存瑞炸碉堡的段子，英雄人物最后喊的一句话是："不要相信河南人。"但是对庆邦，相熟的朋友见面总爱逗他说："你不像个河南人。"如同人们对上海男人说一句"你不像个上海人"那样，调侃之中是实在的褒奖。庆邦听了这话，每每也不言语，只是一味地坏乐。河南籍的刘庆邦实在是个老实人，偶尔还有一点蔫儿坏，笑时不露齿，两腮憋出酒窝，眼睛眯成一条缝。出门总是背一个军挎，夏天的时候是军挎配白衬衫，冬天或者春秋季节就是军挎配小立领的唐装。草绿色的小军用书包几乎成了刘庆邦的标志性装扮。这个纪念物,是否在表明他在怀恋当年——他青春年少时代挤在红卫兵大哥哥姐姐们中间去韶山、去北京大串联的经历？不得而知。只知每逢他给我们这些后生讲起他那段“准红卫兵”历史时,往往都是眉飞色舞,深深自我感动和陶醉。

跟庆邦相识一晃已经有些年头。他是北京作家里受众人爱戴的一个。为人和善,有师长之风。庆邦是个喜欢喝慢酒、说慢话的人。每逢有几个对脾气的朋友把酒围炉而坐,推杯换盏,酒热耳酣,庆邦就脸色微酡,情绪渐渐入港,话也就慢慢绵长。有一年,一个文友送了他一箱“酒鬼”,我们几个爱喝酒又平常说话慢的人就跟他沾了光,跟着足足喝了一秋天又一冬天好酒。那真是幸福的好时光。闲来无事庆邦就喊我们喝酒,有时提拎着酒到作协林斤澜老人家里喝。林老也是慢慢说话、慢慢品酒的人,再加上庆邦的慢慢悠悠,我们就一边小酌,一边听他们讲古道今,味道十分醇厚。有时也拖着酒到“九头鸟”去,跟湖北的辣子叫劲;有时就随便捡就近的小酒馆,要几个没什么名堂的下酒小菜,朋友间慢慢叙旧,话时短时长,酒时慢时快,不知不觉,四五个人,两瓶酒喝光了。散时,醉醺醺的,有点明白“人散后,一弯新月天如水”的意趣。

2000年,我有幸跟庆邦同时签约于北京作协,成为“合同制作家”,差不多属于是“一个单位”的了,在大会小会上更经常碰面。每年年终述职时,庆邦总是高产大户。听他叨咕他的那些巨大的创作量,每年总是十几个短篇,外加中篇,外加每篇小说几乎都被各家选刊转载一遍,全中国的文学刊物上,可不就频频闪烁、每每闪耀“刘庆邦”这个光辉名字嘛！那时候他还要边写作边主持煤矿文联的一部分工作，其工作的辛苦及其写作的勤奋程度可想而知。

庆邦的文章也跟他的人一样，也是娓娓道来，不急不徐，浓描细画，充满了艺术上的悠久耐心。把他的作品连成序列，就会发现，除了写矿工题材，写那些生活在地球底层人们的人性、人情以及彼此间的仇杀与宽宥等等之外，再有就是写女性题材他也是个大拿。当今活跃在文坛上的男性作家中，写女人写得好的还真就是寥寥无几。2003 年年初在北京国际饭店召开的《小说选刊》发奖会上，《中国妇女》杂志社的两个小女记者手捧刊物到处送人，而且提出专门要找写女性题材的作家赠送。选刊的老师就把小女记者领到台前领奖的苏童和毕飞宇跟前，说：“喏，这就是你们要找的关心妇女题材的老师。”接着又四下寻摸着，说：“庆邦来了吗？刘庆邦来了没有？”

呵呵。不知后来庆邦接到那份反映妇女生活的刊物没有。看来他关心妇女题材的创作，已经为人所认可。

说他是男作家中最会写女性题材的几个人之一，几乎没有人会否认。周作人曾经说过，考察一个男人的品性，一个是看他对待宗教的态度，一是看他如何对待女人。庆邦文章中对女人有充分的体恤、关爱、善待，有悲悯之情和同情之心，往往将她们形同自己的姐妹。他的众多故事的主角都是女性，而且是乡村原始生命力旺盛、个性充分发展的女性。像《嫂子和处子》《姐妹》《不定嫁给谁》《相家》《女儿家》等等中的女主角，都是这类角色。故事都是在男女关系中展开，因而具有了一定的紧张感，并调动起读者对结局的预期。

《嫂子和处子》中的两个女人——二嫂和会嫂在民儿面前的强悍、盛气凌人、恃强凌弱、强迫就范，让一个出身不好的年轻人失去了童子之身，这简直就是一个很好的反女权的性政治文本。在这里，“强奸”的主角是由女性担当的，男性是被欺凌与被强奸的弱者。《姐妹》里来自同一个庄上的福梅和福兰，先后嫁到外乡以后开始还好得跟姐妹一般，后来因为彼此不经意说了各自的底细，一个说另一个小时候到了12岁还尿床，另一个说对方小时候曾偷过队里的红薯，因而两人交恶，事态进一步扩大之后两人发展成仇人。所谓“姐妹情谊”就因为彼此揭短的一句话而崩塌。庆邦在此得出的最深刻的结论是，人到了一个新地方后，都不愿意带着自己过去的影子，尤其是那些属于阴影的部分。因此福梅后悔把福兰也引荐嫁到庄上来，“她把陈庄的闺女拉扯到卞庄，等于把她的底细也拉扯过来了。一个人走到哪里，你的底细老是像影子一样跟着你，终归不是什么好事”（刘庆邦：《姐妹》《十月》2001年第2期刊载）。文中写的虽然是两个女人的关系，实际上还是写“政治”，是人与人之间交往的政治。

在这些意旨深远的小说中，庆邦似乎总是适时地对女权主义的理论进行不动声色的反诘。甭管她们叫嚷的什么“姐妹之邦”情谊之类的，实际上纯粹都是瞎扯，在人的行为因素中，“利益”才是至关紧要的，不管男人女人，谁欺负谁，谁强奸谁，谁跟谁好或者不跟谁好，最终都要服从于利益原则。

而另一类至真至纯的乡间女子形象的刻画，则充分表明了刘庆邦的美学原则。像《鞋》里给对象做鞋的姑娘守明,《梅妞放羊》里边的梅妞,《响器》里吹大笛的姑娘高妮,她们都天真未凿,充满人性的善良和质朴。几个故事本身不让我们惊异,我们惊异的却是作家对于女性心理的细腻把握和逼真描绘。若说《响器》和《鞋》里人与音乐合一、人在恋爱阶段的思维还算比较好展现的话,那么梅妞在与小羊羔亲昵嬉戏时产生的身体萌动就不那么好表达了。庆邦却也能给写得惟妙惟肖,还稍微有那么点“情色”色彩,真不知道他对女人的全身心的深刻理解是从哪里来的。

其实,我最早读的刘庆邦的作品是他的《家道》和《走窑汉》,那是充分显示作家的思想深度和刻写力度的作品,已经得到了专家和读者的一致称赞,获得过多方面的好评。接续《家道》这一系列的是《葬礼》和《户主》等与作家自身经历密切相关的作品,它们是从作家血液和血缘深处流淌出来的东西,情深意切,感人至深!而接续《走窑汉》系列的是《神木》《幸福票》《在牲口屋》一类,那也是作家生活经历的又一种见证,而且是刻骨铭心的生活往事。对于矿井和矿工生活的描写,将会是他终生挥之不去的题材。相比之下,他的那些描写女性生活的题材,倒像是顺手拈来,毫不费力,想表达什么意思,就借着这些女人们的形象表达一些什么意思,一般不会让自己的感情和别人的情绪伤筋动骨,在艺术上也是纯熟、老到,倒有点像炫技的意思了呢!

在新的一年的总结会上,庆邦的身份已经是北京作协的专业作家。在向领导和同志们汇报了他那更加巨大的创作生产量之后,他抚今追昔,不由自主发感慨:倘若不努力工作,便无以对得起这份职业。他说他甚至连每年的大年初一,一大早起来,也还是照常要坐到书桌前进行创作。勤奋工作不光成为了一种个人生活习惯,同时也在表明他对生活的热爱和感激。善良的人总会有好的回报的。祝愿庆邦在新的一年里龙马精神,万事大吉!

2003 年 4 月 18 日

南方的王干

1

用“南方”这一地理方位来标识王干，盖是由于受了他的新著《南方的文体》的启发。“橘生淮南而为橘，逾淮北而为枳。”中国南北学术风格传统的差别，便是将南方的帅哥才子，一律做成北方的领袖萎人。王干因其生与长都在南方，荫着南方树木的葳蕤，吸附着南方秀水的氤氲，因而灵动，因而茂盛，因而稠密，因而耐力持久，因而能在风头浪尖上随中国的新文学思潮颠簸跌宕直干到今。

也许会因而难腐或不朽？

某日，一群文友包括王干等在京都的酒吧闲聚，众人以猜谜益智的方式来打发盛夏夜晚燠热的时光。其中戴诗人口拈一谜“气死太监”，用来打一人名。众人皆奋力憋住心底的洞明，竭力装出一本正经的哑然。其间一名叫徐坤的女性，因不胜酒力也不明机关，晕头涨脑地瞪着酒杯脱口而出说：“不……是王……干吧？”

“轰”的一声，坏蛋们强忍住的笑一下子全都给引爆出来。戴诗人恶作剧成功似的连笑不止，王干也跟着众人暧昧地笑，露出他一粒粒整洁细腻的南方小玉米牙，非但不恼，嘴角还暗暗上翘出几分宽容的骄傲。

2

其实,这篇文章换一个跟王干更熟悉点的人来做更为合适,比方说,任意一个跟他一道从新时期一步一步扎扎实实走过来的男女青年文人。大概他们每一个人都会信口讲出一大串有关"成长的烦恼"的好玩故事给观众听。指派我来完成这样一项任务,故事就会多少显得有些支离破碎、不甚连贯。因为,我在1996年仲夏见到王干时,王干已经"老"了。

所谓"老"了:(1)是指相对于当年他站在王蒙家院子里的枣树下,一脸阳光灿烂,如同北方暖冬里一株小树般极力向上挺拔的青春情景而言。几年的时间过去,王蒙家的院子里依旧有两棵树,一株,是枣树,另一株,还是枣树。

据可靠资料记载,王蒙跟王干进行十次对话的日子,具体应是在1988—1989年之交。其时,王干也就是28岁左右吧? 28岁,在我不甚可靠的阅读记忆当中,当是钱钟书归国任西南联大外文系教授,开始萌发写作《围城》之念的时候;也是李敖决定不再穷经皓首追踪先师足迹,而是另辟蹊径"造反",以别一种方式进行文化突围的时候;还是胡适被选为北大英文部教授会主任,预备挑起"问题与主义"论战的时候……此等罗列并无他意,只是感慨"自古英雄出少年"时代之不可追。生不逢时,当是二十世纪六十年代出生的文人的命定际遇。若非如此,王干那一支充满朝气与灵秀的笔书写的将是怎样的"别一种历史",谁也不敢轻易对此妄言。

然而,命定的辉煌想躲也躲不开。至少,王干28岁时的这一部《对话》,已经作为“《新时期十年文学大观》的简写本”(批评家蒋原伦语)而当之无愧地载入中国二十世纪末文学批评史。

(2)也是指经过十多年的文学批评实践,王干已经建立起他自己独立于京派、海派两大文化脉络之外的,一种新型的批评写作文体:南方的文体。用他自己的话说,“南方的文体不是一个流派,也不是一个‘主义’,更没有宣言,他是评论的一种状态,一种犹如蝉之脱壳之后的新状态。南方的文体是一种作家的文体,是一种与河流和湖泊相对应的文体……”(王干:《寻找一种南方文体·自序》)。

王干用这样一种方式给自己的批评定位,足见他的智慧和聪颖。是文体而不是体系,这样既避免了打正面的遭遇战,免受一切所谓“正统”学人的攻讦诘难,同时又聪明地给自己确立了从边缘向中心突进的某种可能。实际上已经不是“可能”,而是一种既定的事实,他已经用他十余年来的创作批评的实绩,赫然矗立在中心的位置上了(用北京老百姓的话讲,就是已经成“腕儿”,已经有“款”了),他的南方文体不再是一种稚嫩粗疏的假设,而是这些年来一直伴随着他的批评的武器,是一种切实的强有力的批评方法上的沿革。他以一种流动的、描述性质的批评本文,向我们传统的固态思维提出挑战。在学院圈子里做科,卷子通常是被从后往前审阅,先查引用了多少拉丁洋文,再查掉书袋子的数目。做着做着学问,猛一抬头,却发现已经被学问给做了,这时难免就要心虚气短心力衰竭。而远在南方的王干因其超脱了师承,超脱了地域那种无形的“场”所发散出的圈里规范,因而也就能一直保持着年轻健康的体魄,文字之中少了一份限制与羁绊,多了一份怡情与忘我。所以他的灵气、他的少年老成的调皮也就藏也藏不住地在流动的描述中汩汩涌动着时隐时现。

3

如果说,中国八十年代的文学批评总是跟那么些个业内人士所熟悉的名字连在一起的话,九十年代的中国文学批评界,无疑也少不了“王干”这样一个名字的。

在没认识王干之前,就听到了坊间散布的种种关于王干的传说。用同是写小说的朋友小关的话说:“一个地区有一个像王干那样的批评家特别重要,要不咋能那样快推出一大批文学新人来呢?”用外文所晓强兄的颇为知根知底的话说:“王干就像一个头羊,率领着江苏的群羊,一拨一拨地冲向中国文坛牧场。”用北京最新晚生代作家座谈会上的七嘴八舌的发言记录说:“咱们《北京文学》怎么就不能像南京《钟山》那样往外推新人呢？你看王干,做出多少江苏新人出来?”

言语之中不乏感叹、羡慕之意。

4

当然,近两年来江苏文坛咕嘟咕嘟成串往外冒男性新人(很奇怪只冒男新人不冒女新人),除了跟新人们自己的刻苦努力、跟苏童、叶兆言等榜样力量的鼓舞、跟江苏众家杂志社的编辑们的栽培分不开外,还跟全国各地文学界一批同是六十年代出生的、正年富力强有朝气有才干的年轻男编辑同志们的辛勤培育分不开。他们共同在为推举新人、为中国的当代文学建设进行着无声无言实实在在的努力。仅举一斑：

王干，1960年出生，主编有"新状态丛书"，作家出版社，1996年出版，内收五位六十年代出生作家的作品；

李师东（《青年文学》副主编），1962年出生，主编有"晚生代丛书"，华侨出版社，1996年出版，内收八位六十年代出生作家的作品；

宗仁发（《作家》主编），1962年出生，率先在杂志推出"青年作家小辑"并策划"联网四重奏"活动，将杂志的封二封三开设成青年作家影集窗口；

兴安（《北京文学》副主编），1962年出生，主编有《蔚蓝色天空的黄金——当代中国六十年代出生代表性作家展示》（小说卷），中国对外翻译出版公司，1995年12月出版。

……

一代作家的成长，总是与一代批评家、编辑家的成长密不可分。比起那些"述而不作"或"著而不述"者，再或者是那些喜欢在成功者的头上捅一炮，专事拆台解构然后建构自身者，他们这些年轻的批评家、编辑家的劳动应该说更有意义，也更应该得到广泛的认同和尊重。

5

如果仅仅是具有才子气，那么王干还不足以在最短的时间内成为众家之首,兀立于才子之林。这个世界能够动不动随便要出点小聪明的男子几乎比牛毛还要多。王干还有他做为文人才子的十分仗义豪侠的一面。这一点他倒颇有些不太南方,而是显得相当北方,有些像我们北方的血性男儿。我不知道别人对这个“义”字抱有怎样的心理,至少,在我这样一个北方女人的心中,衡量一个男人的最通常、最基本品质时,“义”字当是高于一切。若是缺了道义、不讲信义、少了正义、毫无仗义,那么这位男人就好比是印度的一种黄颜色的咖喱软饭,“looks like shit and tastes like shit”,看着像屎吃起来也像屎。

当然文人有时一遇到一点风吹草动就爱做鸵鸟,这里边也有极其漫长复杂的历史原因可以追溯。说起来似乎是有情可原。可也正是在这时,那些仍然直立者才更显出了难能可贵的品质。南京的青年作家朱文的一本新书出了一点小小的波折一事,很可以让立志于文学事业的青年们从中窥出许多值得思索颇堪玩味的东西。闲来无事可以随意翻翻各地杂志报刊,顺耳听听各个方向来的传言,看看谁家还在继续发他的稿子,谁家还在一如既往地给他做着评论,我想这实在是一件很有趣味的事情。

王干的评论题目是:《船上 车上 马上——朱文的游走美学思想》,文载《山花》1996 年 8 月号。

早在 1993 年,王干曾做过一篇题为《一个幽灵:自省或批判——新潮文艺中的“文革”阴影》(《文艺争鸣》1994 年第 1 期刊载)的文章。文章在纠察诊疗了新时期文艺中的种种“文革”延续下的政治病灶之后,作者得出了一个比较中庸的结论:“事实上,这些年先锋文艺的兴盛就说明‘阴影’并不是最可怕的敌人，而商业化、金钱的诱惑才是毁灭先锋的‘敌杀死’。”以后的事实证明王干还是有点太乐观了。时隔三年，当历史进程已经推进到二十世纪的最后几个年头，社会主义市场经济已具雏形，且已经给人民带来了巨大的实惠，而距离“文革”开始和结束也已经整整三十和二十周年的时候，我们所不愿看到、不愿听见的蓄意诋毁改革、扼杀社会主义文艺新生事物的“文革”式的大批判语言仍如幽灵一般在古老的大地上徘徊。对此，王干文尾的结句：“如何在我们的思维中剥离‘文革’的限制与压迫，走出那个巨大的阴影，已变成了一个不可回避的难题实实在在地放在我们面前。……还是要把‘文革’病灶的危害缩小在最小范围内，以保证先锋文艺健康并且充满青春活力地生长”，此番话语倒是深中肯綮，且具有无限的现实意义和深远的历史意义。

6

1996年仲夏我去江苏扬中参加笔会，与朋友顺路到《钟山》编辑部蹭饭。载着我们的车子七拐八拐，穿过南京老城一路婆娑的梧桐浓荫，才在一处端庄的类似于医院白色病房的所在前停了下来。上得南方的木质小楼，又是一阵七拐八拐，找到编辑部的牌子，探头探脑进去，对着那密不见人、层峦叠嶂的火锅城（王干语）一般间壁起来的写字间喊了一声：“王干——”

“……”

没听清他回答了什么，总之是王干应声出来，身上并无炭火炉蓖烟熏火燎的乌涂痕迹,一件丝质的亚麻宽松上衣,一条质地柔软的栗色休闲裤,一双高邦的、美军侵略越南时在丛林里穿的那种软牛皮的翻毛软底鞋,一口松软温润的南方普通话,整个人清清爽爽,不是南方的帅哥才子又能是什么?!

忽然就想起小时候看过的卡通片《没脑筋和不高兴》,想起那些个大脑袋小细脖的聪明小人儿,不由得就偷偷地笑了。

1996 年 8 月 8 日

荆歌：飘逸一才子

这是一个典型的江南才子，长发飘飘，有着莎士比亚一般的巨大头颅，鼻梁穹隆突兀地耸起，三维立体的脸部有着鲜明的异族遗传痕迹。

这人高高瘦瘦，脚步徐缓，在江南小巷濡湿的青石板上无声地走着。冷风细雨斜溯而来，间或吹见隐藏于宽大袖管中苍白的十指——那正是他借以揭破日常生活真相的利器。

这个家伙，不说话时，眉宇间会显出淡淡的诗人般的孤绝与郁悒；而一旦他笑将起来，俏皮狡黠地呲出虎牙，顷刻之间，乖张放诞的皮相，又把这一切脉望都给破了。

这就是荆歌，一个敏感脆弱而又欢乐多情的朋友。多数时候，你分不清哪一个是真正的他，哪一种性格是真正属于江南才子的脾性，哪一种是属于长不大或不肯在现实世界中长大的率性顽童。

就是这么个过分夸张欢乐、同时又是极度脆弱敏感的荆歌，在湿漉漉的南方小镇上，激情四溢、兴致勃勃、执拗而认真地喃喃细语。以他自己南方人的方式，语速很慢，很清晰，富有节奏感，每个音节都要力图发出声音，绝不含混偷懒。不像北方人，说话快时，总会含混过几个音节，在喉咙里一带而过。他总是固执而漫漶地以他自己的语调把事情讲下去，不急不徐，流连忘返，迷恋地讲述

《粉尘》《鸟巢》《枪毙》《漂移》《千古之爱》《八月之旅》里的故事，一笔一笔，摹写着江南濡湿的童年记忆。潮湿的才气，就从那笔划里缓缓而出，极度膨胀，丰饶和臃肿了我们身体的每一处感官。当下生活也被那江南烟雨一并洇湿了，仿了古，成了一幅幅旧画，间离出一段段美学效应。于是，人世间的每一粒粉尘都成了流年郦影，都有了可供咂摸的醇厚滋味。

跟荆歌兄的相识，一晃也有了近十年时间。十年一觉扬州梦。十年烟雨满苏州？（现在也许应该说是南京。）十来年间，荆歌将自己的地理坐标不断纵横迁徙，从家乡吴江直到苏州，又到南京省作协，成为一名专业作家。期间活动半径的变化不可谓不大，然而，桃花不知何处去，人面依旧笑春风，他仍是初在北京三环安贞桥边“玫瑰坊”本邦菜馆见面时的模样：精瘦，长发，细高，孤悒，一眼望去，不是艺术家就是诗人。内里，也未见得他如何改变，不光是写作的风格、题材的一以贯之，就是对朋友的真诚友善，也丝毫未变。见面时他那满脸的笑意，仍是当年我们社科院一行人初次去苏州吴江同里时，他热情接待、一路殷勤为探看的样子；也是我们再次、多次去苏州同里退思园叨扰时，他不厌其烦、热情洋溢相陪相伴的虔诚模样。

文人总是靠气相接。气相投时，谁也没有理由不互相喜欢。朋友相聚，荆歌总是最无私、最忘我的一个。他妙语连珠，呲牙咧嘴，鬼话连篇，制造欢乐，牺牲自己，取悦他人，有时往往不惜把自己灌醉掉也要真心把朋友陪好。

最为有趣的是，2002 年秋天，我们竟在鲁迅文学院的学习班上，不期然当起了四个半月的同学。一百多天的时间里，虽然每天朝夕相见，回想起来，竟乏善可陈，没有什么清晰难忘的记忆，远不如每次在苏州城里见他时的亲密热烈——什么原因呢？也很难说。在那个受世人睥睨关注的狭小窘迫空间里，“授受不亲”会变得格外触目惊心，每一个代表地方政府前去学习的有理想的文学老青年，都三纲五常，三从四德，不愿意孔雀东南飞，而后自挂东南枝。或许更是因为，不只是审美要有距离感，就连朋友间的地久天长，也是需要一定的美学距离来维持的。天天的楼上楼下、低头不见抬头见，听一样的课，说一样的话，吃一样的饭，再好的朋友，也失去了新鲜感，交流时没有了火花，相距咫尺，反倒有了深刻的疏离。

荆歌的不变，他性情的一以贯之，应该得益于这些年来他个人生活的相对稳定——比方说他的妻贤子孝、家庭和美，他的跟我们一样四十而立、应该进入大修年龄段的身体各零部件的充分健康、起步停车上路运转一切正常……就是说，这么些年来，荆歌这部瘦车还从来没出过险，没发生过大的事故，他个人的身体以及灵性丝毫没有受到无谓损耗，并且在事业进阶上还呈直线形步步升高趋势……所有这些，都是造成他能指剩余、力比多异常、解闷儿宣泄、游戏主持编辑这本《情爱对话》的俗世根源。

不管他同不同意，至少，我是这么想的。呵呵。

这本《情爱对话》，于他而言，应是屈才之作，或者游戏之说。就像是在鲁院校园里曾经有过的那样，为着消磨漫长的光阴，南方同学通常会在夜晚闲暇时光里拉着朋友打牌消夜。荆歌也曾是积极主持者之一，他不惜献出自己的好茶好烟，悉心侍奉，也要尽邀朋友们玩上一把。且他牌风凌厉，知人善任，藏而不露。尽管做庄，也要虚怀若谷，躲闪腾挪，尽量照顾到每位参与者的感受，最大限度地牺牲个人输赢而给诸位玩家以快慰感受。他自己又从中得到什么了呢？

可能得到的就是幸福。手谈的幸福。说话的幸福。能够置身在人群之中的、未被那无限广大的空漠苍凉包围吞噬的幸福。

既如此，游戏一场，都是见情见性，谁还会在意牌打得好打得臭呢？

这场《情爱对话》牌局也是，当红的年轻作家几乎被一网打尽，捉对厮杀，相见出牌。众人皆是看着荆歌的面子，信任他的口碑和为人，回报他对朋友的忠诚和热忱，纷纷慷慨相助出来捧场，给他当说客，以自己辛辛苦苦赚来的江湖名声做担保，来聊些个不疼不痒的大众化泛化题目，陪荆歌过足一把主持人的瘾。

若说，主持人就是那么好当的吗？当然不是。任何一档节目，都直接表现的是策划和主持者的趣味。荆歌的这档栏目毫无疑问，处处体现出他个人的江南情调，才子趣味。如果换成一个北方人，情形大概就不相同，就不会有这么多绵软的尖团音，话语就会朝着凌厉、铿锵、掷地有声的方向节节逼进。

荆歌倒也不辜负人们的信任，竟然一直做将下去，搞得有声有色，还被评为杂志里最受欢迎的栏目。作为组织者，他得小心纠偏，既让它靠近于流俗，又小心翼翼，握着缰绳，不让谈话的方向往鄙俗的围栏靠拢。同时，要做总结，要理出关键性指导性的词汇，不至于让谈话成为一堆混乱观念的大杂烩，以其昏昏，使人昭昭。这时，我们才知道，荆歌原来还有另一方面正经的组织才能。

在选题的策划上，看得出他也颇费了一番脑筋。应时的题目，如何做出不同的效应？就因为发言的是作家，多半还称得上是年轻的作家，他们的话语就具有权威性吗？倒也未必。人多嘴杂时，就能显出各自情趣、品性的不同。看人在里边争抢说话，权当是看个人才智和心性的展示。每每看到熟悉朋友的发言，既觉亲切，有时也难免窃笑。

比方说那个大才子陶文瑜，功底深厚，满腹经纶。同时也是个极其聪明的促狭鬼。跟荆歌在一起，每每他们都成了哼哈二将，相得益彰，斗嘴斗得有趣。

汤海山，那个年轻英俊的“干部同志”，也是荆歌的死党，有签单和派车权。每次我们前去，他都被荆歌拉来全程陪同，鞍前马后，任劳任怨。众人嬉笑时，他则腼腆地侍立一旁，不多言多语。然而，见他在谈“性感”一章里几句不多的发言，优雅品性立现，令人刮目相看！

还有叶弥、魏微、戴来、朱文颖等一干江南美女，大家都喜欢荆歌，并且拔刀相助，但也个个机敏过人，显然她们对这个长着一张莎士比亚脸庞的家伙，怀着应有的警惕。还好，捧完了场，人还是囫囵个儿的，并没有被他给带到沟里去。

最后不得不说的是，尽管我对荆歌兄的才气高度赞美，但在这部小书中，有些题目，比如《换妻游戏》一节，超出了我个人的底线，换成我，是不会去做的，对其倾向和趣味也不尽赞同。性幻想是一回事,道德责任是另一回事,必须严格区分开来。就个人而言,对于爱情、婚姻、家庭,我还是有着保守主义倾向和宗教情绪,从不认为它可以轻侮或轻慢。这关涉到一个人的内心伦理与美学趣味问题。当然,我的这种个人选择,并不妨碍男人们兴致盎然地对此讨论与苛责。然而对于书中如汤海山般的往来有序和谈吐优雅,仍百倍尊崇而心向往之。

2005 年 7 月 24 日

魏微:从南方到北方

魏微是健康的,美丽、纯粹、落落大方。她给周围人留下的印象是:几乎没有什么缺点。

她的自画像在她的小说以及一些自述里能隐约见到。

第一次见魏微,还是在2000年的秋天,跟几个朋友应邀去杭州乐园做客。我们从北京出发,魏微跟随另外一个朋友从南方出发,同时到达那里。那一次玩得很开心。魏微喜欢玩牌,一玩起来,乐得什么似的,咕嘟咕嘟抽烟,还爱笑,朗声的,笑出了许多她那个年龄姑娘特有的顽劣和娇憨。在杭州,并没有工夫真正交谈,几个人得空就玩牌,天昏地暗,忙得连说话的时间都没有。极痛快。那之前,曾得魏微馈赠大作《情感一种》,是"新新人类另类小说文库"之一,魏微独具特色。她差不多是第一拨被命名为"七十年代以后出生作家"和"美女作家"的为数不多几个人当中之一,应该算做那批人中的"元老"。早期作品收录于《情感一种》那本书中,个别篇什以前在杂志上就读过,《在明孝陵乘凉》《姐姐和弟弟》等等,都极漂亮,给人留下的印象深刻,似乎都有成长之痛,很沉静,很真,令人慨叹。前者很华彩,记得是当年就上了《北京文学》评选的短篇小说排行榜;后者很发力,执拗得近乎于偏执,不可理喻的情绪,表达得很丰满。

后来，魏微就辞去了在南方的工作，只身来到北京，驻扎下来，专心写作，踏上了一条险峻的职业写作生涯。偶尔，众人还会聚在一起吃吃饭，玩玩牌。更多的时候，则因为大家都忙，北京地理交通又不顺畅，见一次面不容易，便只能偶尔通通电话互致一两声问候。

对魏微，我一向觉得有点熟悉了，可是当真正拿起笔，想写下这篇文字时，却发现在眼前走动着的那个真实可爱的魏微，实际上是模糊的，不确定的，充满了悬疑和捉摸不定的变数。比方说我们不知道她具体从哪里来，又要到哪里去；我们也不知道，究竟是怎样一种伤痛和情感方面的经验和记忆，支配和支撑着她的简洁、内敛的写作叙事；我们也不知道她的“南方”究竟是具体的还是她想象当中的濡湿南方；我们也更无从知道，她的“北方”——这个她已经遭遇或者可能遭遇些什么的“北方”，又能提供给她什么样的干燥写作动力或资源。我们只知道，她在她的文章里，无论南方或者北方，都是一派蛰居而又匆匆过客的模样。

而这些问题，在讨论别的作家时，就根本碰不到。对于那些相熟的或不相熟的六十年代往上出生的作家，我们能清晰了解每个人的履历：故乡、出生地、毕业学校、所学专业、生活经历、成长阅历……这些，都有助于了解作家秉承的文化资源和自我知识结构。然而，对于七十年代往后出生的作家，也包括魏微，这一切都模糊了。这给我们传统的知人论世的研究方法造成了很大的挑战。

这就是魏微的暧昧，以及隐秘。

也许就在她美丽健康外表的后边，隐藏着不为人所知的隐秘的伤痛和忧郁。身处俗世，热爱生活，酷爱加入集体游戏，积极主动与周围同志打成一片，会笑，会说话，明朗又快乐——这就是魏微辛勤奉献给大家面前的魏微。但是在这个欢乐的魏微背后，有一个缠绵、感伤、温婉、忧郁、沉湎于内心的小女孩魏微，远远地游离于我们这个时代之外，安静而有些执拗地叙述着伤痛的成长。那是属于她出生的那个潮湿的南方小城的，个人记忆中的艰难成长。她总是愿将个体的成长，有效地与历史发生关联，但却又尽力使它与我们今天的现实毫无瓜葛。从这一点说，她是她们那个“七十年代以后出生”作家中的异数。

来北京后的魏微，跟上个世纪写《情感一种》时候的魏微已经有了很大不同。当然，这也只是通过读她的文章而做出的结论。在今年年初春风文艺出版社出版的《布老虎中篇·春季号》里，有魏微的《夏日1986》。那是一篇用力很深的作品，探索人的内心情感和两个年龄差距很大的男女之间的性爱关系。文中的“姐弟”关系一次次陷入紧张，又一次次得到舒缓。最不能想象的是这惶惶几万字还只是个开头，她正将此铺陈成一个长篇。如此单纯的人物关系，如此单纯的生活背景(她甚至将一切时代记忆和痕迹都故意抹去，努力凸现“成长”本身这个让她迷恋不已的母题，那正是她的乐趣和偏好之所在)，要无限地延展下去。我们在为她的才智暗暗喝彩的同时，也不由自主替她捏了一把汗。但是一个人的写作兴趣，是不会因为别人紧张看出了汗而自行中止的。她还会不断继续努力地去制造惊人效果，以体会艺术创造的极度快乐。

魏微是个心性很高，同时又能保持自律，在写作上从不肯马虎将就的人。不光是在同龄人中魏微显得独树一帜，即便是跻身在其他的作家群体中，魏微也时时放射出光彩。她的短篇小说，一直出手不凡，在今年还被中国小说学会评选为优秀短篇之一。

今年年初时，读到她在《青年文学》杂志上开的专栏，开篇谈《关于七十年代》的那篇文章，生动，漂亮，富于激情和理性。许多三十岁往上的老同志们读了后都眼前一亮：江山代有才人出，或许根本不应以“群”或“代”论英雄，而应以“个体”来甄别才对吧？

后来也许是承受了某种压力，牵扯到某些连带关系，后几期魏微做的专栏笔锋收敛，明哲保身，又返归到书写成长记忆，将自身归囿于一个相对安全的地带。但同时，这个地带是不是也面临着越来越狭窄的危险呢？

2002 年 6 月 1 日

艾真:美女·狗·作家

我认得艾真家的这条狗。这是一条乳名叫“小妹儿”的小土妞儿。我见她的时候,她还是一只地道的小柴狗,刚从玉龙雪山脚下那个著名的丽江方向乘飞机“偷渡”而来,跟着她的主人住在北京四环路亚运村西边一座人声鼎沸的二十二层公寓楼里。那时的小妞儿,笨笨的,羞羞的,一双黑葡萄似的水汪汪狗眼睛,浑身黑白双色的皮毛,活像一个小熊猫仔。见了人来,“吱——扭”一声,闪到桌子底下,抱着一根假的肉骨头,啃啊咬的磨着小细牙,同时绷起狗脸,一脸严肃相,细致老练地观察打量起来人,眼里闪烁着高深莫测的狗生哲学。

想不到,两年不到的工夫,小柴火妞就出落成一个地道的美女作家!美人儿变得体形丰满圆润,谈吐仪态万方,穿着土褐色狗毛吊带背心,眼睛也变成了双眼皮,一见有客人来,扑上去就热情欢呼套近乎,一个劲地撒娇邀宠,摇尾乞怜,也不管对方是脑袋还是屁股,一律伸出小舌头“噗噜噜、噗噜噜”地乱舔,舔得人一脸一身的狗哈喇子。见此情景,有哪一个叫作“人类”的那个“东东”能不动心呢?又有谁能不被狗类的友好情意所打动?人类这个时候脑海里一定会不由自主地涌起那段著名的《狗的礼赞》:

在这个世界上，一个人的好友可能和他作对，变成敌人。他用慈爱培养起来的儿女也可能变得不忠不孝。那些最感密切和亲近的人，那些用全部幸福和名誉所痴信的人，都可能会舍弃忠诚而成叛逆。一个人所拥有的金钱可能在最需要的时候它却插翅飞走；一个人的声誉可能断送在考虑欠周的一瞬间。那些一贯在我们成功时屈膝奉承的人，很可能就是当失败的阴云笼罩在我们头上时，投掷第一块阴险恶毒之石的人。在这个自私的世界上，一个人唯一不自私的朋友，唯一不抛弃他的朋友，唯一不忘恩负义的朋友，就是他的狗。

或者呢，人类族群的脑海里也会刹时间回想起那个著名的尤金·奥尼尔的《一只狗的遗嘱》："不管我睡得有多沉，依旧能听到你们的呼唤，所有的死神都无力阻止我兴奋快乐地对你们摇摆尾巴的心意。"

这些话说得多么深刻而动听啊！虽然说得都未免有点沉重，完全是人类以自我为中心的感觉，将自己的人生哲学强加于狗类身上，但是那些信条、格言仍然能够千古流传万世流芳，赢得人类的普遍赞许。其中最重要的一个原因，就是因为狗类一族一直未能开口说话，他们没法吐露真言，用狗嘴道出自己的生存哲学。

如今，一个掌握了话语权利的狗版小愤青傲然问世了！且还是个美女作家咧！这该有多酷啊！

来看看这条笔名叫“酷儿”的美女狗作家的自述吧！看看她毫不掩饰、做作，大胆而狂妄，颠覆了自以为是的人类多少既成的理论和经验。

这条小美女狗作家，从小耳濡目染，跟着她那个编小说的崔艾真“麻麻”，偷看了太多的属于“儿童不宜”的文学类书籍，因而世界观变得奇形怪状：既简单，又复杂，既感性，又抽象；能说出一些大道理，又不理解这些大道理究竟代表着什么。她的家里呢，又整日价宾客盈门，谈笑有鸿儒，往来无白丁，来的都是一些似有精神病的一类文学人物。小美女狗作家就偷偷地听偷偷地学，慢慢地就变成了小妖精，也学会了臧否人物，指点江山，在贬低他人的同时不忘了给自己树立口碑——所谓“口碑”，也就是民间口口相传、私下里传老婆舌、用吐沫星儿堆起的一块块石牌牌。小美女狗作家总是要先声夺人，见谁就往谁身上扑，先舔他们一脸狗哈喇子，再抱住大腿往人身上蹭，赢得一番“性感”美名。

这些特点，都是被小酷儿的崔艾真“麻麻”给揭发出来的。她的“星妈”之所以要把女儿特长如实道来，也是因为熟谙明星炒作之道，知道女儿成名以后，身上的缺点立即也会成为优点，所以她要适时抖搂出一些，为狗仔队提供一些炒作猛料。

这个小柴火妞啊！获得的赞美越多，柴火妞先前的自卑越是荡然无存，渐渐把做人的道理也摸透了。她心里说：唉！哪一个美女作家不是出身平庸，长相一般，有一肚子狗心眼呢？我为什么就不可以来一下子？

于是酷儿就牛刀小试，果然显出了力量。

这是我所见过的最会说话的狗了。激情充沛。喋喋不休。看来，有了文化的狗，果然不同凡响。尤其是女人，掌握了话语权，可以向整个世界表达和倾诉，还可以随意对人和狗进行褒贬。汪！汪！汪！

这又是一条典型的聪明而不用功的小美女狗作家，优裕，闲散，悠然自得，表面贤淑，而内心狂野，艺术口味刁钻苛刻，十分懂得低调做人、高调做狗的道理，也会遵循德行、仁义、正直、友善这些狗类的优点。对于豢养她的人类——也就是养育她的爹和娘，以及掏钱买她书的衣食父母们，有绝对的忠诚和信赖，低眉顺目，笑脸儿相迎；同时，作为一个小美女，她也很自我，有时难免狗眼看人低，看人下菜碟。

小狗美女知道，朝夕相伴是一种力量。她的崔艾真“麻麻”和她那个其其格姨妈，最初脑筋一热，就学做“蛇头”，把她从丽江老家给“偷渡”回来，而一旦上手养上，就会舍不得离开。尤其对于崔艾真“麻麻”家这个资深丁克家庭来说，第一胎是狗，可不得了咧！狗爹狗娘爱她爱得把命也都豁得上。那样一种深爱和依恋，是用狗的语言难以言表的。

美女狗作家在感激涕零之余，她也时常这样想：回望自己的生活，如果她现在还在那个高原上的东巴小县城里，现在该是什么样子？说不定早已儿女成群，面相衰老，每日为了生存而奔波忙碌。哪像现在，如此小资，如此格调，如此布波族啊……

小美女狗作家知道自己现在已经离不开自己的养父母，离不开北京这座大县城。并且，她也知道自己将伴着他们度过十几年的好时光。父母在，不远游。世界上最浪漫的事情，是能够陪伴在父母身边，相偕相伴，一点点变老。她要每天对他们迎接、相送、撒欢邀宠，永远不弃不离。这是责任，也是快乐。同时，她也要把自己狗类一族的生活态度传导给他们：热爱生命，随遇而安。就像她娘总结的那样：

睡觉要有沙发睡，骨头每顿都有喂，玩耍要够不要累，犯了错误不挨捶。

呵呵，够意思吧？

这就是一条小美女狗作家的欢乐人生。我们已经见识了各种各样的狗。这个小美女狗狗非同一般：它既不像尤金·奥尼尔的《一只狗的遗嘱》和屠格涅夫的《木木》里的狗那么沉重，也不像彼得·梅尔《一只狗的生活自白》和恰佩克《嘿，杰西卡》里的狗那么循规蹈矩过完幸福一生，更不像石墨谦吾和秋元良平的《再见了，可鲁——一只狗的一生》那么有准备地煽情。这个来到人世才两年的美女酷儿，还比较痴顽，叛逆的思想比较严重。她轻松、戏谑、捣蛋、破坏、出其不意、异想天开，正值青春美年华，还不知道什么是忧愁，也不太关心自己是死在人前边还是人后边（有谁会在一出生就想到死亡？又有谁会因为惧怕死亡而拒绝出生呢？）对她来说，反正，活着就是快乐。

这只美丽聪明的来自西南高原的小美女，在这个物欲横流、狗欲当道时代里，借着女权主义猖獗之机，利用手中掌握的话语权利，一吐自己对人世的讥诮之音，以及对爹妈的感恩戴德之情，同时也倾诉着大千世界里，她和她的人类爹妈彼此相识相知的欢乐与愉悦。

2003 年 9 月 21 日

（崔艾真:《小狗酷儿》,春风文艺出版 2004 年 9 月）

张洁:恨比爱更长久

这是我早就想写,然而却一直延宕至今的题目。这个结论让我惊悚,我只怕它一说出口,就把“我们”——无数女人对现世爱情的期待给彻底泯灭了。这样一本用血和泪、疯狂与绝望共同交织构筑而成的《无字》天书,谁能破译得了?怎能想见,写出《无字》的张洁,就是二十年前,那个满怀亲爱、泪眼迷蒙呼唤《爱,是不能忘记的》的张洁?二十年是一个什么概念?二十年的风刀霜剑在一个灵性充溢、智性高韬的女人身上刻下数道年轮后,便会使她修成如此正果吗?

无字天书。无字我心。《无字》其实哪堪破译?!它只如一把无形的利剑,将人世间善男信女对待情事的一点点虚幻,尖锐地挑破了。很凉。也很伤感。作为叙事主角的女主人公吴为,在追忆自己与丈夫胡秉宸及其前妻白帆的关系时,时时回顾追溯母亲叶莲子与父亲顾秋水、外祖母墨荷与外祖父叶志清的一世情缘。三代女人的爱情遭际,一个世纪的离乱沧桑,压抑在传统、流俗、战争与革命情境下的命运坎坷,都令我们扼腕叹息。我们优柔的同情之心被深深地触动了,如同在读《世界上最疼我的那个人去了》时一样,书中的结论,在我们心间形成一个大大的疑问:俗世之中,男女之爱,与母女之间的血缘之亲,究竟孰轻孰重?谁是我们最后的情感寄托和皈依？不敢想，不敢问。只是将浸透着血和泪的一本天书拿起来，又惊恐地放下，再拿起来，再放下，如是反复，不忍卒读。

从前我们在《爱，是不能忘记的》那里懂得了爱，深深的爱，由禁忌之中而一定要完成和坚守的爱；现在，我们却在《无字》天书里理解了恨，由无际的爱而化生出来的恨，它同样是柔肠百转、刻骨铭心。若说在世袭传统压迫之下，祖母墨荷与母亲叶莲子那代女人的爱情命运还仅仅是可怜；那么像吴为与胡秉宸建立在革命年代的，有着强大的以反叛为前提的自由自主之恋，到最后竟也脆弱得不堪一击，这已稍微显得有些不可理喻。通常而言，男人都是功利之中的俗物，被生存迫压得躲闪来躲闪去，在计算精确后，总要找一个最稳妥的巢穴供自己安放沉重的肉身之躯；而只有女人能够单纯为爱而疯狂、而歇斯底里。这其中有男权文化一贯统辖、迫害、教唆的原因，也有女人自身内分泌方面的毛病，为爱情而燃烧起来的女性躯体，靠自身力量根本无法控制和扑救。无论是书中那个白帆还是吴为，其实是犯了一样的女人通病，以局外人之眼观瞧，不知她们反复离婚结婚复婚，共同为着争夺一个老同志胡秉宸到身边来供养，究竟有什么意趣。其实她们都很优秀，都能凭自己的力量生活得很好，比那个老来怀才不遇的胡秉宸要活得更好。依今人观点论之，只要她们把目光稍稍从胡秉宸身上侧开去，越过一面巴掌山，看看，好男人在路上到处都有，何必为一个负心人而撕扯不休？

然而，不行。她们的青春年华，她们的血与肉，名誉与热忱，都与这个人浇铸在一起了,她们为他付出了太多,她们的青春热情都要被他吸空、淘干殆尽。他总是把自己和她们分别合成一个人,又总是把自己从她们之中的一个身上强力撕开去,撕碎了,撕成两半,再与另一个人拼接,又粘贴成新的一个人,从而重重地伤害另一个。仿佛他喜欢做这样的游戏,从中得到充分的成就感和快感满足。那便是过往年代给男人脑中遗下的"妻妾成群"的后遗症毒瘤。而女人,在一个思想和身躯业已解放了的时代,谁还堪自己的身体总被撕裂?谁堪自己总被左一次右一次撕扯得血肉淋漓?

由此,怎能不生恨?!撕皮捋肉、撕心裂肺的爱,全身心的奉献、毫无保留而付出的爱,全都化成了恨,痛心疾首的恨,无以复加的恨。她们的恨是一条蛇,嘶嘶作响,吐着疯狂的芯子,将愤怒的火焰喷向仇家。只要她们的仇家还活着,就构成了她们自己艰苦活下去的力量。这恨直到仇家死的那一日方可泯灭。但仍不能泯灭,因为他的死不足以将情债偿还,却反而将她们自身恨着他、摽着他的"活着"也一起葬送掉了。构成她们存活的精神支撑登时垮塌,她们也随之满怀失落、惆怅与怨愤地死去。大幕合拢。人世间的一幕情戏方才收场。

女人们啊!

……然而这恨,却总显得虚浮,显得不那么真切。因为她发现自己明明还是不能放弃,明明还是不舍。在邂逅往日情人时,她尽量装作冷漠,假意寒暄,假装视而不见。然而在擦肩而过的一刹那,她仍听见自己心里"怦"的一声,竟发现眼角不争气地湿了。这时候她才知道,她嘴里说了多少恨,可她心里蕴满了多少爱呵!她为这种爱而愤懑、羞惭，同时充满自艾自怜。

哀莫大于心死。心中还有恨，就值得庆幸，因为毕竟没有忘怀爱，没像电脑没被装置时那样的白痴傻瓜。假如有了爱，不懂得细细体会和珍惜，像那个白帆和胡秉宸，只把它当成阴谋和手腕，那也是白活得可怜。生而为女人，本身就是不幸，就是苦命。一道凄婉哀怨的母性血缘，便是“我们”共同的来路，天生无法选择；而几许未来明亮的去处，却是可以通过奋争而达到。就像那个果敢的第四代女人婵月一样，说走就走，想爱就爱，命运完全由自己主宰。谁也休想以爱情或其他的名义欺侮、蒙骗，令我疯狂自挂东南枝，我却可以运用六脉神剑大法，想把谁挂在树上就把谁挂在树上。

爱不可怕，恨也不可怕，可怕的是冷漠。是见面假装不相识，是激情、热望、真心的泯灭，是一辈子都难以复苏的生命热忱。那些伟大的作品流传于世、散发永久魅力的原因，正是在于恨。在于说不完道不尽排遣不开宣泄不尽的恨，它将人带入无限形而上的迷思之中，促使我们早日将人生在世的生存疑惧破解。

而没有爱，哪来的恨？

正是爱，提供了一切恨所必需的先验性前提。

超度他吧。就像超度一朵谵妄的花。那样一种男人的水性杨花。

爱情本无所谓善与恶，只有自作自受，心甘情愿。

心、甘、情、愿！

1999 年 3 月 5 日，酒后酩酊

红真:今晚出去喝一杯

红真:

寄赠的大作《女性启示录》收悉并已拜阅。信中嘱我写点什么,沉思良久,竟一时不知从哪儿下笔。可能是你书中有关女性的生命体验击中了我,静夜吟思,感慨颇多。如此集中论述有关女性的专题,在你,大概还是头一次。八十年代的文学从业人员而今纷纷成了大师,记得我当学生那会儿,季红真的文评著作,曾是文学专业学生的必读抢手物。那时我还仅在书中崇拜上了你,且不辨男女。及至九十年代以后有机会与你相识,而后一再地相逢、相遇,从前较抽象的季红真逐渐具象了。每逢会议,听到一个铁嘴钢牙、脑瓜唰唰疾转的季红真在慷慨陈辞时,内心都欣羡不已。你那种说话吐字的高频率,优雅斜衔的一杆老烟枪,超强雄劲的大脑马力,直陈己见的凌厉风范,都让我的尊崇层层递增。因我自己在话语能力方面的缺欠,每逢必须发言说话的场合,一坐下来就开始心慌气短,听着季红真等人在前边嗒嗒嗒地口若悬河,就慌慌地在心里祷告说:老天爷保佑,快让季红真她们多讲两句吧!老天保佑,轮到我发言时快点到吃饭时间吧!我头一次见到自己的一份未经过目审阅的“访谈录”出现在杂志上时,刚刚读了两句,心一下子就揪起来了,读到最后竟至手心里攥了满把汗。

作为女性，当冲出一条血路突入既定文化时，谁个不披挂上冰的铠甲，哪个不心怀忐忑忧惧不安？就如红真你，一路潇洒写来，以二十个小专题为女性辩明后，末了，在最后的跋里还不忘了极力将自己从“女权分子”中摘出来，极力阐释“我为什么不搞女权主义”。女权主义在这里听起来多么像个贬义词啊！连这么优秀的季红真都不爱搞，别人，还瞎搞个什么劲呢？掩卷长叹息，我在想，是什么导致坚硬强大的季红真也给自己设置了一个自我悖论？你说你“不搞女权主义”，你就不是个女权主义者了吗？（严格说来，应称为“女性主义”更合适。）谁能认为你是作为一个男性在为女性立言呢？谁能不说你是在作为一个女性在替女人说话呢？虽然你在前二十章节里都将自己的感情隐藏得很好，俨然一副客观公正的“中性”立场，偏偏就是在你把自己从“女权”群体中摘出来的跋里，让我感受到了你作为一个在文化的高层中游弋的一代精英女子的一份酸楚和苦痛，让我读出了你作为一个实实在在的“女人”，而不是作为一个男人的历经不惑之后的沉沉的生命体验和凝重。女性主义何尝用“搞”？每一个出来做事的女人都是潜在的女性主义者，就像我们的女人身份不用假装，它挥之不去，打死我们也变不成个男人。然而它却能够通过另外一个途径办得到，那就是文化当中的“木兰情境”，经由男权文化的强硬的格式化训练熏陶，而后化装成男人登场。大凡能够进入文化高层的女人，其命运最后全都一致，那就是格式化完毕后，机器里边打印出来的整齐化一的批量产品。

冰的铠甲呵！其实是坚硬而透明，为的是维护自身脆弱的性别。不像男人可以用牛皮纸将心裹起来，随风塑形，混沌而污浊。女人们不断地争取进入文化，在千年沉默之后获得开口说话的权利，同时又拼命反抗和拒绝那种格式化过程里的粗暴和专断。因而文化中的女子先天就被赋予了一种自由精神，一种既投身进去又侧身而出的独立姿势。觥筹交错或论坛庄严之中，谁没有过因女人无心的“童言无忌”式的话语直陈，而遭至亲朋桌下狠踢一脚呵护我闭上乌鸦嘴的命运？坊间不是也常有季红真在某某次发言中快言快语，又很过瘾的“放炮”之说流行吗？虽然外表上看，觉得红真你已是社会化程度很好的一个，如鱼得水，能在文化里自由往来穿梭，当你刻意去论述“男”与“女”的时候，尚可以把自己的文化身份维护得很标准和规范。可一不小心，在抛开了一切经义之后，你还是在自由抒臆的跋里不经意露出了女人的马脚，露出了你作为女人的难言的坎坷和忧伤。

这还令我想起那次去东北领《芒种》文学奖，我们在一个暖气不足的房间里，裹着大衣，漫天漫地地闲聊。在谈到关于女性写作的某些看法时还显得相当投机，可一说起做女人的感觉时，就完全不一样了。你说为了给儿子辅导作业，才提前回了长春婆家。又说丈夫不爱吃羊肉，你就趁他不在家时煮骨头汤给儿子增加营养。那会儿我突然发现，外壳坚硬的季红真，内心竟有着那么柔软的东西，尤其是一谈到做母亲的感觉，整个身体的线条就全塌下来了。人世间最让人感动的，莫过于发现坚硬之中蕴涵着的那一层柔软。你身为人母，对于我等不肯生育的女人怀着巨大的悲悯，连眼神都是劝戒而居高临下的。红真笑我冥顽不化，如同嗤笑一个健康的青年女性残疾人。我笑红真内心白发苍苍,年纪轻轻说起话来就跟我婆婆一个样。

拜读你的论述,诸如“女人与孩子”“女人与女人”等等,我很赞同你对过往历史的总结和追溯。假如今后女性生存的一方天地再宽阔些,“男”与“女”的差别会否降到其次,而每个人的资质和禀赋却要显得更重要了呢?就好比是说,有些已做完母亲的女人,对世界的感知仍旧是死面疙瘩团一个,硬得发不开;而有些不曾生育的女人,毛孔和皮肤仍旧是龇张的,对世界的感受水灵灵毛茸茸,充满母性的慈爱和悲怀。并且,今后也不会再出现单纯的“女人整女人”,男坏蛋和女坏蛋,冒出来的坏水实质上都一样黑,其自私和卑劣,谁也不比谁好半分,谁也不比谁差半两。只要构成生存竞争中的对象化关系,彼此就是暂时的死敌,不是你死就是我活,谁还体恤顾念对手是男还是女。

我这样说,并不等于就泯灭“男”与“女”的差异,那样像是打自己作为一个女性主义者的嘴巴子。女人作为一个性别群体,在现存文化中的遭贬抑遭轻贱却是一贯而统一的。一个简单的例子:九个能干的女人和一个不怎么样的男人共同在场,常人的目光,肯定一眼挑中那个男人作为这一群中的头羊或牧羊犬。惯常的思维定势就是这么简单。

……说了半天,其实都是瞎讲,只不过被红真你著作中的论断触动了一根筋,努力想为自己无儿无女的生存状态找出一份合理依据。我等一群“无后”的女人彼此相约:将来呵,老了,就开所敬老院,老姐儿几个带上手提电脑,穿上钓鱼背心,找一个依山傍水处，一块儿钓鱼去。小老太太给老老太太端水、倒尿、递药片，老老太太给小老太太传授人生经验，提供小说写作素材。老妪们闲时养花种草吟风弄月，兴起时煮酒烹蟹，玩一玩曲水流觞对酒当歌……那时候，人间的女儿们早已享受到我们这代女人奋斗争取来的权利，亦如我们现在承的，就是二十世纪以来，我们的祖母、母亲们以至于红真这样姑姊辈们辛苦奋斗争来的女性权利的福荫。若不然，如我这般“不孝有三无后为大”之流，早被夫家休掉然后自挂东南枝去了。未来的女性权利的争取，还要仰仗和依托于文明发达世事昌明，以及民主与法制机制的健全，个体权利能得到最大程度的保障。到那时，女性的一方天空，才真正不再像过去一样狭窄而低矮。

实在说，红真，有时候，我也在想，咱们女人，是不是不该把来路和归途看得太明白？太明白，就活不下去了，等于踩在了地狱的脚踏板上。罢了，罢了。不再想。红真，咱们还是喝酒去吧！醉眼看人生，模模糊糊，摇摇荡荡，像是攀在了通往天堂的秋千索上。你没见今夜的树都蜷在风中懒懒洋洋，你没闻到葡萄酒美丽四溢的绛红色醇香吗？红真，把儿子托付给丈夫，且放开尘世的羁累，今晚咱们出去喝一杯！

咱们荡起秋千上天堂。

1998 年 4 月里的最后一天

（季红真：《女性启示录》，珠海出版社，1997 年 12 月）

江山如画皮，人生如梦遗

——李敬泽之《小春秋》

敬泽的文字是玲珑的。是玉面玲珑，包了浆的，思接千载，神游万仞，八面威风，水润圆通。《小春秋》是一部才子之书，六经注我，我注六经，天地玄黄，宇宙洪荒。历史在他的笔底鲜活，千年智者披发当风，孤独求败，既轰轰烈烈，又灿烂淫靡。终不过，是江山如画皮，人生如梦遗——把历史读成小说，把日子过成段子。非如此，便不能照见历史和人性的本相。

如今江湖之上，勇猛无畏挑逗撩拨历史者何其多也！《小春秋》腰封上那五行广告，从《百家讲坛》一直数落到过世的张爱玲她前老公，竟把庸、昏、奸、痴、娇几种模样唠叨全了。真乃“妖风”，“毁人不倦”矣！商家急着卖，也不带这么比附的。

《小春秋》虽然形式上也轻快照人，然而却大自在中有大庄严，小得意里存小须弥。李敬泽虐浪笑傲，谈经论道，看似拈花摇扇，纵意恣肆，却于轻拢慢挑中随处留意，谨小慎微，苦心孤诣，孜孜以求，怀有国学大师钱穆所说对历史的“温情和敬意”。他隔了时空，穿过《诗经》与《论语》，越过《春秋》《离骚》《史记》《酉阳杂俎》……会访先哲先贤，自由轻松与历史对话。“星沉海底当窗见，雨过河源隔座看”，李商隐的入道诗《碧城》，成了进入历史隧道的入口和出径。星沉雨过，海底河源，皆当窗可见，都隔座能看。“海底”与“河源”，蓦地，竟跳空高开，平起两个八度，在收口时拨了上去，系紧一根虚无完美的弦。义山诗那些繁缛的意象，竟不复隐晦与消沉，转而成一个当世者宏观世界与宇宙的气度和海拔。

每一代人都有自己对历史的解释和应答。《小春秋》或许就是我们这一代人心中的历史，是一代人的怕与爱，是对历史“不二法门”的生动的文学性表达。历史，在一位才情横溢的文学批评家眼中，纷纷还原成“人”的故事。人性尽情勃发与袒露，人性的强悍与弱点同样暴露无遗。从形形色色的历史纪事里，他探讨人类的道德底线（《那些做不到的事》），考量自由的限度（《独步可以舍我乎》），研究公共事务与私人事务的区别（《活在春秋之抱柱而歌》），同时也看到鲁迅所说历史“吃人”的本质（《其谁不食》）。他要努力探究，在没有宗教依托处，那些支撑人类精神的动力来源。从伍子胥过昭关一夜白头“两千年的孤独，三千丈的白发”里，他看到了英雄的孤独和力量（《伍子胥的眼》），从长期风行的历史悖论里，他更是无畏地为知识和知识分子正名（《当孟子遇见理想主义者》）：“对于那些不管以劳动伦理名义还是以精神纯洁性的名义，剿灭人类精神生活的人”，他要大声昭告：“任何一个人的精神活动，都终究离不开人要吃饭这个事实。他的思想、想象和精神是他在世俗生活中艰难搏斗的成果。即使是佛，也要经历磨难方成正果；而人，他是带着满身的伤，带着他的罪思想着。思想者丑陋，纯洁的婴儿不会思想。”可谓噔噔嗒嗒，掷地有声！充分体现一个真正知识分子的担当与正义。

《小春秋》里的文字，枝叶纷披，妖娆妩媚。美艳绝色的形容词雕栏玉砌成深宫后闱，人走进去，乱花迷眼，闻香先醉，欲罢不能，后悔自己当初练了《葵花宝典》。看得出，这应当是作者一次比较愉快的写作经历，御风而飞，几千年的歌吟复沓过后，终于在一袭生命华美旗袍上捻出骚子。唧唧复唧唧，离骚复离骚。几千年的文人墨客也都像屈原的门徒，骚情、骚动、骚乱与风骚，薪火相传的才情气质终归涂抹不掉。

由于作者太有才，词藻过于绚烂圆润华丽，因而往往容易滑向边界，一不留神，就跑偏了——不是小沈阳的苏格兰裙裤没开裆开气儿的跑偏，而是观众眼力和理解力的跑偏。我的理解力就不太好，被他那汉赋骈文似的斐然文采撂倒以后，又踉踉跄跄爬将起来，从头检索，才能揣摩出他原本的端庄意义。也正是这种枝蔓缠绕交叉小径的热带花园繁景，才展现了文学家的纪事与史学家学术考据爬梳的不同，也才体现了文人读书笔记与精神思想史记的真正魅力。

小春秋，大般若。华严经说：“譬如一灯入于暗室，百千年暗悉能破尽。”隔着“海底”，隔着“河源”，《小春秋》仿佛让人看到：彼岸，一群披发孤独者，正红尘万丈，月黑风高；此在，一人带发修行，并一灯如豆，倚天屠龙！

2010 年 5 月 31 日

王必胜：亦庄亦谐说老王

王必胜的智慧，是纯爷们儿的智慧。我一直想写他，至今心愿未了。老王是个批评家，供职于京城著名某报，善写宫阁体文章，雍容工整华丽。表面没有破绽，字缝机锋暗藏。那时我们都敬鬼神而远老王。

后来，二十世纪末某一天，具体说来就是1999年11月20日，一个刮北风的大礼拜六，在东土城路的作协十楼，上下午连开了两场研讨会（据说是浙江方面年底突击花钱），把老王累得脑出血，当场倒在作协会议室里，也算是为文学事业鞠躬尽瘁。

120急救车尖利呼啸，当代文学批评史变得悲催。不料，老王一个月之后神奇康复，史诗湿屎于是变成医学传奇。“神马都是浮云”，病愈后的老王自言自语。从此，他意境通脱，超然淡定，与生病之前判若两人。其后出版的两部著作，不知何故，都命名成了“爪子”，《雪泥鸿爪》和《东鳞西爪》。爪子上面，再也没有猫假虎威的挠人指甲，只剩下掌心粉嘟嘟的小肉垫，犹如家猫和爱犬。我们都怀疑他颅内出血时曾采风去了一趟奈何桥，还被浙江人招待喝过一壶孟婆茶。

说实在话，老王的文章，我还是从“爪子”时代起才认真拜读。以前的台阁体，我也会写，所以每次只看看标题，看他又提携谁也便罢了。谁让他是我的学兄，受训方式雷同呢！这位官人师兄，自从脑子坏过之后，大脑就变得好使了。第一次是在《作家》杂志上，偶读他写的《朋友许中田》，带给我许多感动。贵报部长级的大猫，被他写成挚友，一点也不掺假，充满深切的悼念与感怀，读后令人眼圈发红。我当即给《作家》主编宗仁发打电话，对其表示赞赏："他要不是脑子坏了，也写不出这么有人情味的文章。"仁发兄在那头笑道："然也！"

第二次拜读的，是《雪泥鸿爪》里的《病后日记》，病榻前的兄弟之情，实在令人感动！因为那些人我都熟识，那些个潘凯雄、朱晖、李辉、贺绍俊、丁临一们，在老王病重命悬一线之际，都拿他当祖宗一样伺候。家人和单位的照顾，反而退居其次了。于是我就免不了想：这帮人，前世结下了什么缘？即便是断袖、断背、桃园结义、义结金兰，也结不出这样一群好兄弟来！老王是他们当中的长者和大哥，忍辱负重长兄如父的气质，颇像刘备、觉新、唐僧等等所有天下大哥。假若再给他插上一对翅膀，他就是那百夫中的天使长。平素聚会，都是官位最高的老王来张罗，提前守候、布菜、埋单，别的小弟只管见面斗嘴插科打诨，喝得酒酣耳热，他却忙前忙后，自己很少下箸，总爱用慈祥的眼神打量大家伙儿，仿佛是大家伙儿的亲爹，就等着人夸他句"今天的菜点得好"，便心满意足了。酒足饭饱，欲上心来，老王免不了和众牌友手谈切磋一番。所谓"牌中玄机大，座上欢娱多"，"问世间牌为何物，直教人生死相许"，皆是他妙文《牌局》中的格言警句，一不小心，暴露了一干批评家们的那点小嘴脸。因为写得太像，虽然用的代号，还是被人一一对号入座揪将出来。

第三次偶读，又是在《作家》上，《读写他们一组作家书信》，发表的是他十七年前因为编一本散文选集而留下的与作家们的通信手稿。二十多封信，十多位作家，从汪曾祺、叶楠到铁凝、蒋子龙、韩少功，全都保留得妥妥的，足见他是多么珍视，多么有心！给我印象最深的，是池莉的一封信，说“希望稿费不太低”。呵呵，这也是我想对老王说的。他跟潘凯雄编的散文年选，到现在还只是千字30元。稿费的事他做不了主，老编辑的优良传统，老王却全盘继承。凡他亲自组稿，登出后必会亲自寄送样报，稿费也会立即开出。他供职于那样的大报，又是个日理万机的头头脑脑，能够做到这一点，着实也是不易！江湖里的口碑，从来不是凭空得来的。年轻一代媒体人身上，这份优良职业传统早已经失传。

说起来，老王是大我一轮的师兄，中国社科院研究生院新闻系毕业，是正经做过科的。湖北人老王，生就一副头人相，浓眉大眼，鼻直口方，身高一米七八，两条骚长腿，一把豹子腰，大背头，浓直发，不用化妆，就可以去演电影里的伟人形象。像他这样八十年代崛起于文坛的青年才俊，活了大半辈子，夫人至今仍是原配，从古代到于今，这样的人儿，委实也是不多了哈，嘎嘎！

2011年1月26日

高洪波：赤子之心

——写在《高洪波文集》出版之际

《高洪波文集》凡八卷，皇皇四百万言，近由安徽文艺出版社出版。揽卷拜读之际，恰得中国出版集团总裁聂震宁《我们的出版文化观》、陕西作协副主席王蓬《王蓬的文学生涯》大书赐赠。骤见“文学生涯”几字，不禁莞尔：如日中天风头正健的一代，何来“生涯”之论？及见书中这几位北京大学首届作家班同窗间的彼此唱和，不由感叹：“恰同学中年”之骄子，当年鲁院与北大联办“黄埔一期”班学员，历经三十余载，勤勉用智斗力之后，早已做活、入神、通幽。一盘棋，下到如今，九段们渐次开始完美收官。

代际归属

选择高洪波作为“社会主义文化生产生成发展史”的研究对象，笔者深知这是一次冒险而严肃的旅程。不仅是因为研究对象本身正处于现在进行时的活动时态，前方尚有无限广阔的释义空间；而且，由于研究对象本身涉猎题材领域的广泛，也给最终确定其创作门类归属及其创作身份指认造成了障碍。笔者更愿意把《高洪波文集》（以下简称《文集》）看作是一部活动的当代文人知识分子的心灵史。充分探解其中奥义，探究这一代人在道统与仕统之间的文化传承，以及他们倾力把握二者之间平衡的能力，是这部《文集》提供给我们的精深奥义和价值所在。

无论是从代际归属还是从文学史研究上的个案而论，高洪波都极具代表性。他既为创作者又处于管理层，对其创作历程和作品的分析，就不仅仅要归于单纯以体裁和题材划分类别的当代作家作品系列，而是要归于另外一个"典型文坛"序列：丁玲、周扬、赵树理、张光年、胡风、老舍、夏衍、郭小川、浩然……由这些士人先贤所构成的由现代到当代摆渡的文学史序列（李洁非：《典型文坛》），归入张天翼、严文井、束沛德等儿童文学作家和管理者的序列。由此，高洪波身份的象征意义和作品的隐喻功效才能凸显。

这代人，完全是新政权诞生之后出生的一代新人，没有上一代文人知识分子在政权更迭和代际转换之时的内心纠结。他们从小写着"万岁"发蒙长大，有过鲜花明媚的少年时代，创作活动肇始于二十世纪八十年代初，是经由作家协会这个体制批量打造和培养出来的文艺新人。改革开放的三十年，是他们登上文学圣坛的盛世嘉年华。及至后来他们身处各个部门管理层，在社会主义文化生产链条中担负起承上启下的使命。

干部家庭出身的高洪波，少时富足而有优越感，曾为第二批而不是第一批入上少先队而深感郁闷。当同龄人当知青上山下乡插队改造时，18 岁的高洪波又幸运地当兵进了军营，获取了一条那个时代年轻人最光荣的出路。二十世纪七十年代末他转业进入中国作家协会，由炮兵排长转身而为《文艺报》记者，从此开启文学创作生涯新的一页。如此看来，他简直应该算是"衔玉而生"了，所有的程序都已经事先预置，前程平坦，康庄大道一望无垠。按理说应该天真无忧，只需被按下“开始”键，就会自动按程序一览无余运行下去。

如果不是曾经有过的挫折遭际，如果不是“文革”乱世中他的家庭曾有过受冲击的伤痛经历，高洪波的创作面目和人生走向还是不是今天这个模样？他的文章和人格气质中还会不会有“避”、有遵奉一代巨匠龚自珍的“剑气”“箫心”这些机缘？

“剑气”与“箫心”

我注意到《文集》中多次提到近代史上一代文学巨匠龚自珍对他的影响，从学诗时的手书抄录龚氏诗文，到《文集》第八卷末尾的跋，他将创作的起源和归宿皆落于龚氏诗文的发蒙与蕴藉。

诗海浩繁，古义渊薮。高洪波独选择了龚氏诗文加以尊崇，且最深爱的又是龚自珍晚年辞官南归之时的《己亥杂诗》，不能不说是命数作祟。龚氏这部大型组诗的沉郁与感愤，彼时正跟年轻高洪波的心境相吻合。当其时，他为官的父亲遭受冲击，家庭正跌宕在运动挨整的不幸中。年轻的高洪波心有所悸，且心有戚戚，对龚氏诗文中“落花”“剑气”“箫心”领会颇深。更有甚者，他还将自己书斋题名“避斋”，正取龚自珍诗句“避席畏闻文字狱，著书都为稻粱谋”。并请友人刻了一方闲章：“避斋主人稻粱谋士”。用他自己的话解释说，虽然境界不太高，但也是多一事不如少一事，乃在生活中疏淡自在、与世无争的性情使然。

一个“避”字，是他对龚氏诗文旨趣的感受和体悟。“避”非躲避与回避，而是不相与争，免除无谓的争议和争斗，力求办实事，忌矜夸。而龚氏诗文中盘桓萦绕的“剑气”和“箫心”的中心意象，则铸就了他诗心的美学向往。剑气多慷慨，而箫心常缠绵。这些意象构成高洪波自身的美学追求和人格期待，其现世宗旨即为直面人生、勇担道义的责任感。

于万千诗文中，独撞上龚氏诗，并由此规定了高洪波的命运和走向，如果不用《易经》里的运数来阐释，几乎很难从中解说。我们也可以换一个假设：假如当初高洪波学诗时喜欢上的是屈原李杜白居易等等，后果又将如何？气质决定诗心，如同性格决定命运。即便遭遇上或者曾经遇逢过那些人，倘若气场不相接，也会如风过耳丝毫不受影响。学诗途中，唯龚自珍之“避”之“剑气”之“箫心”，最能令他领受和会心。

有了“避”“剑气”“箫心”三柄长剑指心，姿态纷呈洋洋八卷本的高洪波诗文面目端的是清明俊朗！

从20岁时在军营发表第一首《号兵之歌》开始，到结集数卷本的诗集问世，其间无论状写边塞、军旅、咏史、怀古，还是感遇、唱和、思辨、抒怀，时时能见峥嵘激烈，继而可闻悯世伤怀。他的诗，着眼于比兴寄托，非显其辞采的华靡和意象之雕润。看似平淡疏朗之句，然“言在耳目之内，情寄八荒之表”。诗人常御风而行，行吟泽畔，诗出每每能与人同忧，与花鸟共乐。高原红土，边陲小路，洞房花烛，求学偶感，俄国纪行，雅典春天……都能让他倍感“人海茫茫，诗歌荣光”（《文集·诗歌卷》）。其写境状物，尤其志深笔长。

高洪波的散文随笔，与诗同源，谈天说地，往来酬唱，承袭古风，博通今雅。尤其是那些玩砚弄墨、拜玉藏石的鉴宝之作：《砚友》《书斋石》《玉缘》《琥珀，琥珀》《欢喜佛》《米什卡》……最能显其造化，已玩出很深的境界，颇有刘伶醉酒、渊明爱菊、东坡玩砚、米颠拜石之风，一度曾快要接近玩物丧志败家炫技的段位。却不知怎样一个机缘，让玩兴正酣的藏家戛然止步，一个华丽转身，重回儿童文学领地，加入“洪波金波大男婴创作群”搞低幼写作去了！

赤子之心

高洪波最后选择软着陆于童书写作且是低幼写作领域，率领一帮正在吃奶的孩子，咿咿呀呀，与鸵鸟对视，跟大象欢歌。于观局者看来，这一盘棋，当一系列高难度的技术动作“飞”“跳”“提”“尖”“劫”完毕之后，大模样已经派定。余者，只需谨慎若愚、守拙，步步为营沉稳官子，前方胜景基本不会有什么改变。

高洪波正是选择了当初落子布局的金角银边之地作为快乐收官之所。八十年代的鲁院与北大联办“黄埔一期”作家班里，他正是以儿童文学作家身份选入的，且是唯一一个获得全国儿童文学奖的作家。如果说，八十年代初为人父步入儿童文学写作领域时，高洪波还是“平调”起步，一切皆出于自在、自然的生命冲动；那么，新一轮他的“高调”重返，就已经是自觉自主的生存选择了。当高层的文艺领导者身份给自身的写作造成了难题时，高洪波选择了知其不可为而为之，且要有所为而有所不为。重返熟悉的儿童文学领地就成了此时最好的选择。

在外人看来，这不啻为是一次巨大的文学和政治上的冒险。

彼时的身份已经跟二十多年前起步时不可同日而语。再回原点，大人物而写小小文，如何降低姿态呼朋引类？作品又将遭受如何评判？再则，于陈冗繁缛的行政事务纷扰中，如何还能调整心境进入清澈透明的童书写作之中？须知，童心视野里可是最揉不进半点旁骛、些粒微尘的。

我相信，对高洪波而言，这不单是一次写不写、怎么写以及写什么的有关体裁和题材上的选择，这也是他周旋于群僚之中缓释生存压力的一次非凡努力。以赤子之心，童真之气，来平和、中正俗世烦扰和喧嚣，是为其此时写作的终极目的与目标。他自己也曾说过“童心是上帝对一个人最大的恩赐”。童书写作，在某些人那里可能只是不经意的爱好、稻粱谋的手段、畅销的法宝；在他这里，却是昭示心性、灵气的通道，是安身立命经世治国之大要。

凡跟高洪波打过交道的人，都不得不承认，“赤子之心”是离高洪波人格特征最近的品性气质。儿童文学界几位年轻朋友都爱称洪波老师为“任性的大男孩”，说他“天真纯朴，而且内心清澈阳光”。

写童书之于他，绝无牵强之迹，而是浑然天成，充满生趣与快慰。《孟子·离娄下》有“大人者，不失其赤子之心者也”；王国维《人间词话》也有“词人者，不失其赤子之心者也”句。曹雪芹《红楼梦》的释义，更加贴切：“所谓赤子之心，原不过是‘不忍’二字”。

正是这“不忍”，成就了一个赤子之心的“大男婴”童书作家。他写幼儿故事、编童话和儿歌，同时亦书写儿童散文、小说、评论。他的幽默儿童诗集《懒的辩护》，多次再版，“板凳狗幼儿童话系列”

已经成为《幼儿画报》上的超强品牌。用句网络上流行的话说，"哥写的不是文学，哥写的是寂寞"。哥写的也不是小鸭、小鹅、板凳狗和西瓜船，哥写的其实是大隐隐于朝的桃花源！

在童书写作这方圣土和乐园里，一个大象般的巨人顽强地保有心灵纯净并令人信服地保持着高度天真。

不可否认，作为与共和国同龄的一代作家，高洪波的知识结构、承继谱系里，有着前苏联文学的深刻影响，他的诗歌中也能见到郭小川诗浪漫抒情的影子，散文里隐约得现杨朔散文的深情隽永。因领悟了龚氏诗文的"避"，领受了"剑气"与"箫心"，有了赤子之心的情怀萦绕，故而，他的诗文才有效避开前者因时代局限而被赐予的战斗式豪情，也没有陷入后者往复三折"愿变成小蜜蜂"式的布局模式窠臼。

他的为人为文，境界通透，宽和的背后是犀利，一笑置之深处是对世事的洞幽烛微和莫须与辩。"避"字当先，他很少臧否，也免露机锋。然而一旦到了需要表明立场时绝不含糊。如对当年那场可笑的"大陆卷起金融财贸小说梁旋风"的批评，及至出手时也是直指七寸。

而多年的诗情历练，也使他的文思敏捷、倚马可待，常于瞬间出奇字奇句。笔者对此曾多有目睹。仅举一例：某次受邀去河北笔会，行至赵州桥，导游介绍赵州儿女多奇志，仅唐代就出宰相 17 名，历代进士不计其数，尤其是，新近赵州俊杰名录上，隆重刻有铁凝主席芳名。言毕，请留墨宝。领队副主席高洪波不假思忖，浓墨挥毫，提笔落下"一桥通心"！铺天盖地，几个大字，砉然响然，奏刀騞然！当其时，我正立于他身后，见字，不由使劲剜了他一眼，再剜一眼。思忖：从此，却要重新打量眼前这个笑意常挂脸上的貌似宽厚人儿了！一管软笔，却能奏出比庖丁解牛还要硬的惊心声响！

说到《文集》，笔者最喜他最后一部散文卷里用的那些炮兵排长高洪波记于1974—1976年的军中日记。那些激扬文字青春理想、年轻人强说愁的忧郁和惆怅，即使在今天也堪称青春美文。真个是质本洁来还洁去。说到底，这个红孩子出身的虔诚文学小青年，如今成为文坛骁将，也是势在必然。在《文集·后记》中，高洪波本人借龚氏诗谦逊，“梦中自怯才情减”“直将阅历写成吟”。我想，于今应该换成龚自珍《已亥杂诗》里另外两句：

“功高拜将成仙外”，“心史纵横自一家”。

2010年2月20日

徐迅:闲寂风雅处,禅心入定时

徐迅的文字太静了。静得令人心惊。看似波澜不兴,禅定处,却于天地间有大声响。不知为何,读他的文字,总会令我想起日本的《万叶集》及松尾芭蕉的俳句《古池》:“悠悠古池塘,青蛙跳进水中央,扑通一声响。”徐迅把过去推到前台,叙事以平调起步,舒缓,克制,没有高潮,甚至没有一丝起伏,坚定到有些执拗,以一种固定不变的节律,散步与遐思。他又是每个文字都发力,暗藏玄机,恨不得音节里都有灵魂扑上去——灵魂能有几瓣,容得下这许多消陨?

这是我读到的他的第二本书,之前是《半堵墙》。依然写的是时序物候,农事亲情,还有那些已经消失了的乡间手工艺。此时他远在千里之外,隔山隔水,于万丈红尘当中纪念它们,由此凭吊着自己的青春与童年。说不尽的闲寂风雅与物哀。

那文字看似老成持重,温润如玉,明眼人一看,就知还没怎么包浆呢。依然有深山里刚开凿出来时的清光与突棱,无论他怎么自觉摩挲、收敛,也依然藏匿不住那微微的伤痛和冰寒。他的“大地芬芳”,不是北国的一望无际平展展没有天际线的平原,而是南方的,被植物、雨水、秋风落叶、虫豸、小动物逃遁的浅痕分割的田垄、河塘、树林、油菜田。怡然平静的大自在里,却是层峦叠翠、气象万千。

当然,大地沧桑。大地不光如诗如画,还有劳作,有艰辛,他的文字里于是就有了对农人与自身的悲悯与体恤。只是那疼痛如黄连,总是被一小瓣一小瓣掰开,兑入糖水里,在需要时饮用,且细细回味。咂摸起来,才能体验现今日子之甜。当他说起1999年的“双抢”,乡村留给他的“疼痛”的时候,仍按照他自已的美学原则,跟说乡村的“美丽”是一样的基调。对农事劳作的憎恨、厌恶和逃离似乎是没有的。叙述到被收稻累得奄奄一息的弟弟时,却忽然宕开去,叙写弟弟热烈欢快的谈论世界杯足球赛;而磨盘一样转动劳作着的母亲、勤勉劳苦的父亲,对世界也丝毫没有怨言,他们的生命天生就是贴在大地的四季轮回里,永不分离。当说起那些乡间虫豸小动物,“写在虫子边上时”,似乎又有点得意于钱钟书的“写在人生边上”之喻,也像法布尔的《昆虫记》,一举一动里有着真切的欢愉和热爱。

徐迅就是那么一个能把握好温度和调式的人,绝不泛滥,也绝不亏虚。温文尔雅,含蓄冲淡,无数次的,循环反复,咏叹打造他的遥远的记忆中的乡间。一切为了符合美学规范,“克制”是他的优势也是局限。

跟徐迅的交往,是单纯的酒友和牌友的联系。酒肉穿肠过,佛主心中留。牌局酒局,他都不是中心的那一个,是主动往后撤,隐身到幕后候场区,置身其中又超然物外的一个。他的牌,玩得极精的,却不动声色,总是当替补的角色。人手不够时他顶替,人多时他主动让贤。他的酒,也是喝得极好的,即使放量喝,也抵不过矿上兄弟的三分之一,但是态度极虔诚,布酒,热场,当酒司令,学着煤矿人的豪放。他的好，细腻，体贴，你看不见，也不让人看见，属于润物细无声的，让你自是受用和享受着了，却不觉得欠他。

他就是这样凡事极力让别人好，谦恭着，维护着，顾全大局，成全别人。这种品性脾气，是安徽人该有的吗？应该不是，至少那个安庆人陈独秀不是，倒像徽州人胡适之，也许更像老乡张恨水。作为张恨水研究会的一名要员，那股“但愿人生长恨水长东”的气韵，无形中打造了徐迅的闲寂格致、风雅物哀。

曾想，面白形瘦的书生徐迅，应该是穿长衫的，戴一架老式眼镜，右手撑着油纸伞，左手提书，款款迤逦而来，从安徽到京城。罡风吹乱他的头发，棉袍子的一角被北国严冬的凛冽凶猛扯起。

如果，时光能够倒流，回到一百多年前，那个风云际会的大时代，徐迅这个安徽潜山人，以他的脾气秉性，当是哪个班主和扛旗的角色？张恨水？陈独秀？朱光潜？胡适？徽班进京，曾经改变了一段文娱历史，陈独秀与胡适，更是改写了新文化的命运。

而今，这个浮世里，一切都变了。我们再也无法改变世界，也只能想法改变我们自己。这才是我们这一代人的真正物哀。就譬如说徐迅，他只能够“山垂平野”，却无法“月涌大江”，就如同他的两个安徽籍老乡胡适与陈独秀在美学气质上的区别。没有办法，性格使然，命运使然，时代使然。行至水穷处，坐看云起时。我们就跟着徐迅的文字一起感受那些即将消逝的大地的美好，跟着他一起在浮躁的世界里努力气定神闲。

2010 年 8 月 17 日

裘山山的“天堂”和戴玉强的金嗓子

1

这个夜晚的解放军歌剧院注定要属于戴玉强和裘山山。一墙之隔的后海正在桨声灯里温柔地沉醉着，而此时，位于积水潭东南角的这家解放军歌剧院却在豪华灿烂地演绎着五十年前的青春理想和激情。总政歌剧团的歌剧《太阳雪》，豪情万丈，美轮美奂，正在震惊视觉的高原雪景中雄阔地展开。

戴玉强，那个有着一对桃花眼的魅力男人，与濮存昕同封为“中老年女性杀手”的偶像，此时正在舞台上深情地一展歌喉。

该同志近年来体态发福，扮演的穿军装打绑腿的军医造型，十分接近某种国宝级大型那什么科动物，举手投足间有一股斯文胖乖的宽展柔情，大大增加了被宠爱指数。看得出，偶像已然到了艺术生涯的巅峰年代，饱满，成熟，深刻而有控制力。他不需要什么身段，只要站在那里，薄唇轻启，一曲既出，那真是日出高山、月涌大江啊！那也是缠绵悱恻、吹气如兰；那却是波涛翻卷、浩浩荡荡！人间所谓曲水流觞，所谓山垂平野，所谓温柔缱绻，所谓“冬雷阵阵夏雨雪”，也就是这个气度和意境吧？有了如此之华美音色灌溉，即便天地合，又怎敢怎舍得与君绝呢！

这完全是一次听觉盛宴，响遏行云，空谷传音。戴偶像的歌声，舒缓、畅达、从容、奔放，优雅而强悍地覆盖了后海酒吧食肆的推杯换盏轻酌浅唱，把人一次次从俗世的泥泞里解救出来，导引着心灵进入无限的长空，向上，飞升，在一片和谐悦耳的静穆之中施施然飞往天堂。

2

当最后一个音符收拢、聚光灯明照，演职人员返场跟观众谢幕，壮观的旋转舞台被掌声和鲜花所环绕时，小说原作者、女作家裘山山也被导演黄定山请上台来跟观众见面。最后一个被请出来的人注定是最尊贵的。军队真好！军队懂得尊重原作者的创作价值。青年才俊黄定山导演曾经于2002年改编并执导了根据裘山山小说《我在天堂等你》改编的同名话剧，一举斩获了业界所有奖项。这次又在十余部作品中选中这部小说改编成向国庆六十周年献礼歌剧，可见独具慧眼，又情有独钟。他必定是真正被作品中的主人公所打动并跟他们情有所通的。

在舞台炫目的灯光下，一姐裘山山被晃得眼冒金花，一路走一路跟演职人员握手对他们表示慰问（不是的，是感谢），紧接着被礼让到谢幕的演职人员正中间站定。这才是今晚的真正中心人物呢！她是他们的原创，是他们真正的源。“唱得真好”，裘山山握着戴玉强的手说。戴同志则回报以桃花眼的矜持微笑。舞台下的掌声更加热烈。

“我傻乎乎地有点紧张”，下得台来，裘山山怀抱鲜花，跟台下前来观戏的亲友团成员逗闷子说,“差点儿没跟戴玉强说一句‘嗓子真好’。”

“那样可就成了著名段子了。‘嗓子真好’,嘎嘎!”

亲友团女宾们笑作一团。

3

十年前,1999年12月,裘山山的小说《我在天堂等你》由解放军文艺出版社出版。书出版后,我曾替山山去央视《读书时间》栏目做宣传,在位于马甸西北角的新影的院子里录的影。当时的《读书时间》还是一位女编导在管着,她嫌我身上穿的那件黑色皮夹克太吃光,显老气,就让脱下来,换上她身上穿的一件花色大毛衣。人家是好心,我心里却老大不乐意,心说这可是我家里最值钱的一件衣裳,去德国开会花尽身上所有马克买回来的!优良真皮,质地柔软,皮质给鞣得像绸子一样贴身舒服,特美特酷,咋就上不了你的镜呢?那件花毛衣才老土呢,中年妇女穿的。执拗了半天,也没争下来。按我当年的小脾气,是会一扭身走掉的。小爷俺不做便罢,谁没事儿愿意来上电视?!但最后强忍下去继续做的原因是,已经电话里答应过山山了,对朋友的承诺,总应该兑现和信守。得!为朋友两肋插刀,我就牺牲形象、豁出去一回吧!

于是,那一年的秋天,我就穿着一件叽哩咣当的中年妇女大花毛衣,站在下午两点半的新影院子里的树荫下,抖擞起精神,听面前的摄像喊了声“一、二、三,开始”,镜头一开始PLAY,我就啥也顾不得咧,赶紧搜索记忆,深情款款地谈起捧读《我在天堂等你》的体会：

当时特别谈到令人感动的是裘山山的这种“信”，她的信奉和信仰。作为一名军人，她真心信奉和恪守军人的价值准则，赞同他们那种为了理想的奉献牺牲精神。她是首先把自己感动，然后才去感动别人。

小说写了两代人价值观的激烈冲突，情节在当年进藏女兵白雪梅的回忆里展开，以那个单纯信仰年代的军人群体为参照系，拷问当下人的灵魂。

天堂，不仅是指物质地理上的西藏，也是隐喻人类心灵的最后栖息地。它是一块高地，常人无法企及。需要拔一口气，上升到信仰和灵魂的高度才能上去。

在这么一个浮躁的新世纪开端，有这么一本安静的回望理想的书，着实不易，也着实令人感动。

……

话说完了，赶紧换下衣服，穿上自己夹克，撒腿就往家里跑，好像哪里见不得人了似的。我家那时还住马甸东北角双秀公园旁边，离新影很近，一条马路之隔，几分钟就能跑回家。到家，气喘吁吁，还在想，跑什么呀？不就是被穿了件不合身的衣裳上电视了吗？被 TV 观众都看见了又能怎样？本来就不漂亮，再难看一点又有什么关系呢？到时候只要裘山山看见，证明兄弟我够意思给她做完了不就行了吗？我自己换个台不看，不就打击不着自信了吗?!

……

后来得到编导电话通知，说哪天哪天要播出，请留意观看。我只把播出时间转告给了山山，自己个儿果真没敢看。也不知电视镜头里那个被大花毛衣包裹的新疆细毛羊状物体，做出来的书评效果如何？

嘎嘎。

4

当时谁也不能料想得到，这部小说的影响力会这样持久，绵延到十年后的今天仍然生效。小说自1999年12月由解放军文艺出版社出版之后，好评如潮，获奖无数。从“五个一”工程奖到解放军文艺奖，悉数揽获。改编成的电影、电视剧、话剧更是影响广泛。

这让我不由想起今天人们所津津乐道的所谓“普世价值”。世界上究竟有没有那样一个符合任何社会形态、任何历史发展阶段的普世价值？如果有，《我在天堂等你》里所提倡的激情、信仰、理想、奉献、牺牲精神，也是一种普世价值，它在任何时候都不会过时。

就像裘山山这个人，三十多年的老兵，一如既往，信奉着，战斗着，热爱着，一直都是忠贞不渝，新美如画，一直也是“永远改造，从零出发”。（哈哈！郭小川的诗原来是为她预备下的。）要说呢，我跟裘山山，自从1993年在《中国作家》发奖会上相识，如今已经有了十五六个年头，那以后无论是在各种会议上的相逢、相遇，还是在西藏、四川地震灾区的艰苦同行，都让我感受到了她浸透到骨子里的独有的军人特质。一个进藏十次（现在十一次啦）、位居“准将”级别（这个是你封的）的女官人，素常里还开博客、见网友，动不动写博文说点小怪话、发一些“跟领导照相不耐烦”的小牢骚什么的，看起来跟身份不怎么相符，怪青春叛逆返老还童的。

但是，请记住，你不能跟她提军队！只要是一说起军队和战士，她的眼睛就亮了，真的是双眼会立刻放光！她不允许人说军队一个“不”字，尤其是不能说“小战士”一个“不”字。在她面前也不能提西藏一个“不”字。否则，她会跟你拉下脸来，是真生气。一气到底。

由此，让人明白了，西藏和军队，是她的信仰。你可以动一个人其他别的什么，例如东西啊，身体啊，甚至于是脸面，但是，你万万不能动一个人的信仰！世界上，有一种人，注定为信仰而生，为信仰而死。为信仰，而慨然赴死；为信仰，而向死求生。

作为世界上的物种最高端的人类，都应该是这种有信仰的人。

5

这次的歌剧改编，剧情做了很大调整，将当代人的部分去掉，只截取了白雪梅回忆在西藏生活战斗的那部分，使剧情变得单纯。没有了那些有关人性、代沟、理想信念、价值观的对比、拷问，也没有了时代、家庭、男女关系的诸多矛盾和纠结，说起来，变成了一个简单的“成长”的故事。这个故事的主角是白雪梅，一个 19 岁参军、1950 年成为第一批进藏运输部队一员的南方女子。一路上，白雪梅通过经历雪域高原的自然灾害、见证战友的牺牲，完成了自己的成熟和成长。舞台上呈现的就是一大群女兵围绕两个男人(一个队长、一个队医),走来走去,唱来唱去。

如果没有读过小说原著的话,单看歌剧剧情,它像不像《这里的黎明静悄悄》?像不像《红色娘子军》?而后者好歹还有激烈的戏剧矛盾冲突,诸如敌人来了,河里洗澡的女兵们要穿起衣服,向法西斯开火;吴清华椰林寨逃跑挨打、报仇枪走火、党代表牺牲等等。《太阳雪》里却没有这些剧烈的戏剧冲突。白雪梅的成长,是由于目睹战友的牺牲而产生心灵震撼:一个是拽牦牛牺牲,一个是救尼玛牺牲,一个是救白雪梅牺牲,都是掉悬崖冰窟里牺牲的。如此一来,戏剧冲突就很不好表现了。

编剧的高明之处,在于采用了意象化的处理方式,采用两条线来叙事:一条是尼玛等几个藏民磕等身长头去往拉萨朝圣;一条是女兵运输队赶着牦牛千难万险给部队提供药品和物资。两条线平行又时有交叉,到了剧情五分之四处女兵苏队长为救尼玛而牺牲,尼玛归队,两条线索合二为一。

滚滚红尘,俗世漫漫,何处放置我们的肉身?尼玛用她天路迢迢磕等身长头朝圣的举动做出了答案;军人们用她们高山雪域无畏的英勇牺牲做出了回答。她们共同渴望天堂,“要把人间变成美好的天堂”。两条路上,军人和藏民们都在践行着自己的信仰。目的不是最重要的,重要的是到达目的的过程。这是修炼和锻炼,这是修行和践行。尼玛的“六字箴言”唱诵、女兵的主题音乐《风雪茫茫》,循环往复出现,都在表达着自己的信仰。

这样的处理方式很优美,很当代,很震撼!

稍有不足的是，编剧大概为了迎合当代人的趣味，有意模糊时代背景，弱化或回避了一些政治性话语。歌词里其实应该正面强调那一代人要建设新中国的理想，那种单纯的信仰，理想主义的热情元素要加强。比如，白雪梅她们为什么非要隐瞒体重、死乞白赖要参军？难道不是一种革命军队的光荣在吸引，是革命英雄主义在激励吗？她们这一路走一路受难，队伍又靠什么理念来教导支撑新兵？仅仅靠爱情、靠花儿朵儿的就行吗？一个人为了信仰去战斗，不丢人，为什么要羞答答不肯正面说出来呢？人们都知道二十世纪五十年代共和国建国初期的国情和氛围是什么样，在歌剧里却没有很好体现。在这一点上歌剧没有将原著的精神表现出来。这方面，应该参考一下《长征组歌》，参考一下《志愿军进行曲》，它们那种时代感，那种符合情境的韵律。“雄赳赳、气昂昂，跨过鸭绿江……”节奏一响，就令人想起那个年代，那个令人热血贲张的时代。

6

舞台布景什么的就不用说了，花千万元打造的旋转舞台、升降台、漫天飞雪、一望无际的格桑花等等有超强恢弘的视觉效果，可谓先声夺人。音乐叙事也很成功。张千一的音乐也没的可说，写西藏的曲子，大概目前还无人可出其右。音乐一响，就令人闻到张千一的西藏味儿，那也是浸到他自己旋律深处、用熟了的某些固定音符和调式。独唱、对唱、二重唱、三重唱、小合唱、合唱，几乎所有的形式都用上了。

歌剧歌剧,有歌才有剧,听的就是那两口唱。最期待的,仍然是戴玉强的咏叹调。前期的宣叙调太多,有点招人烦。大概是编导总担心听众是白痴看不懂戏,就频繁地用对唱、重唱来叙事介绍剧情。其实不用来回芝麻谷子的介绍,就那么点事儿,谁一看都明白。你倒是唱啊!你倒是炫技啊!你倒是让人饱耳福过足听瘾啊!

我看了下表,演到一个半小时的时候,从晚七点半开演到九点钟的时候,还一个高潮都没有呢,没有一段像样的唱,没有一个激动人心的剧情出现。只牺牲过一个拽牦牛的革命同志,男女主角还你一句我一句搞不成形的试探和揣摸。

多亏还有个戴玉强。多亏他有很好的控制力。多亏有他对粉丝的号召力垫底,人们还能忍得住,还能等得起,还能强忍着听。知道他会来一大段过瘾的唱,早晚都会唱的。

是哦,剧情不足,又没有幕间休息时,被冷冷的空调吹得如坐针毡的观众,全靠对偶像的热爱和渴望支撑着,等下去。是秋天啊!解放军歌剧院的冷气为什么还死命地开足了吹?军队电价低,浪费电不要钱吗?哦,原来台上的演员在穿棉衣表演,他们需要适合的冷度。可怜我们穿着夏装前去观摩的现场观众,冷风飕飕,贴着骨头缝直往脖子里钻啊啊啊……

为了裘一姐和戴偶像,我忍我忍我忍忍忍!

7

偶像不愧是偶像,在与女主角初识的对唱中,先是拉出潺潺流水，渐聚涓涓溪流，丰沛，茂盛，水草丰美；而后长江大河，浩浩荡荡。最后一曲，他卧在雪峰断崖上对女主角白雪梅唱的一曲咏叹调《弥留之际说声我爱你》，缠绵、感伤、遗憾、爱恋、柔情、不舍、舒展、辽阔、激荡。高山雪莲，冰清玉洁，滚滚江水，奔涌而出。直听得人血脉贲张、热泪盈眶！那真是一条被上帝吻过的嗓子啊！直教人觉得，倘能被这样的嗓子爱上一回，人生便也值了！

偶像永在！

偶像永生！

偶像不能死啊！

偶像牺牲，滚落山崖以后，人们就纷纷离座、休息，到外廊喝水，上厕所。剧场里一片嘁嘁嚓嚓的离座走动声。坐在我们前排的一对老年夫妻，老头满脸皱纹老太太头发花白，听完了戴玉强的最后一曲咏叹调后，也起身猫腰，心满意足、毫无遗憾地离开剧场走了。不亲临现场，你能想像得到这情景吗？

8

等在厕所里缓了一缓，将身子骨暖和过来，我又重新走进冷气中的黑暗时，演唱还在继续，却已是强弩之末。一大段的白雪梅独唱《你走了》，怀念战友和恋人。两个八度，上是上去了，但有点声嘶力竭，不悦耳。

扮演白雪梅的冯瑞丽这个年轻演员很有天份，外形靓丽，表演灵动，手眼身法步，功底都很扎实。一个极大的遗憾，就是让一个通俗歌手唱歌剧。她的嗓音，属于流行音乐里有金属质感的那一种，塞擦音重，走性感一线，很适合演老年杜拉斯那样的角色，沧桑之年回望湄公河上的情人之路，一定会非常丰厚、迷人；要么应该是唱百老汇歌剧，是一种午夜梦回时的妖惑嗓音。应该找机会为她量身打造一部音乐剧，发挥她的长处，届时一定会光芒四射！但是，来唱歌剧里的白雪梅，是一个极大的误会。这跟演员本人没关系，是编导在用人时的理念偏差。

首先，跟戴玉强这样的人同台，就是大不幸，如果不是同一个重量级的，没有足够的气场能压得住他，那简直就没对方什么事儿了，只能当陪衬，还愈发露出自己的不足。连坐我身边的川妮也说：这他娘的怎么也得整条幺红那样的嗓子来抗衡啊！就算不是幺红，那也得整个殷秀梅、王静、孙丽英什么的谁来都好。现在呢，戴玉强简直一个人在台上孤独求败，没有对手。

这也太欺负小孩了吧?！（坏笑两声，嘿嘿）

其次，在歌剧里把古典和通俗往一起凑，可能还是不行。一切古典艺术都是力图挣脱大地的桎梏，要向上，飞升，通往天堂，通往至高无上的存在。芭蕾舞、古典音乐等无不如此；而现代艺术是对古典的反动与反叛，是要拼命回归大地、留守大地的，现代舞、流行乐概莫能外。

把冯瑞丽这么一条通俗的嗓子放到这出天堂的剧里，满拧，跟戴玉强的男高音的美声不搭。美声是要引领人到高处的，通往天堂，通俗是要拽着人落地的，在地上翻滚。尤其是白雪梅金属感的嗓音放到雪域高原里，总是令人想到翻浆、泥石流、搓板路，当美声刚把人往天堂提升，通俗的音色就会沙啦沙啦往下拽。总是听得疙瘩疙瘩、磕磕绊绊，一会儿在天上，一会儿在地下。

尤其当戴玉强扮演的医生辛明牺牲后，就不应该再让白雪梅来通俗唱段了。除非她能唱出李娜那样的纯净和华丽的天堂之音，否则，越唱越不对，越唱越觉得我们牺牲了这么多好同志，其他剩下的人却没有得到成长和提升，身心仍在刺啦刺啦地在大地浊淖里翻滚。

这时候，太应该让尼玛，让那个一直在高山顶上唱灵歌的尼玛来一段花腔《安魂曲》了！太应该让藏族女孩的歌声直达天堂，以安妥心灵了！然后，在歌声里，加入合唱队的低吟。白雪梅接过苏队长牺牲后留下的公文包和枪，成为飒爽英姿新女队长，成为一名久经考验的真正的革命战士。

9

还应该给男中音张海庆一个炫技的机会吧？他扮演的欧战军同志那才真正是个大英雄啊！铮铮铁骨的男子汉，比一个辛明卫生员牛多了！也不能为了突出一个面面的卫生员，就配给他最长的一个唱段是这样：“戎马倥偬大半辈，不知家庭什么味。如今见了白雪梅，想要跟她配成对……”像话吗？

美声次女高音王璟扮演的女兵苏队长，表现可圈可点，可惜机会太少，角色性格还需要进一步突出。她是白雪梅真正的领路人，起楷模和示范作用。苏队长之于白雪梅的成长，比起那两个男人来更重要。应该给她更多机会展示性格。一个抱着孩子行走在西藏运输路上的政委夫人，容易吗？她所承受的，比白雪梅她们要多得多。她的牺牲,比起辛明的牺牲,对白雪梅造成的心灵冲击应该更大。以为女人只有靠男人才能成长吗?同性榜样的作用会更加突出、有力!

10

后海波光潋滟,渔火点点,每一间酒肆吧台都有都市人群的饕餮和沉迷。在这里,一墙之隔的歌剧院,另一群人,却在《太阳雪》演绎的五十年前革命战士的天路历程中,经受一次心灵的朝圣和洗礼,享受了一道丰盛而华美的精神飨宴。

2009 年 9 月 14 日

郭启宏：相识满天下，知心能几人

去年，北京人民艺术剧院编剧郭启宏的话剧《知己》首演，创作室主任吴彤女士按惯例邀我们几个院外作家去观摩。我一听，开口就问：《知己》？有断背吗？答曰，没有。又问：历史剧……有断袖吧？把个吴彤妹子乐得嘎嘎的，说：没有。我说，哦……那最近太忙，就先不去看了吧。

就这么着，错过了第一轮。知己，一个太熟悉的命题，听说又是剧作家十多年前写就的。文人戏，搁置十年后才被导演任鸣重新翻检出排映，如果没有现代新意，凭什么引起观众兴趣？无非是两个男的，谁跟谁以"知己"名义好上了，过后一个腾达，一个落魄，落魄的这个求腾达的人办事儿，腾达那个脸一阔就不认人。落魄这个便开始数落，想当年怎么怎么的，并从人性和道德角度谴责一番。这就是几千年的历史、几千年的文明史告诉我们的有关男人"知己"的故事，不用看也知道。

以为这事儿就过去了。不料，后来，一次会上碰到导演任鸣，特地问我，《知己》看了没有？我说没看。他说，你应该去看看。如是重复两遍，可见这出戏对他有不一般的意义。任鸣也是我的话剧《性情男女》的导演，还担任着北京人艺副院长，导演过的剧目无数，获奖者众多。按说有新戏上演，应波澜不惊视同寻常才是。更不料，今年六月，在《光明日报》的一次征求意见会上，偶遇郭启宏老师。领导在前边讲话，启宏老师在下边悄悄用短信传来小纸条：我的《知己》将在八月份再度公演，希望你能莅临指导。我一看，心说，嘿！这老爷子，七十岁的人了，短信能玩得这么溜！真是年轻态！端的是可爱！如若不是这样，他也写不出《李白》《天子骄子》那种飘逸、放达与文人的纯真。也足见这出戏以“知己”寻“知音”的心情。

可也是啊！这都什么时代了，当“断背”已经深入人心时，他遵奉的那一份古典“知己”情怀，还能打动人心吗？

于是赶紧应承下来，回来后立刻跟吴彤打电话预约下八月份的票。到了8月12日上午十点，又接到启宏老师一个短信：小徐，拙作《知己》将于本月13日至28日在我院首都剧场公演，你哪个时间段能来指导？请告知。郭启宏。

见到这条短信时，我不由陡地挺直身躯，正襟危坐，就已经明白这已经不是简单看一出戏的事儿，而是上升到不敢辜负启宏老师的一份信任与委托层面上。之后迅速打电话给吴彤订下次日的票，已经不敢拿“断背”“断袖”啥的轻侮了。

大幕开启，人生如戏。清初一对江南才子，一个叫吴兆骞的蒙冤入狱，流放长白山宁古塔；另一个由冯远征演的那个痴人顾贞观，为救好友展开二十多年营救活动。他救人的唯一本钱就是寄人篱下，以诗才赢得公子纳兰性德的同情，令其说动老爸朝臣明珠帮忙捞人。

看着前两幕冗长、沉重的求人捞人过程时，还稍嫌可疑。什么样的知己可以如此这般，直教人以生死相许，并由此搭上一生？戏中没有交代，只以“知己”一词儿带过。这个且不追究，关键是，第三幕，当流放二十三年的吴兆骞终得大赦活着回来时，却不复是那个倜傥桀骜诗书满腹的牛人，而是见人就打千下跪的奴才！

救的是知己，回来的却是一头猪。

人生的意义、价值、理想、信念，还有什么比这更失落更悲怆更崩溃更轰毁的呢?!

在冯远征巨大无边的愕怔与失落之中，吴兆骞跪地打滚道：没办法，我是从那宁古塔回来的啊……

戏到这里，才如一道闪电，撕破重重有关“知己”的浪漫修辞和躯体暧昧的帷幕，把所有的真谛照亮。

后边的事情，就不用说了。戏散后回家的车里，见都市夜色里的繁华唰唰地从车窗外飞速滑过，我抑制不住激动的心情，给郭启宏发短信：启宏老师，戏非常棒！非常震撼！尤其最后，宁古塔对人性的摧残，令人想到古拉格群岛，想到奥威尔《1984》的隐喻……知识分子都知道您想说的是什么。很有力量！祝贺您！徐坤 2010－8－13 22:34。

过了快一个小时，我刚刚进家开门进屋，就听手机嘟嘟一响，一看，是一条回复短信：谢谢小徐！很高兴得到你的理解。郭启宏 2010－8－13 23:25。

2010年8月15日

邹静之:歌剧《西施》的情怀

让诗人邹静之来担纲歌剧《西施》,算是找对了人! 听着那一首首诗一样的咏叹调:《绸缪》、《春天的鲜花开满伤痛的祖国》、《请你用手指向越国》(西施),《影子之歌》、《风吹的草籽》(越王勾践),《梦一样美妙的生活》(郑旦),不由得感叹:这哪里是在写歌,这分明是在写诗啊! 一部美轮美奂的诗剧,缠绵悱恻、凄婉忧伤。"被点燃的春心,让长夜不再寂寞","像冰在火焰上滋滋作响的美人,贤淑如香草一样的美人","命运啊! 对不幸的人你现出了慌张","西施,你是越国最痛的伤"……哪一句不是诗? 哪一首不是诗人在昭示大时代下个体命运之乏力和无奈?

美人西施的故事千古流传。越王勾践卧薪尝胆、西施浣纱、范蠡与西施泛舟五湖……各种版本各个剧种的戏都说唱过八百遍了,越剧、潮剧、京剧,冯宝宝版、黎燕珊版、蒋勤勤版电视剧,更有台湾音乐人黄辅堂(阿镗)与陈丽婵合作的歌剧《西施》也曾于2001年在台湾首演。吴越争霸美女当间谍的故事一遍遍广布人间。静之的戏文还怎么写? 已经没有多少可以创新的空间。

情怀。除了专业技巧,一个艺术家,最重要的是要具有情怀。一个将历史故事新编的优秀作家和诗人更不能没有情怀。静之就是个有情怀的人。他博大,飘逸,苍凉,温润,同时他又悲悯,怆痛,仁厚，细腻，怀有沧桑之叹和命运的悲剧感。“西施之沉，其美也。”(《墨子·亲士篇》)，就从这个沉江的结局上溯，静之笔下的西施成为一个复国仇、离故土、念家乡、遭沉江的舍生取义、为国捐躯的忠义女子。沉鱼落雁的美人儿，为什么不再是毁坏江山的倾国倾城红颜祸水？西施与范蠡，为什么不再是卿卿我我的一对佳人才子？苎萝江边的小女子，肩负得动雪国耻拯民难、纾解吴越恩怨、完成越王勾践争霸大业的使命吗？

静之在歌剧《西施》里营造的最重要的纠结关系是美人与君王的关系。这不仅是男与女的纠结，更是君与臣的纠结，也造成了西施命运的走向。西施遇到越王勾践，西施死；吴王夫差遇到西施，吴王死。“狡兔尽、走狗烹；敌国破、谋臣亡。”还有什么命运能比这种臣子的结局更悲剧的？在关于西施命运的三种说法中，静之选择了“沉江说”。这个被沉江的《西施》，比之郭沫若剧里自投汨罗江的三闾大夫《屈原》若何？这个担负国家重任去国潜伏的《西施》，比之当年郭老的《王昭君》《蔡文姬》怎样？古往今来优柔伟大的男性诗人剧作家，他们笔底的人物身上究竟寄托了怎样感世伤怀的怅惘？又是怎样一个香草美人、君臣夫妻的隐喻与自况?!历史上被选来承担大业的不幸而又万幸的男人女人们，在他们笔下总是千愁万恨，荣辱悲欢，遗世独立，坚贞不渝。

长夜漫漫好观剧。雷蕾的作曲已经做到了尽心。戴玉强、张立萍、吴碧霞、孙砾等众艺术家的表演让歌剧增色。(我看的是A组。)张立萍那个大西施，西洋歌剧铁的纪律打造出来的好嗓子，响遏行云，气度、仪态，俨然不是小民女，仍是她的蝴蝶夫人、黑桃皇后、叶卡捷琳娜二世，或武则天、慈禧……总之，她的气场太大，台上一站，根本没别人什么事儿了。她的出现，让舞台有了灵魂。

扮演郑旦的吴碧霞是个多么好的歌唱家！她经验丰富，在被打扮得像哪吒或村姑造型出场的不利情况下，几乎是“抢”出来一大段华彩唱腔《梦一样美妙的生活》，她那金丝雀一样的啼哩婉转的花腔，真配得上“丝绸包裹的生活啊”！

我们的戴偶像戴玉强，戴玉强哪里去了？他的唱腔完全被压住了，没有唱出来，配给他的两段咏叹调也没能给人留下什么记忆，不知道是为什么。也许雷蕾是女权主义者，故意贬抑帝王，把他们的曲调写得很压抑？不光是越王，吴王夫差也没能唱出什么声响。好！干得好！就算是替西施出口气吧。能够让人过耳不忘的是源于《诗经·绸缪》的主旋律咏叹调：“正在用绳索，捆着那柴草，天上的三星啊，出在东南角。今天是什么样的日子啊，让我见到了你，你是那样的你，让我可怎么好……”一唱三叹，吟咏四次，出现得有点意外。原以为是西施唱给范蠡听的，或者看中了浣纱的苎萝江边哪个小青年，原来都不是。却原来是对着广大的虚空唱的，想要表达的可能是对故土的思念和对爱情的憧憬。为什么编剧和作曲家都如此钟爱这一段？众人猜测，可能跟静之、雷蕾他们那代人都曾当过北方知青在农田里辛苦劳作过有关。《诗经·唐风》里这段山西临汾一代的爱情歌谣，激起了他们多少青春情愫和怀念啊！朋友宁肯说应该把越王勾践给西施送别的《秋雁》那一段当主旋律，更切合本剧要表达的人类个体命运难以把握的悲剧主题。众人深以为然。

2009年11月15日

《赵氏孤儿》:从高古到俗世

电影《赵氏孤儿》是非常值得一看的。它充分展示了陈凯歌导演目前的演艺状态以及对世界人生的理解水平。陈凯歌的电影，曾经承载了一代人的艺术道德理想,构成了那个时代精神价值最为深刻最有力度的表达。他也曾是我们那代人深刻爱戴和真心崇拜的偶像。

时代还在往前走,精英们应该怎么办?

在《赵氏孤儿》里,我们终于看到时光对人的改造力量。从前那个在《黄土地》《边走边唱》《霸王别姬》里身处彩云端、高蹈桀骜、目空无人、所向披靡的青年才俊,如今裹挟着《赵氏孤儿》浓重的世俗人生之气扑面而来！红尘滚滚流,人间烟火旺。

从对古典的认识解读意义上来讲,如果允许一千个人心中有一千个哈姆雷特,那么,为什么就不能允许陈凯歌导演有自己的《赵氏孤儿》？一个高古忠义的英雄壮举,变成现代亲情的父子纠结,大抵,也没什么不可以。

用古典的框,装自己的核,这才是《赵氏孤儿》的本意。即便是没有这个古代故事,陈导大概也会编出一个类似的“亲爹爱孩子”“哥仨养孩子”的剧目,就像编出一个原创古装片《无极》一样,来艺术地呈现他现一阶段的价值观和人生观。

谁家要是有一个或一个以上的儿子，谁都会觉得《赵氏孤儿》改编得合情合理。哪个亲爹都舍不得拿自己孩子去救别人孩子，谁的孩子被摔死了谁都得琢磨着报仇。在这个基点上，影片于是编得风生水起，层峦叠嶂，戏剧矛盾冲突频繁，很能抓眼球。故事的中心议题就是，一个平头百姓，稀里糊涂被托孤抚养别人的儿子，为此却死掉了自己的老婆儿子。他无奈地把这个砸在手里的小兔崽子养大，只有一个目的在支撑他做下来：就是让这小子长大后杀掉仇人，为自己死去的孩子报仇。

成立吗？成立。好看吗？好看。阴谋，灭门，复仇，托孤，坚韧，杀人……各种元素加在一起，能出一个好故事。如果新编一个现代传奇，用陈凯歌卓越的导演功力，再加上诸多大腕演员的精彩表演，影片一出来说不定能跟《霸王别姬》一样赢得满堂彩。

但是，就因为他用的是《赵氏孤儿》——我们太过熟悉的经典，所以，当那些舍生取义的古代勇士程婴、韩厥、公孙杵臼，被降低成常人，以那样一些庸常面目抖抖嗖嗖在大银幕上出现，来演绎现代平头百姓的庸常心理时，我们就变得不适，无法忍耐，越看越怀念先前戏文里那些震撼人心的壮举：京剧里的公孙杵臼问程婴，抚孤舍命何难何易。得到程婴答：自然是舍命容易，抚孤难。公孙杵臼毫不犹豫，揽下舍命之事，以保全程婴让他抚养赵孤——这是何等豪迈的自我牺牲品德！话剧里的韩厥得知程婴救孤的真相后，怆然道：在这浊乱的世上，得见一真正的信义君子，韩厥无愧在这乱世行走一遭。说完后挥剑自刎——这又是何等威武的壮士情怀！当此际，再去看颤颤巍巍的葛优扮的程婴一脸无奈地被迫养活一个倒霉孩子，又看黄晓明扮演的韩厥翻墙跨院出来进去跟葛优就孩子的教育方法进行讨论，确实有点让人疑惑这“救孤”“抚孤”所为何来？

似乎，电影是要以程婴抚孤的无奈、被迫、悲愤和滑稽，以现代的机理，向古意诘问：王侯将相宁有种乎？什么江山社稷、忠奸贤佞的仇怨，干我屁事？生命面前人人平等，小命贵贱全都一样值钱。草根群众的本意从来就没想到过要去救什么忠良之后，他们只想打酱油、俯卧撑，老婆孩子热炕头，“过了四十岁才生了男孩，再生一个，肯定还是小子”，古代赤脚医生程婴一边吃着涮羊肉一边满意地说。

高古忠义，俗常亲情，一念之差，天壤之别。死那么多人，为救一个孤儿，值得吗？也好比是，派出了九个人，冒死就为拯救一个大兵瑞恩，值得吗？

这不是以人头算命的问题，而是宣扬一种价值观。是一个世界一个人群价值观与世界观的弘扬与呈现。显然，身处现代的我们，已经缺点多多、惰性满满，有时甚至饱食终日无所用心，有儿子的家庭也许很难再做出“舍子救孤”之事。即便如此，我们心里仍然对古代舍生取义的英雄充满尊敬，仍然钟爱并崇敬“其言必信，其行必果，已诺必成，不爱其躯”的古典品德，仍然钟爱并崇敬能怀揣这品德为信仰而献身的人们，仍然希望有那一丝丝古典的阳光照耀今天这些自私卑微的我们前行。

神即便不小心落草为人，我们仍然崇敬神，向往神。从《赵氏孤儿》的改编中看得出，陈凯歌导演的日常生活很幸福，很爱孩子，爱老婆，有居家男人的全部优秀品质。生活让他从青年才俊的激进走向中年人的凡心，也是可以理解的。作为曾经的一个火热艺术时代的符号、象征者和代言人，我们仍然对他的下一部作品怀着热切期待。

2010 年 12 月 8 日

海天冰谷里的比约克

在冰岛，如果没有了比约克，不知还拿什么当作它的文化符号。对，比约克，就是那个叛逆、激进、鬼魅的女歌手。在欧美流行乐坛，她的名声，甚至盖过了迈克尔·杰克逊和麦当娜。2004 年雅典奥运会开幕式上，她一袭绕膝乞丐裙，一曲喑哑激扬的《海洋母亲》，再一次惹足了全世界眼球聚焦。

踏上冰岛，第一件事情，就是去音像店里寻找比约克，帮朋友给她刚上美院一年级的女儿买比约克的原版唱片。雷克雅未克中央街那爿不大的店里，那个有着通红两颊、身材高大的店主，一听说我们要买比约克，忙不迭地说：比约克？有，有！我们这里，关于她的什么碟都有！

比约克！这个特力独行的怪异女人！只有到了她的家乡冰岛，才能理解她那破天荒的歌声，是怎样从捕鱼人以及喝伏特加酒的海盗后代身上爆发出来。粗犷、低哑，狂放，爆破音的力量，能炸开一切尘世阴霾，仿佛刚才还是黑云万顷的漫漫极夜，转瞬之间便云开雾散，白昼耀眼。

谁说这里终年白雪皑皑？这是七月份的夏天，绵延起伏的白垩纪岩石上，到处都覆盖着一层嫩茸茸的绿苔，一片大地开苞情怀。无尽的火山岩和环形山地貌，虽说有点像月球表面，然而那些湛粉和淡蓝地丁花儿，却把天地间铺得分明又像是高寒的青藏高原。冰川在哪儿呐？在更远的目力所不能及处。而眼前，广阔无边的穹隆下边，尽是冒白烟的地热喷泉，奔涌呼啸的瀑布，蓝盈盈的低陷的环形火山口——比约克曾经在这里举行过音乐会呢！

不光有比约克，这里还有出生于1902年的作家拉克斯内斯，他曾在1955年获得诺贝尔文学奖。得奖的原因，是"为了他在作品中所流露的生动、史诗般的力量，使冰岛原已十分优秀的叙述文学技巧更加瑰丽多姿"。谁知道呢！事情已经过去了半个世纪，冰岛现在的年轻人多半已经不晓得。就连那些撰写北欧文学史的人，也有一派认为瑞典文学院将此奖授予他是为了照顾北欧同宗的远房亲戚。只有比约克，是现在时的，挂在冰岛人的嘴上，无人不知，无人不晓，几乎等同于冰岛的民族英雄。

比约克的歌，难说得上是好听——如果是以悦耳为前提的话。按照我们那些宫廷吊嗓子的音乐标准，她似乎还有点不够格，高音部分不够明亮，低音不够浑厚。然而，她的嗓音纯净、宽展、孤傲、醒目，富于表现力，有时甚至是狰狞、刺激、桀骜、石破天惊。像是整夜狂欢宿醉的女人，睡裙上的一只吊带耷拉着，目光迷离，百无聊赖又险些痛不欲生，用破了的嗓子，在四顾茫茫之中喃喃自语。

只有当双脚踏上这块离中国最遥远的欧洲大陆之后，我好像才找到了比约克歌声的来源：完全是冰与火一起浇铸而成的，不光是嗓音，还有性格。就是这个海天冰谷里诞生的野姑娘，出生后不久父母就离异，却也没有什么能挡住她的音乐才能。她11岁就推出个人专辑，15岁组建"逃离"乐队，16岁便用两首单曲揭开了冰岛的“新浪潮时代”。20岁生下第一个孩子，然后远走伦敦，寻求自己的音乐发展。1995年，比约克战胜了迈克尔·杰克逊、麦当娜等超级巨星，一举摘得最佳歌手桂冠。2000年她首次“触电”出演电影《在黑暗中漫舞》便轻取戛纳影后桂冠，2001年又获得法国骑士勋章。无数的业绩，无法不让冰岛老乡不为她自豪。

乐评人通常用“激进的音乐风格”和“怪诞得超乎想象的个人色彩”来评价比约克。的确，她也配得上“激进、颓废、犀利、荒诞、不可思议”这些溢美之词的吹捧。然而，从另一个角度说，一般人也可以用最俗常的口语来评价她：音乐不伦不类，人也长得难看。

我见过比约克各种造型的照片，有脖子套着金属圈、脸抹得像日本艺妓一样的东方偶人妆的唱片封套，也有《茧》MV中的全裸绑红绳照，还有奥斯卡晚会上的白色劲爆天鹅装，以及去年雅典奥运会开幕式上的缠绕乞丐裙。说实在的，除了说她一次比一次不好看之外，剩下的词儿，就只有一句“惊世骇俗”了。因为她那个天生就长得不好看的大脑袋、短腿、粗硬的黑发，任是怎么修饰，也很难达到光彩照人，远不如她的音乐来得痛快。

然而比约克就是比约克，她以她的音乐和个性征服世界。冰岛人就是冰岛人。冰岛人自给自足，自得其乐，并不太在乎别人的评价。没有人能够打搅他们。在冰岛，自由就是一切。就在比约克所出生的那个二十世纪六十年代，冰岛的整个社会已经建设有序，一切激进的生活和艺术形式在这里都已经有了合理的解释和安排。看似孤寒窘迫的一方小岛上，其实美丽富庶，安静迷人。他们早已经不必跟自然做斗争，山川万物赐予他们万福：无尽的淡水、地热资源和海洋石油，尤其是海底的鱼类，供养着岛上为数不多的挪威、苏格兰爱尔兰人的后代。没有竞争，没有物质忧惧，福利社会已然安排好了人们从出生到死亡的一切事情。过分的安逸，埋葬了年轻人一切创世的理想，除了造就懒散，简直不知所措。表面上和安静的外表下边，其实潜藏着许多的茫然。对于年轻人来说，他们分泌旺盛的力比多荷尔蒙，该向何处宣泄？

身处这个疆界已然探向北极圈内的冰岛，不叛逆，真不知道怎么活。在将近半年时间的漫长极夜里，年轻人通常扎堆群聚，抱酒饮冰而卧，泡在温泉里极尽狂欢。同时，他们又必须小心翼翼，想法不让他们的女友怀上身孕——冰岛这个伟大的女权国家，法律能否保护婚姻姑且不论，但法律却强悍地保护妇女和儿童的利益！一旦哪个男子被认定是孩子的生身父亲，就要将其收入的三分之二以上作为孩子的抚养费直至孩子 18 岁成年。出身和名分有什么要紧？婚生或者非婚生子女根本无所谓，重要的是追求幸福和自我的感觉。

由此，冰岛出了一个比约克，有什么稀奇?！她总是听凭和挥洒自己的感觉，总是直逼时尚的极限，从不在乎别人的评价，或许多半也是因为那些评价根本超出了她的认知体系也说不定呢！你再听听冰岛人怎么说："比约克的歌？那算不了什么，那只不过是把我们冰岛的民歌改编翻唱，再加上一些淫荡的奇装异服，她在全世界就红了！"——这么说着的时候，表面的鄙夷仍掩饰不住内心的自豪。

2001 年的夏天在银幕上看见比约克，才让我死心塌地爱上了她。对，就是那部《在黑暗中漫舞》，她的第一部也是最后一部触电之作，本来她是应邀作词作曲，却不想被拽去当了女主角，结果这一演，就成为了当年的戛纳电影节影后！影片情节极为简单：一个貌不惊人喜爱唱歌的女主角，也是个从捷克移民美国的贫寒单亲妈妈，为了攒足给儿子看病的钱辛苦劳作，饥寒交迫之中却还时时怀着当歌星的梦想。

那是怎样欢快愉悦的演唱！影片里有一大段歌舞，丹麦导演拉斯·冯·提尔创造了同时用一百架摄影机从不同角度拍摄的奇迹，这一经典片断已经载入二十一世纪电影史。女工莎曼的眼睛快要看不见了，她和儿子患的是同一种家族遗传眼病，她只能用手摸索着干一点洗瓶子等轻微的活计来挣足家用。就在大机器的隆隆轰鸣声里，在流水不尽的滴答声中，莎曼陷入幻觉，好像听到了遥远的乐音。终于那乐音一点一点逼近，莎曼情不自禁起立，与工人、机器、集装箱、电缆、电线、流水线上的瓶子一齐翩翩起舞！多么曼妙的情景啊！精妙的舞蹈彩排、由管弦乐、电音、工业交响曲、实物声音营造的电影音乐，俯仰挪移各个角度不停切换的拍摄机位，打造出枯燥现实中的瑰丽音乐天堂。

影片的结局，莎曼因怀疑钱被房东所偷而失手杀了人。上绞刑架的前一刻，律师说她可以用这笔失而复得的钱将自己保释。莎曼拒绝了，她选择了上断头台，要把这钱留下来给儿子治疗眼睛。最后一刻，比约克扮演的莎曼的脸被蒙上了头罩，脖子上套上了绞索，心力衰竭的她被拖到绞刑架上。她踩动了活动踏板，“嗵”的一声，身体掉了下去，悬空吊在绳子上，登时一命呜呼！我这观者的心哪，刹那间也从喉咙里蹦出去了！哭啊哭啊哭啊哭，哭掉了多少眼泪，为着女主角的命运，为她的不屈，为伟大的母爱，为一切在逆境中怀有梦想的人。

比约克实在是演得太好了。她已经完全沉浸到角色中去。导演拉斯·冯·提尔评价她说："比约克属于那种一根筋的人。她根本不懂得如何表演，她只是把自己完全变成莎曼，真正体验到莎曼的激情。"也许比约克真的是在诠释她自己。谁知道呢！

比约克走了。她早已经逃到了美洲大陆板块，远离冰岛过分的单调幽静，在纽约摩肩接踵的世界性大都会里，体会喧闹、竞争、纠纷，尽情泼洒个性。尽管，她已经将近40岁，在乐坛上挣扎劲舞了20多年，但是，一曲《海洋母亲》却能告诉人们，没有哪个大陆板块的教义和真理可以束缚住这个来自于冰岛的年轻小老太太的灵魂。她的音乐，也许不能够抚慰我们的身心，但却能够刺激我们的视听。就像冰岛人自己所说，世界假如没有冰岛，依然不觉得有什么缺憾。然而乐坛如果没有了比约克，二十一世纪的人类就少了一道让人灵魂战栗的乐音。

2005年8月4日

张宇的那些球事儿

——我看《足球门》

这是一个人的带球表演。经过长距离斜传冲刺，这人已带球突破、冲到禁区前边，只剩泰山压顶临门一脚，射开一个惊天之门！场上万籁俱寂，翘首以待，恍若千山鸟飞绝，万径人踪灭。蓦地，斯人却骤然倒地，就势滚出一个小腿抽筋科，并做龇牙咧嘴抱头鼠蹬状。场上嘘声一片。队医担架急上，捏揉喷雾忙活，忙抬人下场。离场时担架上这人仍高举着脚丫挺着倒钩欲射的姿势，背地里却觑眯着眼儿偷偷打量观众—— 一只眼睛里是愧疚，另一只眼睛里是狡黠。

这就是张宇。这就是张宇的《足球门》。

张宇这人最大的优点就是聪明。身为作家，资历老，天分高，著作等腰，曾经位尊省作家协会主席，想当年《活鬼》《软弱》《疼痛与抚摸》等小说大江南北领风骚，引无数60后、70后文学老女青年竞折腰。男性大师王蒙、余华等高人对他也十分称赞，“活鬼”“老狐狸”等鬼狐称谓不胫而走，遂成为这位河南省作协前主席的美丽绰号。

该同志的最大缺点也是聪明。聪明过度，好奇心重，大千世界无穷动，落霞与孤鹜齐飞，秋水共长天一色，贪玩与寻欢作乐两不分，体验生活与动真格、拿身家运命相抵互相撕扯。“艺术人生”总被他换成“快男”pk 大舞台，别人都正儿八经地哭天抹泪、向观众鞠躬下跪邀宠，他却拿大顶、装跑调、绵羊音，炫技耍宝，挑逗调戏脑残评委以显自己天赋异禀。

曹雪芹给凤姐那句判词怎么说来着，“聪明反被聪明累”，本能够做到总理（全称“总经理”）的才具，却只做到个县太爷就古文观止；本能冲击诺贝尔文学奖的雄才，却只写到省作协主席就挂笔去掺和足球，结果是本尊下野，活活把一个“在位”变成“名誉”的了。

多大的造化！

《足球门》难道只写的是足球吗？谬也！老话儿是怎么说来着？哥写的不是足球，哥写的是人生寂寞和冲动。冲动之后无法料想的种种“杯具”和“洗具”清仓效果。

在作者笔下，球事就是人事，球运就是命运。作者的书生意气，家国情怀，都凭借一个窄窄的足球门，一球表尽，一球端了！面对强大足球体制与机制，作为一个曾经的大俱乐部足球“鸡内金”经理，他在揭内幕时也有所规避，有盘带，有花活，但是足球股市里的基本面都涉及了，已经做到尽心尽力。

这是官场笼罩下的球场，球事掩盖下的官事。在这个足球文化产业链里，政治、经济、体育，环环相扣；赌球、涉黑、色诱，险象环生。中国足球环境的陡峭与险恶，直看得人无奈长叹，有时也让人义愤填膺！

自古顺境产竖子，从来逆境出英雄。治大球如烹小鲜，试问天下几人行？老子行！张宇行！《足球门》就带着点小小的得意，微微的自恋，带着老子哲学的春风，扑面而来！大河集团投资十三年、砸了三个亿没整明白的球事，让挂职的作家李丁董事长只一年时间就整明白了，就带领几近中甲降级的弱队冲进中超。难怪他有自得的资本！

李丁赤手空拳上任，运筹帷幄，殚精竭虑，曾经当过县太爷的人，最知道队伍怎么收拾。治理足球俱乐部就像治理俺们县，那点球事，一整就中！在不失身、不砸钱、不越线的前提下，全靠人际关系运作，对待周围不同的人，采取拉、飞、拍、打、挤、压、外加紧、夹等策略，率领全体班子成员和足球队伍一年就跨上一个新台阶。

作者能把枯燥的足球写得好看，在于将官场厚黑学、足坛揭秘术种种流行元素都用上。诸如李丁一上任实施的“清洗风暴”，把不听喝的前朝遗老一律撵走滚蛋，先利用主教练收拾不守纪律球员，再玩赵匡胤的“杯酒释兵权”，酒桌上当即解聘狂妄自大主教练。最狠的一招是拿掉掣肘他的俱乐部美女董事长，而后将董事长与总经理职务自己一肩挑。实乃心狠手辣也！这些手段，不正是从前他当县太爷时玩剩的吗？

李丁独揽大权后，开始整顿作风，危机公关，将大量精力用在利益关系的疏通与平衡上。上到市委书记、公安局长、娱记、球迷、俱乐部中层阴谋小团伙，下到主教练、裁判员、大牌球员、会计、司机、黑道老大，横向还有各俱乐部队伍之间的竞争，合纵连横……真真是机关算尽，无往而不胜。最后是上下同心，冲超成功！

火车跑得快，全靠车头带。在炫耀自己的英明才智时，李丁没忘了歌颂大老板一把手的光荣正确和伟大。没有大河集团大老板在背后无条件信任支持撑腰，作为一个外行来领导内行，作家李丁在俱乐部里算个球啊！

最让人欢呼雀跃的，是大老板还是个女人，是李丁的知青初恋老情人！俱乐部跟他顶牛作对的小美女掌门人，却原来是大老板跟李丁当年在乡下柴火垛一夜情的私生女。这真是足球小说中最痴狂最富有想象力的设置！大老板和李丁，是中国足坛出淤泥而不染的两朵奇葩，是人格完美个性突出的化身。

李丁同志不光用人有术，视金钱为粪土，在男性个人魅力指数方面，也达到了一个知天命男人所能达到的峰值。他魅力无穷，不卑不亢，老少通吃。除了将一老一少两个高层妇女主管全变成了他的血缘亲人外，另外像他的副手执行董事长大龄剩女、铁面吝啬的财会总监大妈，黑道上做球的险恶的南姑娘，开洗浴中心的交际花黑寡妇大婶，球迷协会负责人爆乳少妇……无一不被他的魔力吸引、折服、制服、征服。而李丁呢，却总是守身如玉，弄球人向滩头立，手把旗杆腿不湿，仿佛在昭示一个隐喻：他的“拉链门”就跟中国“足球门”一个症候：绯闻丛生，盘带过度，前戏漫长，关键时刻，却总是拧巴着拉不开栓。

当然，了解情况的人读到这里会不禁莞尔：这是张宇间接向他现任夫人陈静在表忠心哪！

据此，这本原名《寻欢作乐》的《足球门》昭示了三层意义：第一，从行为艺术上说，张宇创造了新世纪中国足坛的神话。一个作家，只用一年时间，就把一个中甲差队带入中超。其功绩，相当于带中国队世界杯出线的米卢。中国足协应该给他立碑竖牌坊以自惭明志。

第二，从写作艺术上说，从《足球门》诞生之日起，写足球的小说，三五十年内，皆可以休矣！揭足球黑幕的那些娱记球记们的报道报告类文字，一二百年内，也可以搁笔废置矣！什么球可以大得过堂堂前建业足球俱乐部董事长手里的球？什么黑幕丑闻这“门”那“门”，可以赶得上作家利笔鞭挞揭露出 scandal（丑闻）更有劲？

第三，从人生意义上讲，《足球门》也提供了一个警示：中国的球事，还是留给那些球人们去搞吧！外人还真是不能乱掺和。搞不好，结局就是一个自残；搞得好，结局恐怕也是一个自残，容易乱了志向，迷了心性。对于作家文人来讲，有所为而有所不为，最好。张宇明白了这个道理，所以转了一圈，又重回书斋。

2010 年 5 月 23 日

（《足球门》，张宇著，人民文学出版社 2010 年 1 月）

千秋大业一场球

当36岁的老将克洛泽下半场71分钟以一记垫射入门把比分追成与加纳2∶2平，从而奠定德国队以小组第一名出线基础的时候，36岁的新生代小将徐则臣正携40万字的长篇小说《耶路撒冷》在北京复兴路中央人民广播电台文艺演播室大厅里做脱口秀，倾情诉说70后一代作家的成长历程与心灵秘史。巴西赛场，70后一代球员已然是告别演出；中国文坛，70后一代作家正在突出重围，越过80后的追击与50后、60后名家林立的防线，稳健抽射争取破门得分。

当29岁的C罗身姿潇洒独孤求败，26岁的梅西以两粒进球拯救阿根廷队命运带领球员提前小组出线的时候，与他们同龄的作家甫跃辉、郑小驴、马小淘、文珍等80后一代作家，正以娴熟的盘带和脚法，花样年华娇嗔妖娆地崛起于文坛之上，尽显年轻一代的英姿和荣耀。

当一代球王马拉多纳携女儿重新出现在2014年的巴西看台为阿根廷队助威的时候，1989年才出生的作家蒋方舟，已神采飞扬地被邀去巴西现场看球去了……

江山代有才人出，各当球迷三五年。

世界杯光明正大，山呼海啸，人声鼎沸，高烧不退，环球同此凉热。浩大的赛事为中国人打开了看世界的一扇窗。从1978年中国开始转播第11届世界杯开始，到如今已经有36年了。对于36岁的徐则臣们那代人来说，这个时间长度，意味着世界杯就是与生俱来的。因而，《耶路撒冷》里“到世界去”的急切愿望，从出生起就植根于他们的梦想。宏阔的视野与融会贯通各国大师的叙事，是他们那一代人自然而然的画梦方式。

中央电视台从1986年开始的世界杯直播，更是将80后一代人直接送上了与世界同步的轨道。对于同时期出生的作家们来说，其思维、想象、谈吐、着装、生活方式与语言方式，跟别国的同龄人几无二样。呈现在这代人创作中的全球化图景更是一片粲然。在此基点上再来甄别他们的创作，方可避免率尔成章。

世界杯赛事，以四年一次的浩大声势，用世界一流球星们的精湛表演，不断告诫新老球迷和业界精英：打铁先要自身硬。先有技术，后有艺术。锐意进取，勉力而为，方能赢得尊敬和成就。

万丈红尘三杯酒，千秋大业一场球。

世界杯赛事，在这个日益全球化的世界上，愈发凸显了国足身份。各种商业比赛、俱乐部联赛里，球员自由来去，个人身份逐渐模糊，只有技艺和能力才是考量标准。而洲际比赛尤其是世界杯，才将球员重又在国家的旗帜下归位。至此，国家信念、个体尊严与球队集体荣誉感合成一处，构成一场浩大的国家荣誉感的争夺！联赛小天地，世界大舞台。梅西、C罗这种超级球星在世界杯上的卓越表演，他们渴望能代表国家有所成就的殷殷与拳拳，给了那些周游世界的90后一代人以教育与启示：爱国从来不是一句简单的口号。为国争光要脚脚落实到行动上。

何当三杯通大道？更是一斗合自然。

世界杯斗转星移，山高海阔，已经举办了 20 届。它仿佛是个计量器，计量无情时光，计量球星短长，计量球队底气，同时也计量你我情之所钟与心之所向。

2014 年 6 月 23 日

笔底河山

春上明月山

江西宜春的明月山，是我今年春上众多行程中的一份意外和惊喜。全国处处叫春的城市，宜春，究竟是哪个春？是黑龙江伊春、吉林长春，还是广东的阳春、吉林的珲春？

神州大地春意闹，唯有江西春色好。仲春时节，江西也正是杂花生树、莺飞草长的季节。从北京出发，经停南昌，一千八百多公里的路程去追逐宜春秀色。两小时的空中旅行，外加三小时的高速公路，风驰电掣，说到也就到了。车门打开，蓦地清风扑面，从北国风沙漫漫的京都，已然来到南方温润宜人的明月山中。放眼望去，但见远山如黛，近水含烟，飞泉瀑布，翠竹葱茏。车行山里，犹人在画中。好一幅天工开物图！

明月山这个罗霄山脉北端的山峦，平均海拔一千多米，山势起伏不大，降雨量充沛，因整个山势呈半轮明月状而得名。又说这里是嫦娥奔月之地，故命名山之为“明月”。乘上长达2888米的全国最长山间缆车上山，沿途俯瞰大地，但见千顷竹海，万丛云杉。被雨洗过的青山，轻雾缭绕，迤逦盘桓。绿色波涛之间，偶尔会见几片油菜花的鹅黄和山茶花的艳粉，扮出满谷满山的春姿和妖娆。

明月山里的绿，仿佛嫦娥神笔点的翠，那水头和成色，都无与伦比。下了缆车，沿竹林中的道路拾级而上，清风徐来，温润酥爽，绿海漾波，竹枝摇曳，真乃“入水文光动，抽空绿影春”，竹影万分迷人。

最不可思议的，是一棵棵嫩芽初发的竹笋，别看只是细细的嫩嫩的芽，却常常以惊人的力道，顶起了路上的青石板，拼命要喷薄而出向上生长！石板路因此都变得凸凹不平。除非亲眼目睹，则不能体会“势如破竹”的力量，竟似千钧！难怪诗人杜牧赞“数茎幽玉色，晚夕翠烟分。声破寒窗梦，根穿绿藓纹”，岂止是根能“穿绿藓”，就连钢筋水泥青石板统统不在话下！

绿野仙踪，大地竹林。山色尚需林景配。见过江西庐山婆娑妩媚的梧桐、三清山凌厉冷峻峭拔的松柏，也见过五百里井冈淬火铸就有钢铁般意志的硬竹，但见明月山这如此低眉顺目、贤淑柔媚的竹子，心里边还是禁不住悠悠然一动——这如此阴柔、秀媚、水汽袅袅、坚韧多情的竹子，难不成也是嫦娥娘娘所赐，让它们吸了月精星华？

或许也可以倒过来说，有了这绵延无尽的大地绿色植被，这样无尽根深的纤美绿竹，才会有天上的月亮、有嫦娥的传说，才会有泉清、有禅深，有村姑变成皇后的事迹，也才会有此地的“春宜”和“宜春”之谓吧？

沿路上到仰山山口，迎面见一座巨大的黄铜雕像《云姑沐月》图：一弯新月下，一个亭亭玉立的古代梳抓髻的小女孩张开双臂拥抱清风。她就是这座山的地标、产自明月山下夏家村的民女夏云姑，乳名“明月”的，后被选中入宫，成为南宋孝宗的成恭皇后。皇后亲以待民，在南宋抗金斗争中做过贡献，还曾回宜春省亲，善待父老乡亲。家乡人为纪念她，改附近山名为“明月山”。由此，明月山的来历又添了新的说法。

别过云姑雕像，穿过凿山而通的星月洞，来到挂在悬崖峭壁一侧的青云栈道上。这个人工修筑的海拔1200多米的栈道，有2000多米长。往下一瞧，头晕目眩；侧目一望，却一览众山小，明月山大小群峰尽收眼底。朱熹的“我行宜春野，四顾多奇山”是否也是曾经登临这里后写成的呢？

不仅山色奇，植被亦奇。过了海拔800米以后，竹子就不长了，山顶的植被变成杉树林和针叶林，可见红豆杉和中华落叶木莲等珍稀植物。栈道下端，紧连一枚人工月亮湖，海拔高度1000多米。山色萦绕，水波粼粼，湖光山色，一排排水杉在湖中自怜着自己的倒影。从一处处人造景观可以看出，在对明月山的整体打造上，地方政府可谓是花大力气同时也是煞费心机。

山脚下，一抹灰墙白瓦之中现出南若禅茶苑，清寂翠绿的茶苑旁有家明月饭店，店主人请我们体味了明月山的又一番魅力：喝米酒，吃腊肉，品土鸡，尝野菜，品尝土菜馆里的的农家美味。米酒甜香,滑润爽口,不知不觉就喝多了,下山时步履开始飘飘然。

傍晚,回到明月山脚下的温汤镇,急不可待领略其温泉的魅力。据说这里的温泉富硒,可浴可饮。清澈的泉水,从地下一出来就是70多度,热气蒸腾。人一进去,立刻毛孔张开,身体的每一个细胞都被滋润被抚慰着,顿觉神清气爽,倦意全消。史志中载“城侧有泉,莹媚如春,饮之宜人,故名宜春”,此话果然不谬!

这是一个没有月亮的夜晚,躺在天沐温泉池中,看那星光大地。我不禁想:宜春明月山,靠什么来吸引人呢?比起江西那些名山大川来,若论历史,它不是那般宏阔;若论起爱情,它又没有“春江花月夜”那番缠绵。明月山,它究竟该讲述一个什么故事来吸引众生?

山不在高,有仙则灵。明月山有嫦娥、有夏云姑,有仙女在广寒宫里的寂寞神话,有灰姑娘穿上水晶鞋得道成仙贵为皇后的故事。这就够了!难道这还不够吗?明月山的嫦娥就是夏云姑,明月山的夏云姑就是天上的嫦娥。她们原本就是一个人。“嫦娥应悔偷灵药,碧海青天夜夜心。”是月宫上那无边的广大的寂寞,让嫦娥追悔莫及,化身民女夏云姑下凡,来重寻她尘世的幸福吧?民女夏云姑,重新担起了人间的道义,她乔装改扮被皇帝选妃使臣选中,入宫嫁给皇上,行使拯救人间的使命。

夏云姑的故事,让人有理由相信:每一个人间的灰姑娘,前世一定是个乱世佳人。

快速发展建设中的宜春明月山,这会子,也正是灰姑娘的春天,亦如野百合的春天。她在等待着找寻着自己的水晶鞋,等待着升天成仙的妙药灵丹。

2011 年 5 月 8 日

刹马乌巾荡

江苏兴化诸多风景名胜中，我独喜欢乌巾荡。乌巾荡，这个名字好听、豪迈。想想看吧：极目楚天，湖汊湿地，宛如古代男子头上一团软裹的巾帻，袴褶，黝黑，扭结，散漫蜷曲，极度伸展。偶尔，风起处，巾帻的某一角被吹乱，狂舞。刹时，天地昏暗，轰隆隆，唰啦啦，芦苇与水泊的阵仗。车辚辚，马萧萧，地动山摇。好一幅古战场的鏖战时光！

乌巾荡在传说中真就曾是古战场。在这里，抗金名将岳飞大败金兀术，一箭射下金兀术头顶的乌巾落入水中。芦苇荡从此而得名。乌巾荡，这个兴化城北紧贴城边的湖泊，如今乌巾荡湿地公园的所在，据说，还是《水浒传》作者施耐庵笔下梁山泊的原形。谁能相信呢？

眼前的乌巾荡，这团南方的、温婉的、黏稠的、甜糯的，荡漾着浓重春天气息的湿地湖泊，已无法再现宋金大战时的激越，也无从想象它能衍生出北方剽悍的水泊梁山。或许，也只是“乌巾荡”这有古战场意韵的三个字，才激起了施耐庵脑中英雄豪杰上天入地的想象？水浒那些豪杰一百单八将里，哪一个像兴化南方人？我所认识的兴化后裔里，费振钟像吗？毕飞宇像吗？王干像吗？顾坚像吗？如今他们都已经上墙了，在兴化文学馆里，业绩占了好大一块地方。要说像，他们也只能像智多星吴用，再不就是浪里白条张顺也说不定，呵呵。或许，这几个白脸文人，他们根本上就应是现世和未来的施耐庵，预备着笔底千钧，流芳百年哪。

兴化人施耐庵，隐居家乡作《江湖豪客传》（即后来的《水浒传》）。乌巾荡给了他灵感，金兀术头巾被岳飞射落的地方激发了他的想象，他以史为据，出神入化，就在这南方湿润之泽里，以七十回、一百回，或一百二十回的气势，雄兵激荡，终于成就中国历史上第一部伟大的白话文小说。

乌巾荡，造就了一代作家的伟大和神奇。今天的乌巾荡，又能奉献给人们什么呢？

清明方过，夜晚的乌巾荡湿地水面上，细雨霏霏，寒气袭人。一场大型水上实景演出《水韵兴化》即将在湿地公园开演。水面上搭起了临时景台，分成几个演出区域，宏伟，阔大。激光灯束赤橙黄绿青蓝紫，刺穿了夜幕天空，眼前晃着一道道耀眼亮光。坐在临时搭就的木板苫顶的导播室里，看着灯光音响师紧张忙碌，听着身后那个体操学校老师模样的小女编导一刻不停、从耳麦里向场地上的演员喊着口令，从头到尾她嘴就没停过。那个紧张聒噪程度，比打仗还忙，真不亚于指挥乌巾荡的古战场。

细雨斜风，不断地从敞开的窗口抽打进来，撩得面部濡湿，冻得人瑟瑟发抖。台下，湿地中央那些为观众奉献美感的演员们更显不易。他们在雨中穿衣单薄，短裤裙装，踩着湿滑地面，蹦跳穿梭，做出各种编队和造型。他们要用两个小时的时长，让观众将兴化的自然美景看遍，也演绎完兴化两千多年人文之乡，英雄豪杰辈出的故事。

……炮火齐鸣，真就出现了岳飞大战金兀术的场面；鼓声激昂，真就有施耐庵挥毫摹写《水浒传》场景……景板一转，一片片歌舞升平中，出现满台满场的黄色，灿烂、炫目、耀眼。那是千岛的菜花园吧？那个位于兴化市缸顾乡东旺村东侧的千岛菜花风景园，人一走进去，就会蓦地眼前一黄：像被什么人用黄颜料泼了一般，满眼满眼都是醉人的黄！

那是春天里第一抹微黄，是嫩绿衬着的鹅黄，是小鸡雏刚孵出时的娇黄，是刚出壳的雀儿嘴角的一丝丝嫩黄。船行水中，铺天盖地，周围是满世界的嫩绿；驻足岸边，横扫千军，眼下是一宇宙的俏黄。

千岛的垛田菜花，也是人造的奇观。水乡泽国，田地奇缺，低洼湿地里，人们靠挖河泥垫高农田，形成小块小块的高地和密如蛛网的河汊沟渠，在没有地的地方造出了地，在没有田的地方垛成了田。从高处望去，垛田菜花，呈现八卦阵、太极图诸种形状，像摆成的积木一般。真乃天工开物，人定胜天啊！

……那一片片铜棕色的人群方阵，演示的是兴化水上森林公园吧？走在李中水上森林公园湿润的木板栈桥上，一排排、一列列密漆漆的水杉、池杉排列有序，蔚为壮观。林梢上空百鸟朝凤，啁啾啼鸣。林鸟呼应，一地的清寂和热闹。今年天气冷，到了这会子，杉树的叶子还没有绿出来，见不到蓬天的绿意，却见一棵棵紫红铜色的光溜溜树干粗壮、笔直，从天空俯降下来，直直扎入水里，就仿佛旭日阳刚，号叫着春天里最后的冲动。杉树的根系深深扎进沟渠的油泥里，有些露出水面的气根，牵拉纠结成“猴子望月”“佛手观音”等千奇百怪的根雕的形状，让人不得不赞叹大自然的鬼斧神工。沟渠的一脉脉流水，环绕着杉树的路径。每每小船儿掠过，便会有鱼儿跃起。好一幅林、垛、沟、鱼相伴生的景致！这里不是天然林，而是 30 多年前种植的人工生态林，面积达 1500 亩。据说，当年的知青也参与了种树的劳动，最初只是对于这块湿地的废物利用。没想到，前人栽树后人乘凉，当初的简单劳作，却是为后人积下了功德。

……那一声高高的吟哦“衙斋卧听萧萧竹，疑是民间疾苦声”，当是郑板桥出场了吧?！没错！是郑板桥。兴化，这个远古时的犯人发配流放地、中古时期供人避灾躲难的泽国小城，如果没有了郑板桥、施耐庵、刘熙载这些名人大家的杰出，仅有自然美景，兴化和别处还有什么差异?

板桥故居，位于现今闹市一隅，门楼方正，瓦黛墙青，素净简朴。窄小的院落，意韵清幽。那间小得转不过身来的卧室里，书家自题“室雅何须大，花香不在多”仍挂于墙上。透过气窗，见外墙下萧萧兰竹，阶上一盆海棠。从前认定书家的这两句自况是心高气洁，眼前此景，于实在的逼仄之中，看着，怎么都像个自嘲。然则，那体恤民生的“衙斋”情结，已经传继于后人心里。

郑板桥作为“扬州八怪”之首，人们多扬其“怪”，不知其“正”。板桥的楷书行书都相当端正，功夫了得！每一幅都可以当字帖。这次，在兴化博物馆，有幸见到郑板桥的真迹，从年轻时的临帖周正、中年时行草的工整精致，到老来时大化革新、字体变异成“怪”，皆令人叹为观止！跟我在西班牙毕加索展览馆看到的情形几乎一模一样，看到了又一个艺术家从年轻时的精致的临摹现实主义走向年老时的怪诞反现实的过程。毕加索前期的画作也中规中矩，是功底深厚的临摹写实基础上的精湛的传统画风。后来摇身一变，以抽象变形取胜，果然一怪冲天！由此得出一个道理：艺术家到老了，一定要造自己的反，造现实的反。艺术上的中规中矩是没出路的。尤其，老来，一切都无所谓了，此时不反，更待何时?!

……一阵鞭炮声响，水上打渔撒网耕地娶亲等乡俗表演开始了。台上穿红戴绿的新郎新娘演绎着甜蜜，激光束打出喜艳艳的红色笼罩景台。人群队伍跟着队形变幻，敲锣打鼓，歌唱欢腾。不管古昭阳兴化是怎样一个险峻的地方，也不管是什么朝代，老百姓吃饭穿衣传宗接代奔好日子的念想是不变的。活着才是硬道理。元末施耐庵回归故乡时，面对乌巾荡美景，曾吟诗一首：“昔人曾去桃花源，我辈今到芦苇荡。蓝天白云映碧波，绿树丛中是故乡”。

兴化的故事，始于乌巾荡，止于乌巾荡。本来，千里下江南，只为看菜花。却不想被引进了乌巾荡，于泽国水乡《水韵兴化》光飞灯舞间饱览一脉盈盈人文景观。古之昭阳今之兴化，五代设县时意为“昌兴教化”，今番扬名天下时，应是“繁荣昌兴，教化振邦”了吧？

2011 年 4 月 25 日

一桥横卧，坐拥千年

赵州桥，是记忆里一段琅琅上口的小学课文，是儿时图画书上一张暗淡发黄的黑白照片，是少年懵懂时被《中国石拱桥》美文引发的一段心中发慌的崇拜与景仰。模糊之中只记得树影婆娑、流水安静，一孔浑身印满岁月斑驳沧桑的古代石桥翩然纸上，那桥身横跨河两岸，绷得像一张弓，也像弯弯的月芽儿，静穆之极，浑然苍凉。在茅以升高山流水的文笔里，赵州桥，却如一尊木刻版画，也如一幅古代工笔细描，在时光中踞守，灿然一段光阴流年。

若干年过去，及至有机会走进河北赵县，走近天下闻名的赵州桥，才蓦然一惊，被它的非凡阔大吓了一跳！也被它的大美吃了一惊！被赵州桥的巍峨庞大、处变不惊，被它的气韵恢弘、含而不露吓了一跳！吃了一惊！比起小时候看的那小小发黄的图画照片来，赵州桥竟是这样一个由石头组成的庞然大物！即便是已经看过世界上许多钢筋混凝土的现代化跨海大桥、跨江大桥，仍要被眼前这座1400年前设计建造的石头桥所惊震！它朴拙、流畅、浑厚、动人，通体都在夏日上午9点多钟的阳光下四溢芬芳。它古朴完美得像一桢画。

走过绿荫葱茏的草地，沿着桥身古老的坡起，缓缓而上。踩在冰凉的大青石桥板上，时光在脚下停滞。每一步，都是千年。仿佛听得见古老的洨河水激越的跳动,感受得到大桥心脏的沉潜与激昂。

赵州,这河朔咽喉、京辇屏蔽之乡,这钟灵毓秀、名贤辈出之地,是谁,可以一桥横卧,巍然于此坐拥千年?!

这座历史上著名的跨河拱桥,它厚重的大青石桥基,它由28道拱圈拼成的大拱,大拱两边四个猫耳朵一样形状的窟窿眼儿“敞肩拱”,它桥栏板上雕刻的姿态各异游龙……都创造了中国古代桥梁史上的“第一”。如今这桥面上呈现的,是它的现世,已经是最近一次二十世纪八十年代的修缮结果。桥下的赵州桥博物馆,才是它的前生,是它饱经沧桑的历史。博物馆里,历朝历代的修缮纪录,一块块雕龙镌字的各朝各代的残破桥栏,按历史年代顺序排列。它们仓皇、苍凉,而又苍茫,惶惶然排兵布阵,让人倾听岁月之音怎样在上面呼啸而走:古代车马哒哒,现代坐骑隆隆,暴雨风沙,咆哮洪水,地震山崩……是哪一次的地动山摇,让它留下这一块块破石断碑?!赵州桥,也不过就是一座石头砌成的桥,它既来了,活了,被造于这个世间,就要无端、无由、无奈地经受一切,领受磨砺与考验。这是它作为一座桥的命运,也是它来到生灵世界的本分。

难得的是它站住了!它留下来了。有它自己牢固的根基做底,有历朝历代的翻修养护和维持做靠山,它才将运命延续了一千又四百年。

不是所有的桥都有它的好命。千年功业，它修成了活化石——既是桥梁建筑史上的，也是人心的。

走下桥去，左寻右找，一直也不确定自己在找什么。下了石阶，踏上河堤，蓦地一回头，却发现，透过堤边古树繁茂的枝叶窥视大桥，见到的桥型竟然跟小时候看见的照片上的一模一样！赶紧举起相机，把拍摄制式转成黑白调式，再从大树的枝丫缝隙中瞄准大桥，果然！眼前的赵州桥就被推得很远很远，远远的，一直延伸到了久远发黄的古代……一边不断按动快门，一边还在心里惶惑：这个桥，还是古代那个桥吗？这个堤岸，也是千年前的那个堤岸？这棵大树，枝叶葳蕤，也会是千年的老树吗？或者，是几十年前几百年前供人写生照相取景的那棵树？

如果赵州桥转世投胎，托生为人，假如他能够说话，一开口，他将告诉给我们什么？他的一生，经历过多少事情？朝代的更迭？人事的转换？还是生命的轮回？解脱的无望？他这一生，有谁来过，驾幸过，垂怜过，践踏过，唾弃过，爱抚过，珍存过？有谁给它题过字、灌过浆，给它修过护栏、捐过功德？

一方水土养一方人。一方地气出一方建筑。赵州桥，一如赵州人，没有当地工匠李春的智慧，就设计不出这样一座桥，没有赵州工匠的心灵手巧，也打造不出这样一座桥，没有赵州石料的坚硬，就留不下这样一座桥。没有历朝历代统治者的御用养护和修缮，它也早已经化为一堆齑粉。山川壮阔，钟灵毓秀。赵郡李氏，六祖房仅唐代就出宰相17名，赵州历代进士不计其数，燕赵大地多俊杰，古来青史留姓名。

赵州桥，这如华北大平原一样沉稳坐落的桥，雄浑，生动，古朴，嚣张。及至走近，方才明白，赵州桥，世世代代，千秋万载，在实用与鉴赏之间，出世与入世之间，苟活与闻达之间，以活化石的形态，留下来，坚持下来，便是为了供人吃惊、鉴赏、把玩、膜拜、踩踏、慨叹、仰望、唏嘘、感怀的！

"从来兴废如河水，只有长虹上青天"。赵州桥，你果然是一个奇迹！你就是赵郡李氏的第18名宰相，"驾石飞梁尽一虹，苍龙惊蛰背磨空"，在璀璨的燕赵星空下，暗怀心事，无限转世轮回。

2009年6月9日

扬州：一城春水，二分明月，三月烟花

这是我第三次到扬州。前两次，都极好，大概十多年前吧，是在阳历四月，古语里说的“烟花三月”的季候。瘦西湖春情荡漾，桃红柳绿，烟波画舫；二十四桥婉转迤逦，香腮星眸，明月皎皎。桨声灯影，粉拳儿把纶巾调弄；画眉声残，吹箫人衔玉吞金。扬州，青楼梦好，水光潋滟休闲处。难怪古时候某某人，要多情惆怅“十年一觉扬州梦”。

这一次，却来得晚了些，也不过是晚了一个月左右，在五月上旬。扬州，却大变了模样，全然没有了以前的情致——不为别的，却只因为那热。夏季江南的溽热和酷暑，“唰”地一下，劈头盖脸砸来，猝不及防的，火辣辣，黏稠稠，与前一日的阴雨冷脸形成大对比。顶着大太阳，罩着北方春天的长衫，大汗淋漓辗转在瘦西湖徐园二十四桥风景区，对扬州的夏天便有了领教。这时的瘦西湖，水波不兴，暗流凝滞，两岸的姹紫嫣红，也只剩一派妆粉凋谢的淮扬残风。人便只想躲，只想逃，说是吃早茶嘛，泡晚汤嘛，其实是只想打发掉这难忍的白昼，尽快进入夜晚——那驿动的、风凉的、被月色笼罩的声色犬马的狂欢之暗。

——突然间明白了，扬州，说到底，只是春水与杨花的发情物，如同本地那道茶叶的名字“绿杨春”；扬州，也是赤裸裸的月光的遗腹子，没有往世，不问来生，只有现世广大温暖的暧昧和情欲，在暗夜里闪闪发光，层层叠叠。

扬州，这个位于北纬32°15′、属北亚热带季风性气候的地区，天然只为春天而准备的。她稍纵即逝的美，让人在一个季节里怀春、发春，然后在另外三个季节里悲悼与追怀；扬州，也只为月色而准备，让人在白天里蛰伏不动，早上皮包水，晚上水包皮，洗沐一新的情欲在夜晚的笙箫乐舞里觥筹交会。

扬州是人的乐园，由人亲手搭起的一个大游乐场。人工开凿大运河，形成码头，商埠往来，征地拆迁后的农民住进连片“新农村经济适用房”。他们弃农经商，从事手工制造业和服务业，一座市民的城市兴起。市井的故事到处流传。皇帝南巡驾幸，于是水路开凿装点得繁花似锦。官人和有钱人带着巨款来了，圈地皮，建别墅，于是私家园林诞生。还有那些南来北往的过客，需要打尖吃饭消遣消费，于是花团锦簇的娱乐场所开盘，二十四桥胜过天上人间。

——回溯着一座有着2000多年历史的繁华古城的过往时，却觉往事并不如烟，仿佛述说着当今中国南方任何一个蓬勃发展打造快速GDP增长的火热城市。历史总是这样循环往复，转世轮回。

感谢那些在扬州造园的有文化的人和古往今来的诗人们吧！扬州，如果没有了那些存留在大地上的建筑，那些熠熠生辉的园林：徐园、个园、何园、二十四桥；如果没有了诗，没有了那些伟大的诗人的千古赞颂和慨叹的优美诗篇，扬州，又该是怎样？扬州，又将如何得名？

诗与建筑，让扬州不一样。是建筑——这大地上凝固的诗，和诗歌——宇宙间这流动的建筑，让扬州诗意起来，飞扬起来，灵动起来，充满浪漫、神秘，进而曼妙璀璨。

五月骄阳炙烤大地之时，躲进小楼，沏一杯绿得醉人的“绿杨春”，揽一册赞美扬州的诗卷仔细把玩。诗里的扬州，仿佛比真实的扬州更立体，更具象，更优柔，更清丽。因为它灌注有人的气息，有一脉相承的历史文化积淀在里边。扬州于是活了，在史册里，在诗里，清静、幽凉，盖过了眼前热气腾腾的景象。

且看：“青山隐隐水迢迢，秋尽江南草未凋。二十四桥明月夜，玉人何处教吹箫？”（杜牧《寄扬州韩绰判官》），这说的是秋天的扬州。“二十四桥明月夜”句，从此给后人定了调子。

“春江潮水连海平，海上明月共潮生。滟滟随波千万里，何处春江无月明？”（张若虚《春江花月夜》）这是扬州的春天。

“萧娘脸薄难胜泪，桃叶眉头易得愁。天下三分明月夜，二分无赖是扬州。”（徐凝《忆扬州》）“无赖”二字最好！

“淮左名都，竹西佳处，解鞍少驻初程。过春风十里，尽荠麦青青。自胡马窥江去后，废池乔木，犹厌言兵。渐黄昏、清角吹寒，都在空城。杜郎俊赏，算而今、重到须惊。纵豆蔻词工，青楼梦好，难赋深情。二十四桥仍在，波心荡，冷月无声。念桥边红药，年年知为谁生。”（姜夔《扬州慢》）又是二十四桥，写扬州，“二十四桥”越不过，用典必不可少。

“墨云拖雨过西楼。水东流。晚烟收。柳外残阳，回照动帘钩。今夜巫山真个好，花未落，酒新篘。美人微笑转星眸。月花羞。捧金瓯。歌扇萦风，吹散一春愁。试问江南诸伴侣，谁似我，醉扬州。”（苏轼《江城子》）。

最后，还得是苏轼，不愧为一代大文豪！“谁似我，醉扬州”，最好！

谁似我，醉扬州？

2011 年 6 月 22 日

沈阳的美丽与哀愁

临近四月底，火车又一次提速，D字头动力车组始发。友人向我打探去沈阳的路径，说提速以后，从北京4个小时便可到达。我却阻止说，不，不要去。若去，就选择冬天。什冬腊月，火车喷吐着白烟儿，一路呼啸，出了山海关，但见雪野茫茫，一望无尽的东北大平原，端的是养眼！车甫一停稳靠站，左脚迈出车门，"唰——"，一股凛冽的寒风，兜头便至，打得人浑身一哆嗦，刹那间衣袖裤脚都被打穿。那是真正来自西伯利亚方向的寒流，那种冷，豪迈，剔透，挟带几许暴虐和郑重，长风刺骨，冰清玉洁。就仿佛陈年的黑方威士忌，要不，就是道格拉斯AK47伏特加，加了冰块，抿一口，"唰"地一下，如同小刀，无比锋利地在唇边划过，鲜血奔涌。痛和快感倾巢而出！刹那间，脑子醒了！浑身的细胞都被激醒了！

这就是沈阳，你出关之后的第一口烈酒。狂放，野性。然而，一旦你压得住他，又无比驯顺、伏贴。这个东经122度、北纬41度的北温带边城，几乎有半年时间都包裹在漫漫冬季里。春天只是冬天呼出的一口清气，夏秋是它从一个冬天奔赴另一个冬天之间的短暂休歇，几乎毫无特色。被南国溽热和京城暖冬给折磨得一筹莫展的人们，却可以在沈阳寒冷的冰雪中去紧紧筋骨，带回一身神清气爽的北国阳光。

一朝发祥地，两代帝王城。沈阳的城廓之中到处布满蛮横和雄性荷尔蒙气息，即使是在冰封的冬季那种气味也一样醇厚，酣酽，浓得化不开。凛凛朔风中，袖着手，低着头，将脸深深埋进大衣领子内，哈气成霜地沿着雪松排列的方向，避开热气腾腾的白肉血肠、李连贵熏肉大饼、老边饺子、老龙口包谷烧的熏香迷障，一抬头，眼前蓦地腾起红墙绿瓦、金色琉璃镶嵌成的华美宫阙！那就是沈阳故宫，一个王朝留下的背影。它记录着努尔哈赤和皇太极女真人长风猎猎铁骑哒哒的剽悍和枭勇，也留有摄政王多尔衮和孝庄皇后辅佐少年天子匡扶社稷的暧昧和机谋。这座采撷了长安、洛阳、开封、金陵几朝汉家宫阙之长的清朝皇家宫殿，满、蒙、汉建筑风格交杂，几乎是北京故宫的缩微景观和美丽倒影。比之北京故宫君临天下的磅礴气势，它秀气典雅格局上虽有几分局促，内里却处处透着狂妄和勃勃野心。

出了故宫，不远处，大概也就两站地远遐，耸立一座古罗马廊柱盘绕的巍峨西洋建筑大青楼，周围环绕点点北欧风格红楼群与清王府式样的三进深四合院。那却是另一对著名父子张作霖和张学良的故居——张氏帅府。红彤彤雕梁画栋的四合院里，老帅两次直奉战争的硝烟似犹在，皇姑屯铁路的爆炸声依稀传来；洋气扑鼻的大小青楼，仿佛记录下了少帅东北易帜去国离家的悲壮，举旗助蒋的豪侠，西安事变的枪响，终生囚禁的无奈……千古功臣，天下为公。血与火的洗礼，一次次政治与军事的较量中，似无机心，却不乏机巧。留下的是悲剧，也是悲壮。

从故宫到故居，短短十几分钟路，皇家故宫与帅府故居，古罗马建筑风格与传统四合院建筑，古今中外，历史与现实，在这条小街上奇异地汇合。两对父子，塑造了沈阳的命运和性格：天生梦想，又土又狂，勇猛正直，忠诚豪侠，仗义疏才，成事不足，败事有余，粗鲁颟顸……游牧民族的剽悍与汉族移民后代的匪气交织，无所不能，无所不往，相得益彰，互为消解。

身在沈阳，心系北京。沈阳是北方游牧民族入主中原的最后一座关隘和要塞。沈阳是封疆大吏施展济世情怀的最后一片乐土和泥淖。新中国成立后，作为共和国长子，沈阳服从全国一盘棋，成了重工业煤炭钢铁机械制造基地，半个多世纪以来为全国人民做出了贡献，也意味着牺牲。如今的沈阳几乎成了德国式的鲁尔工业重镇，面临着重新振兴起飞的痛苦艰难。古时所说的盛京八景：天柱排青、辉山晴雪、浑河晚渡、塔湾夕照、柳塘避暑、花泊观莲、皇寺鸣钟、万泉垂钓……早已在几十年大机器的轰鸣中不见踪迹。新的盛京景观：满族溯源地、国际秧歌节、世界园艺博览会、奥运足球分赛场……正纷纷而起。仕子们也知道，风景秀美的棋盘山虽是一盘诱人的残局，其实也是死棋。跳出沈阳，方能满盘皆活。

沈阳老了，早已经老过两千岁；沈阳还年轻，顶多也只能算条中年的汉子，才刚知天命而已，正逢如虎似狼，如日中天的年纪。有谁认为酒会老吗？尤其烈性的，总是老而弥坚，老而醇香。只是有关沈阳这杯酒，需要慢慢品，在第一口上降服住它，接下来的事情就好办了。如同沈阳的小娘们儿，要么草根，生生不息，永远低伏在生物链的最底层，随风而逝，默默都做了衰草牛羊野嚼裹；要么，就是孝庄、赵四一类人物，治大国如烹小鲜，辅佐朝廷如管孙子，把男人和国家的运命皆把握于股掌之中……呜呼噫嘘嘻乎哉！沈阳这口酒，也还算喝得惬意吧？

2007 年 5 月 15 日

壮哉红旗渠

穿过十万座大山，绕过十万道沟坎，车子缓慢行进在巍巍太行山脉。蒙蒙细雨，早春阴翳的天空下，到处还都是一片土黄色荒凉。大地雄健的生机，正沉默在路两旁坚硬剽悍的山体岩石下，静待暖意的绽放。长时间一成不变的景致，导致双眼有些疲倦。正收拢目光想要小憩片刻，突然听到同车的人喊：看啊！红旗渠！不由得一个激灵，迅速坐直身姿，将双眼向窗外打量。

“哗——”！一道辽远雄阔的天河，蓦地展现在眼前！仿佛一条清丽的飘带，悬挂在巉岩壁立、万仞摩天的山间，盘桓于崇山峻岭之中，迤逦于奇峰幽谷之下。但听得河中水流潺潺，但见那堤上巨石垒岸。其势婉转舒展，其状宛若通天。天河一路跨省越界，源山西，望河北，奔河南，含王气，走龙蛇，威武不屈，气吞万里！

谁持彩练当空舞？真个是师造化，夺天工，迢迢银汉，人间天上，谁人到此能不震撼?!

下车，逆着河水的走向，步上渠岸，用双足丈量它的每一块石头，双眸凝视它每一滴珍贵水滴。冰凉的青灰色花岗岩，浸透着经久岁月铸就的霸气，寒光闪闪；墨绿色的悠悠河水，浮动艰难时世人民劳作的古朴沧桑，嘹亮悠然。那贵如油的水啊！就从遥远的山西浊漳河高处截来，按照河渠开凿出的走向，乖乖地九曲盘桓向河南林州大地下游流去。沿途千亩农田得到了它的灌溉滋养。

这就是举世闻名的红旗渠啊！你雄阔的分水苑，壁立千仞的青年洞，群峰耸峙的络丝潭……每一处工程节点，都构成一个景观，都令人唏嘘感动、叹为观止！这个跟大山叫劲、跟老天爷叫板，在没有桥的地方筑桥、在没有水的地方引水，在寸草不生、鸟飞不过、兔子不拉屎的悬崖峭壁上开山掏洞、凿壁穿岩修出的水利巨龙；这个用民间炸药一炮一炮炸出来的、用冰冷钢钎一纤一纤凿出来的、用彪悍铁锤一锤一锤砸出来的、用太行山的花岗岩一块一块垒起来的，一条翻山越岭、绵延1500公里的人工天河！将近半个世纪以来，你流淌出的是怎样一曲人类精神意志的坚强颂歌！

红旗渠，二十世纪六十年代中国农民手工创造的一个奇迹！越走近你，我愈发惊叹你的浩瀚，你的博大，你的辽远，你的准确，你的精密！你的工程复杂艰巨程度，在当时物质生产力状况十分低下的情况下，简直是不可想象，不可思议，简直是非人力所能及！你的雄心在当时却只能算是痴妄，你的狂想却完全是由于生存所逼，完全是被恶劣的自然环境给逼出来的。前水利部长钱正英对修筑红旗渠的原初动力给了最好的解答。她提到在1956年第一次到林县，听到当地许多缺水的悲惨故事时，“我们几个水利工作者都低下了头。我们为自己的无能感到羞愧。红旗渠的方案就是在这样的背景下形成的。说实在的，这是农民的首创而不是工程师的设计。这个方案是在以杨贵同志为首的中共林县县委领导下提出并组织实施的。只有他们,才最了解广大农民世世代代的痛苦以及愿意为解除痛苦所付出的代价。”(钱正英:《共产党的好书记》,1993 年)生活在这块贫瘠土地上的老百姓,千百年来饱受干旱困扰,逢大旱之年流离失所逃荒要饭已成家常便饭。几朝几代过去,彻底改变老百姓生存状况的举措,历代封建统治者没有干,蒋介石的腐败国民政府也没有干。只有共产党领导的新中国,才能真正关心老百姓疾苦,才能真正把人民冷暖放在心上,只有共产党的基层领导干部,才能真正与人民同呼吸共命运,才能千方百计想着彻底改变土地干旱面貌,兴建“引漳入林”工程,让人民真正过上好日子。县委县政府一声令下,人民群众集体呼应,十万修渠农民大军奋勇开进太行山!“劈开太行山,漳河穿山来,林县人民多奇志,誓把山河重安排!”

……改天斗地求生存的炮火硝烟早已散去。四十多年后一个宁静平和的春天早晨,我怀着景仰的心情,来朝拜这个比我的出生年月还要久远的红旗渠。悄然走过红旗渠绕山几千米细长平整的河堤,来到气势险峻的虎口崖下,看红旗渠水从凹陷的山崖当腰穿流而过。仰望高崖,头晕目眩。只见那尖耸利崖刺破苍穹,崖头的巨石悬空向外突兀十余米,像往外伸长探着的老虎嘴。它的脖子以下,怪石嶙峋,从喉结到胸腔一点一点往回收缩,上面的岩崖就形成一种奇怪的顶盖帽檐之势。红旗渠,则恰好镶在它凹陷的肚囊里。这样的位置,看起来十分令人恐惧,突起的帽檐巨崖似乎随时都能掉下来,一家伙把底下的人砸扁!即便是静止站立仰望,都会觉得眩目胆战,想当年,人们又是怎样炸开凿空它的肚腹,又用一块块崩下来的石头砌成拦腰弯曲的渠道?!稍有不慎,崖头震落,就将有灭顶之灾啊!它的施工难度,由此可见一斑。当年的排险英雄任羊成,正是在这里,手握钢钎,腰系一根缆绳,在崖上飞来荡去荡秋千,不断除掉被炮崩落的险石。开山凿石的民工们,也都采取同样一种缆绳缠腰凌空作业姿势,锤和钎一锤一钎地凿,土炮一炮一炮地崩,小心翼翼地施工着。倘若缆绳不小心被崖石磨断了怎么办?倘若炮捻点燃后提前爆破,而缆绳还没有被完全拽起,人还没能撤离到山头该怎么办?

无数个猜想和担忧,都被如今红旗渠的实绩所解答和驱散。英勇的林县人民,早已将生死置之度外。与其原地等死,不如与老天爷一搏,给子孙万代求条生路。唯有牺牲多壮志,敢叫日月换新天!虎口崖的崖壁上,至今留有当年修渠民工的豪迈誓言:“崖当房,石当床,虎口崖下度时光,我为后代创大业,不修成大渠不还乡”。人,不能没有信念,更不能没有信仰。有什么东西比信念更重要,比信仰更有力量?“虎口拔牙”的排险英雄任羊成,被滚落的飞石崩掉两颗牙齿,把血水往口里一咽,仍然坚持战斗在崖壁上,直到将最后一块险石除完;修建红旗渠总干渠咽喉工程青年洞的300名青年突击队员,在1960年那个自然灾害困难时期,没有粮,吃不饱肚子,就挖野菜、捞河草充饥,很多人得了浮肿病,仍坚持挖山不止。奋战一年零五个月,终于打穿了太行山腰,凿通了长616米,高5米,宽6.2米的隧洞,使红旗渠水顺利流过。1973年,时任全国人大常委会副委员长郭沫若为此工程亲笔题写了“青年洞”洞名。

虎口崖、鹰咀山、青年洞、空心坝、桃园渡桥……一系列艰难的工程关隘，融汇了红旗渠建设者多少心血和汗水？让他们付出了多少智慧和牺牲？这是林县人民“自力更生、艰苦创业、自强不息、开拓创新、团结协作、无私奉献”精神创造的伟大奇迹！人类有了这样的精神和毅力，那将是任何力量也打不倒的，是什么艰难困苦都可以克服的！

红旗渠，你这奔流不息滋养太行大地的生命河啊！勤劳质朴的林县人们，就是靠着自力更生艰苦奋斗的伟大精神，历时十年时间，动用三十万劳力，在无任何机械设备援助的情况下，全部是农民，完全是土法上马，靠手工原始劳作，一钎钎、一锤锤，硬是打造出举世无双的大型水利工程，硬是创造出堪与万里长城齐名的世界上第八大奇迹！红旗渠不仅是水利工程学的奇迹，也是建筑美学的奇迹。如今，四十多年时间过去，渠坝上的每一块石头都壁垒森严、严丝合缝，每块巨石表面道道修饰性的水波纹图案都凿得一笔一画，美观齐整，毫不懈怠马虎。这样坚固美丽的工程，在如今这个物质丰稔、机械化电子化高度发达的时代，也得尽一百倍一千倍的监理才能做到，总听说眼下的建筑工地上，动不动就出一个豆腐渣工程。可以想见，那个时代，那个物质极度匮乏、精神信仰单纯的年代，人们对生命、对生活的态度何其严肃、庄重，人们对于美、对于永恒的追求何其刻苦、执着！

红旗渠啊！新中国那个遥远的二十世纪六十年代，那个可歌可泣的大山深处的老区人民！晚辈后生只能向这一块块坚硬的石头行注目礼，向悠悠的河水鞠躬致意！红旗渠，你是人类精神意志的伟大胜利。你在用花岗岩的坚硬、用滔滔不息的流水告诫我们说：人，总是要有一点精神的！

2009 年 4 月 20 日

问世间情为何物

——鄞州梁祝文化公园记

1

世上所有能流传下来的爱情都是悲剧。如《孟姜女》,如《牛郎织女》,如《白蛇传》,如《梁山伯与祝英台》。这样的爱情,必须凄婉,必须缠绵,必须幽怨,必须刚烈,必须绝决。必须阴阳相隔,必须天人永诀。必须有情人不能成眷属,必须相思魂堪可为仙伴。

若非如此,便没了艺术,没了文学,没了画梦与解痴,没了爱情毒药与仙丹,没了悲戚,没了伤怀,没了惊惧和眼泪,没了他人爱情盲肠照见自己柴米油盐嗝屁人生的安逸和荒凉。

四月。宁波。鄞州古道。梁祝文化公园。昨儿是莺飞草长,今儿又细雨霏霏。黏稠酥润的牛毛细雨,暗暗地把地皮打湿,把叶子润绿,执拗地协奏一弦《梁祝》衷曲。撑着油伞,踏上通往瞻仰梁祝生平的青石小路。如此的天光,晦暗清丽的园林,雨在枝头吱吱作响。一曲终了,有点低回,有点惆怅,有点幽咽,有点暗沉,甚至有点去意横生的意思了。

还好。早已预备下冲喜的东西!毕竟这里叫作"爱情主题文化园",而不是"殉情主题文化园"嘛!踩着一地的湿滑拾级而上,甫一进山门,先就被矗立于前的楼台高的大红3D"囍"字震慑住了！那一对红彤彤的双“喜”大字，比人高、比景深，够也够不着，抱也抱不拢！红双“喜”雕塑在雨地里分外红艳，彤光闪闪，真可谓先声夺人，分外豪迈。两边厢，古色古香的售票处和旅游品小卖部的门楣下，也都拂拂然垂挂着红“囍”帐。正面，飞檐翘角的仿古建山门下，悬挂着串串大红灯笼和鲜艳的红帷帐。只看现场，会以为这是一个婚庆典礼的舞台，而不是一个公园的大门口。整体舞美造型欢快、喜床，深得“爱情文化园”之味。再看地面，青石槽里耸起棵棵腰围硕大枝丫繁茂的榆木，枝头都是新芽萌生，嫩绿芬芳。粗壮的树木腰间，都围着金光闪闪的金箔护裙，像是从庙里走来的一尊尊护法金刚。一时间，天地间，园林前，大片大片的红、大朵大朵的绿、大块大块的金，三色相杂相交，道尽人间喜悦和春色！一切都是那么先声夺人的强劲而嚣张。谁再说梁祝爱情是悲剧，鄞州人民就要跟他急！

2

不到园林，哪知春色如许！有了这喜庆基调垫底，即使是天公降雨、霜打雷劈，也休想抵挡得住人民群众参拜梁祝坚贞爱情的渴望！推开大门，进入占地300余亩、已然开放十多年的园子，果真如那艳词妙曲里唱的“碧草青青花盛开，彩蝶双双久徘徊”，每一处搭景都仿佛天然自在，每一笔人工设计都妙不可言！

园子完全按江南园林风格打造，飞檐起脊、华丽大屋顶的仿古建筑错落其间，亭台楼阁，朱栏回廊，假山水榭，书院庄园，花影树荫，无不迷人。如果仅只是这样，它还算不上有特点，人们完全可以到苏州扬州去看原版古典园林风貌，而不必看这个诞生才十来年的现代公园。梁祝文化园与别家园林不同之处，在于它有故事！它的旅游景点和路线，完全按照梁祝民间传说故事的情节来打造和编排。只要一脚踏进去，就进入了故事中，每个女人都是活的祝英台，每个男人都是鲜的梁山伯。整个园林就是一个大舞台，人在景中游，景在戏中走。

先要相识吧！人生若只如初见，何事秋风悲画扇？一对恋人，只有懵懂相识尚未确定关系前的那一段是最有趣最难忘的。于是就搭起了“草桥相识”景点，梁祝二人各自求学路上在这里巧遇、初见。然后就要相知吧！自然要有同窗共读整三载的“万松书院”。之后就是小别，进入最最悠长浪漫的梁祝“十八里相送”桥段。再然后就是重逢，姚江畔的祝家庄，两人再见，梁生得知祝女已订婚许配马家，悲剧已然掀开一角。最后就是尾声：楼台永诀、探墓殉情、彩虹飞蝶、蝶恋永伴……

若说，青年男子谁个不善钟情？妙龄女人哪位不善怀春？这本是人性中的至洁至纯，为什么从中还有惨痛飞迸？——少年维特的烦恼，也是环球人类在青春叛逆求偶期的广泛烦恼。原因不出两条：若不是制度设置不合理，就是男人不小心爱上别人妻。

好了。故事层层递进，游人移步换景：看这边乱花渐欲迷人眼，望那里儿女情长云脚低；看这边早莺争树燕啄泥，望那里彩虹飞蝶成仙侣；这边厢二月兰开得正好，那边厢红杜鹃春意且闹；这边厢茂林修竹读书院，那边厢茶果飘香结金兰；这边厢仰梁公庙檀香缭绕，那边厢望祝家庄雨打芭蕉。

你看它这园中景致设计多么精心巧妙！比如“十八里相送到长亭”，大道通衢，且又曲径通幽，缠缠绕绕，曲里拐弯，走也走不完，似乎真有绵延十八里。其中梁祝故事中每一个细节都有体现：十八里路上遇见的樵夫、牡丹芍药园、湖面鸳鸯、雌雄大白鹅、独木桥、“映双”井、观音堂、笨死牛，以及终点站的长亭，都是一比一的比例，按时间顺序一一搭建呈现。

十八里相送漫步途中，英台小姐利用路上种种物象，来向山伯那个呆子暗送秋波，暗示自家的女儿身和满腔爱：

见到那山上樵夫在砍柴，就问山伯兄他为哪个把柴打？山伯回答：“他为妻子把柴打，我为贤弟送下山”，回答的并不是英台姑娘想要的答案。

见到牡丹与芍药，祝英台又提示他：“我家有枝好牡丹，梁兄要摘也不难。”梁傻子回答：“你家牡丹虽然好，路远迢迢摘不来。”

见到湖面鸳鸯成双对，祝英台复又提示他：“英台若是红妆女，梁兄你愿不愿意配鸳鸯？”梁傻子答：“可惜你英台不是女红妆。”

迎面来了群大白鹅，英台说，“雄的前面走，雌的后边叫哥哥”，可怜梁兄没听懂，气得英台说他“呆头鹅”。

两人来到独木桥，英台说，“你我好比牛郎织女渡鹊桥”。梁兄摇头笑她痴。

前方出现一口井，二人俯身来照影。英台说，“井底两个影，一男一女笑盈盈”。梁兄那个呆子说：“明明两个男子汉，贤弟你怎能说我是女儿身？”

前边又现观音堂，英台拉着梁兄要拜堂：“观音大士来做媒，你我双双来拜堂。”梁兄说:“两个男人怎好拜堂?”

草地横卧两头牛,犹如恩爱夫妻在小憩。英台把这样的幸福来憧憬,可惜梁兄还是听不懂。气得英台说:“对牛弹琴牛不懂,梁兄你简直笨死牛。”傻子一听,生气了,想拂袖而去,英台赶忙道歉给拽住。

最后终于到达终点站长亭。祝英台一路十八里地都没唤醒那个傻梁兄。实在没办法,前途无路了,只好告诉他说,自己家里有个小九妹,择日可以介绍给梁兄成婚配。姑娘这才埋下伏笔,引逗着日后梁兄能到祝府上再相会。

这些情节,都是小时候在越剧电影《梁山伯与祝英台》看到过的,听那咿咿呀呀的唱词,从袁雪芬、范瑞娟口里唱出,分外柔情,分外甜糯,衬托着最后的悲剧结尾更悲、更苦、更凄切。如今,这些话从梁祝文化园现场的小导游嘴里一段一段的说出来,却增加了几分欢乐、谐虐色彩。置身园中,倒觉得是把电影里的布景搬到现实中来,把电影里的场景复活了。梁祝文化园就仿佛是立在鄞州大地上的一部真实的彩色宽银幕3D大片《梁祝》。

3

鄞州打造梁祝文化园,是巧用本地资源,而非浪得虚名或凭空捏造。梁祝文化园的原址,是东晋时的鄞州县令梁山伯的墓和梁山伯庙。当年的梁县令勤政廉洁,因治理姚江而积劳成疾,死后葬在鄞州高桥的九龙墟。百姓感念他仁慈厚德,遂于东晋晋安元年建起梁圣君庙。这是全国唯一的梁山伯庙,梁祝爱情故事也由此而起。梁山伯做县令,发生在他从祝家庄与英台再次相会、没能迎娶上祝英台之后。得知英台已经奉父母之命、媒妁之言,许配给阀阅门第的马文才后,平民子弟梁山伯自知竞争不过,只好无奈而返,从此郁郁寡欢。梁山伯返乡后在鄞县当上县令,他将精力全用在主理政务、勤勉治水上,很得老百姓欢迎和称赞。但是,爱情的失意还是给他无比的痛创,没出多久就抑郁病亡。

以上事实还有史料依据,而后来的故事,就有点狐仙味道了,纯粹是民间美好想象和神传。话说梁山伯去世一年后,祝英台出嫁经过梁山伯的坟墓,下轿到墓前祭拜,直至坟墓塌陷裂开,祝英台投入坟中,其后坟中冒出彩蝶双双翩飞。"乙亥暮春丙子,祝适马氏,乘流西来。骇问篙师。指曰:'无他,乃山伯梁令之新冢,得非怪欤?'英台遂临冢奠,哀恸,地裂而埋璧焉。从者惊引其裙,风裂若云飞,至董溪西屿而坠之。"(《义忠王庙记》,明州知府李茂诚撰)

在梁祝合冢墓地前,有现代人给立起高大精饰云朵浮雕的水泥牌坊,上撰一联,上联曰:同学兼同穴千秋义气谁堪侣;下联是:殉身不殉情一片烈心独自追。似乎,比起这桩情事所寓意的古典情怀来,这幅对联的意思有点那啥……但不管怎么说,这块墓地是这片梁祝文化园的缘起和奠基石。没有它,一切就显得不扎实,不硬气。

记得当年的越剧电影,最后演到这个桥段时,舞台上天崩地裂,电闪雷鸣。一道白光,直将梁山伯坟墓裂开,祝英台勇猛投坟自尽。直让人看得触目惊心,泪眼婆娑!那袁雪芬,衣袂飘飘,临别前哀哀哭唱道：

不见梁兄啊见坟碑，
呼天抢地哭号啕。
楼台一别成千古，
人世无缘同到老。
梁兄啊——
实指望天从人愿成佳偶，
谁知晓，喜鹊未叫乌鸦叫。
实指望你笙箫管笛来迎娶，
谁知晓，未到银河就断鹊桥。
实指望，大红花轿到你家，
谁知晓，白衣素服来祭悼。
梁兄啊——
不能同生求同死
……

唱毕，英台挣开丫鬟的拉扯，疾步奔向坟墓。狂风起，英台一头扎入坟墓中。墓合。彩蝶双双从坟中出，翩飞。

“楼台一别恨如海，泪染双翅身化彩蝶，翩翩花丛来。历尽磨难真情在，天长地久不分开。”——现代词作者阎开，和着小提琴协奏曲《梁祝》填的这首《化蝶》，也朗朗上口，道尽了爱别离之苦。

情爱之中的“爱不得”和“爱别离”已然能牵人入至臻至美之

境;“死同穴”和“共化蝶”,则打开通往来世之门,已然是宗教的境界了。

游园惊梦。走出梁祝文化园,思绪却仍沉浸在千年的悲剧中。问世间情为何物?直教人以生死相许!艺术是什么?梦是什么?爱情又是什么呢?有时,它就像,夜路上的剪径,在我们于灯红酒绿中醉意趔趄时,蓦地蹿出,惊散刚刚的迷失,乘势夺走我们的眼泪和悲怀。

2013 年 5 月 14 日

澳门的云淡风轻

晚到澳门许多年。

已经是新世纪的第十三个年头了。2013 年，早春时节，我才有幸到澳门。此时，离 1999 年的澳门回归已经有十四年，离 2005 年澳门“申遗”成功也已过去了八年，离十六世纪葡萄牙人上岛并逐步侵占澳门更有四百多年了。沧海桑田，时空飞转，多少岁月都已封入历史。澳门，你今天要呈现给世人的，会是什么呢？

下榻在澳门渔人码头。急急卸去北京臃肿的冬装，换一身春天装扮，站在观景阳台上举目远眺。皓月当空，水波潋滟，南海温润的春意扑面而来，风中似乎有桂树和兰花的香气。远处，一幢高大建筑上几个金色大字在江水里映出几团金块的倒影，另一幢则更像是金色的游轮夜泊于江中。跨江大桥上的一串串橘黄色灯火扇面状荡漾开去，勾勒出桥身清晰的轮廓，宛若一道彩虹横跨珠海澳门两岸。大地阒寂，万物内敛。夜晚的澳门，一点也看不出臆想中的贲张，却处处盈满画意与诗情。“滟滟随波千万里，何处春江无月明”，“江流宛转绕芳甸，月照花林皆似霰”。这是澳门自己的春江花月夜，它不是怀离人，悼时空，而是歌盛世，咏太平。

当一轮旭日升起，澳门又换了新姿，呈现出另一种美妙。早上起来再到阳台观望，顿觉眼前明净疏朗。从持续二十多天的北京雾霾里走来，走到现在，澳门明亮的阳光下，眼睛就仿佛被撕去一层翳子，“唰”地就亮了。

全世界都跟着亮了！

风和日丽，云淡风轻。澳门在2013年的南海端，呈现一派明媚疏朗的天青色。那是人间烟火春常在的颜色，自由，自在，仪态万千，落落大方。热情好客的主人领我们徒步“澳门世遗城区”，东方基金会会址、基督教墓地、圣安多尼教堂、哪吒庙、大三巴、大炮台、耶稣会纪念广场、大堂、玫瑰堂、议事亭前地、民政总署大楼……这些保存完好的历史建筑群，巴洛克与阿拉伯风格杂糅，哥特式建筑与庙宇大屋顶相交，在阳光的拥拂揽照里熠熠生辉。走遍世界各地，看过各个国家的建筑精粹，再来看澳门的各族群建筑大集聚，虽不会叹为观止，却也会感慨澳门的“兼收并蓄”。

令人感慨的是这个“世遗城区”所映照出的本地人的历史观。他们对自己的历史有一种充满温情的回望姿态，别也是依依惜别。反观一些城市，有的也身为历史文化名城，却是义无反顾的、大步向前的、破旧立新的，整个建筑是前瞻的，像一个脚上蒙着征尘的疲惫旅人，风尘仆仆一头撞向二十一世纪的钢筋玻璃幕墙。或许因为我们曾经落后太多，所以有着奋起直追瞻前不顾后的焦灼。

在天青色的云淡风轻里，又接着走向妈阁庙、亚婆井前地、郑家大屋、路环市区、凼仔市区、官也街。看到一幢幢传统的汉屋，令人顿生亲切之感，恍然发觉这里原先住着的就是自家的“借壁儿”（邻居）。盈盈一水间，迢迢共潮生。有了这些地标式纪念物，澳门人就明晰了自己的来处和往生。他们不会改变中华民族身份的认同,也不会割断与母体文化的联系。

犹记1999年,澳门回归祖国那个难忘的日子,举世瞩目的交接仪式,在澳门新口岸刚刚建成的澳门文化中心花园馆隆重举行。深夜,北京城里每个关心国家大事的市民都在观看电视直播,并为之振奋与激动。那时的我也是其中一员,不仅流着眼泪看完了电视直播,而且彻夜未眠。不仅仅是因为澳门回归的激动,就在同一天,我也正面临着人生的变动。历史往往是很奇妙的。家国情怀与个人记忆,有时往往会以一种意想不到的方式交融到一起,让人刻骨铭心,终生难忘。所以,澳门和澳门回归之日,之于我,都添了一份别样的意义。这十几年来有许多次机会都可以到澳门,我却都躲着、绕着,仿佛是抗拒与一段历史相会。

直到等来它的云淡风轻,直到等来我自己的云淡风轻。我才敢走来见澳门。我才敢走进澳门。

哦,澳门!

谁说这里只是面积不过32.8平方公里的弹丸之地?谁说即便是填海扩充之后,它的面积也比不上北京的一个回龙观社区?它贯通中西的建筑文化如此深广,不是用平方米可以计算,不是用脚步可以轻易丈量得完。譬如,说它是历史建筑博物馆,完全是实至名归,已经有了“世遗城区”可以佐证;说它是“新式中西合璧建筑聚集地”,肯定也不为过。徜徉街头,看着一座座拔地而起、富丽堂皇的建筑,不禁要为之叹服。澳门后来居上,精心养育了当地的建筑文化,使其蔚为大观。我对着各式各样不重复的建筑外观产生了兴趣,一路走来流连难舍。那是浅粉红一面瓦式的,这是伦敦雾似的，还有如水滴石穿形的……建筑，把人对财富的渴望，人心的无止境的悸动、贪婪，都一眼看穿。而人们在能望穿自己心事的建筑面前，却反而变得服气、散淡。人和建筑就这样互相说服，形成了澳门的独特气质。

此方的夜晚，香风扑面。古街小巷里的一个个手信店和鱼丸粥店是不能不进去的。主人们都不紧不慢笑脸相迎，有礼有信地做着古老的生意。此方的白天，安闲如是。商业街上一个个免税首饰店、时装店、化妆品店也是不能不去的。这些时刻的澳门，是惬意，是休闲，是不着急不着慌的“慢”生活，是《英雄》和《命运》过后的一曲《田园》。

澳门是人间的春光灿烂。如诗人所说，“面朝大海，春暖花开”。

2013 年 10 月 17 日

穿越撒哈拉

蓝色博斯普鲁斯海峡

明明是去埃及，却不得不转道土耳其。

土耳其，“土”而“奇”。风的气味里，混合着亚洲牛羊的腥膻和欧洲咖啡香水的温羝。

从北京到开罗没有直航（一说是开辟了一段时间直航，因为双方人员来往不多、运营亏损复又关闭），我们这一行人只好深夜11点从北京出发，乘土航TK21次航班，经过漫长的十几个小时的飞行，先期到达土耳其的伊斯坦布尔。

由于时差的关系，在天上丢了6个小时。到达伊斯坦布尔时恰巧是那里的凌晨，天光放亮。

凌晨，已经是人这个物种可以自由出巡的时间。简单地洗漱，在旅馆里吃早餐，听见外面似乎涛声阵阵，风声萦响。于是，找出行囊中所有能穿的厚衣披挂在身，然后出门。

三月的伊斯坦布尔，仍然是风寒料峭，冷意袭人。草尚未绿，树枝仍然枯着。尽管这里比北京高不出几个纬度，但从地中海方面刮来的坚硬的海风，也令人感到薄衫尽透，浑身瑟瑟。

伊斯坦布尔，这个被蓝色博斯普鲁斯海峡一剑劈开的城市，一半在亚洲，一半在欧洲。我们下榻的旅馆位于亚洲部分，而要去参观的地方，多半却在欧洲板块。

从欧亚大陆桥上跨海而过。放眼望去，满目都是欧洲风情。宁静的街道和小巷，灰色的小旅馆，高大的巴洛克房屋，行人一副副风衣牛仔裤的欧洲穿戴……一切都令人以为是到了欧洲的某个小城。

不同于纯粹欧洲的，是远处海岬一片片东西方宗教文化混融杂交的宏伟景致：灰色的埃及方尖碑的塔尖刺破苍穹，蓝色的清真寺的圆顶矗立在天幕之下；红墙尖顶的圣索菲亚大教堂磅礴而立，华贵显赫的多尔马巴赫切王宫金碧辉煌。

站在这处属于欧洲的板块上，土耳其，也仍然是土耳其。

它繁华的街市是从一个一个铺子的开门卸板声中，以一个个亚洲的方式醒来的：

街头卖面包早点的出摊了。小贩们推着像北京的卖煎饼果子的摊一样的倒骑驴手推车，玻璃罩子里是烤得金黄金黄、油滋滋鲜嫩嫩的小面包。土耳其卷毛小孩过来，买上一个，边走边吃，咬一口，“咕吱”一声，香气四溢。

卖牛肉的铺子也开门了。刚刚去世的老牛身体倒挂在一排排铁钩子上，大头前倾，后腿朝上，鲜嫩的红红的肉色翻卷在外。旁边一个壮汉提刀而立，面对街道，目含微笑。

卖水果的将门脸打开，将整架子鲜果端出门来，柑橘甜橙、香蕉苹果，红黄橙绿，鲜艳夺目。

广场中心繁华地带的鲜花铺子也开门迎客。一盆盆、一捆捆郁金香当街一圈儿摆放。刹那间,金黄、橙红、香槟、朱堇、碧绿……姹紫嫣红的颜色洒了一地,好不热闹。最奇特是一束束黑色郁金香,黑得乌油油。像乌金。

原来郁金香是他们这里的特产。斑斓绚丽的色彩赛过全世界郁金香颜色的总和。

一个个土耳其时髦男女在大街上行色匆匆,脚步卷起地上的枯枝残柳。

男子们几乎个个高大,面白,深眉阔目,连鬓胡须,俊美洁净。

原以为只有土耳其小伙儿伊尔罕——就是那个在2002世界杯上大出风头的、扎小辫的土耳其足球队的前锋,才能够算作美男。到了伊斯坦布尔来一看,才知,原来这里简直美男遍地!

就连面包铺里那个忙着切点心的络腮胡须的老板,也极其悦目养眼。

(徐小斌还问前来陪伴我们的苏珊:伊尔罕这会儿在不在?苏珊说:他去日本踢球了。小斌笑说:坤儿,你的偶像见不上了。旁人道:那么你的偶像是谁?小斌道:是巴拉克,硬派小生。说着,"啪"地做了一个专业射门动作。)

街头上的女子们也身段高挑,肤色白皙,鼻直唇红,极其美艳。她们黑色和亚麻色的亮丽秀发在风中自豪地飘舞,极少有像阿拉伯妇女那样蒙头巾的。穿着也跟巴黎和柏林街头女郎毫无二致,皮衣短裙,极其时髦的流行装束。

如此美景良辰,令人心生疑惑——这些女人,还算不算伊斯兰世界妇女?

原来,早在1926年,这个也属于伊斯兰国家的土耳其,就已颁布民法,宣布妇女不再戴面纱、穿长袍,同时废除一夫多妻制和宗教婚姻,女子获得与男子同样的受教育权、离婚权、子女监护权、财产继承权。四年之后,土耳其妇女又获得选举权和被选举权。

而中国妇女获得以上法定的权利,还是在1949年以后。足足比人家晚了二十多年。

即便是欧洲的法国妇女,也落后于土耳其十年以后才得权。

惭愧!

接待我们的美丽窈窕的苏珊小姐,高扬着一头冷烫过的微微卷曲的亚麻色秀发,怀着无限敬爱和崇拜之心,张口闭口就要提起他们的国父凯末尔,就像我们提起伟大领袖毛主席。

正是他们的国父凯末尔,让土耳其的妇女"翻身农奴把歌儿唱";也正是国父凯末尔,从1923年创立土耳其共和国时起,就开始坚定不移地实行"脱亚入欧"政策,让他们赢得了今天的这些骄人业绩。

这个国土面积97%位于亚洲的国家,有95%的国民信仰伊斯兰教,但他们自己仍然把自己当作欧洲国家。

最典型的例子:我们脚下的伊斯坦布尔,既是历史上东罗马帝国的首都,也是其后奥斯曼帝国的首都。欧洲文明和伊斯兰文明会聚于此,都留下了众多文化遗迹。伊斯坦布尔早就被列入欧洲文化名城。

而欧洲人,似乎并不把他们完全当作自己人。

那年我在德国,柏林街头路遇塞车,对面一辆不遵守交规惹祸的车里人声鼎沸、闹闹哄哄。为我们开车的德国学者萨宾娜语气里带着轻蔑，说，那是土耳其人。他们移民德国的人很多。街头卖香肠和面包圈的都是他们。

欧盟国家也把他们当外人看待，对于他们的要求"入伙"，一直持审慎犹疑态度。

土耳其1963年成为欧共体联系国，1987年正式提出加入欧共体的申请。四十年来，它锲而不舍地要求加入欧盟，不曾停止过，也一直被为难着。

2004年12月，欧盟委员会还将就土耳其人权和政治改革进度专门进行一次讨论。结果很难料定。

尽管如此，土耳其仍以自己属于"欧洲"而感自豪。他们虽不说自己是"欧洲人"，但每每强调自己是"突厥的后代"，以示跟伊斯兰世界的阿拉伯人有所区别。

苏珊就是一个典型。苏珊穿着小羊皮衣、苹果蓝牛仔裤，用她在中国吉林大学学的一口流利汉语，无限自豪地说：我们的祖先是突厥人。

这个突厥人的后代聚居着的城市，有着跟北京同样庞大数目的人口——一千三百万。然而，它却比北京要干净整洁得多，和暖明丽得多，也富丽堂皇得多。

在欧洲这部分的苏丹阿赫迈特广场周围，几大著名文化古迹汇聚：从古埃及来的迪克利方尖碑，从古希腊运来的蛇形青铜柱，奥斯曼帝国的蓝色清真寺，拜占庭时代的圣索菲亚大教堂。

坐落在博斯普鲁斯海峡南口的是老王宫托普卡珀宫，住过奥斯曼帝国开国以后的二十五位苏丹。里面有无数古代珍宝，雕栏玉砌，雍容华贵，可与我们的紫禁城故宫相媲美。

位于博斯普鲁斯海峡西岸的新王宫多尔马巴赫切王宫，其豪华程度无可比拟。它铺金嵌银，极尽奢华，将卢浮宫和白金汉宫与当地风格结合在一起，气度恢宏。这里住过奥斯曼帝国最后六位苏丹。

还有那个亚洲著名的大“巴扎”卡帕勒商场，土耳其最真和最假的金银珠宝、地毯、皮货、手工艺品，一应俱全。来自世界各地的游客（也包括我们）在此流连忘返，又无一不是兴致冲冲，满载而归。

极目远眺，博斯普鲁斯海峡碧水荡漾，欧亚大陆桥纵伸向远方。

真是一个文化包容、兼收并蓄的城市。

伊斯坦布尔，让人眼花缭乱。

金字塔

深夜登机。从伊斯坦布尔乘飞机进入埃及首都开罗。到达时又是凌晨。带着满眼消化不良的盛宴美景，一出机舱门，黄沙迷雾迎面而至。

开罗。灰蒙蒙的开罗，阴不见底的开罗。这个有着一千五百多万人口的城市，房屋低矮。交通堵塞。小汽车、公交车、小巴、出租车、有轨电车、摩托车和自行车、马车、驴车，共同在道路上抢行强超。身穿长袍、头巾蒙面的妇女，皮肤黝黑的阿拉伯男子，至今仍有一百万外来人口居住在坟地般的开罗老城……

似乎是一座还未从古代走出来的城市。我们仿佛一个踉跄，就跌进了时空隧道。从极尽繁华豪奢、色彩绚烂的现代，一下子进入漫长幽暗、深不见底的古代。灰蒙蒙的古代。阴沉沉的古代。

而且，还在不停地跌，一直向时间的纵深处，没完没了无穷无尽地跌。

晕眩。

回想伊斯坦布尔，就像一个壮年、英俊的汉子，有着白皙的皮肤和修整洁净的胡楂，英姿勃发，雄气四溢。满眼都是性感动人的魅力。

开罗，则完全是一个老人，佝偻着身体，哮喘，咳嗽，在灰蒙蒙的沙漠落日之间，步履蹒跚。

需沿时光隧道艰难上溯，才能寻得它人瑞的光辉。

走进开罗国家博物馆，果然！扑面而来的古代荣耀，让我们立时涌起尊敬和膜拜！对埃及老人俯首称臣！

古人类智慧的典藏，似乎全秘集于此：皇帝金棺，法老的木乃伊，金宝座，国王的金面具，巨幅雕像，高大的廊柱，不朽的石碑，奢华的墓葬品……

这些金的银的、极尽豪奢的古代珍宝，也仅只是翻开了古老埃及文明的第一页。更伟大的，还在后头。

就要去朝拜金字塔。一时间，心竟有点咚咚跳得厉害。

车轮一点一点碾过开罗堵塞的街道。越过鳞次栉比的低矮楼房的缝隙，偶尔会瞥见最大的一座胡夫金字塔的塔尖。

原来,它离开罗城区的距离如此之近。

车走得越近,心跳得就越发厉害。也有点惶惑:怎么竟走到这里来了?!

金字塔它既不在我的人生版图上,也不在我的拜谒方向中。它是我连做梦也没想到要来的地方。

如今,竟来了。且越走越近。

……蓦地,一片雾霭之下,茫茫沙漠之中,几座巨大的三角形大土堆,漠然地矗立在昏黄的吉萨高地上。

这就是金字塔?!

这吉萨高地上,几座孤立、马上要风化成流沙的巨石堆?!

穿越五千年的时光,这些石头的奇迹,漠然地、孤傲地伫立。

这就是那个高达 146 米、可以容纳相当于 827 架宽体喷气式飞机体积的胡夫大金字塔?!

这就是史料上记载的那些上百万块、每块平均重 2—15 吨的石灰石?!

为何在肉眼近距离的凝视之中,竟然打量不出它的千分万分雄奇?!

夕阳落在它斑驳、褐黄色的躯体上,罩出庞大的剪影和轮廓。它表面的石层如此斑驳、破败、沧桑、皴裂,似乎手指轻轻一碰,就会化成齑粉,变成流沙滚滚而下。

金字塔,你这埃及最伟大的荣耀,你这亘古的奇迹!为什么在你面前,我竟像个瞎子,以往虔诚课诵过的你的业迹,竟不能够跟你的实物有效地对读在一起?!

可怜我双眼蒙上了多少世俗的翳子！

可怜我的心已罩上多厚的人间凡尘！

见山不是山，见水不是水。见了金字塔，只看见几座三角形大土堆。

不可救药。

金字塔，这至尊神物，非肉眼凡胎可以破译。它早已经超越了物质的形态，战胜了时间本身。在吉萨高地广漠的沙海与强劲的旋风中，越过五千年，风尘仆仆，尽心竭力，护佑着法老的财富，保护他们的木乃伊平安到达永恒。

它身上的每一块石块，都承载着埃及人永生不灭的长梦。

只可惜那些原初的石头，已经被偷盗偷拆，消失殆尽。

据记载，从十二王朝的国王阿门涅赫姆赫特一世开始，就拆大金字塔上的石块用来建造他的宫殿。到后来，金字塔表面一层的石灰石块也频频被人拆去，被周围开罗老城区人民盖了猪圈和厨房。只有大胡夫金字塔塔尖的部分还保留着原来的一层石灰岩。

眼前，我们见到的金字塔表面那一层石头又是什么呢？站在塔底望去，石块表面，似乎并不比我们的长城砖或水库大坝堤岸上的石头大多少。也许，金字塔走到今天，只留下了一个古代的外形？

靠近些。再靠近些。已经可以用手触摸得到金字塔的岩层。它表面的石头真是已经极度脆弱，弱不禁风。靠近底座的地方，为防止石头变成流沙滑下，还加砌了一层层花岗岩护腰。这也没能挡住几个棕色的埃及小孩子在底座上爬上爬下地玩耍。

蓦地，远处几声笛响，“忽忽忽”驶来几辆旅游面包车。刚才还静谧着的黄沙漫漫的金字塔，“呼——啦”一下，顷刻之间被花花绿绿的游客包围。耳边鸟语叽里哇啦，鼻腔充斥各种香水味道。

有几辆当地牌照小汽车甚至不加限制直开到金字塔塔底。汽车屁股上的排气管“嘟嘟”冒着黑尾气。

几匹精瘦的骆驼在大胡夫金字塔根底下来回逡巡，上面骑着肤色黢黑、头戴棒球帽的埃及男性。他们手牵缰绳，大声吆喝，招揽游客骑骆驼照相。骆驼的背上都给做了蓝靛色纹身，刺出的是太阳神的图案，骆驼脖子上拴满了红色蓝色橙色绒球，驼背上的毛线编织的鞍子五彩斑斓。

稍远处，金字塔的外围，围着一长串地摊，游客的车一来，肤色黢黑、头戴棒球帽、身穿夹克衫的开罗小摊贩们一拥而上，兜售他们的各种小珠子、木串、银镯、玉器、石雕小商品。

转眼，塔周围就成了热闹的阿拉伯集市。

简直像一部历史跟现实跳跃式榫接的蒙太奇电影。

寰球同此凉热。世界的每一处文化古迹里，处处升腾无限商机。

吉萨高地三大金字塔中最小的一个——门卡拉金字塔，向游人开放。游客可以钻进去观瞻。据记载，这个金字塔没有最终完成，下边十六排红色花岗岩石块中，有些还没有做最后的磨光处理。

同来的几个女伴不肯进去，说是星相大师有讲，今年不宜探病问丧。自然，钻坟进墓之事也一概免掉。

她们这样一说，才让人想起：哦，原来金字塔是坟哦！

她们要不说，还真就忘记了。只当作是一处需仰视才见的伟大遗迹。

然而，不进，岂不是白来了？到埃及，漫游埃及古代文化历史，除了钻坟进庙，还能做些什么？

还是李青的话说得好。她说：没事儿。咱们阳气重，遇到点什么事，先克对方。

呵呵！众人不禁开怀。不啻为王陵探微寻幽过程中，直指人心的话语啊！

不免就有了一点点骄傲。跟在毕淑敏、李青等人身后钻进墓穴。

门卡拉金字塔入口在北面。一次容纳不下太多人，参观者需要分期分批进入。先要踩着底座那十六排也就是十六级的花岗岩台阶拾级而上，到达位于金字塔当腰的入口处，然后才能从那黑黢黢的开口处进入。

弓身。低头。怀着虔敬，怀着畏惧，战战兢兢。一步一步，上了金字塔的台阶。

蜿蜒曲折的通道，仅容一人躬身而行。这就是法老木乃伊到达永恒的道路？

脚步放轻，再放轻，不要惊醒了里面的亡灵。

幽深漆黑的墓穴，里面早已空空如也。

冰凉的石壁，残破的壁龛。五千多年骇人的味道。

这历史深处的亡灵，可曾得到过一天安宁？

金字塔里边复杂的结构、厚重的花岗岩石壁也护佑不了木乃伊安静地通往永生。不断地有淘金者、盗墓人的洗劫，几千年后又是成千上万游客的搅扰。

埃及人永生不灭的梦想，也只有在梦想里才能不灭永生。

尼罗河

从开罗乘火车向南行，经过一夜的颠簸，到达了埃及中部城市阿斯旺。

这个位于尼罗河畔的美丽城市，安静，整洁，阳光明媚。阔叶植物和高大的棕榈树青葱葳蕤。它的纬度大概等同于我们的广州。

仿佛从初春一下子来到了盛夏。也好像从古代给拉回到了现实之中。脱掉毛衫，穿上裙子，沿着尼罗河边一路漫行。参观苏联援建的阿斯旺水电站，领受着比气候还要炎热的阿斯旺人的热情。

水电站纪念塔上镌刻有巨幅埃及前总统纳塞尔和前苏联领导人斯大林的画像。

这里的埃及人皮肤颜色比北部人更深、更黑。

阿斯旺鲜花竞放，白云飘拂。尼罗河水像一匹蓝色的绸缎，在阳光下舒缓起伏。

多么惊异！想象当中，亚洲的每一条母亲河流，几乎都是黄沙泛滥，泥汤滚滚，水土流失严重。从印度恒河到中国黄河长江，概莫能外。

然而，这古老神圣的尼罗河水，却完全在我们的意料之外，却荡漾出一片动心的蓝！

一片动人的蓝呵！

尼罗河水的蓝，不是晴空万里的蓝，也不是大海瞬息万变的蓝。是孔雀颈子的蓝，是雉鸡尾羽的蓝，是宝石幻化的蓝，是大地涂彩上釉以后，千锤百炼、永不褪色的蓝。

是亘古未变的蓝。

蓝得眩目，蓝得耀眼。

埃及最古老的创世纪神话，就在尼罗河水千年不变的蓝色节奏中产生了：

万岁，尼罗河！

你在这大地上出现，

平安地到来，给埃及人以生命。

——古埃及《尼罗河颂》

坐在船舷，弯下身去，忍不住用手轻触尼罗河水。

尼罗河，它三月的水流是温暖的，迟滞的，上了一把年纪的。水流在指尖上划过，觉得它如此沧桑不朽，又如此生动鲜明。

尼罗河——这埃及人的灵魂呵！你为何如此宽怀，又是如此寂静？

以尼罗河水为界，眼前的地貌“唰”地劈开：河的东岸是连绵不断的绿洲，西岸是一眼望不到边的沙漠。埃及人多数生活在东岸，然而，没有哪个埃及人不想穿越古老的河水，去到河的西岸，开始永生不灭的日子。

古代埃及人相信，河的东岸是生界，河的西岸是冥界。从此岸到彼岸，就是从今生到来世。

死亡，就是一次跨越尼罗河的旅行。

此刻，我们也正旅行在尼罗河上，朝着河中心菲莱神庙的方向行驶。

菲莱神庙，是纪念太阳神拉的神庙，被称为“拉的时间之岛”，它是古代埃及知识和信仰的最后堡垒。直到公元527年，罗马人入侵，拜占庭皇帝查士丁尼将这座法老的神庙改做基督教堂，埃及人自己的信仰才被迫终止。

我们眼下所见的菲莱岛上的神庙，已非原貌。在修建阿斯旺水坝的过程里，将菲莱岛上的神庙移址拆迁，到附近的阿基尔克亚岛予以复原。

令人想到三峡大坝周围的遗址拆迁工程。

这座石头的庙宇，是古埃及和古罗马风格结合的建筑式样。菲莱神庙里最古老的建筑是埃及三十王朝尼克塔尼布时期的，约公元前393—前380年。比起三大金字塔，已经晚了两千多年。神庙整体风格高大恢弘：高大的柱廊，柱头繁复的雕饰，罗马时期的浮雕，为便于公共议事而建的立柱大厅和罗马皇帝私人的亭式建筑，都令人叹为观止。

到了十八世纪，菲莱神庙遭受了拿破仑军队的摧残后，从凿碎的一堵墙中，发现了诺赛塔石碑，上面刻有埃及象形文字。后来通过希腊铭文，才将碑上的法老文破译。

礼赞你，阿拉，向着你的惊人的上升！
你上升，你照耀！诸天向一旁滚动！
你是众神之王，你是万有之神，
我们由你而来，在你的中间受人敬奉。

你的光线，照上一切人的脸；你是不可思议的。
一世又一世，你的生命是新生的热切的根源。
时间在你的脚下卷起尘土；你永远不变。
时间的“创造者”，你自己超越了一切的时间。

这是埃及人对太阳神拉的礼赞。

菲莱神庙是我们在埃及瞻仰到的第一座神庙。如同我们看到的第一座法老的坟墓是金字塔一样，它的意义也非同寻常。它与帝王陵寝，分属于两个建筑谱系。

在埃及历史的纵深处，我们一直沿两个谱系游走：神庙谱系与陵寝谱系。

埃及之旅，就是瞻仰神庙和帝王坟墓之旅。神的驻所就是人类灵魂的驻所；帝王木乃伊贮存的陵墓，也是护佑人类灵魂朝向永生的通道。

从阿斯旺乘上游船，一路北行，遍寻埃及古迹。一路上拜谒的神庙就有：埃德福（Edfu）神庙、科翁布（Kom Ombo）神庙、卡纳克（Karnak）神庙，卢克索（Luxor）的阿蒙（Amun）神庙区、蒙图（Montu）神庙区、穆特（Mut）神庙区。

卡纳克和卢克索对面的尼罗河西岸，则有着绵延七公里半的神庙区，王陵也集中在此地的峭壁下，形成著名的帝王谷。最让人不能忘记的是女王哈特谢普苏特的祭庙，它颇有特点，依山而建，呈层级式排列，远远望去，像附着在峭壁上的一层层宫殿。

帝王谷里有着赫赫有名的国王图特摩斯、拉美西斯墓、阿猛霍太普、阿亚、图坦卡蒙墓等六十二个帝王之墓。

埃及第一神庙卡纳克（Karnak）神庙，由于拍摄电影《尼罗河惨案》时被用做外景，在凡间变得颇具盛名。

如果不是事先有所准备，手持神的图谱，按图索骥，游者看到的，只不过是满眼的石头，石头，石头。无论神庙还是王陵，都是一片石头景象：竖立起来的石头，横倒竖卧的石头，穿山凿洞穿壁附岩的石头……一派石头的嚣张气焰。

不像我们国家的庙宇以及明十三陵、清东陵那些比较大的集群性帝王陵寝，总是参与了木头的建筑格式，有植物与水和木头的气息。

而他们就是石头。完全是石头。石头与石头被时光磨砺摧毁后的石砾，石头跟石头完美榫接后的天然壁垒。

石头依傍石头巧夺天工，石头镌刻石头永垂不朽！

水哪里去了？沿尼罗河水而居的这些个王陵神庙，却无半点水腥和滋润气息。尼罗河水好像只是预备冲刷这些石头，并作为运输这些石头准备的液态工具。

在古代埃及，石头是通向永生不灭的媒介。是石头，确保法老的名字不会被忘记，石头也能保护他们的木乃伊走向永生。而神的最伟大的业绩，也都镌刻记录在不朽的石头里。

人类颂扬他，群神也颂扬！
恐惧的都感到敬畏，
他的儿子(法老)成了一切的主人，
教导着埃及的全境！
照耀着，照耀着，照耀着！尼罗河啊！
用他的牛给人们以生命；
用牧场给他的牛以生命！
照耀着，尼罗河啊，你的光荣！

《亡灵书》·木乃伊

在卢克索帝王谷，不期然见到了《亡灵书》的真迹！这是青年时期，主修“东方文学”这门课程时曾经默诵过的埃及伟大文学经典。

在帝王谷拉美西斯大王的墓里，见到了雕刻在石壁上的《亡灵书》。

埃及古老的象形文字和图画都用刀子镌刻石壁上，笔触清晰，色泽绚丽。看上去就像是写在莎草纸上，然后整体镶嵌壁中的一样，十分完整有序。走在墓室的通道里，就仿佛是《亡灵书》在眼前一卷一卷打开。连绵下去，有一种震慑效果。画中人物和文字，颜料鲜艳耀眼，尤其是一种靛蓝和砖红色彩的运用，更是让画面艳得令人吃惊！简直像新画上去的一样。

它的历史，迄今已经有几千年。我问那个永远蒙着头巾的埃及女导游艾丽，这里的《亡灵书》是否经过修复？

她说，没有，原初就是这个样子。

这个回答，仍让人心存疑虑。记得曾在敦煌石窟、云岗石窟和洛阳石窟里，见到过相似的雕刻壁画形式，和相似的靛蓝和酡红。那里的壁画和雕像色泽也堪称艳丽，但都随着时光流逝，氧化斑驳得不行。古人的那种色彩提炼和保存技术，似乎不足以抵挡自然界风沙侵蚀及后来人为的破坏。

也许这个蒙着头巾的艾丽心中存有民族自豪，故而夸大了他们的宝藏。不管是原初的还是经过修复，这些留在墙上的壁画文字依旧闪烁着古老经卷之光。

《亡灵书》是古代埃及一部最伟大的文献，它的历史跟金字塔的历史一样久远，它的内容，也跟金字塔、木乃伊一样，中心指向都是表现人类谋求永生的愿望。里面的多数篇章，是表现亡灵如何摆脱审判以达到通往永生之径的。

为了永生，埃及人制造出金字塔这样巨大的，可与太阳神对话的坟墓，制作出木乃伊以保持肉身不腐。

说到木乃伊，不能不多提几句。在埃及，我们究竟见过了多少木乃伊？似乎是很多，又似乎是很少。在开罗国家博物馆里见到了各种规格大小不一的人类的木乃伊。令人感叹的是，富人家里的宠物以至于牲畜都有木乃伊。我们见到了猫的木乃伊，牛的木乃伊，其中一条狗的木乃伊仍保持完整，栩栩如生。

通往永生，木乃伊是中间一个非常重要的物质手段。

埃及人相信，只要尸体保存完好，他就永远是活着的，就能平安到达彼岸。

其实最先能用物质手段制作木乃伊的，是国王。他们要用不朽的身体带着他们的财富通往永生。国王死后，遗体要被清洗干净，然后由他的高级祭司涂抹香料，用蜂蜜和松香涂好护身符，然后风干。最后才能够送进壁垒一般的墓穴里。

然而，在埃及，我们见到的所有的王陵都空空如也。他们的木乃伊早已不知去向。千百年来，国王的坟墓就是灯塔，指引着盗墓掘宝者奋勇前行。

只有一个国王的木乃伊完整保存到了现在——图特卡蒙王。他死时年仅 18 岁。是因为他的墓室，一直未被盗墓人发现，直到 1922 年，才被欧洲学者霍华德·卡特发现并打开。

在帝王谷里的一座贵族墓里，我们还见到了一具叫作“不知名”的木乃伊。一具干尸躺在真空玻璃棺中，里面有温度计、湿度计。头颅是骷髅样子，黑黑的，从脖子以下全苫上了白布，一看就知是现代防腐措施。

通往永生，光有这些物质手段还不够，死去的人们，灵魂还要接受审判、叩问和质询。只有回答正确，通过审判，灵与肉才能一同获得不朽。《亡灵书》记录的就是这样一个过程。

仔细瞻仰壁画上的细节，绚丽多彩的颜料背后，却有狰狞的下界审判情景。诸神在上而亡灵在下，被小鬼挟持着，对面受审。

这种情形，有点类似于在中国庙堂壁画上常见的十八层地狱审判恶人时那种用镣枷、用火焚，以及下油锅图景。

亡灵在被行审之前都心里没底，免不了要在内心战战兢兢地乞求。《亡灵书》中的《他行近审判的殿堂》一诗，是一段非常漂亮的心理描写：

啊我的心，我的母亲，我的心，我的母亲，
我的本体，我的人间的生命的种子，
啊仍旧与我同留在那“王子”的殿堂，
谒见那持有“天秤”的大神。
而当你是放在天秤中，用真理的羽毛
来称量时，不要使审判对我不利；
不要让“判官”在我面前呼喊：
他曾惯做恶事，言而无信。

而你们，神圣的众神，云一样地即位，抱着圭笏，
在掂量言词时，请向奥西里斯把我说得美好，
把我的案件提交给那四十二位“判官”，
让我不致再在阿门提脱死亡。

瞧啊，我的心，倘若我们之间不须

分离，我们明天将共有一个名字，
对了，千秋万岁是我们的共署的名，
对了，千秋万岁，啊我的母亲，我的心！①

而亡灵在受审时的申诉词，更为逼真，在《我没有作恶》一诗中，亡灵在冥界自我辩护：

我没有作恶，
我没有逼迫任何挨饿，
我没有下令杀过人。
我没有从死者那里窃取食物，
我没有假造量器，
我没有偷窃过牧场的牲口，
我没有把别人的水引到自己的田里。
我没有逼迫人给我做分外的工作，
我没有使我的奴隶挨饿，
我不是使人成为乞丐的罪人。

而一旦灵魂通过审判，获得资格通向永生时，《另一个世界》里则是一片光明灿烂图景。诗中说：

① 本文所引《亡灵书》，原文出自蒋锡金译《亡灵书》，吉林人民出版社，1957年出版。

这里，有为你的身体预备的饼饵，
为你的喉咙预备的凉水，
为你的鼻孔预备的甜蜜的清风，
而你满足了。
你不再在你
选中的小径颠踬，
一切的邪恶与黑暗，
全从你的心灵中落下。

在这里的河旁，
喝水和洗你的手脚罢，
或者撒下你的网，
它一定就充满了鱼。

这些也只是《亡灵书》内容的一个方面，实际上，它是古代埃及卷轶浩繁的宗教诗歌庞大总集，咒语诗、颂神诗、祈祷文等汇聚此中。

从今生到来世，从此岸到彼岸，埃及人在艰苦卓绝不断寻找和奔赴通向永生之路。

穿越撒哈拉

这是在埃及的最后一站行程——穿越撒哈拉大沙漠。

“撒哈拉”在现代汉语里是一个韵律和节奏感都十分优美的词

组。尤其是,“撒哈拉的故事”被一个名叫三毛的女作家频繁书写以后,它就成了诗意和浪漫的代名词。

然而,一旦亲眼得见这地方,就会知晓撒哈拉大沙漠的无情和残酷。

正午时分,阳光最炽烈的时候。白亮亮的沙漠,火一样灼热。咸咸的海水,也灼痛了人的眼睛。

这里的沙漠与海水紧紧相连。

是从红海走起的。沿沙漠边缘的公路(也可以叫它海滨大道)驱车五百多公里,行程近七个小时,朝北的方向,直奔开罗而返。

这条路,前五个小时是沿红海与沙漠的交叉点走,右手是红海,左手是沙漠。另外两个小时则完全是穿行沙漠。

上午,我们还在红海。红海的哈加达(Hurguda)城。前一天晚上,才从卢克索的帝王谷驱车经过一下午时间赶到这里,下榻在红海之滨的太阳升(Sunrise)酒店。有同伴一看到 Sunrise,立刻打趣叫它“东方红”。

汉语有时很是可恨哪!

红海的早晨,天空格外晴朗。海面风大,浪高。浪花狎习着海风,一路蹦跳玩耍。

目极处,海与河的分界线极其鲜明。海水翡翠,河水清白。

几座白色宫殿,矗立小岛上,似海市蜃楼。几只小舢板,在海水深处冲浪,悠然起伏。

黄色沙漠上,偶尔掠过几辆汽车。轮子搅动黄色烟尘,显出沙漠的燥热。

海边一排排棕榈树下的沙滩长椅，布满集体裸晒的男女。红红白白，狐臭游荡。间夹了 Sunrise 五星级大排挡烧烤的气味。莫衷一是。

红海，因其海底有着大量红珊瑚，因而得名。

看够了尼罗河的深沉，再来看海，既活泼，又未免轻佻。

中午 12 点从红海出发，沿海边沙漠公路直奔首都开罗。有六辆车排成长队同行，一路互相照应。

五百公里的沙漠，五百公里的荒无人烟。如果有人掉队抛锚，保准就成了木乃伊，死得透透的，风得干干的，一点救都没有。

天空湛蓝，海水湛蓝，沙漠炽热，像火焰。偶尔，广漠的沙海中会出现几架风车。很快，就在车后迅速消失了。又剩下广大的漠然。

热气蒸腾，恍如行走在云端。

沙漠紧挨着海水。海水毗连着沙漠。

海水既不能将沙漠倒灌，沙漠也不能将海水覆没。

他们在地球上如此相安无事，如此绝配毗连。

埃及处处呈现如此奇怪的风景：刚在尼罗河上看见了一半是绿洲，一半是沙漠；现在，又在沙漠中看到了另一处景观：一半是沙漠，一半是海水。

只有神的力量，才能将这些互为矛盾的东西一劈两半，又使它们相与共生。

发明“一半是火焰，一半是海水”还有“文化苦旅”的人，应该获奖。

在埃及这片神秘的土地上，这些汉语句式全都应验，成了现实景观。

2004年11月13日

陶令不知何处去

为期十天的庐山国际作家写作营活动已近尾声。除了开会交流,凡可自由支配的时间,我每天都手里拿张庐山旅游图,按图索骥独自于山间疾走,希望能瞻仰到更多的人文圣迹。漫山遍野的庐山雾霭,一如庐山的政治历史文化谜团,弥漫萦绕,拂之不去。去年我在庐山曾有短暂停留,脚步匆匆,不能尽兴解密。今年再来,就有充盈的时间访问拜谒,岂可浪费机会!

感谢庐山管委会方面的精心安排,这回上庐山,立刻进入情况,甫一进山,便一头驻扎进沉重深厚历史之中。我们下榻的175和176号别墅,是庐山会议期间毛泽东和彭德怀居住的地方。沿门前小路的坡道弯过去,不足一公里,就是蒋介石和宋美龄的美庐,对面是周恩来纪念室。再转过一个街角,就是传说当中的庐山恋电影院以及庐山图书馆。居所四周围形成一个巨大的气场,不由人不浸淫、沉迷,并萦思与检索历史上那些并不遥远的过去。

除了庐山的政治史,我感兴趣的,更是那些古代文人墨客足迹到达过的地方。白居易写“人间四月芳菲尽,山寺桃花始盛开。长恨春归无觅处,不知转入此中来”的大林寺花径,李白《望庐山瀑布》“日照香炉生紫烟,遥看瀑布挂前川。飞流直下三千尺,疑是银河落九天”之所,苏东坡《题西林壁》“横看成岭侧成峰,远近高低各不同。不识庐山真面目，只缘身在此山中”之地，都一一踏访。只有脚步亲到此地，才能充分感受当时的生动气韵。在锦绣谷，还找到了毛泽东当年《为李进同志题所摄庐山仙人洞照》“暮色苍茫看劲松，乱云飞渡仍从容。天生一个仙人洞，无限风光在险峰”诗词描绘的图景。若干年过去，已然物是人非矣！诺贝尔文学奖得主赛珍珠写“大地三部曲”的别墅，近代大学者陈寅恪的墓地“景寅山”，都一一瞻仰朝圣。所获颇丰，受益非浅。

古人说“读万卷书，行万里路”，这话真有道理。许多场景，只有亲临踏勘，走到当年形成诗文所在地，才能诗意顿悟。而闭门读诗，只能看到字缝子里边的训诂学意思。

眼见得国际写作营活动接近尾声了，总有什么心事放不下，好像还差了点什么。哦，想起来了，是陶渊明的故居还不曾去。庐山吸引人的，除了它的自然风光和神秘纠结的政治史，庐山的隐逸文化，也蔚为大观。前次来，到了花团锦簇的花径，见到“景白亭”，心中暗自丈量了一下从《大林寺桃花》到《琵琶行》的距离，一下子就把白居易大大小小的词义都整明白了。不远处，九江边，贬谪至此的江州司马，那个九品散官，正哭哭啼啼，无限幽怨，“浔阳江头夜送客，枫叶荻花秋瑟瑟”，与落魄的歌女同慨，跟萧瑟的江风同哀。情何以堪，情何以堪啊！

这回来，将别的地方都看遍了，独有开隐逸诗风先河的陶潜公“采菊东篱下，悠然见南山”的地方还没瞻仰，岂不是憾事？

想到次日上午即将踏上归程，于是中午吃饭时很不好意思地跟江西文联主席刘华先生提起，能不能引领着去看看陶渊明故居？

刘华主席是个儒雅忠厚之人，讲起话来略带一点江西口音，用很小的、发声不费力的慵懒口型，聊天时常带促狭调皮之情，主持会议时却面带害羞之色，这便让我们觉得十分有趣，也很快产生了认同和亲近。本来他也跟我们这些外来者一样，同属庐山管委会方面请来的作家客人，并不负有接待、带路等额外使命，但是在几天的相处时间里，他和同被邀请来的江西作协副主席李晓君一直都在自觉地尽着地主之谊，与作家们亲如一家，打成一片，帮着我们忙这忙那。以至于让我们产生错觉，觉得此行是归江西文联和作协领导，“有困难，找刘华”，这是众口一词的民间说法。

刘华听了我的要求，说，好，我帮助联系一下。陶渊明的老家栗里村在山下，距离有点远。等找到了车子，我们就出发好不好？我说非常感谢，太好了太好了！不一会儿，刘华主席回来通告说已经联系好了，吃完饭我们就走。魏微妹妹听了也要同去，一旁的另几个青壮作家也要跟着去。因为这是计划外的项目，车子能装下的人数也有限，我们就说，就这几个朋友同去吧，就不要惊动太多人了哦。刘华主席笑呵呵地说，好哦！就说我们出去买点笋干。

之后，“我们出去买点笋干”就成了团里模仿能力最强的王松学刘华说话学得最像的一句。（必须用江西话，闭口呼，还要配以促狭之色，呵呵。）

六月末的午后，庐山，山道弯弯。车子扭过一道弯又一道弯，中方的几个作家魏微、郭雪波、高伟、刘华、李晓君、王松及远道来的严歌苓、张翎、台湾作家成英姝等同赴瞻仰陶渊明故居的路上。

这些天的庐山在视野里已经够美的了。山路两旁绿荫葱茏，次第如故,一直延伸到山脚下看不见的地方。想象里,陶潜故居,世外桃源,该是何等优美别致的所在!比见过的所有庐山美景都要更美吧!

车里有冷气。一下车,热气潮气扑来。山上山下,简直形同两个世界!山下比山上高出五六度。山间特有的有点潮湿的瘴气迎面而来。若在正常的平地里,六月底的真实气候,大抵应该是这样子闷热潮湿的。

通往陶渊明故居栗里村的路,有点乱,看不出形状。泥泞坑洼的小路,不知通向哪里。带路的刘华主席也有点找不到路了,又露出他腼腆的笑,一个劲儿解释说,现在正在拆迁,搞土建,去年他来的时候不是这个样子。好像没让我们第一眼就看见"采菊东篱下"美景,是他的错。

栗里村的村主任事先接到电话,在路口迎接我们。一行人先到村口的陶氏宗族祠堂参拜。一条泥土的小路,两边坡地上是纷乱的杂草植被,路的尽头,却陡然见大红的柱子,漆黑的屋瓦,端庄耀眼的一座仿明清庙宇宫殿式建筑,非常突兀,却又壮观。近前细看,却是起脊的硬山式古建风格。一条正脊,四条垂脊,黑活瓦,翘檐,前面两条垂脊上蹲有小兽。屋檐下雕栏,彩釉绘的云朵,下面接地六根红色廊柱,通红的油彩的耀眼程度,能看出油漆的时间还不很长。

众人被引进祠堂正中一间屋子。房间面积不大,靠窗一个窄小的栗子皮色的两屉旧桌,上面供奉一个朱红底子、金粉凸雕的牌位,牌位漆彩斑驳,以示是出土文物、历代世袭。细一看,雕的是云朵里腾飞对称双龙，中间烘托一行魏碑：陶氏堂中历代先远神主位。龙腰处，分列两字，左龙腰为“左昭”，右龙腰为“右穆”。

木雕牌位右手，摆放一摞共九册红皮精装硬壳族谱，有一至七卷标号，余者两册也叫《陶氏宗谱》，却不知为何没标卷号。

距桌二尺，乃一长条凳，凳上是一个水泥双耳香炉。炉不大，中间有香数只，袅袅生烟，炉耳两旁，是两根足有一米多长的红烛，正冉冉燃烧，金黄色火苗与青灰色烟香，正构成神与灵之氛。

翻阅族谱之时，村主任给我们引荐陶氏第五十几代孙前来。他是这里的主人，五十多岁的样子，相貌端正，体格中等。有人看看族谱里的陶潜画像，再看看陶孙，便说：嘿！还真有点像！是不是按照你画的？陶孙也只是憨厚地笑，不说话。

从祠堂出来，沿小土路前行，在草棵子里蹚过去，不远处，见一亭，便是“归来亭”。是一座重檐六角亭，为纪念陶渊明回归故里而设。六根柱子很旧，顶层屋檐的颜色很艳，很醒目。“田园将芜兮，胡不归？”“云无心以出岫，鸟倦飞而知还。”陶潜29岁出仕，出任江州祭酒，41岁辞去彭泽令，归回家乡务农，不为五斗米折腰，遂成就一段千古文人气节。

再往前走，但见一小潭绿水，潭水上方，一块黑黢黢的巨石阻住道路。巨石上方，却是一道溪流飞下而溅成的瀑布，前方再无道路。这就是著名的“醉石”。传说当年陶渊明辞官归来后，经常呼朋唤友，登临巨石，饮酒赋诗，醉卧其上，石头上还留有他酒醉吐过的痕迹。听起来可真是有点恶心呢！

走近一看，细细打量，此石很像庐山常有的第四季冰川漂砾。

在牯岭街口，我曾见过一块经李四光鉴定后的巨大砾石“冰桌”，叫作“震旦纪长石石英砂岩构成的长条状桌形独立巨石”，石头的特点是石身光滑，有明显的沉积纹理。眼前这块巨石，显然比那个冰桌要大，呈规则的长方体，像个巨大棺材。同来的一群青壮劳力，以蒙古族作家郭雪波为首，吆喝着要爬上去看看，体会一下当年陶公醉酒的意境。

巨石离地有三米多高，石上爬满了青苔，十分滑腻，爬上去的难度可是不小。我跟张翎还有台湾的成英姝小姐几乎是手脚并用，被男士们给连拉带拖给拽上去的，形象不太雅观。魏微和严歌苓则知难而退，干脆不爬了，在底下围观。想那陶潜公当年的腿脚不太利落，一条腿有些跛，他是如何能够闲着没事儿就爬上这三米高的巨石喝酒玩的呢？

爬上醉石，若想在石面上站立却也是件不容易的事情，因为它跟地面有一个大约十五度角的倾斜，如果真醉卧的话，是可以顺坡出溜下去的，掉下去摔个脑残绝没问题。石面的宽度，据史料上说，可以容纳十人，那一定是古人身量窄，如若是像郭雪波这样的宽大蒙古人身材，有五个大概就要挤掉地上俩。在倾斜的平面和苔藓的滑腻之中，我们小心翼翼挪动脚步，辨认石上刻下的字迹。朱熹知南康军题的“归去来馆”几个大字比较清晰可见，另有一首附庸风雅的《题醉石》刻诗，据说是明人到此一游时乱写乱刻的，有点残破不全了。我和张翎、晓君费力地辨认，见那涂鸦诗曰：“渊明醉此石，石亦醉渊明，千载无人会，山高风月清……”后边的看不清了。回来后在网上查到，方才补齐。按下不表。

上石容易下石难。又是费了好大一番折腾，又是被旁边的人左拉右拽，又以十分难看的姿势，好歹从石上降落到地面上来。由此愈发认定了当年陶公是绝对上不去也下不来的，除非原来石头与地表同处一个平面，经过几百年沧桑巨变之后，地表下降，才将那巨石托成离地三米之高的现在这番模样……

其实，考证这个没有丝毫意义，与其胡乱考证、颠覆解构、粉碎千古文人隐逸梦想，不如把“醉石”“归去来亭”以及油漆未干的陶氏宗祠当成后人的景仰与传说，岂不是更好，更蕴藉人心？

正如那陶公自述：“结庐在人境，而无车马喧。问君何能尔？心远地自偏。采菊东篱下，悠然见南山。山气日夕佳，飞鸟相与还。此中有真意，欲辨已忘言。”（陶渊明《饮酒诗·五》）

沿醉石下的一道溪水往前走，踩着阵阵荆棘和遍地尘土，不出一里地，就到了史上最著名的陶氏故居栗里村。如果这就是陶渊明当年“采菊东篱下，悠然见南山”之所的话，我只能慨叹一句：我来晚了。

我只能面对脚手架、面对水泥墙、面对预制板、面对建筑工地、面对坑洼不平暴土扬尘的道路、面对绿布苫盖的一座座楼盘，说一声：我来晚了。

村子已经进不去，被铁皮和木板的栅栏挡上。去年开始拆迁，未来的愿景是要修成现代化的陶渊明故里。

陶渊明的村庄。那个“暧暧远人村，依依墟里烟。狗吠深巷中，鸡鸣桑树巅”的村落，那个“白日掩柴扉，对酒绝尘想。时复墟里人，披草共往来。相见无杂言，但道桑麻长”的居所。如今，我们只能止步于村庄路口，在干涸的小水沟旁、一块写着“采桑桥”的水泥碑前简单留影。那块碑上从上到下几行字，依次写的是：“星子县级文物保护单位 采桑桥 星子县人民政府 一九八一年十月公布 星子县文物管理站立”。

采桑桥已不在，只剩两块长条木板，临时架在小河沟上，供游人走到对面。而桥旁那两棵老樟树还在，仍旧气宇轩昂历尽沧桑地环顾着来者——无数个各怀心腹事的后人。我们小心翼翼，在大樟树下拍照，以作为凭吊，凭吊一下“田园将芜兮，胡不归”的先贤的过往，凭吊一下“不为五斗米折腰”的壮丽情怀。

立于故里，环顾四野，混乱的气场，纷杂的俗世物象。说不上失望，也说不上不失望。当历史变成传说，当故里变成景点，当诗人变成官人，当官员得奖、退休到各个协会任职……此刻，陶公故里前的我们，还如何有颜面想拜谒南山、想饮酒、想归隐、想采菊？

羞提，羞提！

所谓文官，出是自在，隐是无奈。

还是重读几十年前开国领袖的那首庐山诗：“一山飞峙大江边，跃上葱茏四百旋。冷眼向洋看世界，热风吹雨洒江天。云横九派浮黄鹤，浪下三吴起白烟。陶令不知何处去，桃花源里可耕田？”

2010 年 9 月 4 日

“万古臣纲”话羑里

古城汤阴，人文渊薮。岳飞庙居于此，文王拘而演《周易》的羑里城也在此地。昔圣先贤先哲齐聚流风，令人肃然起敬！每走一步，都仿佛踩在历史的烟尘中，又好像都在现实的镜像内，内外表里，日月山河，一时间，竟至于不知今夕何夕，今年何年。尤其岳飞庙山门檐下“精忠报国”匾额，以及羑里城文王大殿檐下“万古臣纲”题匾，一个“忠”字，让人感慨良多。

走进羑里城，见大门口斗拱重檐，四柱三门牌楼耸峙，太极阴阳图案嵌镶，一派古意淋漓。这个“中国有文字记载以来第一座国家监狱”，早已经不见三千年前的阴森恐怖，而成为了国家4A级景区，是今人朝拜先贤之地。瞻仰过耸立在门口广场正中高九米的文王巨幅雕像，过仪门山门，再上神道，经“河图”“洛书”，过“玩占亭”“洗心亭”，就来到文王演易处。这里是一片小小的土台，方向面西，此时阳光照射不到，光线略有点昏暗，却有些还原了松柏森森、蓍草凄凄的历史场景。土台下那一片蓬勃生长的蓍草，绿叶细茎，有点类似北方的艾蒿。相传，伏羲氏就是用蓍草画的八卦。三千年前，当文王拘禁在羑里时，又是用这根根细长的蓍草，左摆右置，左测右挪，终于得出《易经》，于方寸之间推演出天地律动和宇宙神韵。

不到羑里，确实很难想象。被拘于这座国家监狱时的文王(彼时他还不叫文王，而是诸侯王西伯侯姬昌，“文王”是其子周武王推翻商纣建立周朝后给自己老爹封的谥号)，年已八十有二，被纣王在此一囚就是七年。七年间，他将伏羲先天八卦改造为六十四卦，而且系以卦爻辞，推演为《易经》，创建了恢宏神秘的周易文化。从此，中国文化又多了一块神秘的瑰宝。“文王拘而演《周易》，仲尼厄而作《春秋》，屈原放逐，乃赋《离骚》”几段事迹，也成为逆境之中成才的中国人典范，早已写进国民教育课本。

演易台的旁边，耸立一座大殿，文王的造像立于殿中。檐下正中浑然“万古臣纲”几个大字，先声夺人！它的强悍、遒劲、孔武，登时将一切其他议题，诸如蒙冤、困厄、苦难、屈辱……都给掩盖，只剩下盖棺定论的美德。大殿周围题满颂扬的匾额楹联，“与天地准”“为臣止敬”“蒙难艰贞止敬立人臣之极，观图学象文明开周鲁之宗”。连嘉靖和乾隆皇上都曾到此祭拜，足见他们对这等臣子的推崇。

看着皇上表扬的御碑，感念着文王的传世之功，不由得想：何谓“臣纲”？又何以至“千古”？古往今来，三千多年的历史里，都是谁在跟它会心？

纣王暴虐，只因文王——亦即诸侯王西伯侯姬昌对自己虐政的一声叹息，就将其囚禁羑里城监狱，画地为牢，蹂躏以取乐。当初，纣王为何不像杀姬昌那两个结义兄弟九侯、鄂侯一样，对持异见的“三人帮”统统杀无赦、斩立绝？就因为82岁老王的声音，不如那两位一样当面锣对面鼓般激烈，只不过是“一声叹息”而已？

荒淫无度的商纣王，怎能料知他当初拘禁姬昌的结果，就是在“养痈遗患”，成就了姬昌的功德美誉，殷商王朝的历史掘墓人在狱中业已成形了！

姬昌在此一囚就是七年。有许多可杀姬昌的历史节点商纣王都没有杀他，总是在那儿玩猫逗老鼠（或许也是投鼠忌器?）的游戏。除了时不时搞点小把戏羞辱他一番外，其他时间就任凭这个老头儿在监狱里这个那个的，拿几根细草穷比画，说是演易经推八卦，还买通狱卒，不断将自己的阶段性学术成果透一点料给外面媒体，扩大自己的影响和被关注度。果然，他这一招十分奏效！平媒娱记卖力起劲吆喝，大打“八卦”和“监狱” 牌吸引眼球。媒体赢得印数和发行量，姬昌赢得无数世人的尊崇和反响。姬昌人在狱中，名声和威望反而比先前大大增强，埋下了日后当国君的种子。到后来出狱后基本上是振臂一呼，应者云集，想率领谁北上南下征伐谁就征伐谁。

如果商纣王知道他这种放任、延宕的历史后果是殷商王朝被彻底推翻，他是不是早该先撞南墙死掉，而不用等待姬昌出狱后率子将疆土扩大，直强大到可跟殷商抗衡，其子周武王伐纣牧野之战，逼得他商纣王再战败自焚?

纣王荒淫昏聩至极，早已被妲己等妖精给搞得五迷三道，以至于忘记了，拘禁狱中的姬昌，作为一名曾经的省长和封疆大吏，尽管他已经 82 岁了，但 82 岁的男人也仍然是个男人，直到今天也仍旧还有着巨大的行为能力，不可以小觑和轻视，更不可以顺其天命和放虎归山。

（汗！怎么一讲起历史，都跟《百家讲坛》似的？简直八卦盛典！）

羑里城狱中的姬昌，也就是日后的周文王，日日不停脑力操练，夜夜不倦神思运转。他演易台上凝思心算，玩占亭里手指把玩，逐渐修炼得心怀天下、胸纳宇宙，完全没有得老年痴呆症和智力衰退弱的忧虑和担心。

那棵棵蓍草，开着朵朵芬芳小白花的蓍草啊！它们就像一只只箭镞，射向宇宙和世界深处，往远，往远，再往远，直到那不可知处。到超验世界的黑洞里，让这个已经年近百岁的老臣，忘却现世的痛苦，产生悲悯众生、宠辱不惊的强大宗教情怀。

他算出了世界大道，也算出殷商王朝的末日和死期。“无平不陂、无往不复、物极必反、否极泰来”此消彼长就是自然天地万物的至极真理；“天行健，君子以自强不息，地势坤，君子以厚德载物”煌煌乎宇宙大道，就是他用以励志，用以鞭策自我不气馁、不绝望，不抛弃、不放弃，修身齐家、建设和谐小康社会的铮铮誓言。

故而，囚禁算什么？人格屈辱算什么？“囚禁”只是暂时使身体各方面产生的不适的一种间歇性体验；“人格屈辱”是一种人类精神道德自我贬低的无聊乏力暗语。这些东西，在志高存远者身上不起效。一句话：笑到最后才是真正的笑，活着才是硬道理。

听说姬昌在狱中算卦出了名，能够知过去，晓未来，被传为大仙儿和圣人，商纣王吃了一惊。他要试探姬昌到底想干什么，看看他对自己有没有反心。这个老缺德鬼，他考验姬昌的办法，不是让他给算一卦看看灵不灵，而是将姬昌大儿子伯邑考杀了，做成人肉羹，端去给他看他吃不吃。吃了，就证明他还乖顺，不吃嘛……那他就死到临头了！

可怜的姬昌，都82岁了，还被人杀子食肉，心里的悲怆可想而知！他明明知道这是儿子的肉，还是含泪吞下，以麻痹纣王。过后，又悄悄将儿子的肉吐出，吐在演易台西北角的土堆上，形成一个坟冢，后人叫作“吐儿冢”。姬昌同时还往外放风说：“父有不慈，子不可以不孝；君有不明，臣不可以不忠，岂有君而可叛乎。”

呜呼哀哉噫吁唏！万古臣纲，万古臣纲呵！

纣王一听，果然放心。他逐渐把姬昌不当回事儿，扔在脑后去了。后来，姬昌的臣属们送来金银财宝、美女马匹来说情，请求放了姬昌，纣王一见美女，两眼冒绿，他就什么也顾不得，前脚答应放人，后脚挽着美女就进了寝宫。

姬昌被关押羑里城七年之后重回领地。对于姬昌来说，七年的监狱经历是一笔财富，磨炼了心智，赢得了声望。出狱后，姬昌开始践行《易经》的真理，开始天行健，君子自强不息，攘外安内，勤勉治国。他以九十多岁的高龄还不断率军征战，讨伐诸侯扩大疆土，并喜得姜太公为军师，从此更是如虎添翼，所向披靡。二儿子姬发继承父亲的功业，会合八百诸侯，于公元前1046年在牧野与纣王会战。结果殷军大败，纣王自焚，商朝灭亡。周朝建立。

公元前若干世纪，旧中国的一段历史就是这样被改写了。这是在《易经》光辉思想指引下的伟大胜利。这一年，距离文王从羑里城监狱里放出来，也不过几十年罢了！念什么经能够如此深入人心，能够让他率领人民从胜利走向胜利？当然是《易经》！从此以后,《易经》成为群经之首,也就理所当然。

走在羑里城遗址上,像走在时空隧道里,厚重的历史积尘,让人每一步,都得加着万分的小心。瞻仰完羑里城里文王演易的事迹,再回头来诵读那匾“万古臣纲”“与天地准”“为臣止敬”,忽然间就读懂了!

当历史变为传说,当史实总被大话,“万古臣纲”,其实就是韬光养晦,就是励精图治,就是以天下为己任,就是不想当皇帝的臣子都比较没有理想,不想当元帅的士兵基本上都不是个好士兵。

2009 年 10 月 7 日

宣纸的滋味

随便一个文人，对宣纸都不会感到陌生，少时描红苦练永字八法，长大后的信笔涂鸦，及至瞻仰千百年流传下来的书画，无一不是在宣纸上勾画而成。“薄似蝉翼白似雪，抖似细绸不闻声”。习以为常、看似简单的宣纸，一旦亲眼目睹它的制造过程，却不禁唏嘘感叹：一张宣纸的出炉，竟要经过 18 道工序 100 多道操作，生产周期长达 300 天！并且，并不是所有的古代流传下来的这种品性的纸都可以称为“宣纸”，而只有安徽泾县出产的纸才能被冠以“宣纸”之名，其他地区产的同类纸，却只能叫作“书画纸”！这一切皆因古时这里称“宣州”，它是最早产这种纸之地，故称“宣纸”。

没到过泾县，自然不会体会宣纸生产的辛苦。我们一行人离了南京，车子在皖南山中徐行。江南四月的油菜花渐至远去，皖南葱绿的山水扑面而来。越往里走，至山中丘陵地带，街市两旁风貌越至古朴，路人的穿着也越有点贫旧。当然，这古朴和贫旧，是相比起刚刚离开的富庶江南而言。正是应了古人的一句话：“山不在高，有仙则灵。”闻名遐迩的泾县宣纸厂的厂房，就隐没于这貌不惊人看似无形的山水之间。我们先到了备料车间。一大片敞开的开阔地上，堆满了刚刚割下的青檀皮，那都是青檀树嫩枝上的皮，一捆捆，一条条，还带着清晨的露珠和树体汁液的香气。几个头缠青巾的当地妇人正手持利刃一根根地捋着、削着，忙着捆扎、浸泡。青檀皮呈深褐色，看上去坚实、柔韧，妇女们手上剥皮的小刀灵巧地翻飞舞动，点点枝杈和飞屑落下。我忍不住好奇，拣起一根青檀皮，放在鼻子底下嗅着。果然，那是森林草木青葱的味道，甜糯，香醇，带着阳光、空气和露珠的新鲜。就是它们——这些青檀嫩枝皮，加上沙田稻草与猕猴桃藤汁一起，洗三洗，晾三晾，晒三晒，沤三沤，最后，发酵成了制造宣纸的主料。这三种植物只有当地能产，别处都不行。泾县山谷独特的湿度、温度加上喀斯特地形，才造就出上好的原料。如此苛刻的选材，想让宣纸不与众不同都不行。宣纸打从一开始，就是大自然的馈赠，充满着山野植物动人的生命气息。

接着来到生产车间，见淳朴憨厚的工人们挽着裤腿、打着赤膊，紧张而有条不紊地忙碌着。他们可跟画上画的古代作坊里那些涂彩抹粉、梳髻着袍的白面小生工人不一样，他们都是面色黧黑、牙齿焦黄、头发蓬乱的当地民工，穿着背心，挽着裤腿，吭哧吭哧在台前操作。各个车间和生产线，从叮叮当当的纺车式大木锤震耳欲聋的敲榨原料，到赤脚站在平台上拿大木把搅浆，到二人赤裸双手同抬纱网从池子里一张张捞浆成纸，再到烘烤墙边拿木铲子将纸一张张抹平……辛苦程度不言而喻，每一道程序，都完全是手工劳作。然而工人们却似乎不觉其苦，一招一式，都做得细微备至，充满了行为艺术的味道。原来他们之所以这样，不只为生产产品，同时也是为表演技艺。千百年来，宣纸都用这种古法生产，直至2006年，宣纸手工制作技艺，已经进入首批国家级非物质文化遗产名录。宣纸连同它的生产工艺，都是个宝了。宣纸的每一滴纸浆、每一片纹路里，都充溢着手的味道——一双双劳作的手，关节粗大、肿胀，气味浑浊、原始。正是人类手的气息的注入，才让宣纸“活”了起来——这一活就是千年，就是永恒不朽！植物的草木气息加上人类手的劳作，制造出如此精美绝伦之物，这也正是所谓“天人合一”吧！很难设想，假如是由大工业流水线制造，宣纸还如何能称为宝贝？林林总总的人造纸当中，宣纸还拿什么来独树一帜？

宣纸的永恒，自不必说了。它的抗衰老、防腐蚀、防虫蛀之功，也是有目共睹。如果不是因为有宣纸，我们今日如何有缘得见唐人《五牛图》、宋人《清明上河图》以及千百年前文人学士、皇帝大臣的奏章诏书？宣纸让文脉得以流传，让传统得以延续。刘海粟大师曾为宣纸厂题字：纸寿千年，墨韵万变。同行的天津作协蒋子龙主席也挥毫题字：一纸风行。这些已经道尽了宣纸个中三昧。

宣纸是人的滋味，是山林的滋味，是不朽的滋味。人生若有如此三味，夫复何求？

2007 年 5 月 17 日

古贡枣园里的雕刻时光

这不是一般的冬枣园，而是一座古贡枣园。古贡枣，一说起这名字就让人感觉历史久远。假如这里的冬枣曾经孝敬的仅是末代清王朝的皇帝便也罢了，比起普通的枣树动辄可以活上一两百年的寿数来说，百多年的进贡光阴不值得大惊小怪；但是，这里的贡枣，年头来得可是不浅，从明朝弘治时代（公元 1488—1505 年），在朱孝宗执政那会儿就已经被钦定为贡品了。五六百年前的贡枣树如今仍还健旺发达，能活出个声望，难道不值得惊羡吗？

古贡枣园位于河北省沧州的滨海城市黄骅境内。驱车从北京出发，一路走高速，上京津唐，过津汕（天津到汕头），转石黄（石家庄到黄骅），两个多小时下来，就到了有“中国冬枣之乡”美誉的黄骅。晴爽的秋日上午，我们一行作家来到位于黄骅齐家务乡娘娘河畔的“聚馆古贡枣园”。远远望去，方圆千亩的土地上，一片一片密集的枣树连绵、葱茏，如同一方绿色的织锦在大地上铺展，很是壮观养眼。待下得车来，进入枣园走近树身一看，不禁为眼前巨大苍老的古枣树击掌赞叹了！

这可真是名副其实的原始冬枣林啊！园内百年以上古树 1067 棵，其中 600 年以上的古树达 198 棵，是目前世界上发现的最古老的冬枣树。一棵棵枣树老态龙钟，老得一个个白云苍狗，风雨飘摇，先声夺人。它们的皮肤粗糙嶙峋，虬干盘桓蜷曲，个别枣树的主干上还沟壑纵横，布满刀痕的狞厉，似铁木坚硬，如青铜雄浑。树身几乎就不像是活的，却像国画皴法点染于纸上，极富美学观赏价值。

谁？谁的鬼斧神工，把一园枣林雕刻成这番美妙绝伦？谁的利爪，可以起死回生，让它们在生命的隧道里可以无限往复轮回？是时光。湮不灭、荡不尽的时光。几百年的风吹雨打，雕刻时光，造就了古枣树如今这沧桑斑驳的美学模样。

如果仅仅停留在观赏层面上，那么古贡枣园的价值和意义也就一般，无非银样镴枪头中看不中用罢了。关键是它还能“用”，还能结果，还能品尝，还能提供丰富的维生素和各种营养给六百年后出生在世的人们！太神奇了！历经几百年风霜，古冬枣树竟还能秋水盈盈硕果满枝，饱含着巨大的繁殖能力。看那一树树垂挂枝头的枣子，粒大，饱满，圆润，珍珠玛瑙般的，沉甸甸、青艳艳、密匝匝，把枝条竟然都压得站不起来了，直脱脱垂到地上。人们不得不在下边支起一个个木板条，把树枝给支撑着架起来。

这难道是一个六百岁老者的形态和行为吗？如若不是亲眼所见，我们几乎不能够相信！战战兢兢地，摘下一粒老树上的果实，放入口中品尝……嗯……不会出现点什么妖怪味儿吧？哈哈！古枣树上的果实，居然，脆、甜、香！咬一口，释放出沁人心脾的枣香，跟青春的果实没有什么两样。真的很难相信啊！如果不是老天爷眷顾，如果不是有神灵在给古枣树注入灵气，这么爽口好吃的冬枣，怎么能够结得出来呢？据说它的维生素和含糖量都高过苹果、梨等水果的几十倍呢!

进入枣园,便如同进入绿色迷魂阵,一棵挨一棵密实的枣林,老树新枝,连成排、布成列,叶子和枣在枝头连伴纠缠,枣子正是青绿状态,躲藏在绿叶中间,于是枣也是叶,叶也是枣,仿佛满枝满树都是果实。清风袭来,枣香阵阵。一路走一路摘着吃,养眼又养胃。工作人员告诉我们,枣树作为自然更新能力比较强的落叶乔木,特别适合在中原大地的气候土壤中生长。枣树寿命很长,根蘖不断地在进行着自我更新,一生中可连续自然更新几次而不衰亡,一二百年树龄的枣树到处可见。但是像这种五六百年以上的老枣树,就很难得了。

哦。可敬的老树的精灵!时光在它的表面似乎是凝滞不动,暗地里,它一直都在顽强地进行自我更新,不断与时俱进,终于成就一代“活化石”伟业。如果古枣树能开口说话,它将能告诉我们什么?是说自己历经了两代王朝的兴衰,看到了封建帝制的灭亡,瞅见了民国的溃败,迎来了新中国的诞生?还是会告诉给我们,家乡黄骅人是如何努力,从 1989 年撤县建市至今,短短二十年的时间,就让黄骅有了翻天覆地的变化,从南大港的湿地保护,到国家跨世纪工程——神华工程的龙头项目黄骅港的建设,使这个处于“环渤海、环京津”的“双环”枢纽的东北亚经济圈的中心地带,日新月异,面目簇新?

面对一个个代际更迭,历史的风云变幻,老树有无数感慨。它大概最想讲述的,是家乡人如何供养它,培育它,把古贡枣园打造成现代冬枣的栽培推广园,让古树繁衍出无数子孙,结出现代硕果。现如今,聚馆冬枣成为中南海特供冬枣,并进入国内航空食品配餐领域,还登上了奥运会运动健儿专机和台商直航包机。“古贡枣,新黄骅”成了家乡发展的口号。如今这枣,真是赛过蜜啊!

于是园里参观的众人竞相吆喝:多吃。吃了这里的枣,咱们也跟着成六百年的仙儿,直等着看六百年后的好日子。

2009 年 10 月 4 日

暮投石壕村

莽莽太行深处的山西平顺，无限风光，雄奇壮丽。用险峻、丰沛、壮阔、神奇、秀美来形容都嫌不够。这里不但有八百里太行中最壮美的一段自然山水，还有人类文化遗迹如大云院五代壁画、龙门寺、九天圣母庙等一大批精美古建，同时更是英雄辈出、劳模涌现之圣地，革命战争年代有朱德、杨秀峰、杨献珍、何长工、赵作霖、岳增瑜等老一代无产阶级革命家曾在平顺留下光辉的足迹，新中国成立后，又有改天换地自强不息的劳模李顺达、申纪兰等闻名全国。丰富的自然人文资源，形成了这里“绿色、古色、红色”的旅游特色。到这里参观膜拜的人，无不为其山美地阔资源丰富而慨叹！

却说那日，一行人走到了位于大山深处的下石壕村。“暮投石壕村”语出杜甫那首妇孺皆知的诗作，多少年前就已进入中学课本。而此“石壕”非彼“石壕”。杜甫诗中的石壕村，在今河南陕县东南；笔者所到之石壕，乃是太行深处长治市下属平顺县治下的下石壕村，又名“岳家寨”。据说这岳姓寨子的命名，是后来的地方官所为，盖是由于全村38户人家、97口人中，姓岳者占大多数而取其名，为的是将此山西岳姓与河南汤阴岳飞家族挖掘出历史渊源连带关系。如若走近石壕村，却能发现，从地理形态上说，还是用传统经久的“石壕”名称更贴切。壕者，沟堑者也。石壕村就如同一方天堑，挂在深山密林里。

从平顺县城一路出发，冒着细雨，在不见天不见地，只见雾气只见崖壁的太行大山里兜兜转转，绕啊绕啊，路途竟十分遥远。山势险峻，路途陡滑，我们都提心吊胆，几乎不敢看窗外的扭曲盘山道，司机倒是闲庭信步般，把车子开得十分平稳。足足走了一个下午的漫长光阴，但觉车子一味在山中盘桓，四处不见人烟，不知何时能走得出去，仿佛大山没有尽头。直到黄昏时分，经过一段长约四百米的“桃源洞”隧道，眼前豁亮时，司机才将车子停在山道上，指着峡谷对面雨雾中隐约的一处村落说，那就是岳家寨，大家可以下来远观全景，拍拍照。众人闻声，从疲惫与麻木中缓过神来，纷纷下车观瞧。嘿！极目远眺，只见一枚小小村落，竟然海市蜃楼般地，挂在对岸山峦当中，在雾的缭绕衬托下，根本不像真实风景，倒像积木搭建的世外桃源。真是神奇！

此时，却也未出深山，而是置身于山的更深处了。

车子环行而上，终于到了石壕村。走到村口，已经是炊烟升起的薄暮时分。迎面见的，是雨中淋透的两棵枝繁叶茂的苹果树，上面累累红果，饱蘸润雨，鲜脆欲滴。那果子太红艳、太匀称、太美丽，以至于美丽得如同枝上绑的塑料假果一般，忍不住要去触摸一下，顺便揪下一个半个，用嘴咬上一口，看看是否是真实果肉长成。村民见状，迎接出来，笑说：莫要动那些个果子哩！屋里头已经给你们预备下好些摘好洗好的。这是两棵迎宾树哩，若把果子都摘完了，后边来的人啥也看不见了哩！

众人放弃了摘果，笑着拾级而上。坡上的村口是一处待客的带棚顶的巨大观景台或叫宴会厅，可以供游人聚餐并同时观看当地民俗表演。对面平房，保存有一个老式供销社，现在还当展览馆和小卖店用着。里面的老物件仍留有许多，柜台内外摆满了锄头、耙子等过去年代的农业用具，“文革”时的旧报纸、图片也存有不少。报纸发黄，糊在顶棚上。这些物件如果不是出现在这里，跟周围闭塞环境相得益彰，证明确实是过去年代里自然留下的，那几乎就会让人疑心这是深山里搭建的一处电影拍摄基地了。

这个在山体断层平台上建起的小村，周围群山环峙，真像是空中飞来之物，缩微，精致，腾空而起，看着似乎岌岌可危，却又落地笃实。村里的建筑全都就地取材，用山里石头垒砌，石墙、石街、石板房、石凳、石磨、石碾、石水缸……小村的气息，一派石头的意味，带着远古刀耕火种，生生不息的呼唤，使人回顾，使人流连。村民自耕自种，引山泉水，吃土鸡蛋。他们用自产的绿色食品老玉米和鲜水果招待远方来客。

炊烟缭绕，暮色四合。地道的农家饭菜端上桌。坐在九月夜晚的深山秋风里，听秋雨如注拍打着苹果树，看黑黢黢的绵绵大山环绕，嶙峋的怪石表演恐怖武侠。远处伸手不见五指，辨不清东南西北，想要走出去几乎是个妄念。近处灯火通明，笑语欢声仿佛可以抓住和依靠。于是便彻底放开，万念不想地啃着包谷，啜饮着当地土酿的吉祥小烧，赏着村民们的原生态歌舞，激情难抑时再蹦跳上场、自弹自唱、献媚献艺一把通俗小调。醉眼迷离当中，俨然是一副“不知有汉,无论魏晋”的味道了。“人间仙境,世外桃源”,下石壕村,果然是也!

2012 年 10 月 19 日

温州的温度

借着这次“2010江心屿金秋文化节开幕式暨郭沫若散文奖颁奖典礼”的机缘，我第一次来到温州。作为浙江的三大经济中心之一，也是我国第一批对外开放的14个沿海城市之一，温州早已迅速发达，并且名声在外。除了它的经济高速发展的正面影响外，在坊间，想象和传说里的温州，似乎是一直以夸张和恣肆的姿势，睥睨众人、傲视苍生。外地人在谈论温州的有钱人时，往往充满不明不白的羡慕嫉妒恨，他们张大了嘴，用变成O形的唇型感叹说：哦，温州啊！温州那里到处散发LV假包和假名牌皮鞋的生皮子味，温州的大街小巷到处是腋下夹着装满钞票的小包衣锦还乡的炒房团成员。800多万人口的温州市，总是荡漾着演出成功、载誉归来的50多万旅居海外同乡同胞的谑笑，他们个个都手戴劳力士，嘴镶大金牙，腋夹鳄鱼包，脚踩奔驰车，“吱——扭”，温州地面都被搅动得肉欲滚滚，金条横流。

漫画式的夸张之中，显现出多少仇富心态和心理不平衡啊！

我所亲眼见到的温州，跟传说中的面貌迥然不同。它是那样简朴、平静、温情、怡然。淡漠里有着从容随和，慵懒中显着幸福无忧。温州还故意用几许荒凉景观和落后的城建，以及城市交通的极度堵塞，给初度光临的外地人士表示自已富裕起来之后的低调和恬淡。

温州的发展比较早，从1990年就已经开通了温州永强机场。这里还是浙江人口最多的大城。从永强机场到江心海景酒店的一路上，39公里的路，不算长的距离，却堵得厉害，慢悠悠走了近两个小时。唯一的一条进城路要穿越老城崎岖道路而过。从车窗向外望去，市容城建相对滞后，街道两边仍保留有过去年代的老屋。虽然有几许陈旧、破败，但却蛮有味道的。老屋旁纳凉闲谈着的人们穿戴简单，几乎见不到所谓满街富人冒汗流油的景象。据说，由于历史地理原因，温州与福建一样，一直都是台海战略前沿要地，战争一起，一切皆会毁于无形。几十年来城建没有大张旗鼓地搞，也是有道理的。近些年两岸关系缓和后，温州的城建计划终于启动，为了保护这里的老城区风貌，他们在老城之外划拨一片区域修建新城，那里的环线和高速路等现代化设施一应俱全。

城里是这样，乡村的原始味道更足。在距离温州市区28公里的鹿城区双潮乡，我们看到了温州的另一番面貌。双潮乡地处瓯江上游沿岸，这里是温州原先传统农耕社会的一个缩影，是温州发展的根基和原貌。它代表了温州人的节奏，也有温州人的信仰。

走到通往双潮乡的小路上，但见细雨蒙蒙，溪水潺潺。瓯江边上绿枝摇荡，黑瓦白屋的小楼，鳞次栉比排列江的左岸。江水对面，是一望无际的绿野平畴，远处，是白雾缭绕的山峦。眼前景象，美不胜收，如同走在细雨江南的诗和画里。这里已经被国家环保总局授予“全国环境优美乡镇”称号。田垄深处，新建的道观和基督教堂隔田相望。道观是中式仿明清古建筑，红墙黑色三层起脊大屋顶,屋檐下布满彩绘,观前香火缭绕,在一畦畦空旷的浓雾绿地之中显得人气鼎盛,活色生香。基督堂粉白相间的楼宇,尖顶直冲云天,耸立于田野之中更显出几许肃穆和庄严。

导游告诉我们,温州素有“七山二水一分田”之说,耕地非常有限。现在,这一分田也被充分利用,一块块分割好的田亩,如今都被城里人“包养”,成了城里人的玩物,他们什么时候高兴了得闲了,就来乡下耕种玩玩,其他时间则由农人代管。乡里的人都在从事加工和手工制造业。一路上我们看到了制作传统打糕、削竹筒和制簑衣的表演,非常专业,也非常迷人。

走进白屋黑瓦小楼房的背面,看出它们其实仍然是陈旧老屋,经过表面的统一粉刷修缮后变得光彩照人。天上下着雨,出不去门,老屋里赤脚穿拖鞋的老人、妇女和孩子就都闲在家里,有的在玩牌,有的在卖呆,每个人神情都很悠闲。这是些留守在家的人们,青壮年都出去打工炒楼了。平时他们靠乡里的旅游、农家乐过活,外出打工的亲戚和移居海外的华侨不时寄回钱来接济,他们基本衣食无忧,幸福指数比较高。

在温州城里美丽的江心屿,我们还偶然看到了另一幅温州人动人的日常生活场景。岛上除了来观光游览的外地游客,本地人也将小岛当成休闲纳凉之地,岛子成了一个群众性的集聚场所。在绿树掩映的一个回廊上,我们看见一圈围坐七八个出来闲玩的老人。中间的水泥地上,站着一个约摸也有六十来岁的老年人,正在用温州话兴趣盎然地讲着什么。围坐的老人饶有兴致地认真听着,不时发出阵阵笑声。我们也好奇地驻足,停下来围观。只见那老人讲得叽里呱啦非常热闹，旁边的人也笑得嘻嘻哈哈。听了半天，却一句也没听懂。于是请教靠外坐着的一个戴鸭舌帽的老人家，那人讲什么呢？鸭舌帽老人就好心地给我们翻译，说是在讲段子，都是讲的日常之间街坊邻居夫妻婆媳间的小笑话。我问：是自己编的吗？老人说，是讲的人自己收集创作的，每个都不重复。他口才好，原先就是说唱剧团的，退休了，义务为老哥们讲笑话听。我又问：是每天都来讲吗？你们是有组织的来听，还是偶然在这里遇上的？老人说，不是有组织的，随机性比较强。但也要事先打打招呼，比方说今天下雨，演讲者就打电话问老哥几个，今儿还来不来逛呀？他这么一约，就都来了。一见人来得差不多，就开讲。

哦，多么幸福惬意的光阴！我注意到听讲的老人都穿戴整齐，像参加一个隆重的集会一样，有的还自带茶水。其中还有一位胖大白皙的老者，穿着背带裤，里面是条格衬衫，头发也用发胶抹得油光铮亮，是一幅典型的华侨范儿。此刻正是下午四点，细雨微蒙，江心雾起，廊里的老人细雨微风中啜着绿茶，听着段子，岂不快哉！温州人快乐的生活态度，尽在其中显现。

2010年10月11日

积水潭的风华世代

现在的年轻人，只知道作为地标名词的北京积水潭，是地铁的一站出口以及积水潭医院在此拐弯的标识。从积水潭桥再往东南方向，顺着西海水面往里走，才是后生们人人熟知的后海什刹海著名的酒吧一条街，银锭桥和烟袋斜街那里还有众多风格各异的个性饰品小店。他们却不知道，这一片方圆几十里波光潋滟的水面周围，曾几何时，却是元明清三代京城何等繁华的水陆大码头和戏剧演出场所啊！

紧把着积水潭桥东南角的解放军歌剧院和郭守敬纪念馆，也许是积水潭作为“戏剧演出场”和“大码头”的仅有记忆了。可惜，这两个场所总是被匆匆过客视而不见。

至元二十九年（公元1292年）八月，由元朝督水监郭守敬亲自勘察设计的京杭大运河大都（北京）城里河段工程开工，两万余军民浩浩荡荡进驻工地。郭守敬亲临坐镇指挥，仅用一年时间，就开凿出上自昌平县白浮村引神山泉，南汇为积水潭，总长一百六十四里一百四步（元制）的运河河段。从此，从南方来的贡赋稻米瓷器丝绸源源不断沿京杭大运河进京，不必只停靠在通州张家湾，而是长驱直入直达都城中心积水潭。积水潭一时成为船只汇聚的大码头，粮船如织，舳舻蔽水，一片盛世繁华。至此，带来了首都经济与文化的繁荣。“华区锦市，聚万国之珍异；歌棚舞树，选九州之秾芬。”（黄仲文《大都赋》）各种宫廷和民间演出活动繁盛，积水潭一代歌台酒楼林立，宴舞之声不绝。一种新的艺术形式——元杂剧在大都兴起。北京成为我国戏剧艺术的发祥地。

在中国古代文艺史上，元代的戏剧谱写了辉煌灿烂的一页，佳作迭出，明星如林，出现了许多著名的戏剧家和优秀剧本，也出现一大批戏剧名角。众所周知的“元曲四大家”中的关汉卿、王实甫、马致远都是大都北京人。在今天的京西门头沟区王平镇的韭园村内，有一元代古宅，相传这里就是马致远故居。关汉卿的《窦娥冤》《救风尘》《单刀会》，王实甫的《西厢记》，马致远的《汉宫秋》（即《汉明妃》或《昭君出塞》）等，流传青史。活跃在大都剧坛的一批名角：著名女演员珠帘秀、顺时秀、天然秀、赛帘秀和燕山秀“五秀”，都是粉丝无数，有她们在场的演出观众经常爆棚。

元杂剧在大都北京最为著名的演出地点有两处：一处是大都西城砖塔胡同，一处就是积水潭大码头的斜街。据说当时的海子，水深流阔，平展无际，能泊下吨位很重的漕船。沿海四周钟楼鼓楼一代，成为各种商品货物聚集交易之地。各种商业店铺米面市、柴碳市、服装鞋帽市、铁器市前人声鼎沸。这个京城水路漕船大码头里，达官显要、商贾人士络绎往来。觥筹交错、酒酣耳热之际，应酬饮宴之中，艺人咿咿呀呀献唱助兴必不可少。积水潭海子的斜街上，“率多歌台酒馆”。宋褧［望海潮］《海子岸暮归金城坊》对此胜景有所描绘：“山含烟素，波明霞绮，西风太液池头。马似游龙，车如流水，归人何暇夷犹。从薄拥金沟，更萧萧宫树，调弄新秋。

十里烟波，几双鸥鹭两渔舟。暮云楼阁深幽，正砧杵丁东，弦管啁啾。淡淡星河，荧荧灯火，一时清景难酬。马上试冥搜，填入耆卿谱，摹写风流。明日重来柳下，携酒教名讴。"这首词真实记录了积水潭昔日豪华风流场景。白日游人如织、人声鼎沸，入夜管弦笙箫、吴歌楚舞，一派风华绝代的文艺复兴景象。

北京积水潭文艺中心的地位持续了元明清三个朝代。从明清开始，积水潭跟大运河失去联通之后，大码头忙碌漕运功能完结。但由于钟鼓楼就在附近，积水潭附近仍是人口密集商业繁荣区，达官贵人开始在周围兴建宫苑园林，别墅临湖，一时又是游船画舫，水榭笙歌，这里逐渐转化成了文人雅客游赏聚集之地。

今天的积水潭后海斜街已经叫"烟袋斜街"了，它东起地安门外大街，西至小石碑胡同与鸦儿胡同相连，为东北、西南走向，全长两百多米。据清乾隆年间的《日下旧闻考》一书记载，清朝居住在城北的旗人多嗜好抽旱烟或水烟。于是斜街上开起了一家家烟袋铺，原先的"鼓楼斜街"也就顺势改叫 "烟袋斜街" 。

如今的烟袋斜街两旁是装饰得风格迥异的一长串酒吧。但凡来北京的年轻人，都要相邀到后海的酒吧坐坐小酌一番。他们在欣赏当年皇家园林水波潋滟后海风光的同时，是否也会缅怀一下古时候在里曾经发生过的文艺风骚与风雅呢？

2010 年 2 月 24 日

江南第一勾青，湖山几抹新绿

1

台州作协主席金岳清兄寄来今年春上第一抹羊岩勾青绿茶。正是人间四月天，京城风干物躁，意绪浮动，若能呷上一口明前春茶，那滋味，一定能够美入人心啊！于是迫不及待打开茶叶包装袋，但见一枚枚圆头圆脑的绿，恬然睡于袋子之中，一股子江南春天的潮气，带着临海的湿气、羊岩山的硬气，还有香草本身特有的清气袅袅飘散开来，登时暗香扑面。赶紧烧上一壶矿泉水，洁手净面，拿出高腰透明玻璃杯，恭恭敬敬冲泡茶叶。将八十多度的水注入杯子，但见一片片青绿的叶芽在水波里翻滚、逐舞，嫩芽一点点舒展开，成三叶草的形状，一瞬之间香飘满室。那茶汤清绿，宽敞明亮，叶片圆润，娉婷袅娜，饮上一口，唇齿生香，美得似乎连心都要化了。真个是——尘心洗净千山秀，品茗更知春味长。

一抹羊岩勾青绿，几回临海湖山新。春日袅袅的茶香，勾我想起今年 1 月那趟到临海的旅行。那时正值冬季，北京寒冷枯燥、阴郁而多霾，直到 12 月底，都没有下过一场雪。快过新年时，顾建平兄来信问愿不愿意到南方走一趟？浙江的临海，时间不长，就两三天，利用放假的机会，邀几个作家去看一看。我一听“临海”这名字，就心生好感，说好啊！可以去啊！虽然不知临海在哪儿，但凭经验，以往到过的以“海”命名的城市，大抵都是很不错的，如上海、珠海、北海、威海等。这回要去的城市“临海”，听着离海更近，更像是一个把海临风的城市，当然也错不了！

于是新年刚过，就迫不及待从北京出发，1 月 2 号早晨只用了三个小时不到，就从冬天到了春天，从寒冷坚硬的北方飞到了温暖如春的临海。到了临海，第一印象，感觉到的就是气候宜人。简直是太温暖舒适了！海边的湿润气候，与山中的暖风一起袭来，小城满眼温润，气候清新。路两旁的行道树全都油绿的，一簇簇紫色的花朵在街边昂扬地盛开。“面朝大海，春暖花开”，说的就是冬天的临海吧?!

冬天的临海，满城满眼皆春色。在寒冷的北方已经封闭起来的毛孔，这会子，一点一滴地在暖风里给润开。即使是仍穿着上飞机时的羊绒外套，却也并不觉得热，好像薄厚也正合适。临海的一切都是那么舒适、惬意，一切都摆出一副刚刚好的样子：刚刚好的暖，刚刚好的绿，刚刚好的明净湿润，刚刚好的可以随意在晴暖的冬日大街上漫步遐思。临海冬天里温暖，是贴心的，怡人的，舒缓有致、不温不火的，让人不知不觉地享受和喜悦。冬到临海，绝不会像冬季到了别的南方城市，譬如海南三亚那样，一下飞机就必须急三火四地把羽绒服换成游泳衣，沉睡的肌体被反季节的燥热一下子给炸开，最终往往会以一场严重的感冒作为收场。冬天的临海，和风温煦，树叶常青，柔水碧波，山湖新绿。

2

初到临海，守着一肩的暖阳，只感受到它的暖与软，殊不知，待走进小城的深处，方知这块古代东南沿海海防重镇的坚与硬。临海的风光霁月背后，掩藏着它古代军事海防前线的刀光剑影。临海现在所留下的人文景观，最著名的都是古代战争的遗迹。如明代戚继光抗倭遗址桃渚古城，始筑于明洪武二十年(1387年)，保存比较完整，有三座城门，城门外筑有瓮城，城内是古军事街巷格局，有练兵的校场，有通向敌台的通信道，还有用于运兵防御的车马道。整个城廓的建筑既利于防守，也便于杀敌。游人穿梭于城中错齿交叉的小巷时，还能感受到当年英雄戚继光荡平倭寇保卫国疆的英勇壮烈。

及至走到坐落于临海市老城区的台州府城墙时，战争的影子更加浓重。这条始建于东晋时期的台州府城墙，被称作“江南八达岭”，城墙依山势而建，有城门七道，城楼七座，易守可攻，全长6000多米。据建筑学家说，可以作为北方明长城的“师范”和“蓝本”，但它比北方长城多出了一个防汛功能。我们一行人从它巍峨气派的望江门城楼拾级而上，气喘吁吁、歇过三起才勉强爬到城楼顶。城门楼上站定之后，放眼一瞧，但见它背依青山、虎踞龙盘、城墙蜿蜒、绿树葱茏，感觉像是回到了居庸关或慕田峪长城，回到了历史上兵戎相见箭镞咻咻的北方年代。原先对这里的有关“南方”的印象立刻没了。

再走一趟它这里著名的以道教南宗始祖紫阳真人张伯端的号

命名的“紫阳古街”，印象又不一样。一条满是宋代遗风和明清格局的古街，临街一幢幢二层和三层小楼的店铺，各种卖糍粑卖旧书卖针头线脑小玩意的和蔼的中老年生意人，还有端着海碗坐在店铺门口小板凳上吃面条的老爹爹老婆婆，感觉他们这些人本身就是街景的一部分，十分悠闲古朴，看着不像是做生意，都像是在展示南宋遗韵。好像穿上哪个朝代的衣服，他们就会逼真地回到哪个朝代里去。时光在紫阳古街这里仿佛一直停滞着，从来就没有流逝过。

如果不是被引向“头门港新区”码头参观，还真就差点忘了这个地方还叫作“临海”，真就感受不到临海人轰隆隆地迈向现代化的急切脚步。一大片滩涂湿地的尽头，就是正在建设中的头门港码头。海风阵阵，海浪涟涟。近距离观瞧，铅灰色的冬天的海，其实比较无趣和乏味，只有人们的建设热情可以使海边的沉寂变成亢奋。数台起重机、大吊车停在附近，运输石料的大车开过，扬起满眼街尘，两条临时搭建的栈桥伸向海水深处，一车车建筑物资不断运送到码头作业地点。这是台州人加速走向现代化的节奏。这个面积 136 平方公里的临海头门港新区，综合了港口、产业、城市体系，目标是建设大港口，搭建大平台，发展大产业，打造新城区。参观的人群里有人憧憬：待头门港建成之后，是不是可以直追和超越就近的上海港、宁波港、舟山港？

3

在临海灵湖岸边的赏月亭里，第一次喝到了羊岩勾青茶。

待夕阳西下，我们终于得把疲倦的脚步歇息在灵湖边的亭子里。一杯绿茶上来，登时眼前一亮！但见茶叶碧绿，叶芽饱满，茶汤清亮，冬天里得见这么品相好的茶，这茶可绝对不一般！一问方知，这就是当地著名的羊岩勾青茶。按说，临海之处多盐碱滩涂，土质不适宜种茶。但是当地朋友告诉我们，浙东多山，山区和农区特色多过海滨特色。羊岩山位于临海市区西北30公里处，主峰海拔786米，一年中有三分之一时间笼罩在云雾中，气候土壤，均适合种茶。羊岩山上产茶也就不奇怪了。特殊的地理位置，使得羊岩山所产的茶在绿茶里属于口味偏重的系列，跟龙井有几分相似，味道醇厚，经得起冲泡。现任中国国际茶文化研究会会长王家杨曾题字："江南第一勾青"。中国工程院院士、中国茶叶学会名誉理事长、国际茶叶协会副主席陈宗懋也赞羊岩勾青茶："羊岩勾青，香高味醇，实乃茶之极品。"

大冬天的，却坐在湖边亭子里喝起了绿茶，北方人特觉不可思议。绿茶性属寒凉，本就不适宜于冬季里喝，尤其在露天。然而，三道茶过后，我们喝得浑身舒爽通透，竟也喝出了脸蛋上的一抹春色和肢体上的融融暖意。这会子，经过两天马不停蹄地参观，程序都走完了之后，静心喝着茶，又体会到江南的春意了。但见这个临海最大的贯城湖面上，水波袅袅，微风悠悠。就着一杯上好的羊岩勾青茶，随便说着美食、风月与美景，真有点不知今夕何夕、此季何季的倒错感。

江南好，春来江水绿如蓝，能不忆江南。《人民日报》主任记者常莉、军旅作家马娜和我等几个女士坐在一起品茶，男人们则在另一桌高谈阔论。临海的茶叶硬，当地的文人朋友们却柔而且糯，优雅淡定、不疾不徐，个个都琴棋书画身手不凡。临海文联主席沈速，台州作协主席金岳清，临海市文联副主席吕黎明，临海文联办公室副主任史恩明等一直陪着我们的朋友，都很儒雅清俊，说一口很软的浙江普通话，在我们北方人听起来都觉得接近于用吴侬软语。只有临海文联副主席、临海市纪委常委张弛是个例外，外形有点像北方大汉，饭桌上还喜欢闹点小酒。他是个很好的诗人兼散文家，在《人民文学》上发表过诗歌。有一次我终于忍不住逗他说：在纪委工作的同志还能写诗，这得人格多分裂啊！张弛就一味地笑而不答。

离开临海前，金岳清兄赠我一墨宝，录的是清黄钺《二十四画品》中《明净》之句："虚亭枕流，荷花当秋，紫藹（花）的的，碧潭悠悠。"生动俊逸，毫无沾滞黏连，大概正是此时他学书既成又荣升作协主席的澄空万里心境吧！岳清兄既是书法家，也是优秀的小说家，已经在《中国作家》等杂志上发表了不少小说，得过很多奖。《明净》之中的下半阕他没有写，却是"美人明装，载桡兰舟，目送心艳，神留于幽"。大抵是要留给我自己学书时再去慢慢体会。

转眼之间，冬季过去，春天的明媚已经来临。此时，隔着山和海的距离，品着四月香茗，回想着元月里临海的风光霁月，我却不再想《明净》，只想以《二十四画品》之《苍润》遥谢岳清兄：

"妙法既臻，菁华曰振。气厚则苍，神和乃润。不丰而腴，不刻而俊。山雨洒衣，空翠黏鬓。介乎迹象，尚非精进。如松之阴，匠心斯印。"

2014 年 4 月 25 日

我有茅台，鼓瑟吹笙

遇见茅台之前，已经有了十几年酒龄——从二十世纪九十年代初，我作为中国社科院刚入职的小青年随队到河北农村下放锻炼，于荒郊野老屋中一群素心小伙伴以“刘伶醉”开场练酒解闷儿，到九十年代末文学所同事集体出行，于上海月色下被华师大几坛黄酒闷得口吐莲花抱头鼠窜，再到新世纪初，于广东某地入乡随俗，跟张梅一起用大杯威士忌洋酒与地方官员“炸雷子”大获全胜……整个就是一片混乱的少年行与侠士醉，十步杀一人，千里不留行。端的是无知者无畏。那不是喝酒，是在闹青春，与狐朋狗友勾肩搭背，挥霍与享受着不知有肾、遑论肝脾的花样年华。

忽一日，茅台来了。在北京，因为获了一个以“茅台杯”命名的文学奖，于是便与正宗茅台酒劈面相逢。那真是“金风玉露一相逢”，说不出的快感与惊艳！盘桓在舌尖上的绵、香、软、糯，温润与醇厚，浪花与云朵层层堆叠，一波推着一波奔涌向前，仿佛就要拍岸，随时都要在天际炸出亡命的快感。

然而，没拍，也没炸。忽忽悠悠落地上，虽已经是桃花满天、飘飘欲仙，却又能稳稳站住，立于大地之上，脑子还是自已的，手脚也是听使唤的，说话发音全没走样，还能够继续觥筹交错，云淡风轻，止于可止，行于可行。

神乎哉，茅台！发乎情止于礼仪，潮起潮落，完全可控，有着中年般的火候和自制力。莫非，它的酒曲里，有着不为人知的神秘配方？

发乎情止于礼仪，这就是茅台的风度和旨趣。

往后的十几年中，我便与茅台结缘，如若不是两家杂志“茅台杯文学奖”的获奖者，便是受邀出席颁奖会的嘉宾，持续不间断地体会着茅台的好。茅台酒的绵软好喝自不用说了，关键是这酒不醉人，简直算得上一个奇迹！酒醉是一个比较讨厌比较麻烦的过程，没法自控，因为不知道自己什么时候醉，那些烈酒洋酒小野酒，都来势汹汹，没有过渡，根本不给人一个渐进预防的过程，说醉“梆当——”一声就醉了，呕吐过后人事不省，活该由着身边哥们儿给编排绯闻故事。

茅台酒就没有喝醉之虞，喝了茅台不出丑。喝了茅台不上头。它的微醺来得悠然，舒缓，缠绵，让人清醒体会身体里高潮的临界点。即便是多喝了三五杯也无妨，不过是一夜沉沉睡去，次日醒来，神清气爽，如曙光初照，混沌初开，如开辟鸿蒙，重获新生，脑门儿和眼神都闪闪发亮，大脑皮层褶皱里的油泥，都被酒精擦得一干二净纤尘不染。

究竟有什么神方，让茅台酒生成这般模样？

多年以后，当有机会亲临茅台酒厂，亲眼目睹美酒酿制的整个工艺流程，才解开了这个谜，也才越发叹服了茅台人的智慧和勤劳。且不说地球上叫作赤水河的那一片广大的区域，水土气候温度湿度土壤菌群都适合于酿酒；也不说赤水河两岸长出的红高粱，粒大饱满浆足是做酒的天然好材料;单说这高粱九榨的工艺,也让人听起来叹为观止!什么东西经得起来来回回翻来覆去九次的揉、踩、蒸、煮、榨?就算一块钢板也会给锤成面包了,更何况只是一束束红彤彤的高粱!茅台酒原来只不过是红高粱酒啊!九榨过后的高粱,把性子全都揉松了踩扁了榨没了,最后才滤出那么几滴发酵后的精华。

榨完之后就是勾兑。茅台酒厂有着自己特殊的勾兑流程:勾兑的前一晚,品酒师沐清风明月,禅定打坐,保持身心的洁净。然后于次日日出时分,沐浴更衣,带着清洁和清净的口腔味蕾,前来品酒。他们不是靠工业流水线的数字原料配比来勾兑,而是仍沿用人工的方式,靠品酒师的味蕾来品尝。这样品尝勾兑出来的酒,即便是每一批的百分比上有了些微偏差,但是却覆盖上了“人”的气息。每一批茅台不但带上了物候时序、温度湿度的记忆,同时还沾染了人的喜怒哀乐、性情性格。因而这酒就变成是“活”的,集日月之精华,天地之灵气,人类之品格,活生生地勾兑出来。

勾兑好的酒,还要再窖藏至少五年才能出库。这是一个关键又漫长的过程。那些细小的高粱分子,在暗无天日里沉睡、发酵、修炼,等待着拨云见日重见天光。五年,一千八百多天,是长还是短?说长不长,说短也不短。坐地日行八万里。大圣也曾被压五百年。终于,时间已到,高粱的火气、性子全磨掉了,它们化成了酒,化成了神,化成了酒神——这人类艺术的最初动力和源泉。

有了酒,才有了饮宴,有了诗篇,也改变了人类文明的基本走向。《诗经·鹿鸣》有言:“呦呦鹿鸣,食野之苹。我有嘉宾,鼓瑟吹笙。”“鼓瑟鼓琴，和乐且湛。我有旨酒以燕乐嘉宾之心。”我有茅台，鼓瑟吹笙；大宴宾客，歌舞升平。遇上茅台，好比是遇上一个敦厚儒雅的中年人，什么都有了：历练、气度、财富、心胸。好酒如此，好文亦如此，都要经过漫长的历练和熬煎，蒸煮榨藏，直至飞升成仙。

2014 年 3 月 10 日

杂感杂谈

在鲁院那边

1

我们这一期在2002年秋天入学的作家进修班，被命名为“首届中青年作家高级研讨班”。它为什么会叫这个名字，而不是按照鲁迅文学院固有的顺序排列，比方说叫作“第××期作家班”，按照我们私下的猜想，觉得大概是想表明这个班级的特殊性。这个班里的人是在新世纪里招收的第一期正规作家学员，基本上已人到中年，在文学创作中小有成就，多半是获过各类文学奖的作家，有的还在各省市作协担任副主席等要职。再把它等同于以前文学讲习所时代的作家学习班，或者是鲁院前几期人员复杂的短期学习进修班，不足以表明它在人员身份和年纪上的特点。

然而，因为它的名字太长，颇有些拗口，要想在日常口语中把它的全称说正确，也不是件容易的事情。有一天中午我回单位社科院里吃饭，当在饭桌上被别人问到此事时，就随口答说，我正在鲁院参加首届高级中青年作家研讨班。一旁我的博士导师杨匡汉先生立刻纠正道：是首届中青年作家高级研讨班，而不是高级中青年作家研讨班。一句话说得我颇为羞惭。放错了“高级”这个定语的位置，就仿佛心里有鬼，内壳里窝藏了一颗小资的虚荣心。

如果我不是这次有机会到鲁院来学习了这么一趟,对它的意义的认识,恐怕也不会纳入到文学史的层面上来考虑。从个人的直观印象上来说,以前只知道鲁院是个比较“招人”的地方。这几年,跟文坛接触多了,就能感觉到有个叫“鲁院”的处所一直特别繁荣,大凡是称自已是作家的人,几乎都要跟它沾上点边。经常会有鲁院学生口称“老师”,通过其他朋友的引荐前来拜见;有时候也会被邀请给鲁院的函授学员批改作业,等等。对于鲁院,我一直是怀着某种好奇:第一是一直没有弄清它到底是一所什么样性质的院校(当然也并没有真正下功夫去了解);第二是因为关于它的传说太多,或者说是关于它那里的学员的传说甚多。在这些民间口头文学里面,或多或少都带上一点浪漫、神秘、轻狂、不羁的色彩。当然,关于它的最为生动曼妙的传说,还是止于最近的、也是二十世纪八十年代末那一届鲁院跟北京师范大学合办的研究生班。那真是个人才辈出的群体,如今在文坛比较活跃的作家莫言、余华、刘震云、迟子建、海男等等皆出于那个班上。再后来,就有点乱了,好作家就没有大规模成群结队出现过。那个时侯,九十年代初期那会儿,我们那群所谓“新生代作家”都还年轻,在北京的聚会很多,时不时在一起吃吃喝喝。每逢喝酒饮茶时见哪个年轻男性编辑未到,就问到哪里去了,答曰“到鲁院泡去了”。一句“到鲁院泡去了”,很有时代气息和经典意义,除了说明鲁院的人气旺盛、海纳百川、三教九流、美女如云之外,也能说明那时的年轻男性编辑的好动、敬业以及力比多分泌异常。

光阴荏苒,到我们这一届学员进校时,已经没有美女,只有美大妈、美阿姨和美老太太。（美不美，全凭自我感觉和自我造势。）学员名额是一个省一个，由各地作协推荐，要求创作上有成就的四十五岁以下的年轻作家。来了以后才在名单上知道，西藏的马丽华大姐也降低身份，加入到我们这个班的行列当中来。马大姐还以其特有的幽默风趣，用标准的西藏汉话说：“我这一来，把你们这个青年作家班变成了中青年作家班。”众人就笑。由各省派来的作家，外加行业作协推荐来的，总人数有50人。（实到49人，广西的作家东西恰逢出国，没赶上开学报到，后来就一直没有来。也有人制造谣言传说，班里某个调皮捣蛋的男生给东西打电话吓唬他：可别来呀，我们这里实行军事化管理！吓得东西同志果然就不敢来了。当然，这全是民间的笑谈。）其中女生占全班总人数的三分之一，全都老大不小，最小的戴来三十出头。来了后不久，男生就编了一个段子，概述这里的学习情况：“鲁院太小，娱乐太少，街道太吵，女生太老。”传到女生耳朵里，就被随口改为：“鲁院太小，娱乐太少，街道太吵，男生太小”，然后通过手机短信方式在班级里传播。

这个搞原创的男生就是中国煤矿作协的作家荆永鸣。最后一句“男生太小”是我给改的。又过了两个多月，同学们彼此相熟、基本上打成一片之后，荆永鸣原创的著名段子又有：“见面装装，背后嚷嚷，电话里逗逗，被窝里想想，蚂蚱眼长长。”我理解，这可能就是《诗经·关雎》的东北话现代版，等同于“关关雎鸠，在河之洲。窈窕淑女，君子好逑。求之不得，寤寐思服。悠哉悠哉，辗转反侧。”句子之中，除了把“窈窕淑女”，换成“苗条大妈”，或“腰条阿姨”以外，别的方面，意思是一样的。

2

对于鲁迅文学院作家班的认识，从史料上只能查出，从1950年秋天鲁迅文学院的前身“中央文学研究所”招收的第一期第一班（研究员班），到1983年下半年招生的第八期（此时已经改称为鲁院）总共448名学员的情况，以后的届别和期数，因为手头没有现成资料，不知确切应该还有多少。有一次社科院文学所的陈骏涛老师找到我，说他应邀为《中国大百科辞典》撰写有关文学方面的内容，想把“鲁院”作为词条收进去，但是一时找不到资料。听说我正在那里学习，就请我帮助去找些材料来。我请班里一个跟老师关系比较好的男生帮忙，从学院办公室复印来资料。一看，却是极其有限，只有一份中国作家协会文学讲习所教务处1984年9月编《文学讲习所发展简况》，以及1997年7月18日《华西都市报》上的一篇一整版的采访。直到2003年1月临近毕业，我才偶然在逛小书店时发现一本刚刚由山东画报出版社出版的邢小群著《丁玲与文学研究所的兴衰》，对于鲁迅文学院（确切点说应该是它的前身“文学讲习所”）的由来记录得很详实，从成立背景到成立经过，以及它高尔基文学院的办学模式、教学内容与形式，一一爬梳整理。书前还有谢泳为其做序。

拿到书后，如获至宝。这本书首先是应了我一时之需，得到了关于鲁院发展历程的宝贵资料；其次，见有人以这种方式研究文学史，也给我自己今后的研究展开了一条思路。遗憾的是，这本书的研究下限止到 1957 年 11 月 14 日，即作家协会整风办公室发文件、作协书记处决定停办文学讲习所并撤销这一机构为止。除去这本书以外，1979 年十一届三中全会之后，停办二十年的文学讲习所恢复招生，从这往后的一直到 2000 年新世纪鲁院的历史，就无从查起，至少，资料比较零散，还没有这方面的专著来研究。为什么呢？或许是人们还没有来得及提高对它的认识，还没有想到，研究文学讲习所的兴衰，也可以成为研究中国当代文学史的另一个角度；或许是因为从它复兴之日开始，还没有出现一个像丁玲那样贯穿始终的人物，能让研究者以人物为统领，肩起这一段共和国文学五十年发展历程中极其重要的、文艺复兴和文学复兴的历史。改革开放二十年来相对平和的这个历史发展阶段，反而使研究者不容易提出有锋芒有价值的批评观点和立意选题。

然而，仅就鲁院来说，当代文学史上太多的历史兴衰、人物命运的升降沉浮，都曾和它有过勾连。只是大多数研究者不能够具慧眼慧心，去细心发掘求证罢了。匆匆翻阅一遍鲁院校史上的人员名单，就会发现，当代文坛几乎所有名家都从这里过了一遍。复苏以后的文学讲习所或叫鲁迅文学院，对于筑就新时期以后的当代文学史和培养造就一大批当代优秀作家来说，都有过举足轻重的作用。

3

这次我们这个研讨班的学习完全是供给制，全部由国家出钱。学院整饰一新之后学员入住。进去时屋里装修过的油漆甲醛味道还没有散尽。一个人一个屋，有十三四平米，书桌、书架、衣柜、电视、电话、空调、卫生间俱全，类似于宾馆的标准间。总的说来，对于我这个当惯了穷学生的人来说，住处稍嫌奢侈。想起读本科时的八人一屋，硕士时的四人一屋，博士时三十大几仍两人一屋的日子，现如今，这可真是天堂一般的读书日子啊！再也不用端着脸盆拥着挤着的到公共浴室洗澡，也不用担心自己的行动会影响同屋人的起居作息。每个学员都能有一份私人空间，这可以说是学习班能吸引人来的最大理由。这么说也许太过武断，或者说太形而下，低估了作家们的思想认识水平。但是，对于老大不小的、脾气禀性都已定型的中年人来说，漫长的四个月学习时间里，能有一间自己独处的屋子，可以在其间无碍的思考、写作，这还是比什么都重要的。据说学院里光是将原来的简陋的筒子楼宿舍装修改造就花了几百万元。

学校的院子虽然很小，也经过一番精心装饰。一进门，几棵巨大的雪松浓荫华盖，它们的历史与这块土地一样悠久。垂柳依依，芳草凄凄，一排排整齐的忍冬青，几株樱桃树和悬铃木，枝枝芭蕉，点点万年红，将灰白色的教学楼主体深深掩映。一条青绿色石子甬道延伸向庭院深处的假山石和品茗亭。山石状似嶙峋，呈现太湖风貌，取名“风雅颂”；亭为四角飞檐，红漆青瓦，雕梁画栋，取名“聚雅亭”。

一日，独自休息散步到此，我曾细细打量，见聚雅亭棚顶四周围描摹的是古典名著插图，很有前朝风范。鲁智深倒拔垂杨柳，只见那胖大和尚鲁智深铁面钢须斗大的脑袋，怀抱一棵小树使劲摇晃，细胳臂短腿像个猴儿。可见画匠们做工之糙。亭子以外，隔着栅栏就是马路。铁栅栏上涂乳白色漆，整洁美观，在外面可以往里一览无余。栅栏跟马路之间尚有一块草地隔开，有效避免了汽车行人等对校园的零距离骚扰。

改造后的鲁院，在北京十里堡这块脏乱嘈杂的地方显得过于美观，显眼，出格，不像是应该在这儿存在的样子。它的周边环境，可以说要多差有多差。这里正位于北京东四环边上，城乡结合部，与农民日报社隔条马路相望。以前从作家刘震云的文章后边经常能看见落款：写于北京十里堡。“十里堡”这个地名大概因此而频频见诸于热爱文学的读者耳目。多年前记得我曾经去过鲁院一次，确切的说是路过，是在陈染的带领下，跟着曾明了、萧钢几个朋友到十里堡中青社一个朋友家串门。记得我们是下午出发，在朝阳路上塞车许久才于夜幕降临时到达那条土路。进了十里堡路后尚需穿行有两站地左右。走了一半，忽然内急，萧钢就自告奋勇领我们到鲁院上厕所。因为那时她正在鲁院上学（或者是刚刚毕业），对那里内部地形比较熟悉。因为天黑，完全看不清鲁院是什么样子，急匆匆出来，又急匆匆赶路，“鲁院”就这样在我的记忆中一闪而过，没有留下丝毫印象，连那厕所的样子都没有记得。因而这次去鲁院送学员报名表时，从四环上的红领巾桥下来，七拐八拐便走错了路。最后向一个修车的老头打听，他一指身后：喏，这儿出去，往南，路北就到了。

4

现在，是白天，终于可以看清鲁院的地理方位。真是乱啊！真是荒凉、破败。用几个关键词来概括，那就是：臭河、红灯街、城乡结合部。实在不晓得鲁迅文学院——作为全国唯一一所国家级专门培养作家的学府，选址怎么会选到这个地方来？这里远离城市中心，出了二环、三环、四环城市主干道，如果不是北京正在修建的五环能把它环进去，它就正经应该属于是北京的郊区。它不是在大马路的街面上，而是凹进去，陷入深不可测的四环边上十里堡红灯小街的拥塞中。

在它的周围，没有一条路是畅通好走的。北边，从四环上的红领巾桥下来向东进到十里堡那条路正在翻修，灰土扬尘，本来就逼仄的路又被施工的护拦间壁起来，路面就只剩两条车道那么宽。南边，一条臭河滚滚而过，宛如城市巨大的下水通道揭开了盖子，就那么不知疲倦日夜奔流，咕嘟咕嘟冒着臭烟儿；再往南，朝阳路上，连接城区与郊区通县的一条老马路，夜晚白天都是车水马龙，堵塞得几乎挪不动步。东边，也就是鲁院大门正对着的那条小街，也是狭窄肮脏，仅容得两辆车擦肩而过。奇怪的是小街竟然无比繁华，卖百货的、卖减价衣服的、卖假首饰的、卖春药的，剃头的、修鞋的、修锁的、修车的，饭店、花店、新疆烤羊肉串、洞庭湘菜酒家、拉面店、小超市应有尽有。窄窄的路上，竟有两三家汽车修理厂，门前洗车的污水遍地横流。小发廊隔三五步一个，窗户上用油漆写着通红的大字："全套按摩护理、新婚离子烫。"小商家敞开的门脸里垂挂着的一件件涤纶纤维衣服，只有在农村的小县城才能见得到。如果没人提醒，这里完全不像是在北京，就像是在河北省的某个乡镇上。

最有讽刺意义的是，在鲁院雕栏玉砌古雅庄严的大门正对面，就是一家性用品商店。女子自慰按摩器、新型壮阳伟哥药物广告大大咧咧地挂在门脸上。隔了没有一百米远，就又是一家。四个月里我们就与它朝夕相处，毗邻而居。刚开始，抬头低头都见那上边写的“电动棒”和“伟哥”，还颇觉荒诞而不好意思。日子久了，竟也能视而不见，久居鲍鱼之肆而不闻其臭。每天清早晨跑时出去，踏上这条小街，见隔夜的纸屑、尘土洒了一地，空气里充斥着一种腌臜的作乐、酗酒的酸腐气息。据说这条街是民工和野鸡出没之地。入夜以后，这条街不再适宜普通公民出去。

我想，任何一个对鲁院抱有神秘和崇敬感的人，乍一来到这条街上，都会大吃一惊。除了鲁院，这里没有一家像样的单位。连农民日报社也选在隔了一条马路的地方。唯有鲁院，门口那砖红色的文化墙、金色的匾额、乳白色清漆护拦，墨绿而高耸入云的雪松，庄重，谨严，颇像一个良家妇女，又有点像未出门子的大闺女，在勾栏瓦舍青楼浊淖之中，艰难、孤独，战战兢兢地保持着自己的一点贞洁、庄严和羞涩。并且，还多少显出了那么一点不合时宜。

5

开学报到的日期是在9月8号。北京正是秋高气爽，阳光怡人的季节。《人民文学》的程绍武老师亲自驾车，押车的是《十月》的青年领导人陈东捷同志。从北京以北的方向出来，顺三环上四环，带着一种爽洁愉快的情绪，说说笑笑，沿着伟大祖国首都美丽的康庄大道，一路奔驰，去向那个心仪已久的地方。蓝色的天空像大海一样，广阔的大路上洒满阳光。穿森林过海洋来自各方，年轻的朋友们欢聚一堂……车行至此，不知为什么，我的心里几乎都有了五十年代《青春万岁》里革命小青年的美好情绪。绿色的田野，金色的河流，到处都飞扬着欢乐的歌声。我们生产，劳动，热爱生活。所有的日子，所有的日子，都来吧，都来吧……

多么单纯，悠扬。想想，走到今天，也是多么不容易！对我自己来讲，曾经何等黯淡地走过了2002年夏天世界杯的溽热，走过了春天遮天蔽日沙尘暴的焦灼，走过了冷酷寒冬不堪回首的长篇写作，走过了一年伊始新书发行上市时、那些无奈的签名做秀的日子……如今，终于跋涉出沉重的泥泞，云破日出了。

远方的云使捎来秋天和美醇厚的气息
万物成熟
大地凝重

鲁院教学楼一进门的报到处，热闹非凡。在这之前，关于这个学习班开班的事情已经在坊间和业内被议论许久，就等着开学典礼之后学员正式名单以及有关事项在媒体上发表。到了一看，果然，许多外地同学都已经先来，其中众多都是老朋友。免不了一番拍拍打打，热情相拥相抱。《人民文学》杂志的程绍武和《十月》杂志的陈东捷两位领导分别代表其本人和其组织，忙不迭楼上楼下乱窜，到各个房间看望大家。光看望还不够，晚饭的一顿接风宴在所难免。

老朋友见面，兴奋度比较高，相当于二锅头白酒的酒精度数那么高。安顿好了一应事宜，就差不多到了晚上。十来个人，去了农民日报社北边一家烤鸭店，从外表上看，那家店的门脸装潢还都比较像样，红门楼、伺应生、旗袍领位小姐一应俱全，不像是会有什么假酒假药之类的暗藏在操作台底下。找了个大的包间入座，叽叽喳喳，唧唧啾啾。一坐下就开始使劲说话。我们这里，女生有戴来、孙惠芬和我，男生的人员记不大清了，好像有山东刘玉栋和宁夏陈继明同学。地主的人员构成里边，除了程绍武陈东捷两位之外，居京作家老虎也在座。喝酒方面，程绍武因为开车，属于被限制饮酒一类，结果就由陈东捷和老虎两位带头敬酒慰问大家。

秋天正是能喝的季节。秋风飒，美酒急。也不是什么美酒，破二锅头。原是惦记着给编辑部省钱，也是怕要了好酒会有假。结果，想不到最后还是栽在这酒上。老友见面，一高兴，一说话，一敬酒，人来疯，聊发少年狂，这酒喝得就没谱了。没谱是指端杯敬酒的频率高，光敬酒，不吃菜，忙说话，喝得急。谈笑之间，一瓶一瓶喝下去，不知干掉多少。喝得最多的陈东捷和老虎两位地主，喝完随车走了，不知后事如何（几个月以后东捷坦白他那会儿也不行了）；其次喝得多的就属戴来和我。结果，我们俩都没能逃出假酒这一劫。临近散席时，戴来当场倒下，是被程绍武扛回宿舍楼上去的。这一点，当时在鲁院里的地球人都看见了。

6

我倒下的时候，没有人瞅见，自己在人去茶凉夜半三更的时候偷偷发作。先还没事人一样，跟众人回去，还嘱咐程绍武慢点开车。等到人都走了，各自回房间安歇以后，下半夜才开始酒精发作难受折腾。没有人安慰，独自清醒着受罪。翻来覆去，一遍遍吐出胆汁，比死还不好受的滋味。初来乍到，夜黑风高。恐惧，无助，不熟悉地形，不知道该找谁，想忍到天明再想办法。从三点钟熬到凌晨五点，终于挺不过去了，知道必须赶紧去医院。于是用残存的意识拨打了120急救电话。值班医生问明地址，说一会儿就到。

起床，穿衣。抬腿时，却发现已经虚弱得下不了楼。只好打电话求助隔壁的孙惠芬。阿芬在睡梦中被我惊醒，得知此事，二话没说，起身穿衣出门，扶我下楼。静夜里，120急救车在鲁院大门口红灯闪烁，瘆得慌。好在同学们都在睡梦中，无人看见。这要在白天，得惹多大篓子和恐慌！

有了依仗之后，就把自己全都交给阿芬了，软得一滩泥似的。初步诊断是酒精中毒，已经远远超出醉酒的界限。怪不得，醉酒从来没被醉得这样缺德。以前不管是微醺还是酩酊大醉，都是飘飘然、失去记忆、陷入幻境。最坏的结果也不过是呕吐一番、昏睡过去。醒来以后，却发现太阳变得像是新的。除了怀疑这酒有假，掺了工业酒精之类的玩意以外，似乎没有更好的解释理由。

在急救车的床板上躺下，开始打针输液。以前听说过有洗胃一说，问大夫能否给洗洗。回答说晚了，酒精早已经到了血液里，洗不出来。只能是输液，让药水冲洗稀释血液。挂着吊瓶，给转到了朝阳路医院急诊室。交接好了情况，120撤了。我就躺在空荡荡的急诊室里继续输液。阿芬陪坐在椅子上，跟守护亲人一样陪护着我。

一上午的输液、打防呕吐针，身体被劣质酒精给烧灼得难受，像躺在波涛汹涌的大海上，心跳急遽，眼神不能聚焦，意识时时都要飞散开去。只能是大口呼吸，平定心跳。可怜阿芬，大概也没见过这阵势，被我折腾得不知如何是好，一会儿给买来矿泉水，喝了一口，就吐出胆汁，隔一会儿，阿芬又出去买来稀粥，还细心倍至地买来羹勺。我一边难受，一边愧疚，心说若不是我上辈子欠她的，就是她上辈子欠我的，每次两个人碰到一起，肯定都是要承她照顾。那年一起去西藏时也是，一路上竟是她跑前跑后，不光照顾我，还照顾到大家，把人都给照顾出依赖性来了，谁一有事就喊她。一见她那光洁如瓷器的脸，密漆漆的睫毛，一听她那慢慢悠悠的说话声音，就令人产生一种笃定、信赖、安全感。阿芬，说起来，是我连累了你、对不起你啊！

开学第一天，上午还有开学典礼以及学前教育，阿芬没忘了打电话回去找人替我请假。一会儿，荆歌的电话回来，埋怨我说："你怎么搞的吗？别往外声张了，待会我跟班主任请假，就说你感冒发烧了。"荆歌也是多年的老朋友，到底是个男人，南方才子，心细，处事有规则，关键时候知道怎么处理。刚请完假不一会儿，没想到，班主任高深老师打来电话来说，他要过来看望。这下可把人给慌的，赶紧劝他别来，说没事儿，待会儿打完这瓶吊水就回去了。老爷子六十多了，满头银发，精神矍铄，个头有一米八二，差不多是我们班个头最高的男性。一说要来，就怎么劝也劝不住，待会儿，老爷子还是来了，身后跟着张小峰小女老师，手里捧着鲜花。小张老师是北大曹文轩老师的博士生，今年刚毕业分配来鲁院工作。

这下把人给紧张的，酒晕加上羞愧，病情又加重了一层。待两位老师走后，又多加吊了一瓶生理盐水。直到中午时分，才把两瓶水滴完。由阿芬扶着，怀抱鲜花，满面蜡黄灰溜溜回到学校。

不知哪个耳报神，将消息传得这么快，人还没到校，地球人就又都知道了，而且知道的内容还是：戴来喝酒喝坏了身体半夜去医院输液。真是冤啊！把个小戴来冤得跟窦娥似的。但是，这种情况下，我也无法挺身而出，到处去解释说那事儿是我干的。

这一天，在我个人的生命履历表上，真是终生难忘：第一天在鲁院上学，第一次酒精中毒，第一次拨打120，第一次撒谎被人送花……每想到此，心里都比较郁闷，非常有见不得人的感觉，以至于开学后一连好几天都打蔫儿。等到身体慢慢缓过劲来，将中毒的惨痛慢慢排泄掉以后，就开始一点一点大言不惭地安慰自己说：算了，别内疚了。朝前看吧！就当这是鲁院的见面礼或者年轻的证明得了！

7

开学的第一周，没有正经课，全是在强调纪律。什么样的纪律值得强调这么久？常务副院长雷抒雁上台讲过以后，跟着几乎学院每位在职教师都上台强调讲了一遍。座下学员开始产生隐隐的不安，感觉到鲁院的老师是把学员放在了对立面上。私下里大家纷纷议论，胡乱猜测，有点摸不着头脑，也渐渐产生逆反。个别同学甚至预备收拾行李打道回府。人们在考虑如此下去四个月的话，该怎么活呢？多数学员最初来时，并不了解这里具体的情形，基本上都是把它当成一种光荣而来，是在名额有限的情况下被本省市选拔、推荐上来，普遍的打算是能够到京脱产学四个月的习（个别在家“气管炎”的男生是为了临时脱离老婆的监管、离家自由一番），扩大知识面，来结识一群新朋友，同时也利用这段时间到京城各个熟悉的出版社、杂志社走动走动，联络联络感情。这下可好，被学院老师连损带强调的弄得丈二和尚摸不着头脑，心里别扭极了。

说起来，这些学员也是一群被作协体制和作协会议培养出来的成人作家，身上已经带了许多作家“痼疾”，诸如“自由”“散漫”等等（翻译成漂亮话也可以叫作：自由独立思考精神，浪漫的个性，独立不羁的性情），这些人活到三四十岁，既敏感又自尊，既脆弱也自恋，几乎是在各级文化部门领导口称“和作家交朋友”的官话自谦当中被蒙骗、捧哄着长大的，以后开会见面谁要再不拿这种口气说，就觉得人家那就不叫个话，说得越多，听得越不耐烦，终至产生逆反。最初的日子，老师和学员都拿摸不准彼此的态度感觉，不知怎样应对，情形略微有点紧张。

经过一段时间的磨合以后，大家的表现让老师们的神经渐渐松弛。很久以来，大概他们都没能看到表现这么好的作家了。他们如此老实巴交，如此有礼貌，懂道德，知道按时起床、吃饭、睡觉，上课注意听讲，下课向老师请教，不迟到不早退，不多言不多语，不该说话时候不说，就连研讨会上该说话时都没人说。老师们放心了，长出一口气。师生关系也逐渐融洽。直到这时，老师才肯说

“为大家服务”“和大家交朋友”的话了，学员也真诚地称呼对方为“老师”，知道他们都是友好善良的，不是有意拿学员当三孙子损斥教育。彼此心中的疙瘩，这才慢慢开始解开。这时人们才知道，原来，这几年，鲁院招的各种社会班，人员成分太复杂，身份五花八门，水平参差不齐，也确实出过几档子事儿，破坏掉了老师对所谓“作家”们的感觉和胃口。他们就将以往那种强调监控管理的强硬、刚愎、启蒙、训诫的姿态顺势带到这个班上来，以至于引起了误会。

所以，等到看到这个班在四个月的时间里，啥事儿也没出却竟出成绩时，老师们放心松一口气。同时，这平静如水的学习生活也颇让院外那些关心鲁院、热爱文坛、叽叽喳喳等着盼着看点热闹的人失望。

说起来，也都是老大不小、有世界观的人了，还能有什么热闹可出呢？况且，鲁院这一期的严防死守，也不给出热闹以起码的条件。

8

就说那大门。那不像个文艺院校的门，颇有点像古代军机处的大门。尽管鲁院的周边环境极尽凶险，然而，一进了大门里头之后，还是相当安全，也可以说是绝对安全。大门口一排平房住的是门卫，那些把门的小伙子都是从保安公司请来的，机器人一般，极其负责。没出两天，就把全班同学面孔记熟，其他外来人员，进门一律登记，到了规定的锁大门的晚上 11 点，就拎着手电和电棍上楼轰人，绝不例外。别说生人了，学院里就连一个没有暂住证的蚂蚁也休想进入。四个月时间里，除了院内工作人员和在籍的学员外，还有一个人可以自由出入，那就是作家出版社的张懿翎。懿翎同志第一次来找我们玩时，因为滞留时间晚了点，保安上来清人。懿翎跟他们大吵，说我不跟你们说，我打电话找你们院长说。后来，胡平副院长就特地写了个条子，言明对于懿翎同志以后要特殊照顾，出入自由。那张字条就压在门卫玻璃板底下，手写体，字体遒劲，出入的人都看得见。我们每次来回路过，都顺便读一读，读完就直想笑。

门卫也有看走眼的时候。有一次晚上大家出去吃饭，回来时天已经很黑了，一群人挤挤擦擦，说说笑笑进校门。门卫独把谈歌截住，要求他出示学生证。老谈先是一愣，然后眯缝起眼儿，嘀嘀笑说："啊？就看我不像鲁院学生？啊，嘀嘀，就看我不像鲁院的？"把大家伙儿逗的，笑得哏儿哏儿的，说人家没看错，就你不像鲁院学生。

吃饭呢，就在宿舍楼对面二层小楼底下的食堂里。其实全鲁院总共也就是面对面两栋楼，一栋五层是宿舍兼教室，其中还留出半边可以做客房招待来宾。另一栋二层小楼，楼下是食堂和图书室、展览室，楼上是办公室。拉开寝室窗帘，对着的就是教师和院长办公室的窗户，一切活动尽收眼底。吃饭不用自已带餐具，有公用的碗碟，每次用餐后消毒，免去了个人洗碗的麻烦。（北京后来发生了"非典"，这项便利也许今后就会取消了吧？）每人每月预交450元的伙食费，发一张餐卡，吃一次由炊事员划掉一次，月底统一结算。这个班名声大，招人，被外边来人请客的次数太多，经常有人不来食堂吃。每顿饭食堂都是预先按照人数下料，不来吃的那份，就浪费了。于是就出台一项政策，谁不来吃饭，至少提前一顿饭时间打招呼，让食堂少备一个人的饭，不打招呼者，按来吃处理，饭钱照收。但是被请客往往都是随机性的，有时快到吃饭点了才被朋友拉出去撮。还有的是开饭时间到了，人进了食堂，像猫一样逡巡一圈，四处嗅嗅，一看就没了胃口，于是转身出去，宁肯不吃，或者吃一袋方便面对付，到夜晚再自己请自己或自己请别人一顿夜宵。尤其是晚饭，这种情况比较容易发生。

以前见王安忆写的《回忆文学讲习所》里边讲到，她1980年来北京文学讲习所学习那会儿，食堂饭票还分米票和面票，限量供应。她一个南方人吃不惯面食，闻到蒸馒头的发酵粉酸味就要作呕。米票不够用，她就跟食堂卖饭的人商量，能不能面票当作米票用，卖给她一顿。食堂窗口卖饭的人坚决不肯通融。这时，排在她后边的吉林作家王世美，目睹了这一情形，二话不说，从兜里拔出一捆米票，唰，唰，唰，抽出一堆米票在她面前。（王安忆：《回忆文学讲习所》，《王安忆作品系列·茜纱窗下》，上海文艺出版社，2002年10月，P55）

如今，二十年过去，生活水平提高了，新的矛盾也相应出现。文学讲习所食堂的问题已经不是分发米票面票、如何让南方人能顿顿吃上大米干饭的问题，而是动辄做完了饭没人爱来吃的问题（即便是照扣饭钱他们也"照不吃不误"，而不是"照吃不误"），以及同学们要求早餐加牛奶的问题。尤其是女生，在吃了两周的早餐稀粥咸菜后，就放出风来说，我们中老年女性，比较缺钙，连续四个月喝不到牛奶，回去摔个跟头骨盆就碎了。食堂一听，从善如流，果然就给每人早餐加了一袋牛奶。

吃饭上出现的“不去吃”的矛盾，直到毕业，始终没有解决。没去吃饭照旧交钱还是小事，主要是浪费太可惜了。估计这也是成年人的集体生活中永远都不可能解决的问题。进入新千年以后的中国，“吃饭”早已不是单纯填饱肚子的问题，而是构成日常工作生活中极其重要的一部分，是应酬社交也是增进感情的一种重要方式。这种交往和联络，根本不可能拘于食堂内窄小的空间里解决。不吃饭，不宴请，不和朋友们在酒桌上增进感情，这四个月的北京不是白来了？

9

鲁院的授课方式仍旧是采取讲座制度，从外面请来专家学者以及有关方面的官员来讲座。这里说的“仍旧”，是从个别以前学员的回忆录或小说里得来的信息。文学专业方面的课程占的量不大，跨学科的讲座比较多，政治、经济、军事、外交、音乐、戏剧、电影、舞蹈……包罗万象，十分丰富，这一点比较符合学员们的实际需求。外交部长李肇兴、科学家秦大河、舞蹈评论家欧建平、流行乐坛评论人金兆钧、甚至小品演员黄宏都被请来讲过课。电影观摩课上，《罗拉快跑》给人留下深刻印象，因为放了两遍，课堂上一遍，晚上又放一遍。影片一开始，钟表滴答、重低音、高分贝，使钟表摆动的声音像重锤，哐哐哐哐敲打。不这样，不足以表现电影内涵。那个电影学院的青年教师(记不得他的名字了,好像是原先邀请的人有事没来,他是替人上课),十分有激情,长发披肩,体态清癯,形体语言丰富,尤其对《罗拉快跑》有着特殊的偏好,讲着讲着,不由自主走下前台,直站到第一排坐着的同学面前,手舞足蹈,眉飞色舞。讲授舞蹈的欧建平在讲到诸如芭蕾舞的开绷直立,以及现代舞的自由奔放时,也常有一些身段。他用台上的教学影碟机放现代舞教学观摩片,怕不能够引起学员注意,不停地在要害处惊呼:快看!快看!那脚背!世界第一脚!

在文学科目中,《红楼梦》大概是每回必讲的,这也是我从前人回忆录和文章中得出的信息。比方说王安忆学习的年代,讲授这一课的是吴组缃,另外我在《山花》发表的一个鲁院毕业生写的小说里读到,给他们讲《红楼梦》的是钱理群。我们这次邀请的是王蒙来讲。很早以前,我就在《读书》杂志《欲读书结》专栏里读到过他写的有关《红楼梦》的评论方面,后来还成书出版。这次当面聆教,感觉自有所不同。若干年过去,似乎对待个别问题他又有了新的了悟和诠释。他总结出了《红楼梦》的“五性”:人生性、总体性、本原性、隐喻性、挑战性。在“人生性”上他讲得最多,最深切。我个人理解,他是借一部《红楼梦》,陈述自己的人生经验和哲学。果然不久以后,《王蒙自述》新书上市,里边的基本思想脉络与他对《红楼梦》的评述是一致的。

文学课程的安排很有趣,雷达先生开第一讲,《当前中国文学发展态势》,李敬泽副主编压轴,讲《未来我们的文化文学走向》。上课期间我一直坐在最后一排,抬眼就能够看到所有课程的听课出席情况。有趣的是，不经意间就观察到，所有课程当中，只有胡平副院长的课听课的学员满员。其他的课，怎么也会有一两个请假缺席的。由此看来，这个班的思想教育和纪律强调根本不用搞。人人心里都有一杆秤。

我们的政治学习和时势教育始终没放松。除了请来党校专家讲授专门的理论课之外，平时也要求学员们看书读报，自觉学习。各组小组长每天按时给组员发放免费赠阅的《文汇报》和《文学报·大众阅读版》，以及时了解时势和文坛动态。“十六大”召开的当天，除了组织学员们即时收看电视直播以外，班主任老师还命令班干部上街买当天的晚报，然后挨个屋子送，让大家在第一时间里读报学习。我们组的组长于卓同志送报时特别文明，从不轻易敲门打扰，而是从门板下面缝隙往里塞。每天下午四点，准时能就听见门外纸张声音“哗啦哗啦”一响，接着，见那报纸“嗖”的一声，从门缝底下滑进来，“吱溜——”一下，一气滑到对面暖气管子下面。不知是鲁院装修完的门板缝隙过宽，地砖太滑，还是他的力气大？每次我都纳闷：他到底是用手还是用脚把报纸弄进来的呢？等到起身开门去看时，却早已不见人影。

10

除去上课、导师辅导以外，跟学习有关的内容还有几次研讨会。有两次学员作品讨论会，给人留下印象深刻。第一次的作品研讨会是开学不久，9 月 25 日下午开的，孙惠芬、关仁山农村题材作品研讨会。第二次是雪漠作品《大漠祭》研讨会，临近毕业的时候开的。之所以印象深刻，是因为第一次会上记住了评论家李建军；第二次会，组织上事先指定我要去给发个言，谈一点学习体会。所以就事先把雪漠著作拜读得十分仔细，在会上听别人发言也听得比较认真，没有企图逃跑或者溜号什么的。

第一场孙惠芬、关仁山农村题材作品研讨会，由胡平副院长主持会议，主席台上就座的有副院长白描、评论家李敬泽和李建军。白描副院长肯定两位作家的成绩，说两人都有直面现实的勇气，都对自己笔下人物充满同情，有深厚的情怀，写人时从里往外写。李敬泽则总结出写农村题材之难：①社会历史意义上的认知之难；②经验认知之难；③立场之难，容易很轻易、轻率地采取“在底层”的立场；④资源之难；⑤对农村生活的“诗化传统”，过于诗化会妨碍小说的力量。最后，还找出一点不痛不痒的评语说，关仁山是“没有耐心的叙述者”，孙惠芬是“过于耐心的叙述者”。

李建军的发言，一上来就把人打蒙了，因为他主要是提缺点，并且挑出了作品当中一些他认为是字词方面的毛病，提得忒狠。我记得当时都听得有点发傻，蒙头蒙脑的。因为很少有人在研讨会上面对面的提缺点。以前拜读过他的文章，也是才子气十足，当面听他讲话却还是第一次。于是我就猜想，也许他是特立独行，也许是过分书生气，使得他不像座下同龄老江湖们一样，看不清水深时就将金口紧闭，打也不开口，骂也不发言。从这一点上说，他还是很有性格的。

雪漠那场讨论会，跟前一个不一样，不是内部讨论，规格比较大，请来了雷达、丁临一、李建军、林为进等相关批评家，还邀请了媒体记者参加，是一个正式的作协研讨会的样子。学员方面，组织上事先安排的柳建伟和我发言。雪漠是由雷达先生推荐、因着《大漠记》而获得第二届“冯牧文学奖”新人奖的作家。所以研讨会上基本上是以表扬优点为主，开得很顺利。后来报纸上登出的宣传报道，据说不是很令人满意。具体怎么回事，也不太清楚。因为会开完以后，大家又分头忙自己的事去了，只是后来在公开场合听到胡平副院长讲课时提起，当时的宣传稿件他自己没能事先过目一下，就拿出去发了，以至引起某些被动。他还因此表示了道歉。

那个时候我们总是在不停地发出声音，充分表明鲁院这个班的存在。除了写文章、接受采访、开研讨会以外，组织上还指派几个学员搞了另外一场对话，题目是《将小说进行到底》，非常有针对性、有实际意义的一次对话。负责教学的胡平副院长委派罗望子来组织、招集，参加人员有西炀、许春樵、张小锋和我。还有中国作家网站的袁继彦来做记录。在三楼的大会议室里，罗望子的开场白说：大家都注意到了，一个现象，我们这个班开班以来，影视公司的人往鲁院跑得勤。谁的作品能被影视公司看中，就说明作家创作的成功……

记得我当时曾半认真半开玩笑地打断他说：你想要把我们引到邪道上去呀？被影视公司的人来找那能算什么标准？

罗望子似乎有点不高兴，说：我这不是做个话引子嘛……

他这么一说，我立刻闭嘴，感觉到自己唐突了。同时也很惭愧，赶紧扪心自问：是不是因为影视公司的人没有频频来找你，你就在心里不肯承认那些频频被找，或主动找人者的价值？这不是酸葡萄心理是什么？太阴暗了吧！

影视公司的人不来找，自卑死吧，你！

后来我就不说话了。其实我们是在讨论文学与市场的关系问题。“小说”代表文学，“影视”及其公司的人代表市场。如何编排这两者关系，不是通过一场两场讨论就能将观点统一在一起的。其结果只能是各抒已见，各怀心腹事。

成年人在一起，其可恶之处就在于：世界观定型，没有可塑性。反正是组织上派下来的任务，简单说两句，完成任务就得了，无非是为了发出声音。如果真要阐述自己观点，需要写文章仔细论证、认真推演才能说明道理。胡平副院长也参加了我们的讨论，他的话不多，我觉得说得特实在。他说：你认为自己写小说能写出来，你就写；写不出来，你就搞搞影视干点别的，关键是要力所能及。影视比小说好写。小说注重心理描写，而影视摒弃心理描写。

后来这篇对话也在报上发表出来。既然我们是写小说的，就只能叫《将小说进行到底》，给小说家长长志气。小说家们在这一年也的的确确大大地丰收。就在我们学习的这一段时间里，班级里的同学就频频获奖。《当代》杂志的文学拉力赛，我们这里有孙惠芬、邵丽、艾伟获奖。编辑部索性将颁奖会移到鲁院教室来开；北京的“老舍文学奖”，我们班有衣向东和曾哲获奖，曾哲还同时获得了北京市政府奖；《小说选刊》年度奖，我们班有孙惠芬和荆永鸣获奖。这期间，关仁山的长篇小说《天高地厚》，作为向“十六大”献礼图书，还在中国作协开了规格很高的作品研讨会。

11

校园实在太小,学院里没有操场,甚至没有院子,一条水泥路面只能当作过道,不要说体育项目诸如跑跑步打打球什么的施展不开,就连行人走路、两辆车错车,都要小心着点,一不留神就会互相剐了蹭了。想一想,当年,莫言他们那一拨人的年轻岁月,也是在这里度过的吗?当年的条件还没有现在好,他们又是怎么过的?

教室在五楼,可以登高望远。从五楼教室窗户往北边望下去,只见位于教学楼下方,跟鲁院一墙之隔有着方圆很大的一块地皮,那里荒草丛生,只有一排简陋的小平房,看不到什么人。偶尔会发现有几个模样像卖菜的中年女人蹲在草窠子里尿尿。从平面看去,人瞅不见,殊不知,高处有眼。课间休息时往下一望,随时都能看见几个。偶然一瞥望见时,我就总在心里估摸:那块地皮如果盘下来,正好可以修建一座巨大的操场或足球场。当初鲁院初建的时候,为什么没有盘呢?

的确,作为学校,没有操场,没有一个供学生散步活动的地方,是显得有点遗憾。主要是身体憋闷得慌,得不到伸展。鲁院周边环境又是如此不堪,几天的上课学习坐下来,就感觉哪儿哪儿的器官都是窝着的,很不舒服。开学第一周的周末夜晚,我从家里返回学校时,上到四楼女生宿舍走廊,只见新疆来的王伶正率领着全体女生在楼道里做操。大家都光着脚踩在地上,伸臂弓腰,跟蛇一样,大概做的是瑜珈或者类似的柔软体操。以后,就没有见过这种集体做操的景象,倒总是在早起跑步时会遇见湖南的薛瑗瑗和四川的冉冉在坚持晨练。

跑步也是因陋就简,就围着那栋宿舍楼跑圈儿。半径太小,跟驴拉磨似的,很郁闷,也枯燥。一圈,二圈,三圈……自己数着运动量,还要掂起脚尖,尽量避免落地发出太大声响,影响楼里正在睡觉的人。在楼周围拉磨拉到一定圈数后,再到小亭子旁边去抻一抻,踢踢腿,伸伸腰,晨练功课就算结束了。也曾经跑出过大门外两次,不行,街面还是太脏,而且,早早地,周边红灯街商业街上的人就都出动了,也很乱,不适宜晨练。

运动锻炼的问题不但困扰着我,也困扰着大家。开学后不久,同学们向班委会提出增加娱乐运动设施的要求。囿于场地条件的限制,别的器材都搭建不起来,只在门厅里架设了一张乒乓球台。这下可好,就见那些已经憋得冒火、浑身是劲的同学们(主要是男生),把浑身的火力全都冲着那个小球使出来了。球台自从搭建那天起,就没见闲着过,除上课和夜晚睡觉时间外,其他时间见天价被占着。最先见的是葛均义、于卓等几个北方男生,总是在那儿满头大汗地挥拍。黑龙江来的葛均义球打得最好,极专业,人也好,总是面带笑,好为人师,一个学期里,启蒙培养出好几个女学生,一直坚持到毕业;于卓则打了一个月的球之后突然熄球挂拍,球台前踪影皆无。后来看见南方的几个人荆歌、罗望子他们打得也不错。有时露天里会有人打打羽毛球,但因为对天气风向的要求太高,也打不起来。

刚来那会儿,大家还有一些集体相邀出去散散步、聊聊天的冲动。既为互相熟悉,也为熟悉地形。吃过晚饭以后,互相招呼着,不管谁是谁，遇到谁算谁，一起往外走。没有什么具体目标，最远散到了四环边上的红领巾公园。一到了这里，齐声叫好，简直像到了世外桃源！嘈杂闹市之中，竟有这样一处安静所在。公园占地面积很大，横跨四环路，应该说四环路把公园当腰切割，四环里一半，四环外一半。为了不将公园的整体面貌破坏，所以环路是用桥架起来的，从公园的湖水上飞跨过去。能够看出这里原来是破败的荒地，经过周密的人工规划，才将它修整为园林式休憩地。一进门露天两边雕有雷锋、刘胡兰等等英雄的石头塑像，看到牌子上的说明，似乎这里主题是青少年教育基地。树木葳蕤，绿草茵茵。甬道、栏杆、秋千、山石、盆景、长椅、儿童游乐园……设施一应俱全。再往里走，是一片很大的湖，即使是在秋季里仍旧能见到湖水波光荡漾。而冬天雪霰之后的清冽湖水中，还有羽毛艳丽的鸭子在破冰野浴。再往深处走，很大一片区域之上，荒草茂盛，呈现原生态结构，相邻尚未扒掉的几座院墙，证明周围是尚未挪完的拆迁之地。

公园的整个占地面积有鲁院十几倍之大。一见这开阔的场地，我禁不住惊呼：能不能把这里盘下来给鲁院当操场?！话音未落，横遭同学们一顿嬉笑奚落。

自从第一次发现这里后，红领巾公园就成了一块宝地，实在憋闷时就到这里散散心。我们曾经在深秋的傍晚来这里雀跃、荡秋千，也曾经在冬季第一场雪花飘落时，来这里深夜踏雪。红领巾公园固然是好，但从这儿到鲁院来回的路不好走，两站地的路程，布满灰尘和泥泞，外加汽车横冲直撞、乱鸣笛按喇叭的声音，很妨碍我们经常前去的恒心。只能逢重大事情到那里转一圈以示纪念。况且，到了学习后期，再搞集体散步，也纠集不起人来了。

在冬季黄昏那些郁闷的傍晚，我总是穿上棉猴、戴上手套，把自己裹得严严实实，然后独自出门散步。从鲁院出发，向南，走到朝阳路上，望见华堂商场之后，再向西，经过慈云寺桥，走到东四环边上，折向北，奔红领巾桥，从桥底往东，经过红领巾公园，奔十里堡然后再返回鲁院。虽然路经红领巾公园，却不适合一个人进去，那里面毕竟地处偏僻，里面暗藏着诸多不安全因素。围绕着鲁院的这一圈路程走下来，大概需要四十到四十五分钟。

12

有组织的娱乐活动也不是没搞过，诸如节假日里的卡拉 OK 演唱，食堂里的中秋舞会啊，等等。因为过节的时候我都是回家，没跟同学们一起待过，所以谁唱得好谁跳得棒我也没见着过。同学们还搞过几次社会实践活动，到北京郊区摘苹果，去延安和西柏坡接受革命传统教育，因为我都去过，也就没有再跟着前往。

现在想起来，错过那么多正儿八经的集体活动，也就错过了许多通过活动相互深入了解的机会。这种遗憾，当时不觉得，只是在毕业两个月后，从陕西的夏坚德大姐发给我的 e－mail 中感受到的。她是借三八节问候之机写到：

坤同学：好！一直想与你成为好朋友，但是你太客气了。借张梅一文仅向你致意咱们的节日愉快。闲了来西安玩。祝健康。坚德。2003 年 3 月 8 日。

随信寄来了她写的回忆鲁院的文章:《鲁院的记忆 · 7 · 张梅——斯人幽雅独立》文章写得很漂亮。描写张梅时文笔充满灵性、隽永,又十分性情,简直把那个媚眼儿写活了。到底是有心人,毕业以后就开始回忆。文中夏大姐还提到:“我初来鲁院上学最高兴的事情就两件,一是可以见到张梅,二是可以从徐坤同学那里要到市面已经脱销了的她写的小说《春天的二十二个夜晚》。结果这两件事都很如愿。”她这么一说,我很惭愧。想起当初她来要时,我还很不情愿给这本书,而是给了另外一本自认为能代表自己的写作水平的中短篇集子。夏大姐虽陌生,却也执拗,每次见面都问:书给我带来了吗?带来了吗?没办法,一看躲不过去,只好送她一本。过后有一次她还特地到我屋里来跟我谈。我却很闷,不知道该说些什么,只是适当表达了几句学习完她的著作书以后的心得体会。

既然已经是《鲁院的记忆 · 7》,那么她写的一定是一个系列喽。于是写信叮嘱她不要忘记将美文寄来共欣赏。果然,不久,她又寄来另外一篇:《同桌无话别》,记她的同桌、新疆诗人刘北野,写得非常传神。开篇写到:

我的同桌新疆诗人刘北野,留着雄狮般黑卷披肩的长发,迈着武士样的步伐,目不斜视,沉默寡言。第一天上课,他一直看我的桌签就是不看我。我问他你看啥呢?他才开口说道,原来你是个女的呀?我笑。他依然看着桌子没有表情地说:"我看过你写的足球散文,还以为你是个男人。"我又笑。

夏大姐身为一名体育名记,又是贾平凹的老乡兼铁杆朋友,在知人论世、观察生活细节上的功夫果然了得!

看过夏坚德的回忆录后我在想,的确,每个人都有自己的鲁院,每个人都有自己心目中的鲁院同学。有各种各样的因素影响着我们的对世界的看法,影响着对彼此的判断和认知。比方说,刚来没多长时间,班里女生中间就流传有"三个男子汉"之说,大意是说咱们班上有三个人最像男子汉:第一是刘北野,第二是曾哲,第三是于卓。消息传来,我本能地问了一句:是哪个北方女生评的吧?细一打听,果然是一个西部女生评选出来的。这就对了,一看就是以规模论效益,选的都是虎背熊腰、肩宽背厚的那种。

夏坚德文中还提到鲁院同学在一起打牌的事。她说:"北京正在风行的扑克牌玩法是两副打对家的双抠,也叫'拖拉机'。男女生玩起来,男要数罗望子、衣向东、吴玄,女就数张梅、徐坤、戴来了。罗望子严格,衣向东猴急,吴玄精明,徐坤深沉,戴来随意,而张梅是集大家之所长者嘻哈笑闹,不焦不躁的……"看了以后,觉得有趣,心中纳闷我们玩牌的时候,并未见夏大姐在一旁当裁判或观察员啊!她是怎么得出判断的?玩牌的成员里未提到荆歌,可算是个疏漏,那可是个大玩家,就连"双抠"这种玩法也是到他们南方去了几次后跟着学会的。

鲁院能够有的娱乐,也就限于上上网、打打牌、发发手机短信什么的。即使这样，对我来说，这里的学习生活仍然是快乐愉悦的。因为，在这里学习，不考试，不用交作业，没有什么压力和负担。太幸福了！不尝学生的苦，就不知作家的福。当一名中国作家，太幸福了！

13

进入11月以后，大地已经被一片萧瑟所笼罩，秋天尚未褪尽，冬天的严寒业已降临。两个月过去，最初的紧张新鲜劲消失，人们开始进入心理疲惫期。没有什么好玩的，只是同学们偶尔聚一聚，喝点酒，才能在日复一日的疲塌的生活中让人兴奋起来一下子。

记得那天是刚进入11月后不久（确切的说是11月5日，因为我让雪漠在我的本子上记下了他昨夜晚唱的歌词，并落款注明了时间），晚饭已经吃过。不知因什么由头而起，可能是夜晚待得实在太闷吧，几个人随便招呼着到外面喝喝小酒去。院子里，一招呼就是一大群，阿芬、我、于卓、媛媛、金瓯、雪漠，大概还有吴玄，一起出院门，信步走进一家烤羊肉串店。这里不知是谁常来的店，跟老板熟络，酒菜也还算有准儿，没谁吃坏过肚子。就要了一堆啤酒，又要了一堆烤羊肉串，一边闲聊天，一边打牙祭。正巧巴音博罗也从外面进来，就招呼他坐下一起喝。巴音看样子是刚从外面喝完回来，有了一些酒气，坐下来就在阿芬身边一个劲儿地跟她说话，说他这次来鲁院跟阿芬是“幸会幸会”，以及他们辽宁作协的什么什么的。他自己说得热火朝天，别人在一旁也听不大懂。估计阿芬也听不大清楚。

雪漠和媛媛我们这边也聊得特别高兴。媛媛很有酒量，两个月以来却一直深藏不露，今天高兴，才偶尔有一点峥嵘，喝到高兴处就变得十分可爱，邀我们明年一定要去她的家乡“扶蓝”（湖南）。我们也乐得跟着她说：我们一定跟你去扶蓝。一定去扶蓝。雪漠坐在我对面，带着兴奋的大胡子和喝得粉嘟嘟的脸，一个劲儿给他自己和我的杯里斟酒，一边说：“俄海是透一次跟序坑褐酒，井天褐得高兴！来，来，序坑，褐！”被叫作“序坑（徐坤）”的那个也很开心，跟着喝了不少啤酒。

我们这边才说着话喝到兴起处，那边的巴音博罗站起来，出去，又进来，掏出钱包非要到柜台前去买单。于卓过去拦住他，劝了老半天，也没劝明白过来。好不容易拉回来重新坐下。他就又继续跟阿芬开始说“幸会幸会”。酒过三巡，菜过五味，巴音又起来，晃晃悠悠往外出去。一看那架势不行，于卓和吴玄赶紧去扶他，先送他回去。剩下的人一看，也没兴致喝下去了，于是就撤。

几个人相跟着，一出门，冷风扑面。夜已经很深了，行人寥寥，北风清爽。一步一歪地，觉得这天庭分外寥廓，大地无比芳香。天地之间，兴起处，雪漠放开喉咙，一嗓子就吼起了“花儿”：

走来走来者越远地远哈了，
眼泪花儿飘满了，
眼泪花儿把心淹了。

走来走来者越远地远哈了，

褡裢里的锅盔轻哈了，

心里的愁肠重哈了，

那不是城市里的十里堡红灯小街能够包容得了的声音。那也不是一个浊者的心灵能够到达的所在。思念的，感恩的，空旷的，忧伤的，似是天籁，在所有在世者的心田里共鸣，萦响：

走来走来者越远地远哈了，

眼泪花儿飘满了，

眼泪花儿把心淹了。

整个十里堡街道，霎时间，月光大地，寂寥，空旷……

还没听过瘾，就已经唱到了门口。小保安给开门。这些日子以来，他跟我们都已经关系不错，回来晚点什么的都很通融。进了院子，望见楼上点点灯光，忽觉那是世俗的，极其羁绊，不愿上去。借着酒兴，我说雪漠，再唱一个吧。于是就驻足，站在院子当央，放开嗓子，百转千回，婉转动情：

走来走来者越远地远哈了，

眼泪花儿飘满了，

眼泪花儿把心淹了。

走来走来者越远地远哈了，

褡裢里的锅盔轻哈了，
心里的愁肠重哈了，
眼泪花儿把心淹了。
哎嘿哎嘿哟，
眼泪花儿把心淹了。

万籁俱寂的夜。歌一出口，悠远，苍茫。不知今夕何夕，身置何处。

正忘情地沉醉，猛一嗓子："你们干什么你们?！都几点了还唱?！"

我们一惊，抬头一望，只见班主任高深老师身着睡衣，横眉立目，出现在楼门口处。雪漠止住歌声，我，阿芬我们几个灰溜溜地从老头儿身边挤进门去，一声不吭，溜回屋里。

酒喝得到位，觉也睡得香。第二天醒来，神清气爽，早把昨晚的事忘后脑勺去了，没事人一样的下楼吃饭。一出楼门，却见雪漠已经相跟着班主任老师，从小树林那里边踱步回来。两人表情严肃，显然曾有过重要交谈。一般来说，若非有事，不会有谁这么早就跟班主任老师并肩踱步的。猛记起昨晚还有那么一档子唱歌之事，转眼再去瞧他们表情，见雪漠脸色浅粉，班主任表情平淡，越看越像是前者已经向后者承认错误，并得到谅解了。转念一想，识时务者为俊杰，别等着人上来问，主动前去承认错误吧！

于是我走到班主任跟前（雪漠就势回避，闪开），说：高老师，昨天晚上，那歌儿，是我鼓动雪漠唱的。

高老师说:我一想就是你！人雪漠那么老实的人,怎么能做出这种事情?

我说:昨天喝了点酒,加之半夜唱歌的效果特别地好,所以就忍不住。

老爷子说:唱歌效果好你们怎么不到华堂门口去唱?

我说:是,华堂门口过街天桥上音响效果是好……

老爷子眼一瞪,说:你还狡辩！你以为我不知道你一来就喝酒喝醉了？还假装告诉我是感冒发烧……

我一听,嘿！这老爷子！不愧是老江湖啊！世事洞明,含而不露。一直给我留着面子呢。

得,还说什么说呢？数罪并罚,赶紧告饶吧！

于是低声下气请求道:高老师您能不能不说出去？我私下给您写个检讨书得了。

老头儿眉毛一耸:你呀,也甭给我写什么检讨,你就赶紧把你那代表作签上名送给我一本。

我一听,除了服气,还能说什么呢?

乖乖地给老爷子去送书。算是明白了什么叫人情练达,不怒而威。

到了一月份,临近毕业最忙乱那会儿,和几个同学从《小说选刊》发奖会上回来,在楼梯上正好碰见班主任老爷子,只见他步履缓慢,手背上贴着粘膏。问怎么了,说是感冒发烧,刚去医院打完点滴回来。忙问说您自己去？没人陪,能行吗？有什么事就赶紧招呼我们一声。老爷子说行,不打紧的。六十多岁的人,如此坚强，不给别人添麻烦，令人起敬。赶紧在小组长于卓同志带领下，出去买来鲜花水果，一起登门探望。老爷子正倚床休息，一见我手捧鲜花，第一句就问：你是还我花来了？

这老爷子！到底是什么事都经过。脑子清醒，够用。

坐下闲谈。得他馈赠我们每人一本随笔集《高深杂文随笔选》，江苏文艺出版社 2000 年版。当中高深自说经历：“11 岁参军，22 岁当右派，25 岁发配大西北，43 岁改正，以后又在文联报社等单位当过一把手。”书前有梁衡序说：“高深，回族，63 岁…… 11 岁当兵，随父入东北民主联军回民支队，解放后转业工厂，好文艺，22 岁被划成右派，由东北而宁夏。而他被打成右派，就是因为在报上发表了六首讽刺诗，讽刺官僚主义。就栽在一有才，二爱说话上。在宁夏，历年从事文艺期刊、报纸工作，晚年思乡，再回东北，任县委书记，现再返报社任总编。”老爷子的性情由此可见一斑。先前在校史展览中就见过他的诗集，平反之后的文章也是秉笔直书，非常有风骨，是个值得尊敬的前辈。别的不说，单说管理这个班，上下关系以及师生关系就颇为不好答待，很辛苦，有时还要费力不讨好。他却能处理得很得当，无为而治，又让人服气，颇为不易。找他来当这个班主任是找对人了。

14

最后还是得说一说吃饭。鲁院的生活是从吃饭始，又以吃饭作结。（当然，这并不说明我们这些人是吃货，只能说明是说时代风潮改变，吃饭已经不单纯为进食，而是纳入学习内容来计算。）鲁院周围的饭店，稍微有点姿色的，差不多都去过：团结湖烤鸭、鹭鸶本邦菜馆、万家灯火酒楼、赛汉塔拉蒙古菜、福华肥牛城、傻儿火锅店……这些都成了我们待客和互请的主店。最甚的就要数福华肥牛，冬天一到，天气一冷，去的次数多了起来，每天都有我们的人去那儿报到，几乎人手一个贵宾卡。到后来就发展到 VIP 卡根本用不着掏，谈歌、于卓、王松、荆永鸣等等他们的脸就是贵宾卡，一进门老板就出来笑脸相迎，给安排落座以后还要亲自敬个酒，赠送两个小菜。每逢来人请客，我们也容易往那儿领，因为从地理条件上说，它是最近的一个店，步行可以到达。

几个月来，在京的各编辑部、相关的文艺出版社，几乎都来请客请遍了。有的还请了好几次。像《人民文学》、《小说选刊》、《十月》、《当代》、《青年文学》、《北京文学》、作家出版社……这些单位因为年轻人多，有朋友在，跟鲁院的来往自然就多。我们学习的时间有多长，他们从头到尾请客的时间就有多长。若超过一两个星期没人来请一次的话，我们就会大言不惭，撒娇作痴，打电话骚扰，向这些熟悉的老朋友提出抽空“见个面”的申请。一般来说都能得到满足。而《青年文学》的李师东老师属于另外一种情况。李老师同志是在京的编辑老师中来看望我们来得最迟的一个。别的老师早已看望过我们无数遍了，李老却一直以忙为理由，或者是“认识的人太多，不知该看谁不看谁”为借口，足足一直拖到十一月底才敢在院子里露面。我们背地里一合计，可也是啊，《青年文学》作为青年人的文学阵地来说，有多少人跟它青梅竹马、两小无猜，号称曾经把宝贵的处女作献给了它啊！李老师能说来就轻易来吗？

所以，那天，十一月底的小北风撩人的那天，李老师就轰轰烈烈地来了，来得非常非常隆重，不仅他自己来，同来的还有王干、高伟、唐韵几位。年轻的朋友来相会，青梅竹马们要喝醉。消息一出，就见人们呜呜嚷嚷纷纷前来看望，把楼上他们落座的几个屋子全占满了，分小组轮流接见，仍是周转不开。没有办法，只好去福华肥牛吧！那里的场地比较大。

那天去的人可真齐全，素常的一个大屋都没坐得下，另开了一桌酒席在隔壁屋子。李老师讲话，也是讲得跟以前风格大不一样，是领导的公文讲话方式，微醺情况下，方寸不乱，可劲儿地表扬和自我表扬，盛赞《青年文学》杂志的改版和中青社做的新书订数高内容好。同学们听得干瞪眼儿，敬酒的敬酒，献歌的献歌。酒过三巡，菜过五味，吃饱喝足，该送客了。可是李老师就是不走啊！说着说着再见告别，却一不小心，又跟我们走回了鲁院，在门厅里再一次的握手话别，动作循环往复以至无穷。最后不知是被哪个两小无猜的硬给往外搀，连推带抱给塞进出租车，将李老师安置在后边自动上锁儿童座，怀里还抱上一个卡通长毛绒老虎玩具，前座上，则塞进一大盆绿油油的发财树、一大捧百合和康乃馨玫瑰鲜花。估计他到家时，这些东西命运都够悲惨，只不定都留在身后孝敬下一位乘客谁了呢！

吃啊，吃啊，转眼就吃来了新的一年。我们的学习也进入了尾声。2003 年的春节来得早，一月底就已经是年三十。同学们盼着能早点放假结束。其实最好是能在新年前就结束，时间比较理想。因为一旦赶上跟北京成千上百万的大专院校学生、民工、盲流挤在一起赶火车回家过年，那情景，不是闹着玩的。但是学院里还是坚持一直学习到一月中旬才毕业。校方为大家订票时果然遇到困难。不知鲁院以后再办班，能不能调整一下时间表。

一进入新年，众人的心就散了，没有心思学习，大家都在忙着告别，收拾东西，往回寄书、寄衣服，以便挤车时轻装前进，手脚利落。我们这边都在忙乎着准备毕业，那边，却不期然新的一轮宴请风潮开始了！原来，每年的一月份，全国都有大型图书订货会，冬季里的这一次固定是在北京召开。全国几乎所有的书商、出版社、杂志社都到齐参展。这下可好，来了以后，正事还没办完，又听说鲁院有这么一个班，旁边打听一下，嚯！好哇！全国能写字的青壮劳力都集中在这儿呢！

立刻就疯狂地找人。有时事先连电话都不打一个，也不跟人预约，打个车就扑来。来了就挨屋乱打电话，乱敲门。逮着一个算一个。请客，骚扰。

这下可就要了人命！一拨一拨又一拨，请吃饭、要见面，没完没了，互相撞车。任是谁人也吃不消。不去又会得罪人。于是就开始躲。先是拔掉电话，再扯掉门上名签，全没用。只要还在学院里待着，猫到哪里最后都能被人给翻出来。不在学校待着又不可以，临近毕业，要随时待命，说不准要办理些什么手续。

在那些个寒冷的冬季的深夜，吃完宴请，疲倦已极、昏头涨脑地回来，一边脚步蹒跚，一边问着身旁的阿芬道：阿芬，你说，咱们要是连续这么吃下去，会不会变得痴呆？

阿芬给了我肯定的回答。

为了延迟那一天的到来，我们不敢立即回屋休息，而是在院子里的雪地上来来回回长久地踱步，以期耗散热量和体力。

我们哪里知道，这竟是2003年北京餐饮业最后的繁荣！春天到来以后，一场史无前例的“非典”开始肆虐。旅游和餐饮业最先开始萧条。我们抢在非典前边结束了鲁院的学习生涯。

最后一顿饭在赛汉塔拉（应该是在1月17号晚上），那是在最后离校前我们几个朋友给孙惠芬饯别。在座的有曾哲、葛均义、于卓。几个人安安静静边喝着浓香的奶茶，边听着蒙古族歌曲悠扬的旋律，心里充满了话别的眷恋。

四个月的鲁院生活一转眼就结束了。人们各有所获。有人收获了爱情——比如说在毕业典礼上，柳建伟替杨海蒂同学从金炳华书记手里接过了结业证书。还有一对同学也公布了他们的爱情。有人收获了心情——比方说被那许多被出版社杂志社请着、被影视公司围着转找着的，等到走出鲁院时，都牛皮烘烘地有了虚假繁荣下的自豪感。也有人收获了路——比方说我，四个月的时间里，跑熟了从北京以北，到通洲、到京津唐、到五环六环七环八环（有戏言说北京的十环能把纽约也环进来）的路，克服了对独自上路的恐惧感。有了十里堡这么破的路垫底儿，以后再走什么样的路也不怕了。

送别了阿芬，从北京站里出来。一月的大街，异常冷峭、宁静。寒冬夜行人，带着满车幸福的家当：同学们的馈赠的书，一直随身带着的两盆杜鹃花和散尾葵，一把从家里带去，坐习惯了的木头椅子，一大堆深藏在心间的同学情谊……朝着北京以北的方向,往北,再往北,朝着一个温暖而明亮的地方,平静而愉快地驶去。

2003年7月10日

亲戚们

亲戚们来串门儿不需要事先打招呼,因为他们是我们的亲戚们。他们有时是出差(亦即借公费旅游),有时是自费出来游玩,有时候是啥也不为,突然之间就在你家门口冒出来了!没有原因亲戚们就不能互相走动走动吗?在旅游溜达这么盛行的当今年代。

亲戚们到时我们得满怀激情笑脸相迎,因为他们是我们的亲戚们。导游的角色我们责无旁贷,谁让我们是他们在此地的唯一亲戚。尤其是不坐班的人,更是没有理由推脱了。(天天不上班,待在家里头干什么?不正好领着我们到处逛逛吗?亲戚们说。)于是我们在一个月里四去圆明园,两进故宫,三下景山和北海,顺带着当然还要到王府井和西单,根据亲戚们的收入情况再决定是否组织去蓝岛和燕莎。(因为亲戚们不是同一拨来的。他们往往分期分批,无计划,无组织,即兴而来,乘兴而去,令人无法预测,不可捉摸。)午餐尚还可以在外面快餐盒饭对付一顿,阖家大团圆的晚饭就不能敷衍塞责地马虎过去了。身为女主人的便拖着导游了一天的疲惫双腿,拼搏在滚滚油烟之中昏昏无言。待到杯盘狼籍之后,又要在滑腻腻的洗洁精之中眼看着纤纤玉指都给泡肿成胡萝卜。夜晚是一天之中最幸福的时刻。家里的折叠床板打开,桌椅沙发拼好,席梦思垫拽出来,亲戚们在所有能充塞人的空间里横七竖八，各就各位。呼噜之声相闻，亲戚热爱往来。

亲戚们何时离去我们得听凭自然。关于此事也绝不可以事先打探，否则便有了不耐烦撵亲戚们走的嫌隙；同时也会让此番的一系列热情招待前功尽弃。买票时我们得动用平时储备的所有人际关系到处去讨弄，实在没辙了便只得清晨五点爬起到人大旁边的预售点去排队，有时还不得不花成倍的价钱买贩子手里的黑票。与亲戚们一味滞留下来天天无事可做等待被领着出游相比，这些简直就太小事一桩了。能顺利走就比什么都强。

亲戚们对我们的兢兢业业如过眼云烟十分健忘，而对每次招待中的些微瑕疵却总是那么记忆深刻如刀削斧劈。诸如某次到了故宫门口竟不进去当导游，而让亲戚们自己顺着皇上踩过的中轴线深一脚浅一脚地往前瞎蒙。（彼时故宫门票刚从五角涨到十块，事先没得到通知的吾辈小无产阶级知识分子导游一下子被打得措手不及，只好在带亲戚团出游到了门口时，买好门票把他们都恭请进去，然后以“有事”为名把自己留在了故宫院墙外边。）再诸如某次买回程的车票时竟让亲戚们自己掏钱，而我们也竟好意思伸手把钱接过来了！（彼时恰巧月底告贷无门，筒子楼里的弟兄们正忙着相互借钱并殷殷盼着下月5号幸福的发薪日子。）在亲戚们口口相传的民间文学里，我们的忘本与小气差点就成了警世通言。

改革亲戚们传统的图谋也不是没有过，结果如何那当然就不用问了。预约登记制度试过（以便于安排我们的工作时间和提前预定回程车票），旅店住宿制度尝过（当然是一切费用由我们做东道主的咬着牙包干），对来过一次以上的亲戚只提供导游图而不再每天领着去走。结果我们的行为都成了亲戚们教育子孙万代的反面教材。间或还有“世风日下”“一代不如一代”“人文精神不存”等等能要了我们命的感慨。

为了不使自己不忠不孝的劣迹进一步发展成为醒世恒言,我们开始把从前留下的坏印象一点一点地努力往回拨反。下一轮亲戚来时我们比以前更殷勤,更周到,出手更阔绰,笑脸更相迎,更把身子艰难地蜷进夜晚的沙发里,蜷出一坨坨冻虾形的孝顺和贤明。于是在一片“识时务者为俊杰”“浪子回头金不换”“人文精神又回来了”的啧啧赞叹声中,亲戚们来往走动得更勤了。

亲戚们无论怎样做都是有道理的,因为他们是我们的亲戚们。他们总在提醒我们什么叫作血浓于水。他们总在提拎着耳根子对我们叮咛告诫:亲戚们的传统,不是说反就反了的。

1996 年 10 月 28 日

回家过年

回家过年是一种氛围。不管你想不想回家，早早地，就会有同在异乡讨生活的朋友打电话过来问你："今年过年回家吗？""票订好了没有？几时走？"本来还想借春节放长假外出游玩，或借机会狂睡几天懒觉好好休息休息的你，心情未免就有了几分松动。既然朋友们（也就是你在此地的所有社会关系们）都在叨念各自的回家行程安排，听那口气，分明像是一份有家可回的夸耀，你就莫名的有些空落，不知自己独自滞留在此地还有些什么意思。

最最不可招架的，还是父母亲大人盼归的呼声。离春节尚远，他们也早早地就把一份亲情的思念，通过一根电话线传送过来。他们从来都不会问"你回不回来"，而只是问"几时回来？用不用去车站接呵？"不容你回话，他们又马上叮咛："回来可啥也别买，只要你们人早些到家就行了。"这时你就觉得你的心理防线彻底崩溃了，想在外过年的念头简直就像是痴心妄想。

只有在这时候，你才能强烈意识到自己外乡人的身份，才知道回家过年几乎就是一种宿命。过年的京城，不是属于你的，京城的过年，是属于那些围拢在父母身边倍受亲情呵护的子女的；是属于那些喜好猎奇揽胜、不过我们民族节日的异国观光客的。而我们，这些极其平凡而又普通的游子，这时却要暂时离开这块栖居谋生之地，却要回家了，回到我们父母所在的地方。对于漂泊在外的人来讲，过年就是回家。回家才叫作过年。虽然心里明明知道，年复一年，回家过年总是那老一套程序，闹闹哄哄，忙忙叨叨，繁缛而又单调，但是命运既然已经如此规定了你，那一种遥远的、带着乡音的亲情正在暖烘烘地召唤着你，你怎么还会有权力拒绝呢？

走吧，走吧，过年回家，回家过年去！

于是又按照往年的样子，开始紧张忙乱地盘算制订回程日期，在人满为患的春运浪潮中，千方百计去讨弄一张回家的车票，再列好送给家人的礼品清单，然后抽一工作余暇，一头闯进一家物品齐全的综合商厦，大包小裹一揽子买下。虽然母亲电话中一再叮咛不要买什么，家里什么都不缺，孩子们每年给她买的毛衣堆在衣柜里简直就穿不过来，但是回家人还是忍不住在商厦里胡乱买一气，买的可能就是那种储存在童年记忆中的过年气氛。小时候每年过年妈妈都要给我们穿新衣、往辫梢上扎鲜艳的粉绫子。乌鸦反哺，如今我们成年长大了，不知怎么着，父母在我们眼里，反倒变得越来越像孩子，过年过节我们总要想方设法哄他们高兴，讨他们的欢心。一想起每年回家让妈试穿新衣服时她眼里流露出的幸福和知足，做女儿的，心里也十分欢愉和快慰。于是也就不管她毛衣有多少件，穿不穿得过来，选来选去，还是给她选了一件橘红色的毛外套。过年，过的不就是一份喜兴，亲人之间彼此关怀体恤的一颗爱心吗？

接下来就是匆忙打点行李箱，心急火燎去排队挤车。坐在去火车站的出租车里，司机还在念叨：过年这几天，生意不好做，外地人都走了,北京当地百姓多半都坐公交车和“招手停”,“夏利”至“桑塔纳”以上的生意都没得做。听他那意思,好像是外地人把当地的物价指数给哄抬起来了。

等到了北京站一看,更是不得了,一股一股回家的人群涌动着,像是难民潮。站前广场上已挤得不亦乐乎,没有三头六臂的本事,恐怕连候车检票大厅也休想进得去。一拨拨警察站在门口连推带拥,奋力将堵塞的人群分流,弄成几路纵队,隔一段时间往里放一拨人。候车室里更不像话了,臭气熏天,混乱不堪,人跟人都前胸贴后背地码上,忽忽悠悠地一寸寸向前移,不要说挤,熏也都熏迷糊了。挤吧挤吧,归心似箭的回家人,一想到要上车回家,谁还会把眼前的困难放在眼里呢?仿佛只要上得去车,踏上归家的行程,挤死也都在所不惜。

终于坐进暗夜行驶着的车厢里了。乡音绕耳,叽里哇啦的东北话,一下子就把家乡拉到眼前。北京迅速往车身后面倒伏,渐渐遥远模糊成一幅夜的背影。对面铺位上的一对姐弟俩的谈话甚是有趣,弟说:“那啥,二愣子这回没买上车票,急得火烧火燎的……”他姐说:“那可不,看人都回家他能不急啊?”弟说:“后来没法子,他买了一张飞机票回去了。”姐说:“活该!那是他趁钱哪。谁让他回家还不早一点张罗呢……”回家的人,对回不上家的人却怀着一份惺惺相惜的同情。

站的终点即是家乡。归途竟是如此之踏实平和,一惯神经衰弱的回家人躺在回家的夜行卧车上,竟然很快入睡,奇怪的是连梦也不曾做一个。早上7点半到站的火车,回家人竟然一直睡到了7

点10分，才被乘务员喊“换票”的尖锐叫声吵醒过来。起来了，也不屑于跟人去排队抢水洗脸，睁开眼后摸了摸自己的脸，对自己说，不用洗了，回家洗去吧！回家当然就不必像外出开会或各处作秀一样时时戴上面具，把脸当成调色板一样着意涂画得光艳。回家了，回家自可以裸着个脸，松弛着心情，真颜面对父母亲人。车停稳了，穿上大衣时瞥见了那两个黑洞洞的扣眼。昨晚上就发现扣子掉了，可一想到今天就到家，一时犯懒，说，不用缝了，回家让我妈缝去。再去看一看她眯着眼睛，举起缝衣针，对着阳光左一下右一下穿针引线的情景，再听听她自言自语咕咕哝哝：“人可真是老啦，老啦，眼睛也花喽。”再听一听她坐在窗沿下，手里的针线舞动，穿透衣服表层时划出一道道轻微的“嗤拉——嗤拉——”的宁静安谧的声音，心，也不由得跟着完全安定下来。这时候才知道回家，却原来是辛苦谋生之后，重偎在母亲身旁时的一种真正彻底的休憩呵！

走出车门，一股清冽的北方冬季的寒风迎面扑来。接着便在人头攒动之中一眼看到了父亲那等候已久的通红的笑脸。于是就喊了一声“爸——”，乐盈盈喜滋滋地迎了过去。

到家了呵。到家了。

1998年2月1日

有病是福

将时钟拨回到三十岁以前。那时，我难得一病，除了刚参加工作时连续拔掉过三颗智齿，其他时间，精力旺盛，思想简单，对于“病”没有什么概念，身体好得像败类。每天必做之事，除了吃饭睡觉，也就是写作和奔跑。《重庆森林》里，金城武有一句美丽的台词:“跑步？为什么要跑？你失恋啦？跑步这么隐秘的事情，怎么能随便告诉人？”

呵呵，不跑？不跑缘何能消受得起生活？吃饭需要胃口，睡觉需要体力，写作同样需要一个钢脊椎和铁臂膊。在我们这座钢筋水泥城市里，类似于游泳爬山打网球这些活动都显得略微有些奢侈，对场地规模有一定的要求。跑步却是最简单易行的锻炼，对场地的要求并不高，是人都能做，有腿就能跑。这项活动从学生时代起就被我热爱并坚持下来，走到哪里带到哪里。起先是在学校操场里跑，后来搬进单元楼，就在楼下的街心公园里跑直线和不规则拐弯。无论冬夏，每一个晴朗或者迷雾的早晨，每当费力地从床上爬起，慢腾腾磨蹭到场地时，刚开始启动、怠速运转都有些困难，感觉关节坚涩、似睡非醒。一旦加完了油、起步上路后，事情就变得简单了。尤其等800米极限一过，嗖、嗖、嗖、嗖、嗖，来临的是通体舒泰的快感。于是按照惯性跑下去，刹不住车的感觉，像女阿甘。

这番有规律的锻炼，它的起点，是学生生涯的单纯和愚顽，以及祖先教导的朴素农民健康观："皮实"的孩子成大器，"病秧子"早晚要玩完。而在它的延长线上，等待着的，则是对人、对事的通透和达观。左右脑同时运转，能促使人身心平衡，体质健康。

没病没灾没心眼，健康叫人血气旺。记得那时的我脸色红润，面相混沌，粉嫩成一团，被叫作"大阿福"是好听的，其实更像一名村姑。无论是听到表扬还是听说座下谁谁谁偷了别人东西，我都爱首先脸红，仿佛无功受禄或不打自招。身体好，不觉老，在电脑前工作十几小时不累，疯狂喝酒，疯狂玩乐，倒头便睡，醒来便又思绪飞扬，脑子运转飞快，对于历史和哲学和形而上的精神现象感兴趣，关心宏大母题，对日常生活中的琐屑事物视而不见，关心一切健康人所关心的抽象大事，身心离这个俗世层面仿佛很远，很远。

后来，我的生活发生了一些震荡，跑步锻炼以及一切日常有规律的活动都紊乱终止了。在那么一段不短的时期里，叫作"疾病"的东西时不时来临。所谓"疾病"，无非是些无来由的感冒、发烧，还有颈椎部位对它自己存在的暗暗提示。这些都让我顿觉年老体衰，免疫力极度下降，以为那句"过了三十就奔六十"的俗话果真应验了。

病时，不得不将一件连续性的事物中断。这是最初得病时对"病"的定义。发烧时，脑子不好使，理所当然地不干活。颈椎的隐隐作痛，被迫中断在电脑前端坐的工作进程。在病中，一切都改变了。昏昏沉沉卧床，感受到了"身体"的存在，感受到了"身不由己"的滋味，感受到由身体支配、决定着的许多东西。病中，那些原本晴朗的，变得阴郁；那些明快的，变得低沉。人性如此脆弱，如此依赖他人。灰色的人生，充满不安全感的世界。“活着”变成了一件很难的事情。

一个永远健康的人缘何能读懂《红楼梦》？为什么林黛玉那么个锦衣玉食的人却还总在嚷“风刀霜剑严相逼”“他年葬侬知是谁”？一个病人，慢性病人，身体永远处于不适状态，因此她有权利刻薄、小性、难缠、哭闹、不好好与人相处。“病”既让她自卑，又让她据此向健康人比如宝玉和贾母等撒娇，时时提醒自己的存在。就好比新生儿哭夜，爱哭闹的孩子总是身体里缺乏某种物质比如钙、维生素、铁，他的身体感觉到不舒服，所以才用哭号来发出信号。好端端地吃饱喝足一切都满足的孩子只顾安安稳稳睡觉。黛玉的际遇，起决定作用的，说起来，“身体不好”是其一，“寄人篱下”是其二。假如她如宝钗一样健康，都不必说有哥哥妈妈做后盾，凭她那样的聪明美貌，肯定拳打脚踢，大观园子里头没谁能放她眼里的。从这一点说，曹雪芹对人性的观察和刻画鞭辟入里。

又比如普鲁斯特，你让一个病病歪歪的人整天能干些什么呢？发呆，冥想，联想，幻想。事物细小的声音，穿透窗帘的细微的光线，女人衣裙动听的窸窣……身边发生的那些微小的事情，都被他敏锐地捕捉。因为身体不能动，脑子异常活跃，他用写作、用记录来打发他的活着，所以才有那么洋洋洒洒、没完没了的长卷诞生。他活多长，病多久，就能写多长。一个过分健康的人多半成不了作家。所谓诗人，就是人类当中一群不健康分子构成的病病恹恹群体。当然，多半都是精神疾病。从这一点上说，有病是福啊！从前说“国家不幸诗家幸”；而今，冷战结束后，风平浪静的年代，也只能企望“疾病出诗人”。

生病的时刻，人生的企盼会大大不一样。每逢发烧，虚汗散尽、意识恢复的那一刻，我都在想：从前吃的那种小甜饼是什么味道来着？那种铺了一层胡萝卜、小牛肉、洋葱头、土豆泥的金黄薄脆的小甜饼，外加一碗热乎乎的红菜汤，那味道，多么令人想念啊！以前身体健康时总是囫囵吞枣，没有细细体会它的味道，酒肉穿肠过，可惜！可惜啊！一旦病好了，有了精神头，我要立刻就去吃！一口气吃上十个！

这说明我其实还是一个健康的俗人。

当然，还要继续跑步。“跑步可以将我身体里的水分蒸发出去，这样就可以不流泪了。”这也是《重庆森林》里金城武说的，在他失恋以后。

2002 年 7 月 19 日

我的红小兵生涯

不知是从哪儿最先兴起的，一夜之间，“老大娘革命文艺宣传队”这种组织形式就迅速传遍了大江南北。戏匣子里每天都能听到播放各地“老大娘宣传队”先进事迹的消息。说是一些上了年纪的街道老太太自觉组织起来，以马列主义学习小组的形式，时不时在革命向阳院里聚到一块儿，在那里搞大批判，举行文艺演唱，学大寨，学小靳庄，尊法批儒，批林批孔批宋江。经过广播里的这样发动颂扬以后，这样的队伍越来越多，全国上下的老太太们都互相仿效着把机构成立起来，围在一起宣传毛泽东思想的干劲十分高昂。

那时正是七十年代初。我作为一名毛主席的红小兵，从小学二年级时起就混迹于这群老太太们之中。原因很简单，我那时闲着无聊，学校里每天只上半天学，漫长的下午和晚上的时光没法打发。我就只好在我们的社会主义向阳大院里窜来窜去，东瞧瞧，西望望，不时地到各种团伙组织中凑趣看热闹。有时逢到演戏人手不够时，大人们也把我编排进去，临时扮演一个角色，比方说给《红灯记》里的李奶奶当孙女李铁梅，竖起一根手指比划“都有一颗红亮的心”，或者扮演红小兵革命故事员，大讲“柳下跖痛斥孔老二”“宋江打方腊”等等革命故事。很多时候，我都串演老大娘文艺宣传队里的孙女“小红”的角色，等老太太们在台上唱到一半时，我就扭扭搭搭从侧幕出场，憋着嗓子高叫一声“奶奶———”，如同京戏里的叫板一样，接着就走到台正中央开唱，比比划划，指手画脚，辅导老大娘们学习《实践论》和《矛盾论》，唱着讲“一分为二”“人的正确思想是从哪里来的”。

通过一段时间的打入老大娘宣传队内部的摸索侦察，我基本弄清了她们队伍的结构。她们这个组织的人数一般徘徊在十个左右，不停地有人半道退出去，又不断地有人中途加进来。基本的革命力量保持在四五员干将差不离。我记她们的名字是这样叫的：小脚娘老太太、玻璃花眼老太太、小耗他奶、发肉票老太太、老公太太、老吕太太、老于太太……就是说，她们普遍是一群没有自己名字的人。真的，事隔二十多年以后，我现在回想起来，这些老大娘革命文艺宣传队的成员们，竟无一例外地没有自己的名字。她们被人家从身体绰号叫，从身体上的缺陷特征叫，从她们子孙的名字叫，从她们丈夫的姓氏叫，唯独她们自己的名字被人遗忘了，或者根本就不曾被人提起过。

这一群没有自己名字的老太太，她们的来龙去脉可想而知，几乎都是旧社会被压在生活最底层的人。贫苦的出身构成她们集体组织起来干点事情的第一内驱力。她们的平均年龄也就在五六十岁上下，被叫作“老大娘”有点冤，实际上她们都还并不怎么老，搁在现在，还都算作各行各业的“中青年”，正是当官儿掌权或当专家权威当得最滋润的时候。但是那会儿，这些老大娘们在旧社会里度过了漫长的、吃糠咽菜的、苦大仇深的年轻时光，新社会一来，她们已经老了，没法再从头干点什么，学习点什么。没有文化，没有工作，都是家庭妇女，大概新社会里的日子她们也过得不怎么样，仍旧是面有菜色的样子。她们的身体个个都有残疾，不说别的，就从脚上说，不是那种三寸金莲式的“小脚娘”，就是缠足以后又放开的“解放脚”。她们的腿都不直溜，干粗活干的，都留有风湿和罗圈儿的痕迹。髋关节比较肥大，从后面看，屁股显得很突出，样子不吉利，那就是年轻时不断的生育磨难造成的。她们的胸前，奶袋子都像两个布口袋一样，瘪瘪地耷拉在肋前腔上，那就是一辈子被丈夫、被她们子女吸精喝血给榨干了的废墟遗迹。她们的手，指关节一律粗大，手背红肿，手心起皱，布满无数细小的裂口，摸在缎子被面上，就沙啦啦的，像在用砂纸磨打，能给刮出一个个小口子来。

老大娘们的脸，更是无需一一细叙，早已是一群群被岁月蚕食风干了的斑驳的老树皮。然而，怎么能想到呢？自从加入了“革命文艺宣传队”以后，一张张老树皮竟然油光光地放亮，仿佛期待着会有一日吐蕊抽穗发出新芽来。

胡同里啊砖墙上，条条街道是战场，老大娘啊斗志昂，带头写稿贴墙上。咚咚锵，咚咚锵，咚锵，咚锵，咚咚锵。

她们高兴，她们真是从内心里往外地透着一股高兴。好像活了大半辈子，她们终于找到了组织，找到了人生，找到了自身的价值。她们现在是站在台上，终于是主角，终于被众人关注了！骄傲和自豪如此生动地溢于一棵棵老树的表皮之上。那些经久岁月的褶子，全都笑呵呵地散开了。

老大娘们演唱的是山东柳琴调。那调门儿，在我小小的心眼里听来，竟有点哼哼唧唧的，不如我自己的“红小兵，齐上阵，大家都来狠狠批”唱得痛快，有干劲，有实力。她们毕竟是老年人了嘛，批也批不动，只不过闲唱唱而已。我当时是这样想。当唱到“咚咚锵，咚咚锵”这里时，她们脚下还要原地踏步，踩着锣鼓点儿，来回捣腾一下步伐，以证实自己很有节奏感。别看她们平时围着锅台转，整天价蓬头垢面，油疵麻花的，一站到了台上，嘿，那叫个精神，真是天翻地覆慨而慷！

她们的嗓音都不怎么样，没经过什么发声训练，全是天然、自发的本嗓。见过现今电影里表现的乡间葬礼哭丧的场面吗？那里边大多都有老妇人的一种哭天抢地的哀号，声震云宵，极富感染力和穿透力。那声音，就是女人身体和声带长期劳累磨损，或者拿大烟袋锅子抽烟熏坏以后，才形成的一种沙啦沙啦的粗糙质地。(后来，到了八九十年代，我们才从美国乡村音乐和西方摇滚乐中得知，具有这样的嗓音叫作“性感”和“磁性”，是一种女人在后半夜里的床上嗓子。老天！我们的老祖母们可真是命运不济，生不逢时。)老大娘们就是用这种乡音本嗓，站在舞台上，纵声高歌：“人的正确思想是从哪里来的，不是从天上掉下来，也不是从地里长出来，而是从为人民服务的实践中来。”“贼宋江啊狗奴才，啊，狗奴才。只反贪官，啊反贪官，不反皇帝啊，反皇帝，我们老大娘啊，老大娘，一定要把你啊，批到底。”

这样放声大唱的时候，她们是横里站成一排，很整齐的，像一排黑乌鸦。她们的手里还要拿上两块竹板，有节奏地上下一起敲动。竹板的大小长短不一,每块竹板的堵头上还要扎一个小眼儿,从眼里拴过去一块红绸,竹板一敲,板上的红绸就跟着不停抖动,竹板是一种被人手摩挲得油油发亮的明黄,绸子布却是通红通红的,革命年代的本真颜色,红黄相间,煞是耀眼好看。竹板清脆的“啪”“啪”,伴着老年嗓子里如同竹筒空心乱敲的咿咿呀呀,听起来效果颇为奇特。

她们的演出服装,打我认识她们的时候起,一直都固定不变,是一种黑色浅平绒的、立领带大襟的布衫。布衫上的中式纽襻,都扭成横“爱思”模样,顺序从脖子一直紧紧地扣到腋下,又顺着胳肢窝从腰上一路系下来,布衫的长度一直盖过臀部。冬天是长袖,夏天换成短袖。裤子也永远是黑色,夏天是府绸,冬天是粗斜纹的棉布或凡立丁。鞋子呢,从来也没见她们穿过什么皮鞋,可能是皮鞋太贵,或者是她们那已经扭曲了的脚型穿不了皮鞋,所以一年到头总是穿布鞋。自家纳的千层底的布鞋,上台时从来不穿,也知道那个太土,逢演出时穿的鞋子都是从商店里买来的,布面,圆口,粘胶底,整齐划一。

除了演出时身上披挂的服饰,她们的其他部位通常都不化什么妆。脸上都打香皂至少用两遍水洗得干干净净,然后可能会轻擦一点她们闺女雪花膏瓶里的“面友”。头发也一定会梳得溜光水滑。那时候,老大娘们大部分还是梳着旧社会带过来的“疙瘩揪”(也就是学名叫“髻”的那种脑袋背后的小圆团),到了七十年代中期以后,才逐步解放,剪掉疙瘩,流行起一种老年人梳的直发,就像《渴望》里的王沪生他妈梳的那种发型。收拾利落以后,老人们浑身上下变得很清爽。演出服往身上一套,所有那些人间尘灰烟火气,还有那些围着锅台转时的油盐酱醋的烦恼,全都忘了。人也堂堂皇皇的,很社会的样子。舞台上的灯光一亮,光线一聚焦,老大娘们的脸上登时红润,登时庄重,激情仿佛不可遏止,在她们大布衫下的瘪胸脯里起伏。谁都能看出,每次演唱时她们都很动真感情,虽然这感情的发泄口在我们后人看来很是有些荒诞和滑稽。但是那时候,那个严酷的文化革命时代,我们做什么事情、唱什么戏不都是身不由己不由自主,同时却也是心甘情愿的吗?红小兵的我不是也穿着一身平纹条绒的红衣红裤,水辫上扎了很鲜艳的粉绫子,抹了红脸蛋,涂了红嘴唇,给打扮得像一个红色小妖精似的,尖声高喊一声"奶奶——",扭扭搭搭、兴致勃勃就上台了吗?

别看我们脚小啊岁数大,岁数大呀觉悟高,学习毛主席著作掀高潮,掀呀么掀高潮。

老大娘文艺队先是在街道临时搭建起来的大木板舞台上演,然后到公社里的大会议室里演,接着又被抽调到区里真正的礼堂里演,名气越演越大,最后又被选拔到市里演,还以集体的名义获过不少毛巾、肥皂和奖状。那可能是她们每个人的一生中最辉煌的时刻。人的一生,总有自己最辉煌的一瞬,作为个体的我们,只是无法把握,它究竟处于历史年代中的哪儿。作为红小兵的我,也跟着她们辉煌了一回,在1973年的时候得过不少演出奖。

1998年9月29日

红色娘子军

1

1997 年 1 月 2 日，我 32 岁，正和作家出版社的一个女友在北京展览馆剧场看中央芭蕾舞团演出的《红色娘子军》。我们坐在前排，最佳的观赏位置上。剧场的灯光一熄，听那乐池里的歌声一响，我立刻就受不住了，往昔岁月的潮水劈头盖脸迎面打来，像滔滔的七月长江泄洪。登时我的眼泪汹涌，所有的历史记忆顷刻间如江流决堤，哗——哗……

我身旁的女友，也"哗——"的一声哭了出来。

那还只是序曲："向前进，向前进，战士的责任重，妇女的冤仇深……"

圆润的女声，饱满的和弦，一下子就把我们的心底打湿，把我们这些当年的"红小兵"的魂儿卷走了，卷回到过去年代，卷回那红绸子旗帜在舞台上翻卷、粉红色木棉花灌满我们眼帘的时代。

是谁把我们的童年找回来了?！谁把我童年演草本封皮上那个眼含热泪、脸贴红旗的吴青华，那个大榕树下脚踏熊熊烈火高举双拳造型的洪常青重现我的眼前?！是谁把我童年月历牌上那吴青华、洪常青和通讯员小庞三人造型的"常青指路"画面又在我眼前浮现?！谁把那些动感的神奇的脚尖脚弓脚背又踢踢踏踏重现我眼前?！是谁把那熟悉的曲调那圆润的战斗主题歌声将我的鼓膜将我的心胸灌满?！

童年呼啸着，在《红色娘子军》的乐曲里尖声而来，在吴青华、洪常青、女连长、战士小庞、南霸天等人的旋转舞姿里迅疾而来，在那椰林寨的背景上、热闹欢腾的红色革命根据地上、粉红色的木棉树上、蔚蓝蔚蓝的艳阳天上飘动而来。那都是我儿时熟悉的、看不大懂、似是而非又百看不厌的场景。如今它们又呼啸着卷土重来！

卷土重来，就在我们眼前展现！我们不停地啜泣，泪水又将心底的湿润加倍渲染。我们甚至已经闻到了童年的演草本铅笔盒香橡皮上美丽的香味，又想起了拿蜡笔给招贴画上的吴青华染红嘴唇的行为。我们又看到了童年的小女伴们总是在一起压脚，希望自己脚背绷直脚弓高高，好早日掂起脚尖跳出如女连长那么漂亮的舞来。那个女连长，我们一心所崇拜的那个漂亮的女连长从记忆深处复活出来了！她腰挎盒子枪，戴着蓝色八角帽，梳着还是我们小时候看见的革命女战士英姿飒爽的五号头，手掌一挥，红军女战士们立即成整齐的队列排列翩翩起舞！她则以漂亮的演技，担当领舞的角色。你看她那脚尖、那脚背、那腿、那腰、那旋转……那都是我童年的梦，我童年的憧憬。

我的梦想着跳女连长的岁月……

每一个小姑娘都梦想着掂起脚尖跳芭蕾舞的岁月……

多少年过去，它们已经渐渐消遁，远去了。

默默地远去了。

消失了。离远了。

在一个价值体系急遽转型转轨的时代，我的红色娘子军的童年，没有了。

我的蓝天白云、粉红色木棉花组成的满怀憧憬的童年，没有了。

我的渴望跳女连长的童年，没有了。

它们消遁，在远方，在一片转型期的物质嚣声中。

我们是多么羞于提起，甚至耻于提起，过去年代憧憬"红色"的经历啊！

我们是多么拼命地朝当下思潮"酷"的方面靠拢、转移啊……

眼下，坐在这个钢筋水泥搭成的、四周围墙壁上镶嵌满了斧头、镰刀、麦穗、五角星的俄式建筑风格的剧院里，在大幕拉开、乐声响起时，我们却不期然与自己的童年遭遇。

我们不期然地与自己的童年相遇！

如此，我们怎能不心弦颤颤，怎能不泪如泉涌?！

我们哭得一塌糊涂，已经无法真切看清台上的情景。坐在我们旁边的一对打扮入时的二十出头的小情侣，由始至终悄悄不停地做着亲昵动作。见我俩不停地掏面巾纸擦眼睛、揩鼻涕，他们的眼神乜斜，频频斜脸瞧我们，看那诧异神情，仿佛是说：这朗朗乾坤，晴暖冬夜，这欢乐的1997年新年之初，面前这两个蜷缩进德国皮衣领子里的三十出头的小老太太，她们究竟在哭些个什么?！

2

实在地说，三十多年后，复排的《红色娘子军》与我们童年记忆中的《红色娘子军》，已经有了较大差距。我现在只能说是我在观看的时候在感情上跟过去有了很大差距，而不能说是她们跳的出了什么问题。那样一群漂亮的小姑娘们在台上，举止太过于柔媚而矫情，完全不是当初舞剧中女革命者的豪情和力度。当年的舞台上的那些大腿，还记得那些大腿吗？就是我们小时候通过电影胶片才能真切看到的，那些绑在蓝色和灰色军用绷带里的浑厚、有力度的革命女战士的大腿，她们裸露出来的大腿部位都很粗壮，肌肉发达，有些类似于今天我们在玫瑰碗体育场看见的奔跑着的女足运动员的大腿。而她们那些柔润的小腿，却很可惜地给绑在蓝布条的后边不让我们看见。若说民族芭蕾舞剧跟西洋芭蕾舞有什么不同，我以为，最大的不同，那就是不让我们观众看见女人的完整大腿。《白毛女》和《红色娘子军》里面的人物基本上都是穿着裤子的，白毛女穿的是一条仿佛是被野狼啃碎的东一条西一条的哆嗦裤，娘子军的娘儿们不仅穿的是凡立丁或水洗布的大裤衩，下边还要用绑腿把它们光洁漂亮如河藕一般的小腿围上。

所谓的“民族芭蕾舞”，在我后来有机会看了那么多的洋人芭蕾舞演出后，自己给总结出的特点，那就是不许女人穿裙子跳舞啊！据说当时“民族芭蕾舞”的出笼，是源出于戴爱莲跳的大腿舞很让工农兵们消受不起，他们觉得女人亮出大腿这种刺激纯粹是给资产阶级享受的，对我们的工农兵革命群众有极其严重的腐蚀作用。西洋芭蕾舞中长盛不衰的爱情主题，也不符合我国的阶级斗争原则。于是女人的大腿就要被长裤裹上，被大裤衩和灰绑腿围上，只半掩半露，留出最像女足运动员的膝盖以上、大腿根儿以下的肌腱部位，另外还能露出的就只有白毛女那哆嗦裤子所遮掩不住的纤细的女人脚脖儿。所有的故事情节，也一律符合革命文艺的标准，才子佳人帝王将相统统滚下台去，只以工农兵做主角，尤其是被压迫的人们对统治阶级的反抗斗争，理所当然成为所有剧目的主要情境。革命现代芭蕾舞剧《白毛女》和《红色娘子军》于是就这样产生了。

舞台上那些穿大裤衩、绑蓝布带的粗壮大腿，她们的每一次旋转、落地、腾越，其势都恨不能把地板戳出个窟窿。她们的端枪、瞄准、射击和耍大刀的动作，每比划一下，都恨不能把地主老财南霸天砍成八瓣、剁成肉末！那些"投弹""劈刺""射击""耍大刀"的女战士们的群舞、激情、豪迈、潇洒、壮阔、群情振奋、波澜起伏，让人心动，让人心跳，还让人——当年红小兵战友们圆睁双眼，热血沸腾！从这里我们才知道了"美"，从这里我们还知道了斗争——关于美，女人的美，紧紧连着革命的斗争。就是它，影响和规定了多少女人一生的审美趋向和价值判断！

那些群舞，真是独到，真是美——直到今天，当我在各方面都不再蒙昧，也几乎看过所有来华演出的西洋全本芭蕾舞剧以及折子戏后，我也要赞叹：《红色娘子军》，仍旧是中国人的舞蹈智慧达到顶峰之作。就像我今天，总要赞叹《茶馆》是中国话剧艺术的顶峰之作一样。这个观点，我在本世纪是不会改变了。是的，在本世纪，不可能有人再超越它们。那些群舞——属于我国六十年代的舞蹈设计者独到发明的那些大段群舞，那是多么聪明和优秀的借鉴和发明啊！等我将各国来华的优秀芭蕾舞团演出都看过一遍，我才知道,中国人的智慧,真的是一点不比别人差啊!

无论是《罗密欧与朱丽叶》里面华丽雍容盛大的宫廷交谊舞场面,还是《吉赛尔》里幽灵造型起舞的飘逸场景,再比如《堂·吉诃德》里面频频出现的茨冈人舞蹈以及吉普赛人狂欢的场面,抑或是《天鹅湖》中四只小天鹅的轻快的舞蹈,再比如《胡桃夹子》《睡美人》《仲夏夜之梦》中的宏大群舞场景……我们的民族芭蕾舞剧《红色娘子军》比起它们来,其场面毫不逊色,且还匠心别具。当时的主创人员该如何费尽思量,才能在“群舞”——属于芭蕾舞剧中最为华彩、绚丽的宏大叙事部分中,有效插入诸如“斗争”“仇恨”的元素,以及民族舞的技法,才让她显得如此之想象力横空啊!

我想只有当今的港台导演,才敢不正经地将历史正剧诸如乾隆下江南之类戏说瞎编,可以让正统历史人物在台上打打闹闹、疯疯癫癫。而当时我们的芭蕾舞剧的编舞人员编得多出格啊!怎么能想象,他们在将正剧仍然当成正剧编的同时,又将“军训”“拼刺刀”“投手榴弹”“耍大刀”等等那么些杀人和预备杀人的情景,合理有效地融入舞蹈语汇里来,而且还能生发出有力度的美感和和谐,而不是让人感到恐惧和生畏。他们那可真叫作神啊!那可真是可望不可即的芭蕾舞啊!且只此一回,只有在当时那个年月里才能产生——而现在,世道昌平了,经济生产力也丰厚了,然而你再见有什么新的芭蕾舞剧出炉吗?艺术创造,究竟起源于禁忌还是源出于自由?

跟着这《红色娘子军》一起长大的我们这下可算明白了,艺术史上这个一直说不清的问题,其具体来源究竟是怎么一回事,同时我们也越发地对它难以说清了。总之,反正,艺术它就是这么一个玩意,你摊上什么是什么,赶上哪拨是哪拨,无章可循,无迹可求,硬挤是不行的。比方说当今一些所谓现代舞、行为艺术什么的,想象力和创造水平低下,简直拾人牙慧,小儿科极了,根本不知道其间有什么东西、什么元素是他们自己的。我曾经花两百块钱买过一张票,去人艺首都剧场看一场被传媒鼓噪捧上天的英国现代舞团的演出。看了半场,我就被他们全团几个人、几件简单乐器的单调、简陋、无稽、无聊弄得如坐针毡,一边心里面愤愤的,一边还不好意思走,心说若不是看你们远道而来,若不是出于礼貌,若不是因为心疼这两百元钱,我还坐这里陪你们、受你们蒙骗干什么?!

而我们那民族芭蕾舞,说独创便也是独创,说亵渎便也是亵渎——对贵族统治阶级艺术的憎恨、颠覆,对芭蕾舞理念的再诠释,再演绎。这种理念,全在举枪、劈刺、投弹、射击等等动作里体现出来了。西方用了将近两个世纪才完善的芭蕾舞艺术,中国人据说不到十年就练完了,就完成了芭蕾舞由贵族艺术到平民化普及的过程。那时有多少个小女孩,如我这样大锛头小黄毛,丑乖丑乖的,都揣着小兔子一般怦怦乱跳的心,怀里掖着藏着一个跳女连长的梦啊!

想起来,真是奇迹!

《红色娘子军》它是一个时代的象征。一个时代过去,关于美、关于斗争的信念业已打破,它里面所蕴涵的那种气息,就再也不能复原。

不信,你看:面前这群小姑娘的表演,完全是九十年代的西洋技法，一举手，一投足，都如《胡桃夹子》或《吉赛尔》里那些巴黎客厅里的贵妇人，或墓地叫作“维丽”的幽灵的舞蹈，慵懒，绵软，飘忽，轻灵，有撒不尽的娇、抒不完的情、展示不完的身段。她们的身体那才叫柔软，软得仿佛一使劲托举，胳膊腿儿就能给掰掉下来。女主角吴青华虽还有一些开绷直立和倒踢紫金冠的动作，怎奈我们这些台下的观者已经曾经沧海难为水，再怎么看也不像了，再不是我们当年羡慕得要死佩服得要死的吴青华的“倒踢紫金冠”。因为在她那技术动作里，分明没有仇恨，也无所谓激情，有的，只是美，技术性的美，像时装模特儿的走台步，表演而已，离炉火纯青，还差一层。毕竟她太年轻。毕竟时代变了。

第二幕中，吴青华根据洪常青的指路来到了根据地，剪掉辫子、穿上军装以后，她和那个漂亮的女连长还有一大段抒情双人舞。这时已经是两个女战士并肩而立，飒爽英姿，她们两条相邻的腿轻松点地，另外两条长腿分别高高向天空外举起——这个画面定格在小时候的小人书或剧照里，是最令人醉心的场面，有多少个小女孩儿，做梦也在想着跳出这样舒展的舞蹈啊！我那会儿就在幻想着有朝一日也跳女连长，也像她一样，将有足够弹性和力度的长腿向空中抛去——而这会儿，台上这两个小姑娘的双人舞太柔软了，太技术化了，太没有阶级姐妹一见如故、比亲爹娘亲兄弟还亲的阶级深情了。她们软软地跳着，按规定比划着，抬胳膊，伸腿……对于她们来说，“阶级情”已经是一个不好理解的字眼，对她们，那几乎就是苛求。

毕竟时代不同了。一个歌舞升平的时代，如何让这些十八九岁的小姑娘、小小子体会阶级仇、民族恨？对他们而言，所谓学习经典，也不过是一场仿照前辈的现成动作而跳出的芭蕾舞动作而已。跳这样一出红色经典，与跳一出《天鹅湖》《睡美人》《吉赛尔》等等的经典别无二处，都不过是照猫画虎而已。而在我们这些台下的三十来岁的观众眼里，台上这些舞着的革命者，他们从头到脚，都显得那么小，那么稚气、消瘦、柔弱，哪里像什么英雄，哪里像什么革命者！也许，那纯粹是因为，看戏的我们，已经老了。当年看这出戏的六七岁的小孩如我们，而今都已经老了啊！

3

那时我们小，所以看演员觉得都很大，需仰视才见。尤其是吴青华的剧照，印在我们的演草本封皮上那个，把脸蛋贴着红旗的，大脸盘，肤色黑黢黢，粘的假睫毛，质量不太好，眼角处还向上翘起。也许这也是由印刷质量不好造成的。这也是我不能够喜欢上这个角色的直接原因之一。我小时候喜欢女连长，因为女连长她一出来就是个女连长，身背匣子枪，穿军装，眼睛很大，总是笑吟吟，有管人的权力，而且长得好看，比吴青华要漂亮。在我的六七岁的童年理想中，从来就没有想当过吴青华，因为她净挨打、受气、犯错误，妆也给化得不好看，远没有女连长看上去那么幸福，具有女人味。女连长和吴青华的双人舞，是我小时候最爱看的一段，舒展，飘逸，欢快，女性化，几近完美。那个女连长是我童年时的偶像。

小时候，记得在看到《红色娘子军》电影之前，最先看到的是芭蕾舞电影《白毛女》。那时我还没有上学，我家大伯抱着我去看的，在沈阳大东工人俱乐部，电影票大概是他们厂子里发的。没看懂，影影绰绰记住了一些穿白衣服披头散发的女人影子，好像总是掂起脚尖来走来走去。那会儿的革命现代京剧样板戏和革命现代舞剧都拍成了胶片电影，适合于各个阶层的广大人民群众反复观摩，接受教育。起先是由大人带着进电影院看，后来就由学校组织，班集体手拉手看革命传统教育电影。五分钱一张票，不去不行。不去就是政治问题了。

电影对那时文化生活贫瘠的人民来说，是个稀罕物，所以闲极无聊就到电影院里反复看同一影片的人多的是。像那些朝鲜电影、阿尔巴尼亚电影，还有一些打仗的电影等等，谁不是看过好几遍？那时候人们还普遍爱哭，我也就跟着爱哭，看《卖花姑娘》哭，看《白毛女》哭，看《红色娘子军》中党代表洪常青被火烧死时，也会哇哇大哭，不知是吓的，还是像老师给高度总结概括的那样"是被革命者大无畏的精神所感动"？那时就觉得银幕上的吴青华的脸盘子好大！银幕上的洪常青的个子好高！好魁伟！他们都是高大的革命者，战无不胜的英雄形象。我们多羡慕，多崇拜！

时光荏苒。当我们坐在1997年的北展剧场里看真人面对面表演时，却觉得吴青华那舞跳得好嫩，那洪常青个子好矮，简直都是一群小屁孩呢！（后来得知那天跳洪常青的不巧是个B角，技术比较糟糕一点，"旋"得总是有点磕磕绊绊的。但这并没有妨碍我们在那舞曲声中深情怀旧。）我们是以一份童年的记忆，来观照现时的演出。那一份记忆，就埋藏在演草本的封皮上，在天天播送舞曲的戏匣子里，在反复放映它们的电影院里，更在我们大脑皮层的记忆深处。

那时候，我小时候，简直要被这种叫“芭蕾舞”的东西迷住了，简直被女连长的风姿迷住了。世界上还有踮起脚尖走来走去的一种舞蹈！那时的小女孩子，都怀揣着这样一种跳舞的梦。我们没事儿总爱在一起练劈腿、练压腿。压脚，就是跪坐在地上，将两只脚的脚背贴地，压坐在屁股下边，像现在电影中日本女人那样的跪坐姿态，为的是将脚背线条压出像女连长那么好看的弧度来。

到底，我也没能有机会跳上女连长。

然而，我从“女连长”情结里脱离出来，却是费了多少灵与肉相分离的挣扎！

那个年代，有多少个对红色真心信奉的人，过后就会有多少个艰难挣扎的灵魂。

当我好不容易褪去旧时代灌输给我们的那种虚妄的红壳，脱胎换骨，一步步向后现代发展的时候，不期然的，那个红色的娘子军又红彤彤地、劈头盖脸地迎面向我砸来，直砸得我两眼昏花，老泪纵横！

这可就是我们出生在六十年代人的宿命呵！

是命，你就信了它吧！不要硬拗着。

我知道，即便是今天，当我在谈论起《红色娘子军》时，种种复杂情愫仍萦绕其中。我知我是矛盾的。这并不是简单的褒和贬，称颂和赞誉，诋毁和抨击。不，远远超出了那些。每个人，在面对自己的过去时，心理上都是矛盾的。剪不断，理还乱。

就像我读到作家浩然对自己过去历史的频频辩白，就像1996年夏季的某一天，一个面相慈悲的老人突然出现在我们文学所当代室的办公室里时，我突然觉得，他是从我童年时代的梦里钻出来的。就从我童年和少年读到的那有限的几本书：《金光大道》《艳阳天》《西沙儿女·正气篇·奇志篇》里钻出来了。别人给做了介绍，我上去跟他握手。那一刻，我觉得很虚幻。

我能理解眼前这一切，但心情很复杂，很烦乱。面对历史，尤其是亲身经历过的历史，我通常要产生虚幻和烦乱。

1997年1月2日，我32岁。在北展剧场，《红色娘子军》的乐曲一响，我哭了。哭得很冤，又分明夹杂着些许黯然神伤。

1999年8月4日

从语言到躯体

年轻的时候，我是那样迷恋于语言艺术，除了整天抱着那些虚构类的文学读物啃个不停外，再使我感兴趣的，便是观看话剧——看文学语言是怎样通过真人的口艺术地说出。那时最令我着迷的是北京人艺演出的话剧。凡被我赶上的剧目，几乎一出没有落都去看了一遍。（有些是在我来京定居之前就已经上演、且又没再重排的剧目，我就永远失去了观赏的机会。）像《雷雨》《北京人》《哗变》《狗儿爷涅槃》《推销员之死》《天下第一楼》《芭芭拉上校》《茶馆》《李白》《鸟人》《哈姆雷特》《古玩》等等，里边的人物和情节统统都在我眼前走了一遭。而像一些特殊剧目，如老艺术家们告别演出的《茶馆》，我则连着去看了两遍，一遍是买的楼上的票，看全景；一遍买的是楼下前排的票，看表演。《鸟人》也去看了两遍，那是因为当年我也曾热衷于追星，人艺演员濮存昕曾经是我年轻时的偶像，凡有他演出的戏，我都追着追着地前去捧场。从最初的《雷雨》直到《李白》《鸟人》《哈姆雷特》《古玩》等等，他出任主角的那些个戏，都去看了，光是《鸟人》就看了两遍。在看他演的哈姆雷特时，我和女友还险些冲动得上台给他献花。偶像的轰塌，是在他演了一出名叫“英雄……”什么什么的电视剧之后，名字记不大清了，大意是歌颂武警战士或是公安战线英模的、准备获几个几个一工程奖的一部剧。一看里边他那大白光下给弄得苍白的脸，不知怎的，心里边疼了一下。回想舞台上变幻灯光下濮存昕那潇洒的身段，书生的脸，中音区共鸣的磁性嗓音，从语言到肢体塑造人物形象时的灵逸，真是既感慨，又惋惜。这以后他演的舞台剧，包括过士行“闲人三部曲”当中的后两部，我再也没有兴趣去观看。

唉！偶像的轰塌，却缘于电视剧里那一张苍白艰难的脸谱。唉！

无论从哪个艺术角度来说，电视剧都没有资格和话剧相比。看吧！灯光熄了。钟声敲响。大幕开启。世界这时在身边远遁、隐匿，唯有眼前的一片还光明着。那是演员，一个说话者，他以他的声音，以语言之力，照亮了我们沉睡之思，同时又将一部古老的人间悲喜剧，活生生展现。光阴就在他的言语里倏忽而过。只一会儿，他就老了；又一会儿，他就死了。他幸福了。他痛苦了。他欢乐。他悲伤。他大喜大悲，他无怨无悔。他的命运飘摇，他的前程起伏跌荡……语言，它究竟有多么神奇的力量，究竟有多么大的功能啊！明明我们坐在此地，时间只不过就在我们身边运行了几刻钟而已，然而语言它却以其铿锵，以其清丽，以其明媚，以其柔软，以其喁喁，以其呢喃，以其丝绸一样的爽滑，以其唾液一样粘稠的质感，把我们吸附，让我们物我两忘，进入超验境地。我们只一会儿就把别人的一生走完了，同时又在他人的生存中照见了自己。

你看那茶馆：多么宏大的艺术场景！多么臻于完美的艺术语言！就在那一口京腔京韵的起承转合里，百多年的中国历史走完了，各色人物的命运也走完了。那个叫于是之的老爷子可真叫棒，仿佛就在他一个人在舞台中央磨磨叨叨，磨磨叨叨，手不得闲嘴不得闲地磨叨，三磨叨两磨叨之中，就把自己从青年到壮年，又从壮年到小老头的过程磨叨完了。然后就是弯腰驼背，老态龙钟，腿脚艰难地在台上跟老哥几个一起给自己撒纸钱。老爷子蓝天野那也叫棒，就听一声肥喏在幕后高唱："嗒嗒嗒，马踏銮铃……"声音由远趋近，门帘儿一挑，一位在旗的爷儿，气宇轩昂地出场了！就见他手执鞭，细高挑，长袍，粉红脸膛，态势倨傲，眼皮儿不正眼往人身上撩，似是红得透明的文武小生扎靠亮相。台词一出，气脉充足，共鸣响亮，那声音打在剧场光滑的四壁上，又均匀反弹回座下人等的鼓膜中。好一口京腔！好一副漂亮的人嗓！

就是这样的人嗓，娓娓又是徐徐道出人物命运的大起大落，大开大阖。况且，那声音里念叨出来的，却又是老舍先生在思想和语言上的无限智慧和悲悯情肠。谁能不被这样的声音牢牢牵着、死死粘着呢？

而像《哗变》那样的外来剧目，语言艺术的精湛也简直到了家。剧情本身就是一场以语言来陈述的逻辑推理过程。从原告、被告、律师、审判长到陪审团，全场演员寥寥，只不过是朱旭等几个老演员来回上台下台说话而已，陪审团的四五个人就在一个长条桌子后坐着歇着，不说话，没台词。几个主要演员也没有什么形体动作，全凭演员的说话、台词，一句一句，一个扣儿一个扣儿地把观众带入剧情，又一句一句，一个扣儿一个扣儿地把观众从剧情中解放出来。

一出剧，两个小时，怎么就能用话语将观众按在椅子上，使他们耐着心跟着演员们一起将故事走完呢？这就是语言的魔力。这些剧目，都将语言的叙事功能，发挥到了极致。在说话者简单的上下两瓣嘴唇的开合之间，语言形成张力，也是引力、绵延、放纵、自持、内敛，牵着你，吸着你，沿着说话人的声音前行。虽然它不是唱歌，没有太多的音调变化起伏，然而，语言有其内在的韵律和激情，有思想，有形状，有独白，有和声。有静观默想，也有形体冲撞。像《茶馆》那样的剧目，对语言的运用真是到了顶峰，后来者都无法赶上或超越它。如后来的《鸟人》或《哈姆雷特》等，可能会在艺术形式上探索出新，比方说在单纯的说话对白里边加入一些唱念做打等等新的元素，但论起话语的叙事来，《茶馆》是绝对一流的。看完了《茶馆》，再看《天下第一楼》，就发现有明显的模仿痕迹，而在文化视野及语言叙事的宏大规模上则远远不够，没法与之匹敌。

是在什么时候，突然间我就对建筑在语言艺术基础上的话剧这种形式不感兴趣了呢？那可能是因为从大剧场到小剧场，看了许多像《情感操练》《我爱 XXX》《与爱滋有关》《社会形象》等等剧；看了独立制作人操作的诸如《离婚了，就别来找我》《都有一颗红亮的心》这样的剧；看了被广告和传媒煽情得厉害的《红色的天空》（其实就是反映老年人生活的“夕阳红”之意）这样的戏；看了（也是被广告招去看的）诸如李默然的告别演出（名字忘记了，只记得是好几年前，60 元钱一张票，当时的顶尖价格，蓝岛大厦顶层剧场）……看了不少这样那样的剧之后，突然间就对话剧腻歪起来了。不单单是因为话剧当中加入太多无谓的肢体因素，所谓“行为艺术”在剧中变得时髦，比方说，大段大段的舞蹈、歌唱、床上戏，真脱，女演员穿透明睡袍，男演员脱得只剩一条肉色裤衩，并有男女身体叠加做波浪起伏动作；也不单单是因为话剧的目的，成了单纯用它做广告招徕人买票，卖出一张是一张，宰人一刀是一刀，连回头客都不想；不单单是话剧成了有钱人用钱出名的好地方，仿佛只要有人出资，谁都可以随便找一群人攒出一台什么剧；也不单单是演出质量的粗糙，语言功能降低，智力水平下降，经常是一些未经专业训练的非职业演员，在台上一口接一口说着模糊不清的语意，念着含混不明的道白……

总之，在看了太多的话剧赝品之后，仿佛一夜之间，我对没完没了的语言聒噪和舞台上形体的夹生感到厌倦，甚至憎恶，对市场和传媒联手利用艺术的合谋欺骗抱有戒心。我已经不能相信制作者的语言艺术水平，也不能够对任何打着“市场”旗号的艺术品种抱有信任。看话剧，不再是一种享受，而是成了对眼睛和耳朵以致心灵的一种折磨，看完了，总禁不住在心里喟叹一声：唉，又受一回骗。

我们每一个热爱艺术的诚实个体的金钱和时间，就这样无谓地被打着艺术旗号的人给损耗欺骗了。更糟糕的是，它败坏了我们的眼睛和耳朵，破坏了我们对美的甄别和鉴赏。

与其看那些舞台上肢体的夹生杂耍，莫不如看真实场地里奔跑着的健全躯体，看经过严格训练后那种纯美的、无法作假也无法企及的脚尖上的开绷直立。

从什么时候起，我开始迷恋上了看芭蕾舞和足球？说不上。反正是对语言艺术彻底失望与厌倦之后，那些不说话的形式，诸如舞蹈和足球，就占据了我的视野，进而心灵。

关于足球，我已经说过太多，对它赞美过太多。这里暂且不去说它。那是纯粹的、解放了的、自由奔放的身体。单说舞蹈吧。那些轻盈飘逸、开绷直立的形式是多么美丽！《天鹅湖》《堂·吉诃德》《吉赛尔》《胡桃夹子》《罗密欧与朱丽叶》，甚至表现中国妇女解放的中芭出演的《红色娘子军》……人自身的身体能量被最大形式、最大限度地宣泄释放了，仿佛他们的身体里都注满了奇怪的欢乐色彩。看见他们在一个空旷的舞台上那样曼妙地开绷直立，那样轻松地凌空腾越、疯狂旋转的时候，直觉得人的肢体是个非常奇怪的东西，它既受制又解放，是受制后的解放，亦是解放后的重新受制。那亦是心甘情愿的。就在种种两难之间，迸发出欢乐，迸发出美、自由、激情。看看《海盗》中的快乐双人舞，看看那些《大古典双人舞》，看看那由老柴作曲的《辉煌的快板》，看看西班牙风格的《雷蒙达》，看看那个与风车较劲玩疯狂的老堂·吉诃德……舞台上的那些长得人高马大或腰不盈握的怪怪的人们啊，他们的肢体真是奔放、热烈，没来由的奔放，没来由的热烈，观望者就觉得眼睛里边在轰鸣，耳朵里边在轰鸣，心底里边注满了快乐的轰鸣——不可一世的快乐轰鸣。那仿佛是一种人类原生的热情，被压抑许久的激情，现在全被他们的身体给绽放出来了。

原来，人不一定要用嘴巴说话。嘴巴关上之后，肢体却能有如此完美、复杂、和谐、流畅的表述功能！人类进化产生语言，有了大脑的语言思维，其实是一件多么反动和遗憾的事情！嘴巴一有声音，身体的说话功能就废置了，要经过后天残酷的非人训练，诸如开弓劈叉、压腿抻腰、节食练功等等酷刑，才能在个别人的身上将那套身体肌肉的说话功能找补回来。而更多的人，身体却永远僵掉了。最神圣的经书上讲，人类嘴巴里的语言，是上帝为了在人群中挑拨离间而特地制造的。上帝看见人类都用同样的肢体说话、交流，觉得人太团结了，会对他这个统治者不利，于是他就故意让人们嘴里发出各种不同字母的声音，让他们之间的相互交流废止中断。上帝他果然得逞了！中国的一些用汉语来写作的作家们，不是总抱怨得不到瑞典发的一种叫作诺贝尔的文学奖吗？这要是换成肢体语言艺术评奖的话，哪里还用得着语意的翻译？哪里还用得着担心翻译过程中的误读和语意的失落？看那每年召开的各种世界运动会，那就是人类肢体的狂欢节。还有一种叫"穷兵黩武"的东西，那也是对人类肢体某些语言的变相回忆，只不过在施虐与受虐之中，显得相当变态而已。

肢体也能淋漓地表现爱意，表现忧伤。看看英国皇家芭蕾舞团演出的《罗密欧与朱丽叶》中"定情"一场，男女主人公从相识、相知，到相恋，完全用肢体表现得丝丝入扣，又如醉如痴。夜深人静，在朱丽叶家古堡的后窗下，一场君子好逑的古典游戏悄悄开始了。一对小可人儿，他们的身体悄悄趋近，复又分离，紧张，期盼，试探，战战兢兢，小心翼翼。刚要试着触抚，又"倏——"地分开，转身离去，又恋恋不舍。站定，回眸，快步奔回，朱丽叶到了罗密欧身边，站定，手足无措。张皇，喘息，迟疑。打量，旋转。足尖绷起，落地。如是反复，内心的紧张、焦渴、期盼都达到顶点之后，最后终于两个身体合一，嘴唇轻轻一吻。朱丽叶害羞地扭头快步离去，罗密欧闭着眼睛，摊开双手，一步一步轻轻往后退着，轻嘘了一口气，英俊的小伙子轻嘘了一口气，闭着眼睛，痴迷着，醉了，醉了……

舞台上用身体表达的爱意，比语言表现得更加完美，精彩，酣畅，快意，淋漓。整个叙事行云流水，根本不是用语言可以比拟和翻译的。另一出由巴黎国家歌剧院芭蕾舞团演出的《吉赛尔》，墓地里那一场叫作“维丽”的冤魂们的群舞，编排和演出都至臻至美，在古典芭蕾艺术上真是到了登峰造极的境地。那已经看不出是人在舞蹈，真像是一群精灵在翩翩起舞，就是一群披白纱的鬼，丽鬼。她们的手臂和脚尖简直就不像人的手臂和脚尖，怎么舞怎么有，对肢体的运用达到了极限。

但也不是说没有滥竽充数之作。身体叙事中的赝品也一样存在。从美国来的一个芭蕾舞团，到北京来跳《仲夏夜之梦》。那是一场十分糟糕的戏，把观众的感觉蹂躏得一塌糊涂。看完之后才明白，那是由各色人种凑起来的一个草台班子，音乐和舞蹈的处理上都浮皮潦草。莎翁幽灵故事中的主角由一个名叫“龙”的华裔来跳，那人留着一个北京特有的板寸头，装也不化，由始至终，只披一件简单的金丝绒大氅。无论如何，也让观众找不到古代“王子”的感觉。他一次又一次用他的支棱八翘的板寸脑袋将我们从古典情节里抻出来，让人以为是不巧碰上了前门广场上一个蹬三轮的。而且，剧里所有的男女演员没有一个敢跳炫技动作，敢来一段显示个人技术的大段独舞。对待古典艺术，他们未免有些太漫不经心。今后，但凡再有什么美国来的古典艺术团体前来走穴，在选择去看之前，还是要加着十分的小心。相对于古典艺术的起源地俄罗斯和欧洲而言,美国的舞者,大概只能算是一大群乡下人。

正是在这些奔放的身体叙事中,我们得到了灵感,受到了启迪,也从中获得了生气。语言是有边界而躯体是没有边界的。艺术既是自由之思,也是自主的快乐。它是受虐,也是解放,是受虐之后的解放,也是解放之后的重新受虐。就在受虐与解放的双重痛苦与欢乐之中,艺术,带着无形和有形的镣铐枷锁,一步步逼近了人的本原。

1999 年 5 月 25 日

十年一觉女权梦，赢得什么什么名

——从“厨房”到“探戈”

《午夜广场最后的探戈——徐坤获奖小说选集》是我从事小说创作近二十年来的一部中短篇小说获奖作品集。里面收录了《午夜广场最后的探戈》《厨房》《狗日的足球》《鸟粪》《先锋》《遭遇爱情》《早安，北京》等篇目。年轻时的写作，十分峻急，仿佛有无数力量催迫，有青春热情鼓荡，所有的明天，都是光荣和梦想。仿佛可以乘着文字飞，向着歌德《浮士德》中“灵的境界”疾驰。光阴荏苒，人到中年，便会将脚步贴近大地，内敛与凝重，不断思量文学如何才能得以不朽。这本集子，算是一段青春路标，为笔者和笔者的同道曾经诗意盎然的文学生活立此存照。

二十世纪九十年代初，刚开始写小说那会儿，不考虑男女，只是按先贤先哲大师们的样子，追寻那条文学审美的精神之路，写《热狗》《白话》《先锋》《鸟粪》，写我熟悉的知识分子生活，探究人类生存本相，相信能成正果。后来，某一天，女权主义女性主义潮涌来了，急起直落，劈头盖脸。忽然知道了原来女性性别是“第二性”，西蒙娜·德·波夫娃告诉我们，子宫的最大副作用，是成为让妇女受罪的器官。

《厨房》写于1997年，距今已经有13个年头。依稀能记得，原先想写的是“男人在女人有目的的调情面前的望而却步”，写着写着，却不知最后怎么就变成了“没达到目的的女人，眼泪兮兮拎着一袋厨房垃圾往回走”。之后，《厨房》的主题给批评家演绎成了“女强人想回归家庭而不得”，所有同情方都集中在女性身上。

《午夜广场最后的探戈》，写在2005年，已经跨世纪了。2005年的夏季，不知在哪家厨房呆腻了钻出来放风的那么一对男女，开始在大庭广众之下的居民区的午夜广场上发飙。他们把社区跳健身舞的街心花园广场，当成了表演弗拉门戈、拉丁、探戈舞的舞台，男女每天总是着装妖艳，得瑟大跨度炫技舞步，像两个正在发情的遗世独立的斗篷。最后以女方在大庭广众之下摔跟头收场。

把《厨房》和《探戈》两篇中间跨度有近十年、却又横亘了两个世纪的小说，前后放在一起考察时，连我自己也不禁悚然一惊！十余年来，竟然用“厨房”和“广场”两个寓象，用“拎垃圾”和“摔跟头”的结局，把女性解放陷入重重失败之中。小说的结局都不是预设的，而是随着故事自己形成的。但愿它不是女巫的谶语，而只是性别意识的愚者寓言。

十年一觉女权梦，赢得什么什么名。乐观一点想，“厨房”和“广场”的意象，如果真能作为跨世纪中国女性解放的隐喻和象征，二者的场面也已经不可同日而语，不光活动半径明显扩大，姿态和步伐也明显大胆和妖娆。如果真有女性的所谓“内在”解放和“外在”解放，我真心祝愿二者能够早一天统一。既然，中国女性的解放之路，从“厨房”已经写到了“广场”，那么，下一篇，是否就该是“庙堂”了呢？

2010年1月20日

（《午夜广场最后的探戈——徐坤获奖小说选集》，作家出版社，2010年1月）

一间自己的屋子

女人必须要有“一间自己的屋子”！这个由英国十九世纪著名小说家维吉尼亚·伍尔夫提出的论断，当我们在二十世纪九十年代初第一次从中文译本中看见它时，是多么地振奋而又惊诧啊！那个大胆而又不顾一切的维吉尼亚·伍尔夫她在自己著作的开场白中写道：“我只能贡献给你们一点意见，关于一件很小的事——一个女人如果要想写小说一定要有钱，还要有一间自己的屋子。”（伍尔夫：《一间自己的屋子》，王还译，北京，三联书店，1992 年 6 月）当时许多中国能识字的女性，也包括我自己，一下子就被这个理论给震住了！就像工人阶级从剩余价值理论中知道了自己被资本家剥削的根源，女人阶级从西蒙娜·德·波夫娃的《第二性》理论中知道了自己“女人性别”是被男权后天教唆，当时我们这些二十来岁的文学小女青年们，立刻也天眼开开，从蒙昧之中被启蒙，懂得了女人之所以写不出好小说、成为不了文学大师的道理——因为我们没有一间属于自己的屋子！没有自己的屋子，就不能不受干扰地独立思考写作，也就不可能写出好文章；既然没有好文章彪炳于世，当然就不能获得文化上的权利。

可是我们为什么没有一间自己的屋子？伍尔夫那个年代是因为妇女在英国所处的社会地位低下，经济权益低微。而我们却身处新中国的九十年代，中国妇女仿佛早已经有了跟男人一样的平等，可是我们为什么没有房子呢？其实，在那个计划经济体制时代，不光是妇女不能轻易有房子，就是男人也不能随便得到房子，房子是国家统筹分配产品，多少人都在双眼望穿，希望能够有一间小小的自己安身立命之地啊！在此房源严重匮乏的情况下，比较可恨的是，国家福利分配住房制度，延展的还是农民式的保全男性重劳动力的方法，大凡单位分房都要以男方为主，妇女先天便被剥夺了以个人身份享受国家福利的权利。对此，我们怎么能不抱住伍尔夫的理论不放，并对“房间理论”生出无限的感慨呢！

“房间”从此不光具有了物质的概念，它还成了一个具有强大隐喻意义的象征符码，表明了女人在社会上所受到了歧视或者说是不公正待遇。按照伍尔夫的说法，从经济角度说，由于母亲们没有职业，没有社会地位，不能开厂或做股票交易所的大经纪人，不能留给女儿们可供继承的遗产，或设立研究津贴、奖学金，以供女儿们过优哉游哉的生活，所以女儿们注定没有文化无钱接受教育，注定就要当老妈子，整天柴米油盐在厨房和起居室里打转。否则的话，女儿们就应该跟那些有继承权、受过教育的儿子们一样，现在一定会很舒服地坐在沙龙里或写字间，她们谈话的资料会是考古学、植物学、人类学、相对论等等博大精深的理论，她们也会心安理得地写作，而不必为经济上的困窘劳神。她号召女人要争取有“一间自己的屋子”，就是激励女性要为自己的经济权益和社会地位而抗争，其态度应该激烈、亢奋、勇猛、强悍，要成为斗士，哪怕它同时伴随着偏颇、乖戾，也要奋勇斗争，攻其一点不计其余，与占统治地位的男权展开白刃战，坚决抗争到底。

我们为此深受鼓舞，并通过妇联、妇工委等等为女性说话的机构孜孜不倦地为争取跟男人有同等的分房权利、为有一间自己的屋子而斗争。时间跨入新世纪，旧的福利分房制度解体，在新的市场机制下，那些城市里一幢幢拔地而起的高楼大厦，对于购买者一视同仁，根本不问买房者性别如何。妇女不期然给赋予了一个平等的获得房间的机会。后来的结果人们有目共睹，那就是进入新世纪后，一茬又一茬妇女越发喜欢从事写作了，女人写的好小说一天比一天多了，妇女在社会中的文化地位一天天地上升起来。这些都不能不说是得益于她们的经济条件和居住条件的改善，她们普遍有了属于自己的自由写作空间，思维因而能够不受阻隔，思想能够向灵的境界飞升。伍尔夫如果能活到今天，并能来中国亲眼看一看，在第三世界发展中国家，竟然有这么多受过教育的知识女性怡然自得地居住在自己的屋子里，驻守着一块自己的精神领地，自由地生存，快乐地写作，为人类贡献着丰富的精神产品，她将会有何感慨？

女人，先安居，然后才能诗意地栖居。这也许就是“一间自己的屋子”延伸到现在的意义。

2003 年 2 月 25 日

手指的狂欢节

这个月我发了500多条短信息。这个统计数字是在昨天交手机费时拿到的。原因是我参加了一个为期不短的学习班，有大量的时间要在教室里听讲。用什么东西来打发这许多难挨的时光呢？短信息这时就像一群快乐的苍蝇，嗡嗡嗡通过数码媒介在我们的课堂里振翅飞翔。

最初的短信息多是互致问候的闲聊废话，需要发信者自编自创。手指灵活地在狭小的手机键盘上舞动，一枚枚小文字苍蝇“吱扭——吱扭”地如导弹般飞向邻座同窗，有时也飞向八百里以外的故土家乡。是为了交流吗？为了沟通吗？交流和沟通为什么不利用课余时间促膝谈心、打电话、写信或发email？那样的话，速度、效率、感情色彩不是都比现在要好得多吗？

关键的问题是，我们又想沟通，又没什么正经话。乱打电话不招人烦吗？写信又是多么老土！发电子邮件我们又不能总把笔记本电脑随身带着。促膝谈心已经是古代的事情。那么，我们就发短信息吧！用它打发无聊时光！几个短信下来，一堂课、一个会议，转眼就完了。它能把远距离拉近，近距离变远，高效率变低，低效率变无。虽然都在一个课堂上，信息通过手机传来，竟疑是天外来音，距离产生美感。外省的问候一旦亮相，却仿佛朋友就在身边。

因为它是无声的，偷偷摸摸，鬼鬼祟祟，大庭广众之下隐秘的交流，符合我们内心深处隐藏的捣蛋叛逆习性。它看着像是交流，其实更是游戏、取乐，数码时代的互动广场，集中了过去的信件、电话、电子邮件、网络聊天几者的功能，发送速度更快，更简单，更方便。最重要的是它还表示游戏者是有文化的，它是以文字为载体，对参加者最基本的要求是要会将汉字输入。

哦噢哦，伟大的短信息！文字那么个老东西，借助于现代化的数码方式，熠熠生辉，竞相传递，焕发青春，鹤发童颜。

当然，发一句问候语，大拇指就得在小键盘上按来按去，不下几十下，字数也有限制，速度慢，效率低。但我们不怕麻烦，本来我们玩短信息，就是为了降低效率，消磨时间的。一旦说起什么正经事，还是打电话来得稳重踏实。

扯淡问候的话，禁不起天天说，一天到晚发来发去，再玩也有词穷的时候。接着，懒人们就开始转发现成的段子取乐。从原创到转发，这就已经进入短信息的高级阶段。

天气预报：今天凌晨到白天有时想你，下午转大到暴想，预计心情将由此降低五度。受延长低气压带影响，预计此类天气将持续到见你为止。

某商店养只鹦鹉，吊在门口，顾客进门就说“欢迎光临”。一少女不信，来回走了六次，鹦鹉跟着说六次，到了第七次，鹦鹉大怒说“老板，有人玩你的鸟！”

就是这些东西(当然,也还有些更加狡黠、贴近下半身的生猛段子),一转眼,在每一个手机上传递着,有时一不小心,又被转发了回来。它们都是信息公司原创,然后被成千上亿手机用户转发。信息公司因此赢利好几百亿。为什么我们心甘情愿帮信息公司敛钱?因为我们都是有点文化的,文化水平不高,高中程度以上,相信“奇文共赏析”的名言,见到好的段子,如同过去时代见到一本好书、一碟好的 VCD,立刻就想到要与朋友共分享。那些好的短信息段子,无论是祝福的、爱情的、哲理的、谐谑的,包袱都抖得机灵,幽默,机智,风趣,关注现实程度快,赛过一切无病呻吟的相声小品,令我们这些职业作家也自叹弗如。

“两千年代,爱情加快,从爱到踹,一个礼拜。星期一放电,星期二表态;星期三牵手,星期四做爱;星期五腻歪,星期六开踹;星期天寻找新爱。”“以短信消磨时间的称为信生活,只收不发为信冷淡,狂发一气为信亢奋,发错对象是信骚扰,发不出去是信功能障碍,看着信息傻笑的基本已达到了信高潮。”

就这么着转发来转发去,既欣赏了段子,又表示了相互沟通。这是一个狂欢而又寂寞的时代,每个人都渴望沟通又希望独处。短信息适时地抚平了人们心中的某种焦虑,同时拖拽我们进一步堕向数码时代的虚无。

2003 年 1 月 13 日

臧 否

文化人聚到一处，往往好臧否。臧否者，褒贬之谓也。而“臧否”一词本身却并无褒意或贬意，只不过是“说话”的代名词而已。中性。

臧否之道，率性而为，否则便不叫臧否，而叫“谋略”或“策划”。所谓臧否，前提或氛围是三两好友围炉相聚，一壶茶，几粒话梅，或一枚花生米（林希先生小说中所谓“一杠一花”之喻也）。茶要滚沸凉至温凉，话梅和花生米要选没过保鲜日期的。一旁还需要有一种猫一样轻捷的脚步声不时添茶倒水小心伺候。坐姿也往往比较端庄，大腿很少跷到二腿上，双脚也都是顺着椅子背儿规矩地往地面上延展下去。一般是众人轮流出语，时而还要伴着激动无序的抢答。严肃较真儿之态，并不比研讨会逊色。然真正研讨会上的臧否，却已失去臧否之意，而变之为“发言”。发言是要做笔录并见诸传媒，又要载入青史的，往往是言善，慎而又慎，客客气气好话一大箩。

而臧否就不那么客气了。管他前后左右、南北东西，天下凡可入口的话题一律变成唾沫，愉快地伴着嘴唇的翕动飞溅出来。或人或事，谑浪笑傲，无不可以臧，也无不可以否。臧某否某，并无事先拟定，臧否到一处时再说。遇到双方意见一致、彼此不谋而合时，一拍大腿：哇！天下知己除伯牙子期、狗咬吕洞宾外，也就剩个你我了！遇见看法相左，舌辩也不足以说服时，不免脸红脖子粗，失了坐相，蹲到椅子上或坐到桌面上用嘴巴拉锯，胜负不分结果。最后不欢而散的时候也有。但是转天睡宿觉就忘了。见面依旧勾肩搭背做朋友状，一方想向另一方道歉昨晚上的出言不恭时，另一方竟困顿迷瞪着双眼：我昨天说什么来着？

现代的臧否，已失去古代的“公开”性质，往往避开公众，转而在亲朋好友知己同道之间进行，言语之间便有了“私下”的属性，多是一时的情感挥发和意气宣泄。它以彼此间性相近习亦相投作为黏合。习惯了在外面当公众人物的，常化了很厚一层影视妆在电视里做脱口秀，说的都是一些事先排练好的题目。大白光照着，油汗滚滚又不好去擦，脸上的表情很累。一回到朋友圈之中张口言笑，便卸了面具，不假思索任意臧否，一身活脱脱的轻松，真正“脱口秀”起来，不再担心言多必失，话语传播下去会惹起什么观众来信。写惯了磕磕绊绊反复删改文章的，这会儿臧否起来连个顿都不打，一泻千里野马脱缰，没有表示停顿和间隔的标点符号，想到哪儿就说到哪儿。当然，说谁谁谁好的时候，谁不一定就真的桃李绽放，只是那人得到了他个人一己的暂时认可罢了；臧否谁谁谁的文章臭的时候，谁的文章不一定就大粪茅坑，明天传媒上正规发言的时候仍旧把人家评成花儿一样。

臧否有随意性、灵活多变性、模棱两可性、意气用事性、不可偏听偏信又不可完全不信性。臧否之地实际上不过是个休闲场所，如同有钱人的卡拉 OK 包间、高尔夫、保龄球健身房。只是君子固穷。穷君子只好采取这么一个省钱又体面的健脑益智休闲方式，把自己好生锻炼一下。整日的书斋写作，面对不会说话的稿纸、电脑这些哑巴，口腔发声功能，几欲闲置坏了。

臧否的话禁不起往外流传。它只像一阵风，一道烟，随波消散。“人去后，一弯新月天如水”，境界最好。一旦散播出去，说者无意，听者有心，事情就闹大了。若遇上有君将茶余饭后的臧否之言作为书写依据，洋洋出笔，那就更是将几方当事人都卷入是非，说不清又道不明。吃过臧否流传之苦的，往往一朝遭蛇咬，十年怕井绳。以后在任何密友聚会的关头，都努力保持着缄默，什么也不跟着参与说。任凭话语在牙齿缝隙里迸将欲出，却死死咬住舌尖费力地将其吞咽回去，直憋得脸色乌青，几近昏厥。他在小心翼翼地提防着别人，别人也因此而对他有了提防。结果朋友之间龙门阵似的相见欢变成了“莫谈国是”，一场聚会无趣而散。下次聚会，就没有了这个不臧否者的人影。再隔些日子，就听说他当领导去了。

臧否是一门大学问，古时常有臧否大家自成风范。近人如纪晓岚、钱锺书等的连珠妙语坊间也时有流传。只是，文化断代，臧否也断层。现时的臧否，变得越发无文化的底蕴和韵味。臧和否，在生存压力急遽加大、人际关系日趋变得隔膜而又紧张的时代，已全无往昔纵横风貌，完全变为嚼舌磨牙、放松神经的闲谈，其间并无恶意，甚至连善意都没有，只沦落为纯粹的休闲。我们都有可能无意间如此休闲过别人，我们也都有可能无意间如此被别人休闲。因此面对从某些曲折渠道传来的臧否，你尽可以一笑置之。

世界越来越忙,我们也越来越累。

1997 年 4 月 19 日

都柏林的乔伊斯

2000 年 9 月,我随中国作家代表团出访了挪威和爱尔兰两个国家。这两个国家的共同特点,就是他们都是出大作家的地方,尤其是出获诺贝尔奖的作家。像挪威这样一个小国,已经有三名作家获此殊荣,他们是 1903 年获奖的比昂斯提尔纳·比昂森,1920 年获奖的克努特·汉姆生,1928 年获奖的女作家西格里德·温赛特。挪威作家在二十世纪初的频繁获奖,至少传递出一个信息:诺贝尔奖设立之初,也无非是北欧几个兄弟国家之间的彼此文化交流,与其他更广大的世界无关。至于后来,这个奖项的影响蔓延到全世界,那是当初人们所没有意料到的。

而在爱尔兰,也已经有四名作家获得诺贝尔文学奖。他们是:叶芝(1923 年获奖)、萧伯纳(1925 年获奖)、贝克特(1969 年获奖)、悉尼(1994 年获奖)。

奇怪的是,恰恰是没有获奖的两个举世闻名的大作家的名字——亨里克·易卜生和詹姆斯·乔伊斯,他们的事迹覆盖了奥斯陆、都柏林这些文化名城。走进奥斯陆,会发现到处都是易卜生的痕迹,而走进都柏林城,也会发现这座城市处处被那个詹姆斯·乔伊斯的气息所笼罩着。有了乔伊斯,都柏林人也就不大提叶芝、萧伯纳、贝克特、斯威夫特、王尔德、悉尼等等显赫的大文豪,而是总把乔伊斯挂在嘴上。

路经横贯全城的 River Liffey(利菲河)时,会有人告诉你,这就是乔伊斯在《都柏林人》和《尤利西斯》里经常写到的那条河。来到著名的"三一"学院,发现这里正在举行乔伊斯的手稿展览。走进大小商店,货架上到处都摆放着乔伊斯的书或印有他的相片的小型挂历。来到与英国只有一水之隔的海边,看到古堡下边也永久陈列着乔伊斯曾在这里住过的小床、写作时用过的书桌。最辉煌的还要算作詹姆斯·乔伊斯中心,它的掌门人是乔伊斯家族的后代,与其说是为纪念乔伊斯而建,毋宁说是为了慕名而来的外国朝拜者而修。中心存有大量档案资料,除乔伊斯本人的真迹、用器以外,最多的是书橱中收藏的乔伊斯著作的各种译文版本。金缇和萧乾翻译的中文《尤利西斯》版本也煌煌居中。中心还设有自己的网站 http://www.jamesjoyce.ic,进入主页页面,赫然写着:You are now in the heart of Dublin(你现在正处于都柏林的心脏地带)。

乔伊斯成了都柏林人的骄傲,也成了都柏林城的象征。尽管全世界人也包括都柏林人自己,很少有人读过他的什么东西,但乔伊斯还是成了全球化的一种接头暗号。他一生只写了四五部作品。在 1940 年时,记录他半年当中作品销售情况的情形是:《流亡者》零本,《一个青年艺术家的画像》零本,《都柏林人》六本。艺术家生前孤寂,死后繁华,这样的情形虽说常见,奇怪的是作为文学家的詹姆斯·乔伊斯,并非能像凡·高那类画家一样作品直截了当诉诸视觉,不经翻译就能观看;乔伊斯的著作是靠学者和翻译家的供奉而赢得世界声誉,多半人只知其名,未懂其作,这在文学史上也算奇迹。

笔者年轻时读过乔伊斯的一些作品,却总被那书中那股冉冉流动的意识洪水拖曳得记不住什么。乔伊斯中心出售的一只印有他头像的盘子,恰到好处地提供了他的一段箴言,不由得让瞻仰者眼前一亮:

I will not serve that in which I no longer believe, whether it call itself my home, my fatherland, or my church; and I will try to express myself in some mode of life or art as freely as I can and as wholly as I can, u*sing* for my defence the only arms I allow myself to use——silence, exile and cunning.

——*Portrait of the Artist as a Young Man*

我再不尽忠于那些我不再信任之物,无论是称之为家园、祖国还是宗教。我只想尽我全部自由去表达我自己的生存观和艺术理念。我的招架之功是沉默、放逐和冷幽默。

——《一个青年艺术家的画像》

2000 年 11 月 3 日

张爱玲的“显”与“隐”

——“蚊子血”与“一粒饭”

《红玫瑰与白玫瑰》里，张爱玲说：也许每一个男子全都有过这样的两个女人，至少两个。娶了红玫瑰，久而久之，红的变了墙上的一抹蚊子血，白的还是“床前明月光”；娶了白玫瑰，白的便是衣服上的一粒饭粘子，红的却是心口上一颗朱砂痣。

据报载，刚在《乔家大院》里被褒贬了许多的陈建斌，下个月就要出演话剧《红玫瑰与白玫瑰》里的男主角。5 月，香港影帝梁家辉也要来北京，在首都剧场舞台上演绎《倾城之恋》。一时，“张爱玲热”重新烘暖北京这个风沙弥漫的春天。“张迷”们有福了！

从剧照招贴画上，看到了梁家辉摆的几个 POSE，气质优雅、缠绵，有股说不出的黏糊劲，颇有旧上海“老克腊”男人的味道。多年前，也看过赵文宣、陈冲担纲主演的电影《红玫瑰与白玫瑰》。赵文宣那种温婉风流的样子以及漫漶的书卷气，把振保的角色演绎得惟妙惟肖。后来他还在张爱玲传记片中出演过胡兰成。

如今，像振保这个样的旧男人却要由陈建斌来演，着实让人有点担心。他演现代男人还是不错的，《结婚十年》中跟徐帆配戏，《浪漫的事》中跟倪萍配戏，都很不错。《乔家大院》里跟蒋勤勤配戏，却发力太狠，太刻意，脸部肌肉都是横的。很失败。

张爱玲的戏，是那么随便好演的吗？

经济日报出版社于前年出版了一本《张看》，陈子善先生称为“迄今为止张爱玲散文最为完备的结集”。无论装祯、体例，都求尽善尽美。封面一团隐约纠结的浅粉色调，当中衬出一个盘大花云头、着宽袖斜襟锦缎滚边旗袍、浓妆、神情孤傲清冽的张氏。一枝带露的玫瑰，恰好在冷眼睥睨处。满篇都是“民国世界的临水照花人”意境。唯一令人不满处，是书中所选诸多评张的文字中，偏偏把胡兰成《今生今世》的标题改作《不染红尘——张爱玲》，俗而寡味，有些低看读者之嫌。如今看来，所有论张的作品中，唯有那位胡兰成说得最地道、最有味儿。毕竟曾是枕边人，知妻者，莫过于夫也。

早期对张爱玲研究的著作中，有几本是很有才情与理性的：于青女士著《张爱玲传——从李鸿章曾外孙女到现代曹雪芹》，台北世界书局股份有限公司1993年9月出版，是较早的传记著作，先前她还跟金宏达合编过《张爱玲文集》1—4卷，安徽文艺出版社1992年7月出版，到了1995年9月已经是第5次印刷；江西女作家胡辛著《张爱玲传》，作家出版社1996年5月出版，因为作者身份是作家，她可以把传记自由写出小说笔法，有非常大的可读性；上海华东师大女博士万燕著《海上花开又花落——解读张爱玲》，百花洲文艺出版社1996年8月出版。万燕是钱谷融先生门下唯一的女弟子，曾经是诗人，年纪轻轻，却有一大把不同寻常的漂泊经历，书的题记竟以二宋大字赫然写道：“献给人——千古绝唱中，我是风里飘扬的一面破旗。”听起来颇有引张氏为前盟或知己味道，先是因为有“爱”，后来才引申出“评”，史料翔实，颇值得一看。后来她还跟止庵合著过一本《张爱玲画话》，天津社科出版社 2003 年 10 月出版，里边收集有大量当年的漫画插图，费的功夫可不是一般。

及至后来，“张学”差不多成为一门显学，待到一拨又一拨在校研究生也纷纷拿张氏做起硕士博士论文后，材料和观点就几乎相近，不断同义重复，打开百度或谷歌搜索引擎一查，“哗——”几十万个条目出来，令人眼花缭乱，不知所往，却也实在没有什么好看了。偶尔，会有人在史料堆里翻出一篇张氏未曾发表过的中学作文或几张旧照片，勉强还可算作新闻。

从前读张，只为欣赏，胡乱翻书，常为她对人性的穿透力，她独造的冷艳句子频频叫好，并不顾及年代顺序及其他。经济日报社出版的《张看》，最大的特点是有了一个张氏写作大致的序列，外行人也能按照书中编年的顺序，将张氏的来龙去脉大概理清。

没有哪个作家的写作，是不求腾达的。张氏亦如此，或许更甚，她的名言“出名要趁早”，至今仍回响在一切文学青年耳畔。一个作家的“显”，除了自身的才气外，也需要机缘。沦陷中的上海滩的冷寂、文艺的抚慰作用、前辈的提携、她的女性身份、贵族后裔的身世……这一切给她提供了合适的破土而出的养分。细查每篇文后附的写作日期，便可知，一个小女人的爆得大名，几乎就在二十三到二十四岁之间(公元 1943—1944 年)。短短两年，忽地昙花一放，香艳了大半个沦陷中的上海滩。由于过分妖冶，因而形同罂粟。到 1945 年她的《倾城之恋》改编成话剧在上海火爆起来时止，张爱玲短暂的创作辉煌即告结束。以后零星的作品,纯为糊口而作。

我们现在所悼念、倾心而“迷”的,就是当时那个二十出头的小女人,才华横溢,身世不幸。因为她的年龄与她作品苍凉压抑、冷漠孤傲的成熟程度太不相称,因而我们也被惊诧的子弹所击中,迷她而不顾一切。自古文章憎命达。她这样的来由,是符合人们对于“才女”的期待与想象的。设若她是个中年妇人,满身烟火气,幸福得胖乎乎,人们对她的评价便要有微词,或觉得她太大众化或是才分不够,因而也就没有那份兴致去着迷。至少,兴致要减少一半。

张爱玲简直就是一朵耀眼的罂粟奇葩,只有彼时彼地上海沦陷区那样的环境才能娇纵她自由绽放。她的自身遭际,倒有些像《倾城之恋》里慨叹的:一座城市的颓塌,像是为了成全流苏的爱情。而一座城市的沦陷,似乎也就是为了烘托出她这样一个分外“个色”的女作家。张爱玲的身世经历已经注定了她的生不逢时,且又命途多舛。她的优越感和自卑感交织,虽是高门巨族出身,可惜童年又遭逢父母离异,遭受继母虐待的不幸,年轻时又曾有过逃离家庭只身考到香港读书的经历。无形中,自卑中更多了一份自尊。与其说她是从没落的封建大家庭中“逃离”,不如说是“被遗弃”更确切。在实际生活当中她其实已是被父母遗弃的孤儿,一直跟姑母一起过活,靠稿酬养活自己,算得上是一个自立的女性,无论是在经济独立意义上还是思想独立方面,她都是无所依赖的,只凭自身。仅从这一点上来说,就要令人肃然起敬!

逃离是义无反顾的，而被遗弃者却不同，后者自然要抱着十二分的委屈、眷恋、遗憾、惆怅，要时时控诉却又有所怀想。张爱玲那破落贵族世系横遭凋零的感觉，不向旧式的《红楼梦》里去找，也就无处可寻了。因而她对往日风情大俗以雅的描写，对日常生活琐琐碎碎人情世故的展开，便是在《红楼梦》似的哀怨婉叹里，以“一恋倾城”和“焚香围炉”说古方式讲述，渗透了贵族遗梦似的感伤，同时又是极其“歹毒”、“狂妄”、恃才傲世、心狠手辣。戳穿人性“恶”时毫不留情，人性善的方面却几乎看不见，描述出的多是懦弱、狡黠、贪婪、自私的本性。沦陷时期的上海文坛之所以能够容忍张爱玲的出现并有奇才之叹，实际上是将历史的断裂在风花雪月的追忆中弥合，满足一部分艺人对旧式才子佳人繁华生活的怀想，也是栖居孤岛之时暂时而不得已的对凡俗人生、男女世相的无奈关注。

张爱玲是个思想深邃的同时又具世俗心计的聪明女子。她的写作资源，不光是来源于古代《红楼梦》《西游记》《三言二拍》等等旧事传说，对于当时文坛的潮流起落、名衔排行，她也都悉心关注心里有数。从胡适之、老舍到周作人、鲁迅、林纾、张恨水，到丁玲、冰心，作品她都阅读，并有自己的评价。这些，在她的散文集《张看》中检索得出来。当代人中，她喜欢读老舍的作品。“《小说月报》上正登着老舍的，杂志每月寄到了，我母亲坐在抽水马桶上看，一面笑，一面读出来，我靠在门框上笑。所以到现在我还是喜欢《二马》，虽然老舍后来的《离婚》全比《二马》好得多。”（《张看》，P76）她的胞弟张子静的文章也可以作为辅证，表示出她对同时代作家的关注："她从前也很喜欢看，还有老舍的《二马》《离婚》《牛天赐传》，穆时英的《南北极》，曹禺的《日出》《雷雨》也都是她喜欢看的，她现在写的小说一般人说受《红楼梦》跟 Somerset Maugham（萨默塞特·毛姆）的影响很多，但我却认为上述各作家给她的影响也多少都有点。"（《张看》，P66）

年轻时，她尚可公正评价林纾、丁玲等若干女作家，及至成名进而大红大紫后，便没有什么人尤其是女性作家能在她的眼里了。发表于 1936 年 10 月 20 日上海《国光》创刊号上的《读书报告》，其中一则《在黑暗中——丁玲著》评写道："丁玲是最惹人爱好的女作家。她所作的《母亲》和《丁玲自选集》都能给人顶深印象。这一本《在黑暗中》是她早期作品中的代表作，包括四个短篇，第一篇《梦珂》是自传式的平铺直叙的小说，文笔散漫枯涩，中心思想很模糊，是没有成熟的作品。《莎菲女士的日记》就进步多了——细腻的心理描写，强烈的个性，颓废美丽的生活，都写得极好。女主角莎菲那矛盾的浪漫的个性，可以代表五四时代一般感到新旧思想冲突的苦闷的女性们。作者的特殊的简练有力的风格，在这本书里可以看出它的养成。"（《张看》，P194）

这种中规中矩、客观公正的评价，当然不是日后那个飞扬跋扈、自恃才高、眼里没有第二人的张爱玲所写，而只是当年 16 岁的女学生的读书报告。等到 1945 年 4 月，在上海《天地》第 19 期上发表《我看苏青》时，张爱玲就没这么客气了，口气里全是大家风范，虽然看上去是帮苏青的《结婚十年》说些促销式的好话，但显然句句都在表白自己，虽然假意说"把我同冰心、白薇她们来比较，我实在不能引以为荣，只有和苏青相提并论我是心甘情愿的”（《张看》，P161），而口气言谈中却也着实把被说为“与她齐名”的苏青也看低了一层。

好了，这就是张爱玲。弄清了她的家世来源和知识结构后，就能明白，她出道以后的每每下手毒辣、撒豆成兵的气冲云天书写，完全都在情理之中。若干才情不向写作里出，也是天理不容，老天太不眷顾于人。总之，在她没有正式向文坛出手之前，就已经基本修炼完毕，具备成为一个作家的各种禀赋。所有的人生不幸经历，所有的阅读经验、接受的教育，都在教她往一个合格称职的职业写作者的方向发展。

在她有了足够的人生履历和写作训练后即将崛起之际，所处的时局却给了人一个大困惑。张爱玲时代的上海，是沦陷以后的上海。当时蛰居在此的文化人都在谨慎地保持沉默。当张爱玲甫一成名时，柯灵等前辈善意劝告她要谨慎从事，这个小女子却以“出名要趁早”而置一切于不顾，只顾着写得痛快、出名得痛快，走的是一条纯粹自由主义者的道路，潇洒而无所顾忌。

张氏也俗，却俗得浓艳；也烟火气，却烟火气一跃而成撒小娇，由着她二十出头的小女人性子，将被窝、零食、姑姑、女友、窗前风景、有轨电车、邻家妇人等等一概入诗。没人说她创作资源匮乏，相反却加赞许。不能不说她占了“年轻女人”的大便宜。综观张氏人生经历与作品，我个人体会，在那些小女子式的表面风光与矫情下，内里，张氏却一直怀揣一种生存的恐惧，那种要命的女人生存的不安全感，贯穿于她整个的一生，也贯穿于她的作品。她是一个完全靠自立、以卖文为生的小女子，父母离异的家事不幸，短命的婚姻却又换来伤心受骗的结局，故而她无所依靠，只有靠自己的一双手艰难为生：工作刻苦勤奋，生活省吃俭用，兵荒马乱的危机时刻她要慌忙去囤积大白纸，担心以后书出版时印刷不了；跟姑姑同住一个屋檐下也要钱款 AA 制分得很清，似是洋气其实是相当地小气；偶有一时的高额稿酬进项，却也顶替和满足不了长久的人生之需。在那样的时局里靠写作赚钱，说穿了仍旧是一种缺乏安全感的生活。这一切，折射到她作品的女性人物身上，就变成了那基本上是一群没有收入来源、经济上不能自主自立的女子：曹七巧、长安(《金锁记》)，白流苏、萨黑荑妮公主(《倾城之恋》)，王娇蕊、孟烟鹂(《红玫瑰与白玫瑰》)，小寒与绫卿(《心经》)，梁太太、葛薇龙(《沉香屑　第一炉香》)，阿小(《桂花蒸　阿小悲秋》)，王佳芝(《色・戒》)……

无论是华侨出身的“红玫瑰”王娇蕊，还是大学毕业生“白玫瑰”孟烟鹂，无论是离婚女人白流苏，还是寡妇曹七巧，这些新新旧旧、半新不旧的女人，都有一个致命的弱点，就是自己不能赚钱，都要靠男人养活，她们结婚嫁人，就是为获得一张长期饭票，婚后的任务就是在家相夫教子、打理家务。一旦这张男人“饭票”失效，她们的整个人生也会就此坍塌。“生存的恐惧”是她们一切行为的出发点。她们没有去革命，也不会写作，又没有任何职业技能，更没有遗产可以继承，不牢牢抓住男人、金钱，她们还怎么过活？这实际也是中国旧式妇女的生存写照。她们就是那些没有能够身体力行去争取平等解放的、被五四遗下的仍保有旧时婚姻习惯的那部分妇女。曹七巧拼死抓住分家后的财产，白流苏用尽心机抓住范柳原，白玫瑰对于振保的忍气吞声、逆来顺受……这一切皆是出于生存的无奈。只有“红玫瑰”王娇蕊是个例外，她是个有个“成熟的身体，婴孩的头脑”的美丽女人，只知调情、做爱，不管其他。因为她的生长环境不同，身为华侨，不知内地的残酷生存本相。所以作者让她闹了一通婚外恋后，开始促使她“省（醒）事”，让她大闹一场，离婚、受苦、再婚、生子，最后心情沉静面有老相，变成中规中矩毫无生气的中年妇人。

张爱玲所写的悲哀，都是那个时代女性最基础的生存悲哀。她所体现的深刻，是揭破女人在社会等级秩序中毫无经济地位、社会地位的锐痛式的深刻。如果现代文学的女性人物长廊上没有了这一系列女人形象，它无论如何也不能算是完整的。至少，是不够丰富多彩的。

旧上海夜空的一枚流星，缘何又重新璀璨？半个多世纪后，在需要整合历史的今日，当“怀旧”成为今日断代文化群落的通病和普遍心理需要时，机缘如一只小鸟，又翩翩眷顾于她。当年上海滩上昙花一现的才女才又被挖掘出来，重新予以定义，并被开采出含金量无限丰富的市场价值。海内外朋友间的吹捧唱和，张文的“地域性”和“俗文化”特征与当下的海派文化热、大众文化热、女性潮的勾连……天降大任于斯人，文学史的重新书写“重新发现”，“民间”和“正统”的对立，很无辜却有幸地要由沉寂和被隐匿多年的张爱玲作家来担当。至此，她在史书上的地位，仿佛就可以被抬升到怎样的程度都不为过了。与她同时代的那些才女作家如冯沅君、冰心、白薇、丁玲、谢冰莹、庐隐、凌淑华、萧红、苏青们等等，显然也就不在话下。

如果说当年的“隐匿”是历史的需要，今天的“挖掘”同样也是历史的需要。所谓的“重新发现”当中，也许还不能排除某些人的个人目的，比方说批评家要发言，书商要赚钱，读者要小资，男人要女性……当然，对张氏本人而言，“显”一直是目的，是追求；后来的“隐”，是无奈，迫不得已而为之。而史家一直对她的隐匿不表，却是完全出于历史与政治的故意。如今的“重新发现”，也依旧是别人的事情。面对着身后的洛阳纸贵、拥趸四起，那个早早就窥破人生冷暖、孤傲至极的张爱玲，也许会九泉之下发出一声固有的冷笑，淡淡说声一切根本与己无关罢。

2006 年 3 月 30 日

知识分子:向死而生

《水流云在:英若诚自传》是我今年读过的一本最有价值的书。这也是一本真诚和感人的著作。其实我更喜欢这本书的英文原著的名字:*Voices Carry: Behind Bars and Backstage during China's Revolution and Reform*。由于是从传主英若诚的英文口述回忆录翻译过来,就有了译文的味道,太像一本外文传记,说话者的口气、情感、节奏感都有了变化,叙述显得不动声色。它用"译文"式的恬淡,将被遮蔽的历史天空掀开一道缝隙,让我们窥见了一位二十世纪知识分子的真实生命历程。

一个有着传奇般生命历程的老人,在他生命的最后时刻躺在病榻上的口述回忆录,似乎已经没有太多需要为自己找虚饰的理由。因而传主口述者的胸襟是如此宽广,语气态度平静超然,内心毫无历史的纠结。"我对那种从头写到尾的自传有点儿看烦了,所以决定我的传记从我人生的中段开始。我一生中最离奇的是1968年被捕蹲了三年大狱。"就在这样平稳的基调和话剧台词般的心灵独白中英若诚开始了回忆,沉潜而有力。我们看到过各式各样传记,像这样充满个性的传记开头还是头一回;我们也见到过各式各样知识分子在非常年代遭受迫害的回忆,如此坦荡而不虚饰的书写，也是头一回。

对于英若诚，我们都抱着比对一般人更大的兴趣，原因不仅在于看过他演的戏，而且还赶上过一个演戏的人能够官居文化部副部长的年代。并且，他还有那么个活跃在喜剧舞台上、时不时有一些“非喜剧性”传闻在报纸娱乐版头条给表现出来的名人儿子呢！除了这些，我们对于英家深厚的家族渊源，其祖上英敛之、英千里为近代中国新闻教育事业所做的贡献，他们创办《大公报》，开办辅仁大学振兴民族文化的业绩，却并不知晓。对于快乐诙谐的清华大学外文系高材生“英大学问”旷达人生背后潜藏的生命之痛，也几乎一无所知。

然而，看了《水流云在》文中叙述，却不由让人慨叹而伤怀！似乎，晚清以来，近代中国文化史上哪一章文化启蒙、救亡、兴业、复苏的大业里，都有英氏家族中人奋斗报国的影子。然而，他们却也都是悄然而来飘然而往，并不轰轰烈烈见诸史册记载。就像当年的“伤痕文学”中，并没有跻进英若诚命途多舛、蒙冤遭难而后平反昭雪的这一章一样，然而，他在那个非常年代被迫害入狱的经历，他的顽强求生，他的坚忍超脱，仍然是独具特性、感人至深的。读到细节处，及至见到英老狱中留下的日记影印件，他偷偷用吃饭的筷子做成笔，蘸着紫药水拼命写字锻炼记忆力，看到纸片密密麻麻记下的中英文菜谱、毛主席诗词、画像、惟妙惟肖的仿毛体草书……不免心脏憋闷得像擂鼓，热泪终于忍不住一次次夺眶而出。

掩卷沉思，不禁在想：什么叫知识分子？知识分子就是一刻也不放弃光明和希望、永远也不放松对自己要求的人。为了不使自己脑力被废黜,在任何残酷非人的环境下都顽强而决绝地进行智力操练。知识分子,向明天,向未来,向死而生,永远担当着民族的良心。

面对沉痛的历史,有人选择遗忘,也就是通常所说的开启心理学上的自我保护机制。晚年的英若诚,则勇敢地选择了面对。他让我们看到了一种真正的知识分子所谓旷达的人生态度——那绝不是一个人在志得意满时的狂骄,而是当他身陷囹圄的坚忍和坚信。知识分子要信,相信历史,相信明天,相信公正。也不能不感谢美国学者 Claire Conceison(康开丽),正是在她的执著和努力下,病榻上的英老,才有机会以这样一种口述传记的方式,将一生最宝贵的精神财富叙述留给了后人。换成一个中国人来写,会不会是另一番叙述风味了,我不知道。

2009 年 12 月 22 日

(《水流云在:英若诚自传》,英若诚、康开丽著,张放译,中信出版社 2009 年 9 月)

日本女作家:徘徊在生活的日常性之间

许金龙先生通过电子邮件给我寄过来一大堆“带毒”的文件,都是刚刚翻译过来的日本女作家的小说。邮件接收器里的防毒系统及时提出警告:刚刚收到的这些文件携带有未知病毒,并问是否要删除抑或是保留?仗着我的系统中有强大的杀毒功能,我还是壮着胆子把她们一一打开了。经过一番艰苦的杀毒清理之后,她们显得容光焕发,一一在公文包的根目录下找到了自己驻扎的位置。也许是因为这些文章的情调恰好跟我此时“带毒”的心情相吻合,因而粗读之下,便觉喜欢。

这些尚未在中国发表出来作品,比起《世界文学》2000 年第四期上已发表的一组日本女作家小说,显得更招人爱看,在袒露女性心理方面更大胆、更直白、更坦率。若先摒除理性束缚,不以一个文学批评者的身份来评价,而仅从感官和直觉出发,来对此判断优劣,依我个人的喜爱程度,将会排出如下顺序:1.《磁石》(山田咏美);2.《焰火》(山田咏美);3.《西安的石榴》(茅野裕城子);4.《微醺的假日》(松浦理应子);5.《贝壳》(中上纪);6.《失去脚后跟的女人》(多和田叶子)。

较之已经发表的那几篇,新的几篇,在表现女性身体、欲望、性、男女关系上更直接更开放。如同高根泽纪子在《走向开放的女性群体——日本女作家的现状》中引述日本文艺评论家奥野健男的话说："现在，能够像谷崎润一郎和川端康成那样描述女性心理的作家或许已经没有了，现在已经是女性自己叙述自身的时代了。"①以前的女人都是由男人来刻画和书写，不光是政治、经济、法律、道德、哲学、宗教观念都掌握在男权手里，整个的躯体叙事学的修辞符号也都控制在男性大师的手中。现在不同了，已经轮到女人书写她们自己。女性对自身的书写，并不是什么日本女作家的发明创造，西方的女性作家在这一点上早已经走在了前边。但是它成为一股世界性的思潮，却还要追溯到二十世纪最后十年，女性主义运动在东方的大面积引爆，致使女权运动和女性主义成为"世界性话语"的形态从欧美到亚非已基本形成。

无论西方还是东方，也无论在埃及、日本还是中国，女性作家们所运用的语码和表述方式越来越趋近于一致。世界妇女书写中的几大母题：性、成长、母女关系、父女关系、同性恋、母性史……几乎都是共同的。尤其是女性书写自己时所运用的躯体修辞符号也日渐趋于一致。而像时代背景、阶级、阶层、国别以及种族等等差异在女作家的作品中逐渐模糊，不再是书写者所要关注的主要目标。世界局势全球化本身也正在使这些差别日渐消弭。今后再拿出一篇女作家的作品，如果不是有一栏作者简介特意标示出作者的民族和国别的话，读者会分不清是哪国女作家写下的。这也从另一个角度说明了女性的作品正在从单纯的一己之书写向描摹人

---

① 高根泽纪子：《走向开放的女性群体——日本女作家的现状》，《外国文学动态》2000年第2期，P45。

性共通的本质特征方面迈进。

再如日本原善教授在《现代日本女作家的幻想性》①一文中所描述的日本各大学文学系的情况：文学逐渐边缘化，文学系学生锐减，女性学生数量远远高于男生……看起来世界各国的情形都很类似，而且普遍情形是越往上，如文学硕士、博士中的女生比例越是高于男生。中国目前的情况尤其如此。可以预期，二三十年以后的文学行当客观上或许真的会成为单纯的"女性的事业"。这个行业中的读者群也会被女性所占据。除非她们的作品能够同时占领影视荧屏等等大众传媒渠道，否则尚不知如何单纯靠文本的力量能吸引更多男性读者的注意。

大众化写作与纯文学审美界限的消弭成为诸多女性书写的主要特征。女性书写是在二十世纪后半叶大规模崛起的。检视一下，在她们之前，世界文学史都曾出现过什么流派和思潮，也就不难看出她们如果要想创新的话，需要体验何种艰难。作为身处不同时代的同性别书写者，日本的女性作家既不能像紫氏部或宫本百合子那样采取中性视角书写；同时，她们也不可能仿效谷崎润一郎和川端康成那些男性大师一样以男人的眼光来打量自身。"感物言志"的文学传统也已经远远满足不了今天信息时代读者的多方位需求。她们崛起的时代注定她们的作品要游曳在传统和现实之间，要在纯文学与大众化之间游走。许多传统的经典的文学写法逐渐被杂糅或摒弃，现代社会高频率快节奏的生活，以消闲为主体的阅读方式，使读者不再愿意去费脑筋理解作家文本中所设置

① 原善：《现代日本女作家的幻想性》，《世界文学》，2000 年第 4 期，P128。

的重重文学虚玄，诸如隐喻、象征以及支离破碎的意识流写法等等。就像影视剧情越来越趋向简单化一样，现代小说也变得情节简单和符号化。现代人在将机器制造得越来越精密的同时，却也使得自己的大脑越来越显现平滑和白痴。

对于今天的女性写作者来说，“故事”和“体验”变得越来越重要了。只有那些表达清晰、流畅的小说才能更入人眼。女性必须将其天生具有的梦幻、诡异性情以更加明白晓畅的方式表达出来，才能符合今天读者的需求。太过晦涩将要冒失去大部分读者的危险，诸如《踩上了蛇》《不放开你》《失去脚后跟的女人》等等，初看上去立意复杂，但实际上仍旧简单，比不上过去写同类题材的男作家玩的套路陆离斑驳。

而《磁石》和《焰火》则是一份女性情窦初开的成长体验，既合情合理，又似有“越轨”之嫌。女高中生勾引中学男老师并进而发生肉体亲密，妹妹窥听姐姐与情人做爱先产生生理厌恶，到最后自己与男友结合时感到两性交合之美……丝丝入扣地描写了女性性心理成熟的过程。这样的情节，似曾相识，在诸多日本影视或网络小说中频频得见，难得的是女作家收放得度，既能大胆地宕开去，也能谨慎地收回来，在肉体的纵容中又显示了日本传统的含蓄和内在的美。

《西安的石榴》也是不可多得的好作品。异国情调、陌生人的相遇、以吃石榴为介质的从两片陌生嘴唇接触开始的“石榴的交媾”、人生旅途中的“间隙”之爱……充斥着神秘浪漫色彩。与西方的“一夜情”模式的区别在于，作家不是直来直去写身体，而是充满东方韵味，除了感官肉欲享受外，更强调心理体验，每一步肉体的趋近都从容有度，都有强烈心理流程作为陪伴。从这一点上说也很符合同属“东方”的中国读者的审美情趣。

《贝壳》是一篇极其精短的小说，单亲家庭长大的姐妹俩在婚姻家庭以及性心理方面都有异于社会常规。姐姐未婚先孕并想做个单身母亲；妹妹云游四方，当个单身贵族，对婚姻和男人不感兴趣。在她们看似潇洒的表面背后，却隐藏着对人生的虚无感受，尤其是对男人的不信任。文中引用了一句她们父亲说的最精彩的一句话：“每片贝壳在某个处所肯定会有一片和它正好相配的另一半，因为它们活着的时候是一直在一起的啊。”这是最简单的亚当夏娃的原理，说明了两性之间的互相需要。只可惜，随着现代化程度的加深以及虚无感的加重诸种原因，这个规矩已经被破坏掉了。

《失去脚后跟的女人》叙事略显冗长。为了得到金钱而去异国结婚的女人，由始至终没见过年老丈夫的正脸，却又始终能感觉到他在房子里的无处不在。梦中的交合，醒来时见已经端到床头的餐饭以及钞票，却又证明这人是真实存在的。一个“在场缺席”的丈夫，是隐喻化象征，由于他的眼睛的盯视，女人总是处于被窥欲状态，没有安全感。

《微醺的假日》是唯一一篇女同性恋小说，心理描写很真切，性描写也把握着分寸。该行时则行，该止时则止，作者始终控制着笔触，使行文摇曳生辉并牢牢控制在“微醺”状态，而不是显得酒后酩酊，失去理智。在这方面，中国的同类描写就显得功力欠缺，总是躲躲闪闪欲言又止，描写上总不到位。

这些小说，除了镶嵌进女性一般的符号化的描写，她们着重强调了生活的日常性。日常生活进入女性文学的书写视野，且成为很重要的一部分。人际关系的紧张，不再由于战争、饥荒、国家、民族这些宏大命题引起的，而是日常生活。这是通常被书写宏大叙事宏大母题的男性作家们所忽视或不屑于写的。在日常生活中展示人性的多样性，是女性最得心应手的书写方式。如《客满新居》这篇书写细腻的优秀小说，充满了父女之间的紧张感和生活的不确定性。正如原善所归纳："当男性社会的价值观与自己生活实感之间的巨大鸿沟，以畸形的夫妇关系、家庭关系、男女关系等形式反映出来时，意识到这些现象的女作家若要披露这些事实，必定会遇到日本男性社会制度以及文学制度的强大阻碍，因而导致了她们为抵抗而进行摸索的必然结果。"也如高根泽纪子所言："她们极其自然地将现实与异界重合到了一起。"

比之中国的女性书写，日本女作家的小说更华丽、更真切、更生动。

2001 年 5 月 12 日

一头蟋蟀的出名与自由

一头1961年间的蟋蟀,偶然搭错了车,从康涅狄格洲乡下来到了纽约时代广场。当许多人类歌星、舞星、画家、艺术家都在为生存所迫、在广场街头卖艺卖唱的时候,不知怎么,这只蟋蟀竟鸿运当头、福星高照,一不小心,一夜之间竟成了地铁车站里的歌唱明星！在每天早八点和下午四点半在地铁高峰时间里,它都会在站台上引颈高歌,唱的是一曲曲《重归苏莲托》、歌剧《阿依达》和莫扎特小夜曲之类高雅曲目。匆匆赶路的人们立刻驻足倾听,演唱会每次都是掌声如潮,蟋蟀主人家的报摊上卖掉报纸的份数也成几何倍数激增。

可就是在蟋蟀歌唱事业达到巅峰时刻,它却突然做出决定,要从此“挂嘴”隐退,回归康涅狄格洲的老家乡下,要过从前那种虽然不知名却也十分平静的生活。在故乡凉爽晴和的秋夜星空下,把歌儿唱给土拨鼠、雉鸡、鸭子、野兔和牛蛙听,还会用歌声止住狐狸追杀兔子的脚步。

这就是一头名叫柴斯特的小蟋蟀的传奇。原先在它还默默无闻,只是乡下进城的一只土老帽的时候,它可不是这样想的。那时它对城市生活还不适应,时不时地闯祸。先是因为四处乱窜,半夜磨牙吃掉了主人家辛苦挣来的两块纸币;后又因勾来地铁里的猫和老鼠小伙伴开生日PARTY，不小心把报摊点燃了。主人家的妈妈气愤已极，扬言一定要赶走它。

一个偶然的机会，它的小主人发现它有动听的歌喉，竟能演唱整段整段的咏叹调，小主人的妈妈正好是个音乐迷，蟋蟀柴斯特的歌喉一下子打动了她的芳心。他们这才决定不计前嫌，将它留下来，并且为它开演唱会。一时间，一只会唱歌的蟋蟀柴斯特名声大噪，女主人的腰包也不断变得巨鼓巨鼓。

好不容易等来了出人头地的日子，也好不容易在城市里站稳了脚跟。蟋蟀柴斯特还有什么不满足的？凭什么它敢于在事业巅峰之时提出退隐?!

实在是不可理喻，实在是想入非非。蟋蟀柴斯特想的是：快乐与出名之间，何去何从？而我们旁观者则满怀艳羡想的是：难道出名不快乐吗？

其实，这里面间隔着一个老大的问题便是“自由”。“快乐”与“出名”是三明治外面那薄薄的两层，中间夹着一层叫作“自由”的牛肉馅饼。柴斯特的嘴太小，一口咬不到完整的三层。所以它现在得想一想，它主要想咬什么。

如它的朋友、地铁里的那只亨利猫所说：“既然柴斯特的一生是它自己的，它就应该去做它想做的事。如果成名只是让它觉得不快乐的话，那成名又有什么意义呢？”

是啊。虽然荣耀是件好事，但是也同样让它感到非常疲倦。一天早晚两次音乐会，这样的安排实在太累。过去在家乡的草地上，只要太阳照得正舒服，或者是到了月圆时分，或者是它想跟它的朋友云雀来一段音乐对话的时候，它就会放怀鸣唱起来，因为它有这样的心情。现在，不管他有没有心情，都一定得在八点和四点半的时候各表演一场。

另外它还不喜欢人多围着它看，不喜欢拘泥在城市黑咕隆咚的地铁里卖唱给二百五的人类听。末了，他们只会用脏乎乎的大手试图来摸它的翅膀，要不就是把同样是脏乎乎的钱币扔进旁边的钱匣子里。它不愿意看见这样的情形。

自由的快乐和受约束的快乐？孰乐？

这就是这本《时代广场的蟋蟀》试图给我们的答案。

但是，如果换成现在，今天，给了我们自己一个机会，可以进城、出名，当上歌星影星，好不容易人气正旺，红得发紫，突然之间，让我们返回家归隐，我们能干吗？当然那是断断不可能的。我们会说：乡间固然好，但是有钱赚吗？有媒体记者采访吗？能上电视吗？有洋房吗？有靓车吗？走到哪儿有"粉丝"（FANS）围上来请求签名吗？

有美妙动听的歌喉，却要在低矮茅屋土堆里唱，岂不是锦衣夜行？诸葛亮才高八斗却不出山，岂不是茅庐里的一个穷老头？要都这样，咱们还怎样认定自己在社会上的身份、价值、地位？

面对种种悖论，人该何去何从？

这是一部1961年的作品，代表着工业时代返朴归真的价值理想。对于蟋蟀柴斯特来说，出名非它所愿，纯粹事出偶然，而自由才是它的一种自我选择。但是对于二十一世纪处于沸腾生活之中的我们来说，不出名，毋宁死。不出名，就会永远被压在生物链的最底层，总也不得翻身。而“自由”又是个什么东东？铺天盖地的物欲挤压之中，属于个人的一点点快乐早已消弭，“自由”早已变得像金子一样金贵。重温一下蟋蟀柴斯特的故事，能够激活我们对于昨天温暖的记忆，以及对可以自由选择时代的遥远感动。

2004年9月18日

（《时代广场的蟋蟀》，[美]乔治·塞尔登著，傅湘雯译，新蕾出版社2004年6月）

《风之王》:是什么使我们泪水盈盈

这是一个身怀绝技者怀才不遇与忍辱负重的故事;这也是一个卧薪尝胆,用“血液来证明自己血统的故事”。这故事的主角不是人,而是一匹马,一匹有着高贵血统的葛多芬阿拉伯马。自从它的血统证明书给弄丢了以后,它就必须在漫长的生存之旅中,以自己高贵不屈的血液重写一张新的血统证明书。

一匹出生在摩洛哥皇家马厩里的纯种阿拉伯小马,一生下来就命运多舛。它身上的命运符纹,分别代表着吉兆与凶兆:胸部的麦穗纹,表明它的一生会很不幸;右后腿上的白色斑点,证明他长大后将是一匹快如疾风的骐骥。两相权衡,皇家马厩的总管大人暂时收起了架在小马脖子上的屠刀,留它一条小命。

宿命果真阴险神奇。不几天,小马的妈妈就被它克死了。奄奄一息、没有奶水和吃食的马儿,险些在月子里就丧失性命。多亏哑巴马童阿格巴对它格外关爱,淘换来骆驼奶和蜂蜜将它喂养,它才能出落成一匹模样中看、合乎“出国标准”的马,有幸被国王选中,跟其他五匹阿拉伯纯种马一起去觐献给法国国王。

打一出生,“闪”就缺爹少妈,胸刻凶符。它的厄运还仅仅是个开始。长途的海上颠簸、忍饥挨饿,“闪”到达法国时已经骨瘦如柴、弱不禁风。它只能被派去厨房拉车买菜。而后又被厨房总管倒卖给一个马贩子拉车驾辕，接着又被辗转卖给红狮客栈老板，仍旧还是拉车驾辕，干粗活，驮劈柴，挨打受骂，受人歧视，遭人白眼。作为来自摩洛哥皇家马厩的骄傲的“闪”，就这样沦为卑微的工作马。

最糟糕的是，它随身带来的血统证明书，被那个不识阿拉伯文的法国王室总管给撕碎了，“闪”从此便在世间丢失了身份。在一眼望不到头的霉运里，“闪”不知该如何找到证明自己的机会……

真主安拉在上！神那伟大的光辉，永远明照着摩洛哥小马孜孜矻矻、与命运顽强不懈抗争的一生。

苦厄不会没有完结。直到小马被英国的葛多芬伯爵家收留，并遇上英国纯种骏马“罗珊娜小姐”之后，命运之星，才奇迹般地转向了！麦穗纹的力量消失了。伟大真主的恩赐显示了它的福荫。

命运的翻身，得益于偶然的机会，在一场通过决斗获得的爱情中。小马勇敢地打败了与“罗珊娜小姐”相亲的大马“恶魔”，跟小姐奋勇结成鱼水之欢，并孕育了子嗣。当然，一见钟情的代价也是昂贵的，小马与它的主人阿格巴一起被逐出伯爵家，流放到威肯沼泽上，与野草和虫豸为伍。

这是黎明之前最后的黑暗。马和主人饱尝了流放沼泽的酸辛，似乎只在苟延残喘。转运的机会来了！“闪”与“罗珊娜小姐”的儿子“板子”两岁时，在一次奔跑时迅疾如风的获胜，使“闪”那高贵的血统开始生出效益。葛多芬伯爵意识到被驱走的“闪”是一匹怎样纯种的阿拉伯赛马，于是派人来寻找他们。他们主仆从流放地被召回。从此，“闪”便踏上新的旅程。在它以后的岁月里，“闪”

的儿子“板子”“凯德”“帝王”，傲视群骥，一次又一次在赛马中获胜，“板子”最终还赢得了赛马的最高奖女王奖杯。“风之王”的美名属于“闪”，也属于它的整个家族。

能否证明自己和如何证明自己——无论是马还是人，都会遇到如许生存在世的老大难题。一匹骏马沦为拉车驽马，在无数次的凌辱与欺侮中，每一次的鞭笞、饥饿、负重，都有可能要了它的小命，它也完全可以索性倒地不起，两眼一闭，两腿一蹬，顺势咽下那口气就完了，省得活着再伤心伤情。然而每一次它都是坚强地爬起来，两眼饱含泪水，屈辱然而却又是勇敢地站立，直视远方，像是期待某种冥冥旨意的下达，更是为了有朝一日能有个自我的明证！只要还活着，就会找到证明自己的机会。这是信念，也是宗教。一匹马，也会有它自己的信仰。

证明自己，无论以什么样的方式。即使是命运不公，也要抗争！逆境之中，更是没有自暴自弃的理由。

感人至深的，是“闪”与它的守护者——皇家马厩里的奴隶马童、哑巴男孩阿格巴之间，不弃不离、相知相恤的深厚情谊。“马儿活多久，负责的马童就要照顾它多久。马儿一死，马童就得立刻回摩洛哥。”在小马的血统证书丢了以后，“爱”与“责任”就成了他们彼此的护照和身份证明。马和它的小主人经历了一次次被迫分离复又团聚抱头痛哭的日子，在命运的捉弄与无情里，他们始终没有放弃，以坚定的毅力寻找证明自己的机会，寻找光明和友情，这不仅是马的愿望，同时也是人的心情。

当这匹声名显赫的马二十九岁寿终正寝时，哑巴马童完成了自己的历史使命,他一声不响,悄悄返回了摩洛哥。与马一样经历了如许苦难的阿格巴,本可以在英国伯爵宫室里作为功臣继续享受荣华富贵,而他却选择了悄然离去。读到这里我们又一次潸然泪下！有时不免也会对我们自己在世究竟追求什么发出某种怀疑。

2004 年 9 月 16 日

(《风之王》,[美]玛斯利·亨利著,赵永芬译,新蕾出版社 2004 年 6 月)

2013：蛇仙驾到

看到《文艺报》2012 年最后一期报纸上，韩美林先生画的蛇年生肖年画，很美丽。盘成团的小花蛇，妖娆着，纵意恣肆，又很克制内敛的样子，很性感，很扭捏，像是从妇联出来的。

蛇作为中国人十二生肖里唯一没有长腿儿的动物，不很容易画好，它盘起来像一坨屎，展开来也不过是一条长虫。因此画家里面常见有画马、画虎、画猫、画虾、画驴的专家，却鲜有以画蛇见长的。

如今它被善画卡通的韩美林大师，描绘成花朵般模样，并且随时都要起舞绽放的样子，这是不是意味着，2013 年这个春天，蛇仙真的要驾到人寰、普降福音了呢？

蛇作为真实的爬行类一族，很难具体描述其优点。它既不像其他的“高富帅”型男动物，如牛马狗那样吃苦耐劳，也没有像“白富美”柔姐，如猪羊鸡那样低眉顺眼。

它跟人的距离，朦胧、缥缈，并不在“制御”与“受控”范畴，而是在另一个神祇领域，似乎就在妖与仙之间，触怒成妖，观止则成仙。

如果不是位列仙班，怎得人们如此惦念？

当年，在玉皇大帝召集各种动物前来宝殿前的大树下集合时，有些动物自恃才高不愿听令，比方河马、鳄鱼、蜥蜴等，有些动物心向往之却有心无力，比如鸭、雀、蟾蜍等。

于是乎，它们就错过了进入仙班的美好机缘。

只有那些怀有济世理想的伟大个体，才欣欣然往来投考。

远古的蛇神，虽然自身形象特征，已被叫作“龙”的图腾物给山寨取代，它却并不气馁，也不狂妄躁郁。

作为龙的原型，千百年来，蛇神一直潜心修炼，卧薪尝胆，随时准备东山再起，准备为圆中国梦做一点贡献。

听到玉帝指令，蛇神一点没有迟疑，驾风御雨、昼夜兼程赶来，紧跟在那头有爪又能腾飞的龙后边到达了。

要知道，地球上许多四条腿的、长翅膀的动物，速度都要比它快上许多。但蛇神还是克服困难一路迤逦而来！

它内心深知：来与不来，是个态度问题；跑得快慢，却只是能力问题。

赶到玉帝的树下一看，它已然名列第六，似乎已经姗姗来迟了。

好在那时，尚没有九品中正制和科举考试，所有的规矩都只是玉帝一人说了算。玉帝要考察的生肖已定额了十二个，先来者先入。

于是，远古蛇神——这个一度被虚构的“龙”盗版了尊荣、失去图腾位置很久的仙尊，很荣幸地成为新时期十二生肖中的成员，且位列第六。它的前边，分别是鼠、牛、虎、兔、龙，后边跟着的是马、羊、猴、鸡、狗、猪。

若论能力、论相貌、论气质、论贡献，排在蛇神前边那几位，大概也只有“虎”尚能与其并列，略微让它服气，其他几个如鼠、牛、兔等孱弱之徒，大抵是由于席位制（可能考虑到鼠辈、牛耕、兔脱族也要有代表），才勉强进位的。后边的马、羊、猴、鸡、狗、猪，更不值得一提，都是为供人骑御宰杀才存在，根本不被蛇神放在眼里。

如果蛇神自己能够选择结队伙伴的话，它宁愿跟猫搭班子——那个“喵星人”实在太神秘了，不仅有九条命，还会巫术，且通灵，前世它们就在一个神界里。

人们一直说的“龙虎斗”，原本说的就是蛇和猫啊！只有它们才是一生一世、永生永世的一对冤家。

然而，蛇的命运也是掌握在最高主宰手里，它自己也决定不得。不要紧，第六就第六吧！

“第六”，居中，不偏不倚，不正不邪，不上不下，不止不行。

蛇神记住了自己在镜头前的永久机位，从此便虚与委蛇、草蛇灰线、斗折蛇行、杯弓蛇影，从不肯轻易走错一步打草惊蛇。

即便如此，那些嫉妒憎恨它的人，仍不放过，发明了许多恶毒词汇，来疯狂诋毁蛇神，诸如：毒如蛇蝎、蛇头鼠眼、枭蛇鬼怪、牛鬼蛇神、佛心蛇口、一朝被蛇咬三年怕井绳，等等。

他们拼命以貌取蛇，仿佛世间所有的灾祸，都与它的外表太神秘、太光滑、太黏稠有关。

可那又怎样呢？作为一名当官的男人来说，长相是多么不重要啊！只要有为民族复兴做贡献的才干和理想就行了。

猪倒是长得好看，还是双眼皮儿，可猪头只能供人们去做祭祀。鸡也长得好，还留着半截没退化净的翅膀呢，却也始终变不了凤凰。

只有蛇，它可以随意金蛇狂舞，也可以笔走龙蛇，可以山舞银蛇、原驰蜡象，灵蛇之珠可比美荆山之玉！

蛇奉中庸之道，蛇乃谦逊之君。至今，蛇仙在民间还和黄仙、狐仙二君并称，位列三仙之首。

人间诸仙尤其是黄仙、狐仙二位听好：2013，你大哥驾到！

蛇神偶尔入世，便雄黄剑、小蛮腰，芬芳吐蕊，一蛇功成万骨枯，癸巳新政向明朝！

2013 年 1 月 4 日

几次演讲

首届“中国—西班牙文学论坛”上的演讲

鳄鱼与母老虎

（2010年11月3日，西班牙，马德里自治大学）

欢迎在座诸位女作家、女教授、女同学。当然，也同样欢迎诸位男作家、男教授、男同学。（笑声）很不幸，“女性文学”的议题被放在最后，现在会议已经严重超时，到了吃午饭的时间了。（笑声）从会议的安排上，就可以看出，女性文学在整个文学格局和人们心目中的地位。（笑声）首先，我要向诸位承诺两点：第一，保证在五分钟之内阐述完我的观点，不耽误大家吃午饭。第二，借此机会，我要向前面那些拖延和侵占了我的演讲时间的男性作家和男学者们表示抗议和批判。（笑声，掌声）诸位看到，我们这次首届“中国—西班牙文学论坛”的中心议题是“New Century，New Literature”“新世纪，新文学”；而刚才，那些男作家和男教授们讨论的依然是“旧世纪，旧文学”。（笑声）无论是讨论诗歌、小说，还是探讨文学与现实的关系，他们都显得很认真，很辛苦，实际上很重复，也很可以不谈。（笑声）这不是因为他们谈话水平不高，或者是他们没有思想性，而是因为，同样的话题，他们已经谈论几千年了！（笑声，掌声）自从人类历史上有文学形态存在的那一天起，文学和文化的话语权力就一直掌控在他们手里。他们一直这样说了好几千年，说到今天，已经很难有新意。（笑声）而女性文学，是除了网络文学

之外,唯一可以称得上是“新世纪,新文学”的二十一世纪新的文学形态。(掌声)

西方的女性主义和女性文学发展到现在,已经有了半个多世纪的历史,中国的女性主义文学的发展,也有了二十年的时间。中国的女性用二十年的时间,走完了西方女性五十年间所走过的路。就像刚才,这位诺尼·贝内加斯(Noni Benegas)女士所讲的一样。西班牙女性写作曾遭遇的困境,中国女性也同样遭遇过;西班牙女作家所取得的成就,中国女作家也已同样取得。无论是在西班牙还是在中国,女性主义文学现在已经成为一门成熟的文学形态和理论学科,所取得的成绩有目共睹。

然而,仍然有人要反对、要诘问:既然文学的审美形态和终极价值标准都是同一的,文学又不是上厕所,那么,为什么还非要分出个男女来?(笑声)这让我想起,昨天,在塞万提斯学院的论坛上,几位男性作家,在讨论到文学与现实、文学与社会的关系时,提出,这种关系就像是“与鳄鱼做爱”和“摸老虎屁股”,(笑声)其结果是“很痛,很快乐”。(笑声)但是,如果换个方位思考,如果站在鳄鱼和老虎的立场上,我们不禁要问:他们这样“做”和“摸”的时候,事先征得鳄鱼和老虎的同意了吗?(笑声)如果鳄鱼和老虎也能开口说话,也能写小说和诗歌,那么,它们会怎么讲?我想,鳄鱼和老虎一定会说:你的快感并不是我的快感,(笑声)我的快感,就是要吃了你!(笑声,掌声)

现在,女性和女性文学就是鳄鱼和老虎,(笑声)沉默千年,她们终于开口说话了!(热烈掌声)如今,掌握了知识和文化的女性,通过文学书写,来建立起她们自己与这个世界的深层联系。她们所运用的语言符码,所表达出的情绪,跟男性作品中所表达出来的,是不一样的,是有鲜明差异的。女性试图从性别差异的角度,来解决女性与男性的关系,女性与自我的关系,最终要解决的是女性与社会的关系问题。(掌声)

在新世纪中国文学批评领域和创作领域里,活跃着一大群优秀的女学者、女诗人和女作家。中国的大学文学系里,也像今天在座的情形一样,有三分之二以上是女学生。(笑声)尤其是硕士生和博士生,女生的比例更是达到80%以上。每年一到招生季节,导师们都很发愁,十个报考的人当中通常只有一个是男的,想找到好的男生生源根本找不到。(笑声)这说明,男性的文学想象力和创造力的大幅度下降;另一方面,也充分证明了女性心智的大大提高。(笑声,掌声)在中国的文学创作领域里,活跃在一线的女作家、女诗人比男性要多,她们的创作成绩也普遍要比男性作家们好。(掌声)这一点,在座的铁凝主席可以做证。(笑声)铁凝主席的存在本身,也是一个证明。她不仅是一个优秀的作家,同时还是中国文学界的最高领导,是一个Official(官员)和Minister(部长)。(掌声)

女性文学的写作,我认为,要达到三重境界。第一层境界,请允许我借用在座的达西安娜·菲萨克(Taciana Fisac)主任在二十五年前翻译的铁凝主席的一篇小说的名字来做比喻,叫作“没有纽扣的红衬衫”,它所表达的是女性在一般传统意义上的反叛。在全体民众都被迫要求穿着统一的灰色和蓝色工装时,女性要想表达对美的热爱,想要穿一件红色,而且还没有纽扣的衬衫,以突出自己的个性,是不被允许的,要冒很大的政治和精神风险。

第二层境界,是“没有衬衫的红纽扣”。(笑声)我看到在座有男士两眼已经冒出绿光。(爆笑)我没别的意思,(笑声)而是说,颠覆之后是为了重建。女性写作要进入自由的境界,要创造出新的美学形态,以及新的属于女性自己的文学表意方式。

第三重境界,是“没有纽扣,也没有衬衫”。(掌声,爆笑)也就是中国佛教禅宗所说的,见山不是山,见水不是水,见了男人也不是男人。(笑声,掌声)真正达到文学的阔大、浩淼、悲悯、虔敬的境界,出神入化,与生活和解,也与这个世界达成和解。(掌声)

最后,我想给诸位推荐手里这本书,刚刚拿到的,新鲜出炉,热乎的,(笑声)是一本翻译成西班牙文的《中国当代女作家小说选集》,里边收录了文坛大鳄铁凝、王安忆、方方、池莉等人的作品。诸位回去可以读一读,看看这些“鳄鱼”和“母老虎”们是如何处理纽扣与衬衫的关系的。

谢谢大家!

(热烈掌声)

(根据录音整理)

“青春万岁——王蒙文学创作六十周年学术研讨会”上的发言

王蒙:上帝选中的人

(2013 年 6 月 9 日,杭州,浙江工业大学)

尊敬的各位领导,各位嘉宾:

能够参加王蒙先生文学创作六十周年学术研讨会,我倍感荣幸!相比起今天到会的学者来说,我的身份稍微有点复杂:首先我是作为王蒙先生的崇拜者和忠诚粉丝来出席这个会,衷心祝贺偶像走进金色年华!1981 年,《青春万岁》荣获由团中央发起评选的“全国中学生最喜爱的十本书”之一,我和我的全班同学都是投票参与者。那一年,我在辽宁省实验中学读中学。我们共同感佩那个十九岁的叫作王蒙的作家,他书里描写的青春简直不像是五十年代的青春,而是我们八十年代初那热情奔放、激情澎湃 、“年轻朋友们来相会”的青春。青春永驻!青春万岁!一晃,三十二年时间过去,没想到我竟然能够在这里以这样一种方式与王蒙老师相会。偶像在上,请受粉丝一拜!

其次,我作为得到过王蒙先生提携、并有幸亲炙教诲的学生来参加这个会,衷心祝福与感谢王蒙先生大师风范提携后进!二十世纪九十年代初,当我二十啷当岁初登文坛,无知无畏发表了一系列反讽和解构知识分子生活的小说时,是王蒙先生最先给我以支持和鼓励,亲自写下评论文章《后的以后是小说》,发表在 1995 年第 3 期《读书》杂志的《欲读书结》专栏上，从此把我隆重推向读者和批评家视野。知遇之恩，终生难报。王蒙先生于我而言，可谓情深意重，山高水长！

第三，我是作为王蒙先生写作风格的虔诚学习者和模仿者来参加这个会，衷心向先贤前辈表示敬意！身为一名真正是读着王蒙作品长大的 60 后写作者，王蒙老师那灿烂华美的写作风格，那汪洋恣肆一泻千里，抒情议论不舍昼夜，一气呵成吟咏复沓，大智若愚又假装大愚若智的行文语法习惯，早已在我的心中根深蒂固，并已渗透进我个人的写作习惯中。但是我自己却一直不很自知。直到最近某一天，一家全国著名的刊物举行评奖，我的一篇叫作《通天河》的中篇小说入围，进入终评时，评委说：算了，就别给徐坤了，她学王蒙学得太像，有一个王蒙就足够了——直到这时我才知道，这三十年来，王蒙先生已经怎样深深影响了一代人成长，无论是思想方法还是行文方式，都在我们这群 60 后写作者身上打上了深深的烙印。感谢王蒙先生率先垂范！

第四，我是作为一名王蒙先生的研究者，作为中国社会科学院的研究人员和文学史专业的学生，来向研究对象、向尊敬的作家王蒙先生致以崇高的敬意！王蒙先生以他六十年的创作业绩，创立、丰富和发展了中国当代文学史。他个人所走过的六十年风雨文学路，不光是展示了一部从黑白到彩色的 2D 平面文学史，更是全面展示着一部彩色宽屏 3D 立体的社会主义文化生产发展史。

他以他个人的审美见解与创作实践，延续了鲁郭茅巴老曹以降的中国现代文学传统；他以他自己的狂飙突进和重归古典，以他自己的哲学思辨与现实批判，成为耸立于中国读者心中的文学大师，接续了从屈原、贾谊、王安石、范仲淹、辛弃疾到苏东坡、张居正、梁启超等名垂青史的政治家、思想家、文学家的一脉，为一个时代的政治道德理想建设做出了贡献。

如秘鲁获诺贝尔文学奖作家略萨所言："对权力结构进行了细致的描绘，对个人的抵抗、反抗和失败给予了犀利的叙述。"

他是二十世纪下半叶，古老的中国大地上被上帝选中的使者，以文学来开启民智，构筑民族心灵，以文学的方式来印证共和国六十年的沧桑巨变。

一、他是青春时代就被上帝选中的骄子：五十年代，作为一名年轻党员和新兴共和国最年轻的团口干部，他臂上仿佛刻着"天降大任于斯人"刺青，开弓拉架，摹写《青春万岁》，书写《组织部新来的年轻人》，并受到过最高领袖的接见与赞誉……那是何等的星光闪耀，灼灼其华！上帝将这一切看在眼里，记在心上。在给了他巨大荣耀之后，上帝又像《圣经·受难记》里对待那个忠实的仆人约伯一样，开始降临厄运和苦难给他：打成右派，下放改造，之后又拖家带口远走新疆。"我这样虔诚皈依供奉于你，为何还要予我此等苦难加身？"约伯含泪问道。"不要问我理由"，上帝说，"这一切，只是为了考验你的忠诚。"

二、他是六七十年代，被上帝选中的忍者：新疆时期的自我放逐，他躲得巧妙，躲得酷烈。十六年，在看不到希望的日子里，隐忍，蛰伏。七十多万字的戍边实景记录《这边风景》，表面中正圆通，却掩饰不住字缝子里的左右为难、喑哑忧伤。《这边风景》的写作基调，绝不是后来《淡灰色的眼珠——在伊犁》的热烈深情回望姿态。“不放弃”，是这一时期的真实写照。不放弃忠诚，不放弃尊严，不放弃对生活中细小琐碎美好事物的发现。抱着“不放弃”的心态，他融入大地，融入民间，融入边疆多民族生活的阔大和繁茂。一口滚瓜烂熟的维语，将他自己从前的标准学生腔汉语打乱又重造；十六年的边地生活的磨炼，将他从前青年时期北京团干部思维改造又重建。这一切，为他日后东山再起形成自己的创作思想和写作风格，打下牢固的根基。千里黄云白日曛，北风吹雁雪纷纷。莫愁前路无知己，天下谁人不识君！

三、他是那个充满光荣和梦想的八十年代，被上帝隆重选中的钢铁骑士：重放的鲜花，流放者归来。仅仅用了一个十年的时间，他就达到了文学创作和个人政治生涯的顶峰！春风得意马蹄疾，一日看尽长安花。天生我材必有用，千金散尽还复来。从干预生活——反思历史——文化批评，从一系列意识流小说《说客盈门》《相见时难》《夜的眼》《海的梦》《深的湖》《风筝飘带》《蝴蝶》《布礼》《木箱深处的紫绸花服》《坚硬的稀粥》，到1987年出版长篇小说《活动变人形》以形象的方式深度介入传统思想与现代性的讨论，他气贯长虹，旷达无羁，思接千载，视通万里，引领了一个时代的文学狂飙突进运动。八十年代末他辞去文化部长职务，急流勇退谓之知机。“衙斋卧听萧萧竹，疑似民间疾苦声。些小吾曹州县吏，一枝一叶总关情。”

四、他是二十世纪九十年代，被上帝选中的布道者：在那个东方风来满眼春的九十年代，他原地满血复活，说《红楼》，开展人文精神大讨论，撰写自传体小说三部曲《季节》系列。十年匆匆复十年。青山遮不住，毕竟东流去。前不见古人，后不见来者，念天地之悠悠，独怆然而泣下。

五、他是新世纪里，不由分说再次被上帝选中的变形金刚：从2003年的《我的人生哲学》，到2004年的《青狐》、2006—2008年的自传三部曲，到2009年《老子的帮助》、2010—2011《庄子三部曲》、2012《中国天机》，他写小说、讲哲学、上电视、做巡演、参禅悟道、道破天机。他的强健刚劲姿态，绝不是“停车坐爱枫林晚”，而是刚刚起锚的“航母Style”。但见他二指禅轻触键盘，说声“走你！”而后战舰乘风破浪，军机直击蓝天。

此情此景，是“我看青山多妩媚，料青山看我应如是”，更是“把吴钩看了，栏杆拍遍，无人会，登临意”。

六、最后是一个小花絮，进一步说明，他是新媒体时代偶然也是必然要被上帝选中的无敌蜘蛛侠：

2013年春节前夕，我有幸跟王蒙先生同台，做一期凤凰卫视《锵锵三人行》节目。节目播出时，我请在某电视台做总监的本家小堂妹看看，意在冲她显摆显摆，讨几句表扬，增加几分跟大师同台的得意感。不料,堂妹看完后,直截了当地说:姐,你是想听真话还是假话?我说:你啥意思?当然听真话。堂妹说:听真话,那我必须说,王蒙上电视好看,你不好看!我说:为啥呀?堂妹说:因为他脸长,符合平板电视16:9的比例,横向一牵拉,正好,视觉上舒服。而你们这些包子脸,上电视显得脑袋大,圆咕隆咚不好看。

我一听,扑哧一声乐了。心说,太气人了!没辙,这都是天意啊!在二十一世纪的新媒体时代,王蒙又一次成了被上帝选中的时代弄潮儿。

弄潮儿向涛头立,手把红旗旗不湿。

祝贺王蒙!祝福王蒙!

我的发言完了。谢谢大家!

“鲁迅文学院建院六十周年座谈会”上的发言

与人民同歌,与时代同行

(2010 年 12 月 22 日,北京,中国现代文学馆)

尊敬的各位领导、各位嘉宾、各位老师、各位同学:

大家上午好!

非常荣幸,今天我能在这里代表新世纪鲁院高研班全体学员发言,庆贺母校六十周年华诞,并借此机会汇报我们在鲁院的学习体会。

我汇报的题目是:《与人民同歌,与时代同行》。

我们这拨新世纪鲁院中青年作家高级研讨班,是在党和政府大力发展繁荣文艺方针的指引下,在中宣部丁关根部长、刘云山部长的亲切关怀下,在中国作家协会党组、书记处的精心领导和安排部署下,于 2002 年秋季开始举办的。从那时起到现在,八年的时间,总共培训了十四届高研班、七百多位学员。如今,这些人都成为中国文坛的精英和骨干力量,成为文学事业薪火相传的火种和继往开来的接班人。

在人才济济、英雄辈出的高研班队伍中,之所以选择我来作为代表发言,我想,不仅仅是因为,我是首届高研班的学员,坊间称为

“黄埔一期”的,从辈分上说,属于是老大和学姐、学兄的地位;也许还因为,在总共十四届七百多位学员里,我算是个比较有“故事”的人。这个“故事”,不是别的,而是说,在进入鲁院学习之前和从鲁院毕业之后,我个人的人生定向、事业发展、创作轨迹,甚至脾气秉性,都发生了巨大变化。之前和之后,不说判若两人,也是今非昔比。

比方说,从专业上讲,进鲁院学习之前,我是一名社科院书斋里的学者,读万卷书,行零里路,凌空蹈虚,以精密的逻辑思考和精确的专业评论见长;从鲁院毕业之后,我义无反顾地调入了北京作家协会,走上职业作家的创作道路,读万卷书,行万里路,做贴近百姓、贴近生活、与时代同行的歌者。

从生活上说,进鲁院学习之前,熟悉的同行和朋友都戏称我为文坛上风头正劲、文风潇洒、酒风彪悍的“当家花旦”;从鲁院毕业八年之后,我的小师妹、正在鲁14班学习的广东小说家魏微,代表周围一杆广大青年朋友,严肃而深刻地指出:坤姐姐,我怎么看你越来越像大家庭里的长孙媳妇?

我明白,她这话,一方面是讽刺打击我说,我已经老啦,看不得啦;另一方面,也是表扬我说,这人现在已经改造好,懂得含辛茹苦、忍辱负重,知道上有老下有小地伺候一大家子人。

的确,我记得,当年,在进鲁院学习之初,周围的人听说我也去了,都表示不理解,撇撇嘴,说:她还用去吗?她去干吗?白白占了人家一个名额。

嗯，是的，在 2002 年进入首届高研班学习的时候，我的头上是带着一点小光环的，在全班五十二名学员里履历稍显特殊：我是那个班里学历最高和得奖最多的学员，是中国社科院的文学博士、第二届鲁迅文学奖的得主、首届冯牧文学奖和首届女性文学奖的获奖者，同时也得遍了中国作协的机关刊物《人民文学》《中国作家》《小说选刊》的优秀小说奖。同一年龄段的年轻作家所获得的荣誉，我几乎全获过了。这样的人，还用得着再到鲁院来学习吗？

说老实话，我自己，当时进鲁院目的也不是十分明确，除了被选拔、被推荐上来的虚荣心和光荣感外，再就是对"鲁迅文学院"这个院校有一点点好奇心。别的，真还没来得及想，也无从想起。我那时虽然逢人表面还作出谦虚状，但是内心里，已难免有一点点成功者的小得意和舞台花旦们常有的自负和轻狂，非得等到哪天狠狠摔一跤才能醒过来。

这一天终于来了。来得很不是时候，就在来鲁院报道的第一天，还没等到第二天正式开学呢，我就人来疯和相见欢，给外地来的几个作家朋友接风喝酒，两瓶二锅头下肚，一家伙就把自己干到朝阳路医院去了。唉！真是难以启齿啊！酒精中毒啦！深更半夜打 120，急救车闪着贼亮的蓝光停在鲁院大门口，上了车就给插上针头输液洗胃。

让我终生铭记的是 2002 年的 9 月 9 日上午，新世纪鲁院高研班正式开学的第一天，当中宣部领导以及金炳华书记等各级领导，与鲁院师生举行盛大隆重的开学典礼时，我却正见不得人地躺在朝阳路医院急诊室病床上打针输液呢！陪伴在我身边的是我多年的好友、来自辽宁大连的孙惠芬同学。亲爱的惠芬还打电话回去替我请假遮掩，说"徐坤同学感冒发烧住院啦"。

不一会儿，就见急诊室的门开了。一位头发花白的老者，和一个怀抱鲜花的少女，出现在病房门口。那是我们的班主任老师高深，领着学院的一位小老师，在院长的指派下，前来探望。班主任老师也不揭穿我的谎言，只吩咐好好休息养病，有什么需要就跟学校说。当时我的那个心情啊，真是生不如死，羞愧难当，恨不能眼前有个地缝能钻进去。

这就是我的鲁院，我的开场白，我的高研班的学习生涯，是以一场盲目冲动的酒醉开始的。是鲁院，鲁院的院长和老师们，以春风化雨的形式，给我上了进校以后最为生动的为人处事的第一课。那一束怒放的鲜花，胜过一切责怪和批评的言语。我被感动醒了，给羞愧醒了，从此洗心革面，重新做人。四个月里，我成为班里最认真最守规的学员。四个月后，又以彻底的清醒、宁静、端庄、严肃的姿态结束学习，成为一名懂得节制、禁欲、有所为而又有所不为的职业作家。

我要终生记住当时的常务副院长雷抒雁、副院长胡平、副院长白描的名字，记住我们的班主任老师高深，记住怀抱鲜花的刚刚毕业分来的小老师张晓峰。八年来，出于一个女性的自尊和矜持，我总是回避这段不堪回首的经历，总是没好意思就这件事请院长和老师吃过一顿饭，说过一句谢。今天，终于有机会，让我站在这个讲台上，向当年的老师们、向同学们鞠上一躬，真诚地说上一声：对不起！并由衷地道上一声：谢谢！（鞠躬）

正是鲁院，鲁院院长和老师们的身体力行、言传身教，在教授给我们如何“作文”之前，先教给我们如何做事和做人。

鲁院给我们的培养，第一，是帮助我们“归心”和“鼓劲”，帮助我们树立和稳固起强大的世界观，坚信文学是心灵的事业。要知道，新世纪开始以后，鲁迅文学院面临的教学形势，已经不是五十年代新中国成立之初，中央文学研究所所面临的、诗人胡风由衷赞叹的“时间开始了”那样的激越和跳动；也不是七十年代末八十年代初，中国作协文学讲习所恢复之后，那种劫后余生、百废待兴、伤花重放的慷慨豪情；今天的鲁院教学任务，更多的是教写作者如何坚守，如何克服和抵挡二十一世纪市场经济大潮中红尘滚滚、物欲横流的诱惑。

从 2002 年秋天开始，在北京东四环朝阳路八里庄那个臭水沟环绕、周围地铁线路修得冒烟儿、门前总共被三家性用品商店包围的、清洁的小院子里，来自全国各地、中华民族一群优秀子孙、各省文坛小有成就的年轻作家，聚集到这里，担当起文学拯救和传承的重任。

推开门，十里堡小街灯红酒绿，甚嚣尘上；关上窗，清风明月，鲁院师生谈经论道，静思养心。前来授课的一个个白发长者、文坛耆宿，从容淡定，高贵善良。从他们身上，我们体会到文坛的风雨世相，体会高尚和感动，体会文学带给人的无限悲悯和高远的情怀。他们的存在本身，就是最好的教科书，是镜子，照见我们自己的渺小和稚嫩，也提示我们必须担负起的责任。

鲁院的一次次授课、讲座、研讨、社会实践，让我们坚定了信心，坚定了对文学的信仰。我们不是一个人在战斗，是一群人，一批人，一代人，几代人，在共同奋斗。从上级的关怀、导师的教诲、读者的景仰中，我们重新体会了文学的光荣，也同时感到了使命的重大。

以鲁迅先生之名命名的学院，就是要将鲁迅精神发扬光大。借用先生在为白莽作《孩儿塔》序中的话说，在新世纪的薄云浮日里，鲁院高研班的招生培养，并非要和别的院校争一日之长，而是有别一种意义在。“它是东方的微光，是林中的响箭，是冬末的萌芽，是进军的第一步，是对于前驱者的爱的大纛，也是对于摧残者的憎的丰碑。”一切所谓圆熟简练、静穆幽远之作，都无须来作比方，因为这院校属于别一世界。

第二，鲁院培养起我们谦虚的美德。鲁院是激励，是鞭策，是照见我们的卑微和不足的地方。鲁院让我们知道自己是谁，让我们见贤思齐。有人说鲁院是新一代作家们的党校，也有人说鲁院就是文艺学科建设中的北大和清华。我想，这些比喻都不为过。即使你不了解鲁院的辉煌历史，不知道先贤先哲多少文坛前辈皆出自于鲁院，但是，当现实中的全中国最优秀的青年作家，各省文坛的状元、进士、榜眼、探花群集鲁院时，每个人都感受到了压力，才知道什么是“山外有山楼外楼”。刚开始来时还显得相当自负的个别作家，没出几日，便低下了他们牛皮烘烘的高傲的头。当然，首先低下头的，就是我自己。

第三，鲁院开门办学的方向，培养起我们跨学科的视野。各行各业的专家学者都被请来讲课，这在平常是难有这种机会的。像李肇星、秦大河、流行乐坛评论家金兆钧、舞蹈理论家欧建平，还有基层的民众，写底层的作家，都曾给我们授课，让我们学然后知不足，不再坐井观天，既有君临天下的气度，又有融入草根民众的宽广情怀。

各位同学，鲁院诞辰六十年，我们每位高研班学员，都幸运地拥有过她的一百二十天。鲁院培养我们做人、做事、做文，让我们崇德尚艺，德艺双馨。从鲁院毕业出来的我们，从此气象万千，面目一新。仅以我们首届高研班为例，支部书记关仁山，如今是河北省作协主席；班长李西岳，北京军区创作室主任；我的同桌柳建伟，毕业后从成都来到北京八一电影制片厂，现在是副厂长。还有今天在座的我们班的孙惠芬、谈歌、衣向东、邵丽等同学，如今都是文坛上响当当的大人物。他们都担负起了社会责任，也都写出了脍炙人口的文章，得到过茅盾文学奖、鲁迅文学奖等国家级大奖。

我自己，也从那样一个进鲁院第一天就狂醉的酒徒，变成一名心存敬畏、爱岗敬业的职业作家。2003 年毕业当年，我就主动申请从社科院出来，进入北京作协成为一名专业作家，站在新的起跑线上，重新出发了。

离开鲁院的八年里，我的创作取得了丰硕成果，三部长篇小说，两部话剧，以及百多万字的中短篇小说和评论文字，都获得良好的反响。我用四年时间书写的弘扬奥运的长篇小说《八月狂想曲》，获得中宣部第十一届精神文明建设“五个一”工程奖；长篇小说《野草根》获香港《亚洲周刊》评选的2007年中文十大好书；话剧《性情男女》由北京人民艺术剧院搬上舞台，在北京和上海连演50多场。同时我还获得了中国作协“庄重文文学奖”“北京市文学艺术政府奖”等诸多奖项。

与此同时，我也牢记一个作家的职责，参加到伟大的变革实践中去，弘扬文学的精神理想，不断下到基层农村、厂矿、学校，给文学爱好者辅导讲课，参加各种慈善捐助活动，灾难面前冲在前，困难面前走在先。在2008年“512”汶川大地震中，我主动要求跟随中国作家采访团深入前线采访，冒着余震危险连夜发回采访稿子，并将自己的十万元稿费捐献给采访过的灾区小学。这一切行动得到读者的首肯和上级领导的肯定，刘云山部长在《文艺报》的报道中批示，号召作家要与时代同行。八年中我本人也多次被授予各种荣誉，被评为北京市优秀共产党员，北京市文艺系统德艺双馨模范、三八红旗手和北京奥运先进个人等等。

同学们，老师们，如今，当北京朝阳区八里庄南里的一切都已成回忆，当母校建院60周年之际，亲爱的院长，亲爱的导师，我要真诚地感谢你们！是你们，以辛勤的耕耘，在浮躁的年代里培育真情；是你们，以真切的努力，在三尺围墙中播撒寥廓。莘莘学子，当加倍努力,以创作实绩,奉还和报答。

我们深知,优秀作家未必都出自于鲁院,但是,鲁院对于一个人能否成为优秀作家,却是至关重要的。

是鲁院,让我们如此富有才情,纯真如春天的黎明;

是鲁院,让我们如此刚烈,犀利如夏日的长风。

鲁院,以看不见的力量,把无数个自以为是的"当家花旦",打造成一个个吃苦耐劳的大孙子媳妇;

鲁院,也让人从此酒风浩荡,诗风激昂,三万英尺之上,托起了我们胸中的海拔和气象!

最后,我想借用开国领袖毛泽东主席1936年在延安赠送给我们鲁院第一任院长丁玲女士的诗句,来结束我今天的发言,并以此与在座的诸位女性同仁、师姐师妹与今天未能到会的亲爱的铁凝主席共勉:

诗曰:

昨天文小姐,
今日武将军。
纤笔一枝谁与似?
三千毛瑟精兵。
写死他们狗日的!

我的发言完了。谢谢大家!

当我们谈论门罗的时候我们在谈论什么

（2014 年 6 月 24 日，北京，中国现代文学馆）

当我们在谈论门罗的时候我们在谈论什么？我们在谈论“逃离”，我们在谈论对于日复一日年复一年单调重复生活的厌倦、挣扎与反叛，在谈论对于在生活中规定角色的游离和抗拒，在谈论人们尤其是女人们对于命运和宿命的不恭、憎恶和背弃，在谈论梦与现实的距离，在谈论逃离之后究竟会无功而返，继续逆来顺受，还是叫一声“亲爱的生活”假装与生活和解？

“逃离”是门罗一生写作的重要母题，事实上也是她所生活的那个加拿大小镇上人们的真实处境。从古至今，由中而外，怀揣梦想的人们，谁不在试图逃离呢？逃离当下，逃离现实，找到一个合适的端口进入梦境，于是，“画梦”和“造梦”就成为文学的巨大功用之一。门罗所书写的逃离的情境可以上溯到乔伊斯、福克纳和契诃夫，当然，从女性的文学创作谱系上，应该还有勃朗特姐妹的《简爱》与《呼啸山庄》。她以对小镇人物的描写进而透视人类内心，揭示了人类生存的普遍境遇。

短篇小说《逃离》最能代表艾丽丝·门罗的写作主题。多年来，女主人公卡拉和她的丈夫克拉克在小镇上一直过着平静的生活，他们靠养马为生。有一天，卡拉最喜欢的一只小羊弗洛拉丢了，这让她感到很是伤心。无比郁闷之中，卡拉决定离家出走。邻居西尔维娅帮了她大忙。她坐上了开往多伦多的大巴，心里如释重负，想着今后可以永远离开那个难以忍受的马厩和没事就爱冲她发火的丈夫，跟这样的丈夫在一起生活简直要把她逼疯了。大巴离家乡越来越远，她心里却开始变卦，望着窗外的风景开始想起克拉克的种种好来，想到到了多伦多即将开始一段没有丈夫的独自生活时，卡拉崩溃了。神情恍惚的卡拉嚷嚷着要下车并打电话给丈夫说："来接我一下吧。求求你了。来接接我吧。"丈夫回答她说："我这就来。"结果她的逃离中途作废，最后无功而返，重新返回单调乏味的生活之中。他们夫妻和好，卡拉却再也不想见那位帮助她逃离的邻居西尔维娅。人性的无奈、脆弱、在追求梦境过程中的首鼠两端和无所适从，跃然纸端。逃离是主动的，回归也是主动的，从这一点更显示出人性的复杂性。

2012 年底门罗的封笔之作——小说集《亲爱的生活》英文版出版。这样的题目，乍看起来我们以为老太太要表示与生活和解。但是读过之后却发现，书里的故事仍然延续了她以前"逃离"的母题。《亲爱的生活》讲述了别离与开始、意外与危险、离家与返乡的故事，比如，第一个故事《漂流到日本》是这样开始的："彼得把她的行李箱一拿上火车，似乎就急切地想要离开。"其他如《火车》《科莉》《亚孟森》主题亦是如此。在《亲爱的生活》中最后四篇被归入"终曲"部分，是门罗具有自传性质的小说，从中可以窥见门罗成长与她的部分世界观。《亲爱的生活》里最后一段文字是这样写的：

"母亲临终生病时，我没有回家看望，后来也没有参加她的葬礼。我有两个年幼的孩子，在温哥华没有人可以托付。我们几乎负担不起这趟行程，而且我的丈夫不在意这些繁文缛节，但何必责怪他呢？我和他想的一样。我们常说有些事情不能被原谅，或者我们永远不会原谅自己。但我们会原谅的——我们一直都这样做。”

看起来，这似乎也是一种“逃离”——逃离了给亲人送葬时的悲伤和哀戚。表面原因是因为贫穷、年幼的孩子没人可以托付，夫妻支付不起奔赴母亲葬礼的路费；内心里，还是因为有“逃离”的想法在作祟。因为某类人心中所具有的习惯性的“逃离”倾向，可以使他们甘冒人伦之大不韪，连一个最基本的底线都逃掉了。而一旦付诸行动，却又会万分自责，在痛切的自责过后，又能很好地找到借口纾解和宽宥自己——人性的卑劣和自私也在这里。这才是门罗最后这段话的意义之所在。

死者长已矣，生者当足惜。这是门罗的小说的“逃离”哲学。从“逃离”到向生活道声“亲爱的”，说的都是梦不足惜，活着才重要。梦终归是梦，逃离过、去追寻过了，便也罢了，最终仍得回归，回归现实，回归日常。

我们再来看看中国的女性作家怎样书写“逃离”。

文学中的“逃离”，是一个古老的世界性话题。它当然不是门罗的专利。在二十世纪初的二三十年代，恰好是门罗出生的那个年代，中国现代文学史上就有一批女作家，先于门罗而“逃离”——这个“逃离”不仅是文学书写上的，而且是身体力行的逃离。她们所受的影响，就是当时挪威作家易卜生《玩偶之家》中的娜拉出走的启示。中国女性的逃亡生涯先是从反抗封建父权家长制开始，尤其是逃婚，反抗父母之命媒妁之言的封建婚姻，是她们大体一致的出逃线索。

在中国古代社会宗族、宗法、夫权、神权的限定当中，女性在主观上尚不具备完整的自我解放意识，客观上也不具备出逃的条件。偶尔的反叛与言说，也无非是想象当中对爱情及婚姻自主自由的无限哀怨。进入现代社会以后，妇女的逃离，却是要从女性自己的生存遭际出发，将解放的想象变成具体的行动。逃婚、私奔、进城、同居，躲开了封建家长的耳目，去求取婚姻的自主和幸福。二十世纪初的女性本文中呈现出一派胜利大逃亡的景象。五四时期那些激进的女性作者或多或少都有过辛酸痛苦或充满期待与盼望的逃离过程。无论是萧红《生死场》《呼兰河传》的逃离，还是庐隐《海滨故人》《归雁》、冯沅君《旅行》《隔绝》里的逃亡，或者是丁玲《梦珂》《莎菲女士的日记》中的逃离，以及白薇《悲剧自传》的逃亡和谢冰莹逃婚参军的《从军日记》，都是女性从死亡之路走向自我救赎的过程。

在中国现代女性作家的逃离场景当中，萧红的经历是最富有传奇性的，她的作品《生死场》《呼兰河传》也最富有灵性，流传最为久远。她从逃脱包办婚姻离家出走，到落入背信弃义的男人魔爪复又出逃，整个生活似乎就是在不断陷落和逃离之中循环往复。身为女性作家的萧红，她的才气与敏感，她的身体孱弱与言行刻薄，她的文人神经质与北方女子的率真朴拙，她的艺术上的成熟与孩童般的世事未谙……诸种性格奇妙地在她身上杂糅。由叛逆而得的飘零遭际，她不太长的一生中无尽的逃离和奔波，越发加重了她性情中的脆弱和敏感。这一切都使她的作品风格在同辈女作家中显得奇异，如鲁迅在给萧红《生死场》的序中所评价“女性作家的细致的观察和越轨的笔致，又增加了不少明丽和新鲜”。

有过逃离经历的女作家还不止这些。张爱玲的逃离与杨沫的逃离，也给文学史上留下了杰作《倾城之恋》和《青春之歌》。时光荏苒，当历史进入到新时代，到了二十一世纪的今天，妇女们还在逃吗？“逃离”的主题又有哪些变化？

当然，还在逃。门罗小说的女主人公不因时光前移而停止传统的逃离脚步，中国女作家的逃离也不因政治经济上的与男人平权而就有所停滞。铁凝的短篇小说《伊琳娜的礼帽》，发表在2009年，写的又是一段有关“逃离”的故事。小说的叙事者并没有亲自参与逃离，而是旁观或者偷窥了一个女人的逃离。文章写的是叙述者“我”在飞机上看到一个叫伊琳娜的俄罗斯少妇，带着一个小男孩出门旅行。她的随身行李中有一顶大礼帽没处放，邻座一个瘦高的男乘客帮她把礼帽放在头顶的行李仓中。一对男女由此认识并挨坐在一起，整个飞行途中都在打情骂俏摸摸掐掐，看那样子下了飞机就要直奔酒店解决问题了。

妙就妙在小说结尾。飞机着陆后，伊琳娜牵着她的小男孩，拽着行李头也不回地匆匆下了飞机。瘦高个男人发现伊琳娜忘了拿礼帽，急忙追出去给她送。当他找到伊琳娜时，却看见伊琳娜正在和来接机的丈夫拥抱。男人把礼帽递过去，伊琳娜一下子没反应过来。等她明白过来时，就顺手把礼帽扣在她自己的头上。但是那顶礼帽却是她为丈夫买的礼物,扣在自己的小脑袋上,把整个脸都装进去了。丈夫见状哈哈大笑,觉得很是有趣。只有瘦高个男人心里明白:这是伊琳娜在跟他划清界限。伊琳娜此时是不想再见他,故意把脸藏在了礼帽里,其身体语言已经明确表示出,他此时的出现十分多余,刚才飞机上的暧昧根本就是逢场作戏,都不算数。她是个有老公有孩子的正经人。他不要再来打搅她。

这个叫作伊琳娜的俄罗斯少妇实际上是代表了所有的当代的女性形象——在有限的时间和空间里经历了一次“逃离”,与一位素昧平生的男人的肉体拉扯和暧昧,用以消磨飞行过程中的无聊。然而时间一到,她却即刻返回到原有的生活轨道中,并以礼帽遮颜的方式,将飞机上的荒唐与真切的现实隔离开来。女人这时成为主动的一方,感到尴尬和失落的是那个瘦高男人。

与半个世纪前的女作家相比,同样是写逃离,显然,在这里,主客体已经变了。女性已经占了主导地位。

还有一个“逃离”的故事也比较有趣,是池莉2010年写的中篇小说《她的城》:白领丽人逢春与懒惰散漫的丈夫周源赌气,到擦鞋店做了打工妹,偶遇前来擦鞋的风流倜傥单身富豪骆良骥。富豪见她年轻貌美,便语言勾引和暗送秋波,搞得逢春五迷三道不能自已。擦鞋店老板蜜姐见状大为不满,果断阻止了逢春的红杏出墙,两个女人起了冲突。后来,当蜜姐得知逢春的丈夫是同性恋后,深表同情,两个女人不打不成交,终成闺蜜。逢春在蜜姐开导下,决心走出旧生活,回去跟丈夫离婚。蜜姐又为逢春与富豪二人搭起鹊桥。生活中的矛盾由此得到化解。

这个看似有点“豪奢”的故事却道出了现代性中“逃离”的可能性。无论过去、现在还是将来，当我们在谈论门罗的时候，我们一直都在谈论逃离。无所不在的逃离，正是文学能够赋予我们的一个通往自由和天堂的梦。

在青岛海洋大学“王蒙最新双长篇学术研讨会”上的发言

为什么不是闷与骚

（2014 年 10 月 22 日，青岛，青岛海洋大学）

首先祝贺老主编王蒙的新作出版！他写作的速度，远远超过了我们阅读的速度。每念及此，我们这些后生晚辈不禁汗颜！

这是我参加的王蒙先生作品的第四次研讨会。前三次分别是 2000 年 6 月 18 日在京举行的王蒙“季节”小说系列研讨会，2006 年 7 月 19 日在北京喀秋莎音乐餐厅举行的《苏联祭》研讨会，2013 年 5 月 18 日在《文艺报》举行的《这边风景》研讨会。

如果再加上十一年前，也就是 2003 年 9 月 25 日，在青岛海洋大学这里举行的“王蒙文学创作五十周年国际学术研讨会”，以及去年 2013 年 6 月 14 日在浙江工业大学人文学院举行的“青春万岁——王蒙先生文学创作六十周年学术研讨会”，这次就是我参加的第六次王蒙作品研讨会了。

每一次感受都不尽相同，每一次都是经受了一次文学的洗礼和社会人生的再教育。

把《这边风景》与《闷与狂》放到一起研讨，主办方也是独具匠心。我想这其中的意义有三：

第一，不算《青春万岁》那部少作，《这边风景》是王蒙的第一部长篇小说，而《闷与狂》则是他八十岁上出版的最新的一部著作。第一部与最新一部相隔三十多年，在同一时期出版，并在同一个研讨会上碰面，这种现象在文学史上还不多见；

第二，这两部小说，都写于王蒙人生的非常时期。《这边风景》是他被开除党籍下放新疆十六年间的作品；《闷与狂》则是写于78—80岁年愈古稀家庭生活遭遇变故的两年间。我个人认为《闷与狂》更像是一部倾诉与悼亡之作。这两部书，都让我们望见一个真正伟大优秀的作家，如何在艰难时世里靠写作支撑和度过岁月。它比平常情境下所写的文字更见真情。

第三，这两部作品或叫"新作"，实际上都是王蒙自己在与往事干杯，它们就像纳博科夫《说吧，记忆》，是王蒙的八十年人生自传，也是六十年创作生涯的一次次阶段性的覆盖或总结。

由于时间关系，这两部作品的详细文本分析，我不在这里讲了。《这边风景》我在去年《文艺报》的研讨会上已经讲过。我看到温奉桥老师还编了一本《文学的记忆——王蒙<这边风景>评论专辑》，2014年2月由花城出版社出版，动作很快。《闷与狂》里的许多篇章都先期在杂志上发表过，《为什么是两只猫》《我又梦见了你》《明年我将衰老》等等，一经发表就引起轰动并流传。有些篇章像《为什么是两只猫》还是首先发在我们《人民文学》杂志上的。凡是了解王蒙的人，当看到那一声声低吟和呼唤："想念的是终于梦见了你""我永远爱你"，都会情不自禁，泪水盈眶！当看到他写：

"'二泉映月'是弥留时刻靠人工维持呼吸的感受"时，方能体会王蒙老年时在经历着怎样的苦痛和煎熬。男儿有泪不轻弹，情深未了诉笔端。

作为王蒙的崇拜者和研究者，我想从三个方面来阐释从《这边风景》到《闷与狂》的意义：

第一，信仰、大地、人民——这三个鲜明的主题，在王蒙作品中一以贯之，从不褪色。

作为出生于二十世纪三十年代、崛起于新中国成立后的五十年代的"少共"作家，他的整个知识结构、信仰直接来自俄苏思想，六十年的创作历程中，虽几经磨难，而蒙不改其志。

在2006年的《苏联祭》研讨会上，评论家李书磊曾说过，在世界文学史中，只有俄罗斯和中国文学与"大地"的联系最为紧密，王蒙的创作一直是与现实中国、与这块饱经磨难的土地紧密相连的。我很认同他的说法。现在有了这本《这边风景》，我们从中找到了王蒙贴近大地、贴近人民（现在流行的说法叫"接地气"）的本源：十六年的新疆流放生活，辽阔大地上人民的宽厚与亲情滋养，造就了十六年后那个喷薄而出的作家王蒙，那个部长官员王蒙，致使他永远是洋溢着乐观、光明的基调，永远襟抱开阔、人间情怀，文章里少有怨气，更无戾气。

也有人说王蒙太狡猾，当初主动选择下放新疆，逃过了一劫，"文革"中没遭过罪、没蹲过大狱、没挨过揍，所以他不知道苦难为何物，总是显得那么得意洋洋。我想在今天这个和平安定的语境下说这种风凉话的人，未免显得浅薄无知。建议有这些想法人再回头看看王蒙发表于1979年6月的《布礼》，那是他1978年从新疆回北京，拿到组织上给的恢复党籍通知后的洒泪之作。那是怎样一种椎心泣血的疼痛！一个满怀鸿鹄之志的少年布尔什维克、一个接受过最高领袖钦点的有才华的青年作家，一夜之间成为右派被开除党籍，不仅意味着精神上被判了死刑，也意味着实际上被开除了做人的资格。

他有什么理由还活下去？为什么还在新疆活了那么久？并且还能写下五十万字的《这边风景》？第一是因为心中有信仰，第二是因为新疆大地上的人民对他的宽怀、悲悯、同情和养育。

所以，《这边风景》的价值就在于写出了生活的伟大，写出了人民的伟大，写出了日常生活的伟大。它真实记录新疆当地的历史文化、宗教习俗、时序物候、人们的日常生产劳作……看似琐碎，实际在昭示一个真理：比起各种阶级和阶级斗争来，生活是永恒的，活着超越于一切。

第二，《这边风景》为王蒙以后的创作提供了宝贵经验、理论准备和物质基础。

新疆的十六年，对于王蒙的创作非常重要，为构筑和夯实他年轻时代建立的信仰，提供了可靠保证。对“大地”和“人民”的认知皆来自于此。

新疆的十六年，扩大了他人生的活动半径。有了这个坐标和参照系，他的创作不仅只是囿于京城一个文学小世界，而是社会风云的写照，是对现实人生的关怀。他所历经的时代变革、政治风雨，艺术世界和人生境界，意识形态和意象形态，海纳百川与神游八荒……无不在作品里显现。

新疆的羊肉加馕的饮食，不仅锻造了他比一般汉人更加坚实的肌肉和筋骨，还打造了他的汉语＋拉条子＋手抓羊肉＋葡萄干＋烤馕味的语言风格。王蒙的独特的意识流语言风格，包括《闷与狂》里的摇头晃脑连珠炮句式，都来源于新疆，来源于他在那里自学并能娴熟运用的维吾尔语、哈萨克语。

在《这边风景》里，我们找到了王蒙对汉语的“破坏性”创造的源泉。当我读到第一章，伊力哈穆从火车下来到了伊犁，然后大段洋洋洒洒的抒情时，一下子有点惊呆了！我突然找到王蒙后期的写作风格的源泉，原来就在这里！《这边风景》之后的作品，跟他之前的《组织部来了个年轻人》和《青春万岁》那种标准的学生腔的汉语句式、语法完全是割裂的，是不一样的。

王蒙独创了一种新汉语，这是维汉混杂的汉语，汪洋恣肆一泻千里，抒情议论不舍昼夜，一气呵成吟咏复沓，同时又磕磕绊绊、主谓宾倒置，句式语法行文习惯，都得益于他的新疆生活，得益于维族语言对他思维的再次改造。一个作家对语言的敏感度，他的语言习惯，决定了他的写作态度和风格。这是新疆馈赠给他的又一大财富。

第三，为什么不是闷与骚？为什么是《闷与狂》？

骚者，风骚、骚情、骚动或离乱也。狂者，疯也，躁也，纵情任性或气猛超常也。

是“真闷与佯狂”，还是“真狂与佯闷”？

我个人以为，当此际，在王蒙的八十抒怀之季节，换个字，选《闷与骚》，无论在语感、心境、内容上似乎都更为贴切。

“狂”字在王蒙的书名中已经用过一次，2000年的“季节”系列里已经有《狂欢的季节》，有学者用巴赫金的狂欢诗学理论来解释过。《闷与狂》这部小说，据说原题叫《烦闷与激情》。正式出版时又一次选了“狂” 而未选“骚”。

既为狂，就证明不是学屈子以美人香草进谏楚怀王，怀才不遇自沉汨罗江；既为狂，想必是选了李白那个癫子“仰天大笑出门去，我辈岂是蓬蒿人”。

世人只知其狂，却不知其狷。狷者，有所不为也。

在历史进二十世纪九十年代以后，王蒙就以一个佯狂避世的智者姿态，站在时代大潮幕后，以“季节”系列、《我的人生哲学》、《中国天机》、《闷与狂》等著作，不断追述过往，补充和更新自己的记忆。在真闷与佯狂、真狂与佯闷之间，向世俗和世道做着有信仰的诤谏，做着一次次的“布礼”。

有心的人都能听得见，听得懂。

总之，王蒙以其六十年来的创作实践，记录和见证了中国特色社会主义从开创到建立发展的六十五年。他自身的遭际、丰富的阅历和深厚的革命斗争历程，为研究一部社会主义文化艺术生产史提供了鲜活生动的史料，也为党和国家今后制定文艺方针提供了借鉴和参考。

我们今天评价王蒙，必须站位很高，不能囿于一篇一部、一章一节、一时一事，而是要站在新的历史起点上，站在中国特色社会主义创立六十五周年的历史高度上，全面、系统、深入地研究和探讨，不断推出更多有深度有价值的成果。

欣逢习近平总书记在京主持召开文艺工作座谈会和党的十八届四中全会胜利召开，我想，王蒙坚持六十年为人民创作、为社会主义新中国创作的意义，将会得到进一步凸显和发扬光大。